바벨-17

03

미래의 문학

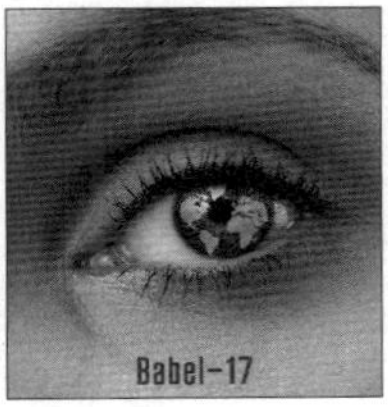

바벨-17

새뮤얼 딜레이니 지음
김상훈 옮김

폴라북스

이 책을,

이제 봅 폴섬에게 바친다.

지난 일 년을 조금이라도 설명하기 위해.

차 례

언어만큼 문명을 완벽하게 반영하는 것은 없다.

만약 언어에 대한 우리 지식이나 언어 자체가

완벽하지 않다면, 문명 또한 완벽하다고 할 수 없다.

—마리오 페이

제1부

리드라 웡

…… 여기는 애매성의 허브.
전기 스펙트럼이 거리로 쏟아져 내린다.
모호한 얼버무림이 소년이 아닌 소년들의
그늘진 이목구비를 뭉치게 하고, 어둠의 변덕은
젖내 나는 그 입을 노인의 입술처럼 오그라들게 하거나
면도날처럼 날카롭게 깎아내거나,
호박색 빰 위에 산을 들이붓거나,
사타구니를 만지작거리거나 만곡한 골반 위에서 박살 나며,
검은 응혈을 뿜어 가슴을 물들이다가
움직임이나 타오르는 섬광에 의해 축출되고
다시 부어오른 입술에서 선혈을 뚝뚝 흘린다.
열광한 군중은 피로 입술연지를 바른다고 했다.
같은 군중이 밀물처럼 거리로 몰려왔다가,
다시 썰물처럼 빠져나간다고 했다.
조수를 타고 물가로 밀려온 유목流木이 다시 쓸려 나가고
또다시 모래 속에 철썩 처박혔다가
또다시 뽑혀 빙빙 돌며 쓸려가는 것처럼.
유목. 좁은 둔부, 액체 같은 눈,
떡 벌어진 어깨와 아무렇게나 주조한 손,
먹잇감 앞에서 무릎을 꿇는 납빛 얼굴의 자칼들.
동이 트고 색채가 사라지자
강의 서쪽 부두로 뒤늦게 귀환하는 자들은 거리에서
느릿느릿 귀선하는 젊은 뱃사람들과 마주친다…….

—「프리즘과 렌즈」

1

항구 도시.

여기는 하늘까지 매연으로 녹슬어 있군, 하고 장군은 생각했다. 공장이 뿜어대는 가스가 저녁 하늘을 주황색, 연어 살색, 자홍색으로 불그죽죽하게 물들이고 있다. 서쪽에서는 여기저기의 우주센터나 인공위성을 왕복하며 화물을 운반하는 수송 우주선들이 구름을 찢어발기며 상승하거나 하강하고 있다. 게다가 찢어지게 가난해. 장군은 쓰레기가 잔뜩 널린 길모퉁이를 돌며 생각했다.

〈침략〉이 시작된 이래 몇 달씩 도합 여섯 번이나 시행된 괴멸적인 통상 엠바고[봉쇄]가 도시의 숨통을 끊어버린 탓이다. 항성 간 교역이 흥하지 않으면 이런 도시는 아예 살아남지도 못하는데, 고립무원 상태에서 어떻게 존속하란 말인가? 지난 20년 동안 그는 여섯 번이나 이렇게 자문한 기억이 있다. 대답은? 불가능.

공황, 폭동, 방화, 두 번의 식인 사태—

장군은 당장이라도 무너질 것 같은 모노레일 뒤에서 역광을 받고 우뚝 솟은 하역탑과 구지레한 건물들을 둘러보았다. 거리는 한층 더 비좁아졌고, 수송 종사자, 하역 인부, 녹색 제복 차림의 몇몇 우주군, 그리고 복잡다단한 세관 업무를 담당하는 창백하고 멀끔한 남녀들로 붐비고 있었다. 모두들 얌전히 집으로 퇴근하거나 직장으로 출근하는 데만 관심이 있어 보이는군, 하고 장군은 생각했다. 그러나 이들 모두가 〈침략〉하에서 20년 동안이나 살아온 사람들이다. 엠바고 기간 중 이들은 굶주렸고, 유리창을 깨고, 약탈하고, 울부짖으며 소화전 앞을 질주했고, 칼슘 결핍에 시달리는 이로 시체의 팔에서 고기를 뜯어 먹었다.

이 인간이라는 짐승은 도대체 어떤 존재일까? 장군은 기억의 홈을 짓뭉개기 위해 스스로를 향해 일부러 추상적인 질문을 던졌다. 그는 장군이었던 고로, 지난번 엠바고 때 뼈와 가죽만 남은 갓난애의 한쪽 다리를 거꾸로 들고 보도 한복판에 앉아 있었던 여자라든지, 거리에서 면도날을 들고 그를 공격했던 세 명의 비쩍 마른 십대 소녀들 (그때 그 소녀는 그의 가슴을 향해 번득이는 네모 칼날을 들이대며 악문 갈색 이 사이로 나직하게 내뱉었다. "이리로 와, 비프스테이크! 이리로 오라고, 내 밥……." 그때는 가라데를 써서 위기를 모면했다), 또는 울부짖으며 대로를 걸어오던 눈먼 사내를 기억에 떠올리는 것보다는, '인간이라는 짐승'에 관해 자문하는 편이 덜 힘들었기 때문이다.

그런 그들도 지금은 얌전하고 깔끔한 남녀들로 변신했다. 부드러운 어조로 말하고, 무슨 표정을 짓든 그 전에 언제나 한 번씩 주저하는 버릇이 있고, 〈침략자〉들에게 승리하기 위해서는 모두가 열심히 일해야 한다는 식의 얌전하고 깔끔하며 애국적인 견해를 피력하는. 스텔라 홀리데이 극장에서는 알로나 스타라든지 킵 리액이 가장 인기지만, 내심 로널드 쿼야말로 가장 진지하고 훌륭한 배우라고 생각하는. 애청하는 음악은 천편일률적으로 하이라이트인. (신체 접촉이 전혀 없는 예의 느린 춤을 추면서, 이 작자들은 그 음악을 정말로 듣기는 하는 것일까.) 어쨌든 〈세관〉은 안정된 좋은 직장이다.

이것이 영화라면 〈수송원〉 구역에서 직접 일하는 쪽이 아마 훨씬 더 자극적이고 재미있는 것으로 묘사되었겠지만, 실제로 이런 기괴한 작자들과 접해보면—

좀더 지적이고 세련된 치들은 리드라 웡의 시를 논했다.

그들은 〈침략〉을 곧잘 화제에 올린다. 뉴스방송과 신문에서 20년 동안이나 되풀이되어 이제는 성스러운 주문이 되다시피 한 몇백 개의 표현을 써서. 엠바고에 관해서는 거의 언급하지 않고, 설령 언급한다고 해도 단 한 단어만을 쓸 뿐이다.

그중 아무나 한 사람을 골라 관찰해보자. 아니, 몇백만 명을 골라도 좋다. 그들은 도대체 누구일까? 무엇을 원하는 걸까? 어떤 식으로든 발언할 기회가 주어진다면, 그들은 도대체 뭐라고 말할까?

리드라 웡은 이 시대를 대표하는 목소리가 되었다. 장군은 어떤 거창한 평론에 쓰여 있던 이 번지르르한 문장을 머리에 떠올렸다. 군사적 목적을 추구해야 하는 군지휘관인 그에게는 정말이지 모순되고 묘한 얘기다. 지금 그 리드라 웡을 만나러 가는 중이라니.

가로등에 불이 들어오고, 술집의 판유리 위에 장군의 모습이 언뜻 비쳤다. 그렇다, 지금은 군복 차림이 아니었다. 우악스러운 얼굴에 반세기 동안 함양한 권위적인 표정을 떠올린 근육질의 키 큰 사내. 회색 민간인 양복이 어색하다. 서른 살이 될 때까지 그가 사람들에게 준 인상은 '덩치만 큰 얼뜨기'였다. 서른 살이 된 뒤로는—〈침략〉의 확산에 발맞춰—'거구의 위압적인 사내'로 변했다.

리드라 웡이 동맹 행정 사령부에 출두해줬더라면 그는 평정한 마음을 유지할 수 있었을지도 모른다. 그러나 지금은 우주군의 녹색 제복이 아닌 사복을 입고 있었다. 이 술집도 처음 와보는 곳이었다. 그리고 그녀는 지금까지 탐사된 다섯 개의 은하에서 가장 유명한 시인이다. 장군은 실로 오래간만에 다시 얼뜨기가 된 듯한 기분을 맛보았다.

술집 안으로 들어갔다.

그러고는 속삭였다. "맙소사, 정말 미인이로군." 술집 안의 다른 여자들은 아예 눈에 들어오지도 않았다. "저렇게까지 아름다운 줄은 몰랐어. 사진을 봤을 때는 상상도 못 했는데……."

그녀는 뒤돌아보았고 (카운터 뒤의 거울에 비친 그녀의 얼굴이 그를 알아보고 뒤를 돌아본다) 스툴 의자에서 일어나면서 미소 지었다.

그는 앞으로 걸어 나가 그녀의 손을 잡았지만, "안녕하십니까, 미스 웡."이라는 말이 혀끝에서만 맴도는 통에 결국 입을 다물었다. 이제 그녀가 말할 차례다.

입술에 바른 립스틱은 동색銅色이었고, 두 눈동자는 두들겨 편 듯한 동제 원반—

"바벨-17은 아직 풀지 못했어요, 포레스터 장군님."

그녀는 남색 니트 드레스 차림이었고, 머리카락은 밤의 급류急流처럼 한쪽 어깨 위로 쏟아져 내리고 있다. 장군은 말했다. "그런 얘기를 들어도 별로 놀랍지는 않군요, 미스 웡."

놀랍군. 장군은 생각했다. 그녀가 카운터에 한쪽 손을 내려놓고 스툴 위에서 상체를 젖히자 파란 털실에 감싸인 히프가 움직인다. 경악했고, 허를 찔렸고, 당황한다. 내가 이렇게 무방비할 수 있다니. 아니, 혹시 이 여자는 정말로—

"그래도 군에 비하면 진척이 있었다고 할 수 있어요." 그녀의 부드러운 입술 위에 한층 더 부드러운 미소가 떠오른다.

"지금까지 제가 들어온 얘기에 비춰 보면, 미스 웡, 그 사실 역시 별로 놀랍지 않습니다." 이 여자는 대체 무엇일까. 장군은 생각했다. 상상 속의 군중을 향해 같은 질문을 해보았다. 거울에 비친 자기 자신에게 물어보았다. 그러고는 머릿속으로 그녀에게 물어보았다. 다른 작자들의 의견 따위는 됐다. 그러나 이 여자에 관해 반드시 알아야 한다. 이건 정말 중요한 일이다. 어떤 식으로든 알아내야 한다.

"거두절미하고," 리드라가 말하고 있었다. "바벨-17은 암호가 아닙니다, 장군님."

장군의 마음은 황급히 본론을 향해 움직였고, 휘청거리면서 그것에 도달했다. "암호가 아니라고요? 하지만 암호 해독부에서 확인한 바로는 적어도—" 그는 퍼뜩 말을 멈췄다. 우선 암호 해독부에서 무엇을 확인했는지 확신하지 못했고, 잠깐 숨을 돌려 그녀의 우아한 광대뼈 선반 아래로 하강해서 두 눈의 동굴로부터 도망칠 시간이 필요했기 때문이다. 장군은 얼굴 표정을 가다듬고 바벨-17에 관한 생각을 정리했다. 〈침략〉. 바벨-17은 장장 20년이나 계속된 이 전란을 종식시킬 하나의 열쇠가 되어줄지도 모른다. "지금까지 우리는 대량의 난센스를 해독하려고 헛수고를 했다, 이런 말씀이십니까?"

"바벨-17은 암호가 아닙니다." 리드라는 되풀이했다. "하나의 언어죠."

장군은 얼굴을 찡그렸다. "흐음, 암호든 언어든 뭐라고 불러도 상관없지만, 그 의미를 알아내야 한다는 사실에는 변함이 없습니다. 그 빌어먹을 물건을 이해 못 하는 이상, 뭘 하더라도 아무 소용이 없는 겁니다." 지난 몇 달 동안 그를 짓눌러온 피로와 압력에 배가 묵직해진 느낌이다. 그 탓에 눈에 보이지 않는 짐승이 혓바닥을 할퀴고 지나가며 그의 어조를 거칠게 만들었다.

리드라의 미소가 사라졌다. 두 손은 카운터 위에 올려놓았다. 장군은 방금 한 말을 후회했다. 리드라가 말했다. "장군님은 암호 해독부와는 직접 관련이 없으신 걸로 알고 있습니다만." 조용하고 침착하기까지 한 목소리.

그는 고개를 끄덕였다.

"그럼 설명해드리죠, 포레스터 장군님. 기본적으로 암호에는 두 가지 종류가 있습니다. 사이퍼cipher와 코드code이지요. 전자는 글자나 글자를 대신하는 기호들을 일정 패턴에 의거해서 뒤섞어놓은 겁니다. 후자의 경우는 글자나 낱말이나 낱말의 집합을 다른 글자나 기호나 낱말로 치환합니다. 암호란 이 두 가지 중 하나이거나, 이 두 가지를 조합한 것입니다. 하지만 이 두 가지 암호에는 공통점이 하나 있죠. 일단 암호의 열쇠를 찾는다면, 그걸 끼우기만 하면 논리적인 문장이 술술 흘러나오게 되어 있습니다. 거기에 비해 언어는 독자적인 내적 논리를, 문법을 내포하고 있습니다. 이런저런 의미의 스펙트럼이 내재된 낱말들을 사고思考와 결합하는 독자적인 방식을 가지고 있다는 뜻입니다. 따라서 언어의 경우, 정확한 의미를 끌어내기 위한 열쇠 따위는 없습니다. 기껏해야 개략적인 의미를 알 수 있을 뿐이죠."

"바벨-17을 해독하면 뭔가 다른 언어가 된다는 뜻입니까?"

"그렇지 않습니다. 그 점은 가장 먼저 조사해봤습니다. 다양한 요소의 개연성을 스캔해서, 다른 언어의 패턴과 일치하는 부분이 있는지 알아볼 수가 있습니다. 설령 해당 요소들의 순서가 달라도 말이죠. 아닙니다. 바벨-17은 하나의 독립된 언어입니다. 우리는 그걸 이해 못 하지만."

"그렇다면—" 포레스터 장군은 억지웃음을 지어보려고 했다. "바벨-17은 암호가 아니라 외계 언어이기 때문에, 번역을 아예 포기하는 수밖에 없다, 그런 뜻입니까." 만약 이것이 패배라면, 그 소식을 이 여자의 입을 통해 전해 들었다는 사실이 그나마 위안거리였다.

그러나 리드라는 고개를 가로저었다. "실례지만 전혀 그런 뜻으로 한 말이 아닙니다. 번역을 통하지 않고서도 미지의 언어들을 해독한 사례들이 있으니까요. 이를테면 선형線形 B문자+나 히타이트어가 그런 식으로 해독되었죠. 하지만 제가 바벨-17을 더 이해하려면 훨씬 더 많은 정보가 필요합니다."

장군은 눈썹을 추켜올렸다. "더 이상 뭘 알고 싶단 말입니까? 샘플은 모두 넘겼을 텐데요. 물론 앞으로도 정보가 더 들어오면—"

"장군님, 저는 바벨-17에 관해 군에서 알고 있는 모든 걸 알 필요가 있습니다. 언제, 어디서, 어떤 상황에서 그걸 손에 넣었는지. 이 문제

+ Linear B. 기원전 1400년경에서 1150년경에 사용된 그리스어 음절 문자.

를 해명하는 데 실마리가 될지도 모르는 사항이라면 뭐든지 다."

"알고 있는 정보는 이미 그쪽에 모두 넘겼—"

"제가 넘겨받은 건 바벨-17이라는 암호명이 붙은, 한 행씩 띄어서 타이프 친 열 쪽짜리 지리멸렬한 보고서였어요. 그런데 장군님은 그게 무슨 뜻인지 제게 물어보셨죠. 그것만 가지고서는 더 이상 뭐라고 말씀드릴 것이 없습니다. 더 많은 정보가 있다면 가능할지도 모르지만. 알고 보면 간단한 일입니다."

그는 생각했다. 그렇게 간단한 일이라면, 정말로 그토록 간단한 일이었다면, 애초에 리드라 웡 당신한테 이 일을 맡기지도 않았을 거야.

그녀가 말했다. "그렇게 간단한 일이라면, 정말 그토록 간단한 일이었다면, 애초에 포레스터 장군님은 제게 이 일을 맡기지도 않으셨겠지만."

그는 움찔했고, 한순간 상대방이 자기 마음을 읽은 것이 아닌가 하는 부조리한 생각에 사로잡혔다. 하지만 그녀라면 그 정도는 당연히 알고 있을 것이다. 안 그런가?

"포레스터 장군님, 군의 암호부는 그게 언어라는 사실조차도 아직 못 알아채지 않았습니까?"

"아직 그렇다는 보고는 못 받았습니다."

"십중팔구 못 알아챘을 겁니다. 저는 이미 문법 구조의 초보적인 분석에 착수했는데, 암호부 쪽의 작업도 그만큼 진척됐나요?"

"아니요."

"장군님, 암호부에서는 암호에 관해서는 엄청난 지식을 갖고 있지만, 언어의 성질에 관해서는 전혀 모른다고 해도 과언이 아닙니다. 어리석을 정도로 특수화되어버렸다고나 할까. 지난 6년 동안 제가 그쪽 사람들과 일을 하지 않은 이유 중 하나죠."

이 여자는 도대체 누굴까? 그는 다시 생각했다. 오늘 아침에 신원 조사서를 건네받았지만, 그는 그것을 그냥 부관에게 넘겼고, 나중에야 거기에 '승인' 표시가 되어 있었다는 사실을 유념했을 뿐이었다. 무심코 이런 말이 나왔다. "미스 웡, 그쪽에 관해 조금 말해주실 수는 없을까요. 그런다면 서로 조금 더 편하게 얘기를 나눌 수 있을 것 같습니다." 불합리한 요청이었지만, 목소리만은 침착하고 자신에 차 있었다. 방금 이 여자 표정이 조금 이상해지지 않았나?

"뭘 알고 싶으신데요?"

"저는 아직 이것밖에는 모릅니다. 당신의 이름, 그리고 예전에 군의 암호부에서 일했다는 사실. 물론 아주 젊었을 때 일찌감치 사직했다는 건 알지만, 그때도 이미 상당한 명성을 떨치고 있었기 때문에, 6년이 지난 뒤에도 동료들은 당신을 기억하고 있었고, 바벨-17을 가지고 한 달을 악전고투한 끝에 만장일치로 '이건 리드라 웡에게 보내야 해'라고 말했다는 사실을." 그는 여기서 잠시 말을 멈췄다. "그런데 이미 어느 정도 진척을 보았다, 이거군요. 따라서 당신의 옛 동료들의 의견은 옳았다는 얘기가 됩니다."

"한잔하실까요." 리드라가 말했다.

바텐더가 스르르 다가와서 흐린 녹색 액체가 담긴 조그만 유리잔을 두 개 내려놓더니 다시 원위치로 돌아갔다. 그녀는 술을 홀짝이며 장군을 바라보았다. 눈꼬리가 올라간 것이, 마치 깜짝 놀라 펼친 새의 날개 같군. 그는 생각했다.

"저는 지구 출신이 아니랍니다." 리드라가 말했다. "아버지는 천왕성 너머에 있는 X-11-B 우주센터의 통신 기사였죠. 어머니는 〈외세계 법정〉의 통역사였고요. 저는 일곱 살이 될 때까지 우주센터를 자기 집처럼 휘젓고 다니는 버릇없는 개구쟁이였어요. 거긴 어린애들이 그리 많지가 않아서. 52년에는 가족이 소행성인 천왕성-XXVII로 이사를 갔죠. 열두 살이 될 무렵에는 지구의 일곱 언어를 말할 수 있었고, 다섯 개의 외계 언어로도 그럭저럭 의사소통을 할 수 있었어요. 보통 사람들이 유행가 가사를 외우듯이 언어를 습득했다고나 할까. 제2차 엠바고 때 양친을 모두 잃었습니다."

"엠바고 기간에 천왕성에 있었단 말입니까?"

"무슨 일이 일어났는지 아시나요?"

"외행성들 상태가 내행성들보다 훨씬 더 나빴다는 걸 압니다."

"그럼 정말 어땠는지는 모르시겠군요. 하지만 나빴던 건 사실이에요." 리드라는 문득 되살아난 기억에 놀란 듯이 숨을 들이켰다. "하지만 술 한 잔 들이켠 정도로는 얘기할 기분이 나지 않네요. 퇴원했을 무렵 저는 뇌손상일 가능성도 있었어요."

"뇌손상이라면—?"

"영양실조에 관해서는 아시겠고. 좌골 신경병이 병발했어요."

"그 전염병에 관해서도 압니다."

"하여튼 간에, 지구에 사는 숙모하고 숙부님 집으로 와서 신경 치료를 받게 되었죠. 문제는 굳이 치료받을 필요가 없었다는 거지만. 게다가 그게 심리적인 증세였는지 기질적인 증세였는지도 확실하지 않아요. 하지만 치료가 완전히 끝났을 때는 완전한 언어 기억력을 손에 넣었어요. 어차피 태어나면서부터 그에 가까운 능력이 있었으니 그리 낯

설지는 않았지만. 하지만 절대음감까지 생겼더군요."

"보통 거기엔 순간적인 암산 능력하고 직관상直觀像 기억 능력도 수반되지 않습니까? 그런 것들이 암호 해독에 큰 도움이 되었다는 건 이해할 수 있습니다."

"저는 썩 괜찮은 수학자이지만 암산의 천재는 아닙니다. 시각적 파악력이나 특수 연상력, 그러니까 총천연색 꿈이라든지 그런 것에서는 높은 점수를 받았지만, 완전 기억 능력의 경우는 언어적인 것에 한정됩니다. 그 무렵에는 이미 글을 쓰고 있었어요. 여름에는 정부에 취직해서 번역을 했고, 암호에 관해 열심히 공부하기 시작했습니다. 얼마 지나지 않아 제가 그 방면에 모종의 재능이 있다는 사실을 알게 되었죠. 저는 뛰어난 암호 해독가는 아니랍니다. 제가 쓰지도 않을 것을 가지고 그토록 열심히 연구할 끈기는 없어서요. 게다가 신경증도 장난 아니었고. 그것도 일을 그만두고 시를 쓰기 시작한 이유 중 하나예요. 하지만 그 '재능'은 뭐랄까, 좀 두려울 정도였답니다. 할일이 엄청나게 쌓이고 어딘가 다른 곳으로 도망치고 싶지만 주임한테 야단맞는 것이 두려워서 벌벌 떨고 있었을 때, 느닷없이 머릿속에서 제가 가진 의사소통에 관한 모든 지식이 한꺼번에 하나로 통합된 적이 있어요. 두려움과 피로에 시달리다가 이런 비참한 기분을 맛보느니, 눈앞에 있는 것을 읽고 그 뜻이 무엇인지를 말하는 쪽이 훨씬 더 쉽다는 사실을 깨달았다고나 할까."

그녀는 술잔을 흘끗 보았다.

"이윽고 그 재능을 의도적으로 통제할 수 있는 수준에 이르렀죠. 그 무렵에는 열아홉 살이었는데 어떤 암호든 깰 수 있는 여자라는 명성을 얻고 있었고. 아마 언어에 관해 좀 알았기 때문이었던 것 같습니다. 다른 사람보다 쉽게 패턴을 식별할 수가 있었던 거겠죠— 단어 순서를 마구 바꿔놓은 문장에서 직감적으로 문법적인 순서를 알아내는 식으로. 바벨-17을 가지고서도 그렇게 했습니다."

"왜 사직했습니까?"

"이미 두 가지 이유를 말씀드렸죠. 세 번째 이유는 그런 재능을 자유롭게 구사할 수 있게 된 뒤로는 제 목적을 위해 그걸 쓰고 싶었기 때문입니다. 저는 열아홉 살에 군의 직장을 그만두었고, 그다음엔…… 그러니까, 결혼을 한 뒤부터 진지하게 시를 쓰기 시작했습니다. 3년 뒤에 첫 번째 시집을 냈죠." 리드라는 어깨를 움츠리며 미소 지었다. "그 뒤로 무엇이 일어났는지를 알고 싶으시다면, 제 시를 읽으세요. 거기 모두 나와 있으니까요."

"그리고 지금은 다섯 은하에 걸친 수많은 세계에서, 독자들이 당신의 글에서 상상력과 의미를 발굴하고, 그것에 깃든 수수께끼를 풀어보려고 한다는 얘깁니까. 언어와 사랑과 고독을." 마지막 세 단어가 마치 유개 화차와 조우한 부랑자들처럼 그의 문장 위로 뛰어올랐다. 그녀가 눈앞에서 그에게 말하고 있다. 이곳, 군대와는 무관한 장소에 홀로 와 있는 그는 절절한 고독감을 곱씹었고, 그녀를 향한 절절한— 설마!

불가능할 뿐더러 황당무계하며 너무나도 단순한 생각이다. 이런 것을 가지고서는 결코 그의 눈 뒤에서, 그의 손아귀에서 흐르고 맥박 치는 것을 설명할 수는 없다. "한 잔 더 하시겠습니까?" 반사적인 방어 행동. 그러나 그녀는 그의 이 제안을 반사적인 친절함으로 받아들일 것이다. 그렇지 않은가? 바텐더가 다가왔다가 다시 떠나갔다.

"다섯 은하." 리드라는 그가 한 말을 되풀이했다. "정말 이상한 기분이네요. 난 이제 겨우 스물여섯 살밖엔 안 됐는데." 리드라의 시선은 거울 뒤의 어딘가에 못 박혀 있었다. 첫 번째 잔의 술은 아직 반만 줄어 있었다.

"키츠는 그 나이에 이미 죽었습니다."

리드라는 어깨를 으쓱했다. "지금은 참 괴상한 시대예요. 영웅, 그것도 새파랗게 젊은 영웅들이 느닷없이 각광을 받지만, 그들이 사라지는 속도 또한 그에 못지않게 느닷없죠."

장군은 고개를 끄덕였다. 10대 후반이나 20대 초반에 혜성처럼 등장해서 천재 소리를 듣다가 1년 혹은 2~3년 뒤에 소리 없이 사라지는 가수나 배우를 적어도 반 다스는 머리에 떠올릴 수 있다. 작가조차도 예외가 아니다. 리드라의 명성도 기껏해야 3년 지속되는 사회현상에 불과할는지도 모른다.

"저도 시대의 일부랍니다." 리드라가 말했다. "제가 사는 시대를 초월하고 싶긴 하지만, 시대 자체가 저라는 인간의 많은 부분을 이루고 있으니." 그녀는 마호가니 카운터에 놓인 술잔에서 손을 뗐다. "장군님처럼 군에 있는 분도 크게 다르지는 않겠죠." 리드라는 문득 고개를 들었다. "이런 얘기를 듣고 싶으셨던 건가요?"

그는 고개를 끄덕였다. 거짓말을 하려면 입보다는 몸짓으로 하는 편이 쉽다.

"기쁘군요. 그럼 포레스터 장군님, 바벨-17이란 도대체 뭔가요?"

그는 바텐더를 찾아 주위를 둘러보았지만 어딘가에서 빛이 비치는 것을 느끼고 다시 그녀 얼굴로 시선을 돌렸다. 빛은 실제로는 그녀의 미소에 불과했지만, 그것이 시야 가장자리에 들어왔을 때 정말로 빛이 비치는 것으로 착각했던 것이다. "자, 드세요." 리드라는 그를 향해 입을 대지 않은 두 번째 술잔을 밀었다. "이것까지는 못 마셔요."

그는 술잔을 받아 들고 한 모금 마셨다. "미스 웡, 그건 〈침략〉…… 그건 틀림없이 〈침략〉하고 관련이 있습니다."

리드라는 한쪽 팔에 체중을 실었고, 눈을 가늘게 뜨고 귀를 기울였다.

"그건 일련의 사고로 시작됐습니다— 흐음, 적어도 처음에는 사고처럼 보였죠. 하지만 지금은 의도적인 파괴공작이었다는 확신이 있습니다. 68년 12월 이래 〈동맹〉 전체에서 발생한. 그 대상은 군함일 때도 있었고, 우주해군의 조선소였을 때도 있었습니다. 대부분의 경우 중요한 장비의 고장을 수반하고 있었죠. 폭발로 중요 인물이 사망한 적도 두 번 있었습니다. 필수적인 군수물자를 생산하는 공장에서도 몇 번이나 문제의 '사고'가 일어났습니다."

"전쟁하고 관련이 있다는 점을 제외하고, 그 '사고'들을 연결해주는 것이 있나요? 우리 쪽 경제가 이런 식으로 돌아가고 있으니 산업 부문의 큰 사고가 전쟁에 영향을 안 끼치는 쪽이 더 힘들 것 같은데."

"이 모든 걸 연결해주는 것이 바로 바벨-17입니다, 미스 웡."

장군은 그녀가 남은 술을 마저 들이켜고 동그랗게 난 물자국 위에 정확하게 내려놓는 것을 바라보았다.

"각각의 사고가 일어나기 직전, 그리고 일어나던 중에, 그리고 그 직후에, 해당 구역에서 출처를 알 수 없는 대량의 전파 교신이 감지됐습니다. 수신 범위가 기껏해야 몇백 야드밖에는 안 되는 것들이 대부분이었지만, 이따금 초정지超停止 공간 채널이 몇 광년에 걸쳐 완전히 먹통이 될 정도로 폭발적인 것들도 있었죠. 군에서는 가장 최근 일어났던 세 번의 '사고' 때 발생했던 전파 교신을 기록했고, 그것에 임시로 바벨-17이라는 이름을 붙였던 겁니다. 자, 이런 얘기가 도움이 될 것 같습니까?"

"예. 교신의 주체가 누구든 간에, 그런 '사고'를 일으키라는 무선 지령을 방수傍受했을 가능성이 커 보이는데—"

"—하지만 아무것도 알아내지 못했습니다!" 장군은 참지 못하고 분통을 터뜨렸다. "도무지 알아들을 수 없는 잡음이 고속으로 들려올 뿐이니! 그러던 중 누군가가 그 패턴에서 모종의 반복되는 부분이 있다는 사실을 깨닫고, 혹시 암호가 아닌가 하는 의견을 내놓았습니다. 암호부는 드디어 실마리를 잡았다고 판단했지만 한 달이 지나도 해독하지 못했습니다. 그래서 이렇게 당신에게 도움을 요청한 겁니다."

장군은 곰곰이 생각하는 듯한 리드라의 얼굴을 바라보았다. 그러자 그녀가 말했다. "포레스터 장군님, 그 무선 교신 기록의 원본을 저한테 주세요. 예의 사고들하고 교신 기록을 가급적 초 단위까지 대비시킨 자세한 보고서를 포함해서요."

"글쎄요. 그건—"

"그런 보고서를 못 받으셨다면 다음번에 그 '사고'가 일어날 때 새로 작성해주세요. 만약 그 무선 잡음이 대화라면, 제 힘으로도 무슨 얘기를 하고 있는지 알아낼 수 있을 테니까요. 장군님은 모르실지도 모르지만, 암호부가 제게 보낸 사본에서는 누가 누구를 상대로 얘기하고 있는 건지 전혀 구분이 되어 있지 않았어요. 요컨대 제가 지금 갖고 있는 재료는 구두점은커녕 단어 분할조차도 안 되어 있는, 고도로 기술적인 교신의 녹취록에 불과하다는 뜻입니다."

"기록 원본만 제외하면 방금 말씀하신 모든 걸 제공할 수 있다고 생각합니다만—"

"모두 주셔야 합니다. 제가 가진 장비를 써서 신중하게 저 자신의 사본을 만들 필요가 있으니까요."

"구체적으로 어디에 주목해야 할지를 알려주시면 우리 쪽에서 작성해드릴 수 있습니다만."

리드라는 고개를 가로저었다. "제 손으로 직접 하지 않으면 소용이 없고, 아무 약속도 해드릴 수가 없어요. 음소하고 이음異音 구분에 처음 모든 게 걸려 있어서요. 장군님의 부하들은 그게 언어인지도 알아차리지 못했잖아요. 그러니 그 부분에 대해서도—"

이번에는 그가 리드라의 말을 가로막을 차례였다. "무슨 구분이라고요?"

"동양인들 중에 서양의 언어를 말할 때 R하고 L을 혼동하는 사람이 있다는 걸 아시죠? 동양의 많은 언어에서 R하고 L은 이음, 그러니까 동일한 음으로 간주되기 때문이랍니다. 글로 쓸 때도 그렇고, 귀로 들을 때조차도 그렇죠—마치 they라는 영어 단어 앞부분의 th가 theater 앞의 th와 동일한 음으로 간주되는 것처럼."

"theater하고 they의 앞부분 발음에 차이가 있다는 겁니까?"

"그것들을 다시 한 번 발음해보고, 귀를 기울여보세요. 한쪽은 유성음이고 다른 쪽은 무성음이잖아요. 잘 들어보면 V하고 F의 발음만큼이나 뚜렷하게 차이가 나지 않나요. V하고 F도 실은 이음이랍니다—적어도 영국식 영어에서는요. 그래서 영국인들은 V하고 F를 마치 같은 음소에 속한 음으로 듣는 버릇이 있죠. 미국인의 경우는 최소 대립쌍+인 ether/either의 발음 차이라고 말하면 더 이해하기 쉽겠군요. 이 경우 두 단어는 오로지 th의 발음만으로 구분되니까—"

"아……."

"그러니 '외국인'이 자기가 말하지 못하는 언어를 받아쓸 때 어떤 문제가 일어날 수 있는지 이해하시겠죠. 음성 구분이 너무 과하거나 반대로 부족할 수 있다는 뜻입니다."

"그럼 당신은 어떻게 할 작정입니까?"

"제가 아는 수많은 외국어의 음운 체계와 비교해보고, 육감에 의존해야겠죠."

"또 예의 '재능'입니까."

리드라는 미소 지었다. "그럴지도요."

그녀는 장군이 승낙해주기를 기다렸다. 승낙할 수밖에 없지 않은가? 그는 미묘하기 이를 데 없는 그녀의 목소리에 한순간 넋을 잃었다. "물론 요청대로 하겠습니다, 미스 웡." 장군은 말했다. "이 분야의 권위자이시니. 내일 암호부를 방문해주시면 필요하신 걸 모두 얻을 수 있을 겁니다."

"감사합니다, 포레스터 장군님. 그럼 그때 공식 보고서를 가지고 가겠습니다."

+ minimal pair. hat나 had처럼 같은 위치에 있는 음소 하나만으로 구분되는 한 쌍의 낱말. 음운 분석 등에 이용된다.

그는 초정지 빔 같은 그녀의 미소를 받으며 일어섰다. 이제는 가는 수밖에 없어. 그는 절망적인 기분으로 생각했다. 아, 뭐든지 말을 더 걸어봐야 하는데— "좋습니다, 미스 웡. 그럼 그때 다시 얘기 나누기로 하죠." 조금 더 말을 나누고 싶은데. 조금 더—

그는 억지로 몸을 떼어내다시피 하며 발을 움직였다. (이제 몸을 돌려야 해.) 한 마디만 더 할까. 감사합니다. 안녕히. 사랑합니다. 문을 향해 걸어가자 사념이 가라앉았다. 저 여자는 누구일까? 아, 해야 할 말들이 있었는데. 난 무뚝뚝하고 군인답고 능률적이었어. 그러는 대신에 저 여자 앞에서 나의 화려한 생각과 말을 피력할 수도 있었는데. 문이 홱 열리며 저녁의 파란 손가락이 그의 눈을 스쳤다.

하느님 맙소사. 밖의 냉기가 얼굴을 때렸을 때 그는 생각했다. 내 안에는 이렇게 많은 것들이 들어 있지만 저 여자는 이해 못해! 난 아무것도 전하지 못했어! 어딘가 마음속 깊숙한 곳에서 들려온 속삭임. **하나도 전하지 못했지. 그러니까 넌 아직 안전해.** 하지만 마음 표면에서는 그가 침묵했다는 사실에 대한 분노가 더 강했다. 아무것도 전하지 못했어—

리드라는 양손을 카운터 가장자리에 얹은 채로 일어서서 거울을 바라보았다. 바텐더가 손가락 앞에 놓인 빈 술잔을 치우러 왔다. 그는 술잔을 집으려고 하다가 의아한 표정을 지었다.

"미스 웡?"

그녀의 얼굴은 딱딱하게 굳어 있었다.

"미스 웡, 혹시—"

손가락 마디가 하얗다. 바텐더는 하얀색이 손을 타고 올라가서 덜덜 떨리는 양초로 변하는 광경을 지켜보았다.

"혹시 어디 편찮으십니까, 미스 웡?"

리드라는 퍼뜩 바텐더에게 고개를 돌렸다. "그쪽도 봤어?" 이렇게 속삭인 그녀의 목소리는 쉬고 거칠고 가시가 돋히고 경직되어 있었다. 그녀는 카운터에 홱 등을 돌리고 문을 향해 걸어갔다. 한 번 멈춰 서더니 기침을 했고, 서둘러 밖으로 나갔다.

2

"모키, 도와줘요!"

"리드라?" 마르쿠스 트므와르바 박사는 어둠 속에서 베개를 밀쳐내고 몸을 일으켰다. 침대 위의 흐릿한 조명 속에 그녀의 얼굴이 번득이며 출현했다. "어디 있어?"

"아래층이에요, 모키. 부탁이에요. 꼭 해야 할 얘기가 있어서." 동요한 빛이 역력한 그녀의 얼굴이 좌우로 움직이며 그의 시선을 피했다. 그는 밝은 빛을 피해 눈을 찡그렸다가, 다시 천천히 떴다. "올라와."

그녀의 얼굴이 사라졌다.

그가 제어판 위에서 손을 흔들자 부드러운 빛이 호화로운 침실을 가득 채웠다. 그는 금빛 누비이불을 밀쳐내고 일어나 모피 깔개 위에 섰다. 비비 꼬인 청동 기둥에서 검정색 실크 가운을 집어 들어 어깨에 휙 걸치자 자동 조절식 와이어가 가슴의 앞섶들을 여미고 어깨의 각을 잡았다. 로코코풍으로 장식된 제어판의 감응 프레임을 다시 훑자 사이드보드의 알루미늄제 뚜껑이 후퇴하더니 김을 뿜는 유리병과 술이 담긴 유리병들이 앞으로 밀려나왔다.

다시 한 번 손을 흔들자 방바닥에서 거품의자가 부풀어 올랐다. 트므와르바 박사가 출입문 쪽으로 몸을 돌리자 운모雲母제 문이 삐걱거리며 양쪽으로 미끄러지듯 움직였다. 리드라는 문간에서 움찔했다.

"커피?" 박사가 유리병을 밀어내자 역장力場이 그것을 받아 리드라에게 천천히 가져왔다. "무슨 일을 하고 있었어?"

"모키, 그건…… 나는……?"

"커피부터 마셔."

리드라는 잔에 커피를 따르고 입가로 반쯤 가져갔다. "진정제는 안 들어 있죠?"

"크렘 드 카카오가 좋아, 아니면 크렘 드 카페가 좋아?" 그는 조그만 유리잔 두 개를 들어 보였다. "알코올도 반칙이라고 생각하지 않는다면 말이야. 아, 그리고 저녁에 먹은 프랭크소시지하고 콩 스튜가 좀 남아 있어. 손님이 왔었거든."

리드라는 고개를 가로저었다. "카카오면 돼요."

조그만 유리잔이 광선에 실려 커피 뒤를 따라왔다. "오늘은 정말이지 완벽하게 지독한 하루였어." 그는 깍지를 꼈다. "오후 내내 아무 일도 없었는데 저녁을 먹으러 온 손님들이 논쟁하기를 정말 좋아해서 말이야. 겨우 갔나 했더니 여기저기서 전화가 걸려 와서 그걸 받느라고 정신이 없었어. 자기 시작한 건 겨우 십 분 전이야." 그는 미소 지었다. "네 저녁은 어땠어?"

"모키, 그……그건 정말 끔찍했어요."

트므와르바 박사는 리큐르를 홀짝였다. "좋아. 안 그랬더라면 이런 야심한 시각에 날 깨운 걸 용서하지 못했을 거야."

리드라는 엉겁결에 미소 지었다. "당신…… 당신이라면 언제나 도, 도, 동정해줄 거라고 생각했어요, 모키."

"분별 있는 지적이라든지 적절한 정신의학적 충고 같은 거라면 기대에 부응할 수 있겠지. 하지만 동정이라니? 11시 반 이후엔 그딴 건 없어. 자, 앉아. 무슨 일이 일어났는데?" 마지막으로 손을 한 번 흔들자 리드라 곁에 의자가 부풀어 올랐다. 의자 가장자리가 무릎 뒤쪽을 톡 치자 그녀는 앉았다. "자, 이제 더듬거리지 말고 얘기해봐. 그 버릇은 열다섯 살 때 이미 고쳤잖아." 매우 온화하고 단호한 목소리였다.

리드라는 커피를 한 모금 더 마셨다. "암호. 내가 연구하고 있던 암호 얘기를 했던 거 기억나요?"

트므와르바 박사는 폭이 넓은 가죽 해먹에 앉더니 백발을 쓸어 올렸다. 졸음이 덜 깬 듯 어수선한 표정이었다. "정부한테서 뭔가 해달라는 부탁을 받았다는 얘길 한 기억이 나는군. 그땐 넌 그걸 상당히 비웃는 듯한 느낌이었는데."

"그래요. 그런데…… 흐음, 그건 암호가 아녜요. 실은 언어였어요. 하지만 조금 전 저녁에 그, 책임자라는 장군, 포레스터 장군하고 만났는데, 그 일이 일어났던 거예요……. 그러니까, 또 그게 일어났고, 난 알았어요!"

"뭘 알아?"

"지난번에 그랬던 것처럼, 그 사람이 무슨 생각을 하는지를!"

"마음을 읽었다는 거야?"

"아녜요. 그게 아니라, 지난번하고 똑같았다고요! 그 사람이 뭘 하는지를 보고 무슨 말을 하는지를 듣기만 해도, 뭘 생각하는지를 알 수 있었어요……."

"예전에도 설명을 들었지만, 아직도 이해 못하겠어. 그게 일종의 텔레파시라면 알 것 같기도 하지만."

리드라는 고개를 가로저었고, 다시 한 번 가로저었다.

트므와르바 박사는 손깍지를 끼고 의자 등받이에 등을 기댔다. 그러나 리드라가 느닷없이 침착한 목소리로 말했다. "**이제는 네가 무슨 얘기를 하려고 하는지 어느 정도 알 것 같군, 리드라. 하지만 넌 그걸 자기 입으로 말해줘야 해.** 지금 이렇게 말하려고 했죠, 모키. 안 그래요?"

트므와르바는 흰 산울타리 같은 양 눈썹을 추켜올렸다. "맞아. 그럴 작정이었지. 그런데도 내 마음을 읽은 건 아니라고? 이런 일을 이미 열두 번은 내 앞에서 해 보였는데—"

"난 당신이 무슨 말을 **안 하려고** 하는지도 알아요. 하지만 당신은 내가 무슨 말을 하려고 하는지를 모르잖아요. 공평하지 못해!" 리드라는 의자에서 일어나려는 기색을 보였다.

두 사람은 동시에 말했다. "그래서 넌 그렇게 뛰어난 시인인 거야." 리드라는 말을 이었다. "알아요, 모키. 머릿속에서 신중하게 생각을 정리해서, 시로 그걸 써서 다른 사람들에게 이해시켜야 한다는 걸. 하지만 지난 십 년 동안 내가 하던 일은 그게 아니었어요. 내가 뭘 하는지 알아요? 난 다른 사람들의 말에 귀를 기울이고, 여기저기서 그 사람들의 설익은 사고, 설익은 문장, 제대로 표현하지도 못하는 어색한 감정

따위에 채여요. 그게 마음을 아프게 하는 거예요. 그래서 집에 가서 그 것들을 갈고 닦아서 운율이 맞는 주형鑄型에 집어넣어요. 우중충한 색채를 반들거리게 하고 인공적이고 요란스러운 것은 연하고 부드럽게 바꿔서, 더 이상 내 마음이 아프지 않도록 하는 거예요. 그게 내 시예요. 난 다른 사람들이 무슨 말을 하고 싶은지를 아니까, 그걸 대신 말해주는 거죠."

"이 시대의 목소리." 트므와르바가 말했다.

리드라는 입에 담지 못할 말을 내뱉었다. 다 말한 뒤에는 눈꺼풀 아래쪽에서 눈물이 솟구치고 있었다. "**내가** 말하고 싶은 건, 내가 표현하고 싶은 건, 단지 **난**……." 그녀는 또다시 고개를 흔들었다. "말할 수가 없어요."

"시인으로서 계속 성장하고 싶다면, 말하는 수밖에 없어."

리드라는 고개를 끄덕였다. "모키, 일 년 전만 해도 난 내가 다른 사람들의 사고를 되풀이하고 있을 뿐이라는 사실조차도 모르고 있었어요. 다 내 것이라고 생각했죠."

"조금이라도 싹수가 있는 젊은 작가라면 누구나 그런 단계를 통과하게 돼. 그렇게 해서 자기 일을 터득하는 거지."

"하지만 지금 내가 말해야 하는 건 완전히 나만의 것이에요. 다른 사람이 이미 말한 것들을 독창적으로 바꿔 말한 게 아니라고요. 게다가 다른 사람들이 이미 표현했던 것들을 극단적으로 뒤집는 식으로, 알맹이는 그대로고 겉만 달라진 것도 아녜요. 예전과는 전혀 다른 새로운 것들. 난 그게 죽도록 무서워요."

"성숙한 작가가 되려는 젊은 작가라면 누구나 경험하는 일이야."

"되풀이하는 건 쉽지만, 말하는 게 어려워요 모키."

"좋아. 그걸 터득하고 있는가 보군. 그럼 그…… 다른 사람의 마음을 이해하는 능력에 관해 얘기해줄 수 있겠어?"

리드라는 오 초 동안 침묵했고, 이 시간은 십 초로 늘어났다. "알았어요. 다시 한 번 해보죠. 난 술집에서 나오기 직전에 카운터 앞에 서서 거울을 바라보고 있었어요. 그러자 바텐더가 다가오더니 혹시 어디 편찮으시냐고 물어보더군요."

"네가 동요하고 있다는 걸 감지한 건 아닐까?"

"뭘 '감지'하거나 한 건 아녜요. 내 손을 보더군요. 카운터 가장자리에서 양손을 꽉 쥐고 있었어요. 하얗게 변할 정도로. 천재가 아니라도 내 머릿속에서 묘한 일이 일어나고 있다는 사실을 알아차리는 건 어렵지 않았겠죠."

"바텐더는 그런 식의 징후에는 민감한 법이지. 그것도 업무의 일부이니까 말이야." 박사는 커피를 모두 들이켰다. "손가락이 하얗게 변하고 있었다고 했지? 알았어. 그럼 그 장군이란 사내가 너한테 한 말, 아니면 하고 싶었지만 하지 않은 말이라는 게 뭐야?"

리드라의 뺨 근육 하나가 두 번 실룩였다. 트므와르바 박사는 생각했다. 난 저걸 보고, 그녀가 단지 신경이 곤두서 있을 뿐이라는 것보다 더 자세한 해석을 내놓을 수 있어야 하는 걸까?

"싹싹하고, 강직하고 유능한 사내였어요." 리드라는 설명했다. "아마 결혼은 안 했을 거예요. 안정된 생활과는 거리가 먼 직업군인이니. 오십대였고, 그 사실에 위화감을 느끼고 있는 것 같더군요. 우리가 만나기로 한 술집으로 들어왔을 때, 눈이 가늘어졌다가 다시 커졌고, 허벅지에 닿아 있던 손의 손가락을 갑자기 구부렸다가 다시 뻗는 걸 봤어요. 안으로 들어왔을 때는 걸음걸이가 느려졌지만, 세 걸음 되는 거리까지 다가왔을 때는 다시 빨라졌고, 나하고 악수했을 때는 마치 깨지기라도 하면 큰일이라는 듯이 조심스러웠죠."

미소를 떠올리고 귀를 기울이던 트므와르바는 웃음을 터뜨렸다. "너하고 사랑에 빠졌군!"

리드라는 고개를 끄덕였다.

"하지만 그런 일이 일어났다고 해서 네가 왜 동요할 필요가 있는 거지? 오히려 기분 좋아야 하는 거 아닐까."

"아, 물론 그랬어요!" 리드라는 몸을 내밀었다. "아주 좋은 기분이었어요. 게다가 그 사람 머릿속의 생각을 모두 따라갈 수 있었어요. 그 사람이 암호, 그러니까 바벨-17로 다시 주의를 돌리려고 했을 때 난 그가 무슨 생각을 하고 있는지를 정확하게 말했어요. 단지 내가 얼마나 가까운지를 알려주려고 말이에요. 그 사람 마음속에 혹시 내가 자기 마음을 읽고 있는 게 아닌가 하는 생각이 스치는 걸 난 봤고—"

"잠깐 기다려. 내가 이해 못하는 건 바로 그 부분이야. 상대방이 무슨 생각을 하는지를 어떻게 **정확히** 알 수 있었단 말이지?"

리드라는 손으로 턱을 가리켰다. "그렇게 말했어요, 여기로. 그 언어를 해독하려면 정보가 더 필요하다, 뭐 이런 말을 내가 했을 때의 일이었어요. 그걸 주고 싶지 않은 눈치더군요. 그래서 난 정보를 더 주지 않으면 더 이상은 방법이 없다, 알고 보면 간단한 일이다, 이렇게 대꾸했죠. 그러자 그 사람은 고개를 조금 들었어요— 고개를 가로젓지 않으려고 말이에요. 만약 고개를 가로저으면서 입을 조금 다물었다면, 나한테 뭐라고 했을 것 같아요?"

트므와르바 박사는 어깨를 으쓱했다. "그건 당신이 생각하는 것만큼 쉬운 일이 아니니다?"

"그래요. 그런데 어떤 몸짓을 함으로써 그렇게 말하는 걸 피했던 거죠. 그게 무슨 뜻일까요?"

트므와르바는 모르겠다는 듯이 고개를 가로저었다.

"그게 그렇게 간단한 일이 아니라는 말하고 내가 그곳에 와 있다는 사실을 결부시켰기 때문에, 예의 몸짓을 회피했던 거예요. 그러는 대신에 고개를 들었던 거죠."

"바꿔 말해서, 그게 그렇게 간단한 일이었다면, 너를 필요로 하지는 않았을 거야." 트므와르바가 추측했다.

"바로 그거예요. 그런데 그렇게 고개를 들다가 반쯤 가서 잠깐 멈춘 순간이 있었어요. 그럼 무슨 의미가 덧붙여지는지 알겠어요?"

트므와르바는 고개를 가로저었다.

"만약 그게 간단한 일이라면—그리고 잠깐 멈추고—**정말** 그토록 간단한 일이었다면, 애초에 당신한테 이 일을 맡기지도 않았을 거야." 리드라는 무릎 위에 올려놓은 손을 뒤집어 손바닥을 보였다. "그리고 내가 그렇게 말하니까, 그 사람은 입을 꽉 다물었고—"

"놀라서?"

"—그래요. 혹시 내가 자기 마음을 읽을 수 있는 것은 아닌지 의아해한 건 바로 그때였죠."

트므와르바 박사는 고개를 설레설레 흔들었다. "너무 정확하군, 리드라. 네가 말한 건 독근술讀筋術이야. 다른 사람이 뭘 생각하는지를 상당히 정확히 알 수 있지. 특히 상대방의 생각이 집중된 논리적인 영역을 알고 있을 경우에는 말이야. 그렇게 봐도 너무 정확하긴 하지만. 네가 왜 그렇게 동요했는지 다시 생각해보자고. 혹시 그…… 세련되지 않은 우주군 양반이 너한테 너무 관심을 쏟아서 예의 바른 너를 불편하게 만들었던 건 아닐까?"

리드라는 예의 바르지도 않고 세련되지도 않은 대답을 내놓았다.

트므와르바 박사는 입술 안쪽을 깨물었다. 혹시 방금 무슨 생각을 떠올렸는지 알아차린 것일까.

"난 어린 소녀가 아녜요. 또 그 사람은 무례한 생각 따위는 전혀 하고 있지 않았어요. 아까 말했듯이 오히려 기분이 좋았다니까요. 가벼운 농담을 던진 것도, 내가 그 사람하고 얼마나 죽이 맞는지를 알리고 싶어서 그랬던 거예요. 매력적인 남자라고 느꼈으니까 말이에요. 또 그 사람이 모든 걸 나만큼이나 뚜렷하게 보았다면 내 마음속에는 오로지 호감밖에는 없다는 걸 눈치챘을 거예요. 단지 거기서 헤어졌을 때—"

트므와르바 박사는 리드라의 목소리가 다시 거칠어지기 시작했다는 것을 깨달았다.

"—거기서 헤어졌을 때, 그 사람은 마지막으로 이런 생각을 했던 거예요. '이 여자는 전혀 몰라. 난 아무것도 전하지 못했어'라고."

그녀의 눈이 어두워졌다— 아니다, 앞으로 몸을 좀 숙이고 눈꺼풀을 반쯤 내리깔았기 때문에 눈이 어두워진 것처럼 보인 것이다. 거의 자폐아에 가까운 열두 살의 비쩍 마른 소녀가, 신경 요법을 받기 위해 처음으로 그에게 온 이래 이미 몇천 번이나 보았던 표정이었다. 신경 요법은 곧 심리 요법이 되었고, 그런 다음에는 우정으로 발전했다. 박사는 이 현상의 메커니즘을 처음으로 제대로 이해했다. 리드라의 관찰안의 정확함에 감명을 받은 그는 다른 환자들에게도 더 면밀한 주의를 기울이게 되었다. 인과가 한 바퀴 돌아서 리드라를 한층 더 면밀하게 관찰할 수 있게 된 것은 정식 치료가 완전히 끝난 뒤의 일이었다. 지금 목격한 어두운 눈초리는 그녀가 변했다는 사실 말고 또 무엇을 의미하는 것일까? 박사의 마음을 둘러싼 수많은 인격 표상을 그녀가 현미경을 보듯 읽어낸다는 사실은 잘 알고 있었다. 부유하고 처세에 밝은 박사는 리드라에 필적하는 명성을 가진 사람들을 많이 알고 있었다. 그런 명성에 외경심을 느끼거나 하지는 않았다. 그러나 리드라에게는 곧잘 외경심을 느낀다.

"그 사람은 내가 이해 못한다고 생각했던 거예요. 내게 아무것도 전하지 못했다고 생각했어요. 그래서 화가 나고 마음이 상했어요. 세계를 속박하고 사람들을 서로에게서 고립시키는 모든 오해가 한꺼번에 내 앞으로 몰려와서 부들부들 떨며, 내가 풀어주고 설명해주기를 기다리고 있었지만, 난 그럴 수가 없었으니까. 난 단어도 문법도 구문도 몰랐으니까. 게다가—"

리드라의 동양적인 얼굴에 뭔가 다른 표정이 떠오르고 있었다. 박사는 신경을 집중해서 그것을 포착해보려고 했다. "게다가?"

"—바벨-17."

"예의 언어?"

"그래요. 예전부터 내가 내 '재능'이라고 부르던 걸 알죠?"

"갑자기 그 언어를 이해했다는 뜻이야?"

"흠. 포레스터 장군은 내게 주어진 것들이 독백이 아니라 대화라는 사실을 가르쳐줬어요. 내가 모르고 있던 사실을. 그 사실이 내 마음속 깊은 곳에 숨어 있던 다른 것들과 맞아떨어졌던 거예요. 그 목소리들이 어디서 나를 변화시키는지를 깨달았다고나 할까. 그러고는—"

"그걸 이해한다는 거야?"

"어떤 부분은 오늘 오후에 보았을 때보다 더 잘 이해할 수 있게 됐어요. 이 언어 자체에 어딘가 포레스터 장군보다 더 두려운 부분이 있다는 생각이 들어요."

트모와르바의 얼굴에 당혹스러운 표정이 들러붙었다. "언어 자체라고?"

리드라는 고개를 끄덕였다.

"어떤?"

뺨의 근육이 또다시 실룩거렸다. "우선 다음 사고가 어디서 일어날지 알 것 같아요."

"사고?"

"예. 〈침략자〉들이 계획하고 있는 다음 번 파괴공작 말이에요. 정말로 〈침략자〉들이라면 말이지만. 그쪽은 확신이 없어요. 하지만 언어 자체가— 정말…… 기묘한 거예요."

"어떤 식으로?"

"작아요." 리드라는 말했다. "빈틈이 없어요. 치밀하게 짜여 있고— 이렇게 말해도 도통 무슨 얘긴지 모르겠죠? 그러니까, 언어가 그렇다는 걸?"

"간결함?" 트모와르바 박사는 반문했다. "구어口語로서는 좋은 성질이라고 생각하는데."

"그래요." 치찰음이 숨으로 변해 흘러나왔다. "모키, 난 두려워요!"

"왜?"

"왜냐하면 난 뭔가를 시도할 작정이고, 그럴 수 있을지 없을지 모르기 때문이에요."

"그럴 만한 가치가 있는 일이라면 언제나 좀 두려운 법이야. 뭘 할 작정인데?"

"난 술집에 있었을 때 그렇게 마음먹었고, 그러기 전에 누군가에게 그걸 얘기해둬야 한다고 판단했어요. 그렇다면 아무래도 당신한테 그래야 할 것 같아서."

"얘기해봐."

"난 이 바벨-17 문제를 내 손으로 해결할 생각이에요."

트므와르바는 오른쪽으로 고개를 기울였다.

"왜냐하면 이 언어를 누가, 어디서 말하고, 무엇을 말하려고 하는지 꼭 알아봐야 하기 때문이에요."

박사의 머리가 왼쪽으로 기울었다.

"왜냐고요? 흐음, 대부분의 교과서에는 언어란 사고를 표현하는 기제라고 나와 있으니까요, 모키. 하지만 언어는 사고 **그 자체**예요. 사고란 형태를 부여받은 정보이고. 그 형태는 바로 언어죠. 그리고 이 언어의 형태는…… 놀라워요."

"뭐가 놀랍다는 건데?"

"모키, 사람은 다른 언어를 배우면서, 다른 사람들이 세계를, 우주를 보는 방식을 배운다는 걸 알죠."

그는 고개를 끄덕였다.

"그런데 이 언어를 들여다보니…… 너무나 많은 게 보이는 거예요."

"상당히 시적인 표현이군."

리드라는 웃음을 터뜨렸다. "나를 지상으로 끌어내리려고 할 때는 언제나 그렇게 말하는군요."

"그리 자주 그럴 필요는 없었어. 좋은 시인이란 실제적이고 신비주의를 혐오하는 법이니까."

"현실에 부딪히는 존재라고 말하고 싶은 거로군요. 하지만, 시가 뭔가 실체가 있는 걸 건드리려는 시도라고 한다면, 바로 그게 시적인 걸지도 모르겠네요."

"좋아. 난 여전히 이해 못하겠지만 말이야. 하지만 이 바벨-17이란 수수께끼를 어떻게 풀 셈이야?"

"정말로 알고 싶어요?" 그녀는 양손을 무릎에 내려놓았다. "우주선을 한 척 손에 넣고 승무원들을 모집해서, 다음 사고가 일어날 장소로 갈 거예요."

"그렇군. 넌 항성간 우주선의 선장 면허를 갖고 있으니. 그럴 자금은 있어?"

"정부가 대줄 거예요."

"아, 다행이군. 하지만 왜?"

"난 반 다스에 달하는 〈침략자〉들의 언어를 알고 있어요. 하지만 바벨-17은 그것들과는 다르고, 〈동맹〉의 언어도 아녜요. 난 누가 이 언어를 말하는지 알아내고 싶어요. 왜냐하면 이 우주에서 도대체 누가, 또는 무엇이, 그런 식으로 생각하는지를 알고 싶기 때문이에요. 내가 그럴 수 있을 것 같아요, 모키?"

"커피 한 잔 더 마셔." 박사가 어깨 뒤로 손을 뻗자 유리병이 또 그녀를 향해 미끄러지듯이 다가왔다. "좋은 질문이로군. 생각해볼 것도 많고. 넌 세상에서 가장 안정된 사람이라곤 할 수 없어. 우주선 승무원들을 지휘하려면 특수한 마음가짐이 필요하고— 넌 그걸 갖추고 있지. 네 선장 면허는, 내 기억이 맞다면 2년쯤 전의 그 묘한— 어, 결혼의 결과겠군. 하지만 그땐 자동조종식 배를 한 번 다뤘을 뿐이잖아. 이렇게 긴 여행을 할 경우엔, 〈수송원〉들을 써야 하지 않아?"

리드라는 고개를 끄덕였다.

"내가 지금까지 접해온 건 대부분 〈세관〉 쪽 사람들이야. 너도 적든 많든 〈세관원〉에 가깝고."

"부모님 모두 〈수송원〉 출신이었어요. 엠바고가 시작되기 전까지는 나도 〈수송원〉이었고."

"그건 그렇지. 그럼 내가 '응, 넌 그럴 수 있을 거야'라고 대답한다면 어쩔 거야?"

"그럼 난 '고마워요'라고 대답하고 내일 출발하겠죠."

"만약 내가 너의 정신 지수들을 현미경으로 꼼꼼히 들여다보려면 일주일은 걸리니까, 그동안 넌 휴가를 얻어 우리 집에 머물면서 강의도 하지 말고, 낭독회도 열지 말고, 칵테일 파티에도 나가지 말라고 한다면?"

"그럼 '고마워요'라고 대답하고 내일 출발하겠죠."

박사는 씩 웃었다. "어차피 그럴 거면서 왜 나한테 물어봤어?"

"그건—" 리드라는 어깨를 으쓱했다. "왜냐하면 내일 난 미치도록 바쁠 게 뻔하고……. 그러면 작별인사를 할 틈이 없을 테니까요."

"아." 박사의 쓴웃음이 부드러운 미소로 변했다.

그러고는 또다시 그 구관조 일을 머리에 떠올렸다.

비쩍 마르고 수줍음을 잘 타는 열세 살의 리드라는 웃음을 터뜨리며 온실의 3중문을 열고 뛰어들어 왔다. 입을 어떻게 움직이면 웃을 수 있는지를 방금 터득한 듯했다. 박사는 진짜 부모가 된 듯 기뻐하고 있었다. 여섯 달 전에 그에게 맡겨진 거의 시체나 다름없는 환자가 이제 다시 소녀로 되돌아와서, 선머슴처럼 짧게 깎은 머리를 하고, 샐쭉해지고, 짜증을 내고, 꼬치꼬치 캐묻고, 각각 럼프와 럼킨이라고 이름 붙인 두 마리의 기니피그를 애지중지하게 되었기 때문이다. 에어컨디셔너 바람이 온실 유리벽에 관목을 밀어붙이고 투명한 천장에서 햇살이 쏟아졌다. 그때 그녀는 이렇게 말했다. "저게 뭐예요, 모키?"

그는 하얀 반바지와 너무 큰 홀터 차림의 소녀를 향해 미소 지으며 대답했다. "저건 구관조란다. 너한테 말을 할 거야. 안녕이라고 말해봐."

새의 검은 눈은 건포도처럼 무표정했고, 눈 모서리에 떠올라 있는 핀대가리처럼 미세한 빛만이 살아 있는 생물이라는 사실을 알리고 있었다. 깃털이 번들거리고, 헤벌린 바늘처럼 뾰족한 부리 사이로 굵은 혀가 엿보인다. 새가 고개를 갸우뚱하는 것을 본 리드라도 고개를 갸우뚱하며 속삭였다. "안녕?"

트므와르바 박사는 리드라를 놀래주려고 2주 전부터 땅에서 갓 파낸 지렁이를 써서 이 새를 훈련시켰다. 구관조는 왼쪽 어깨 너머를 흘끗 보며 단조로운 목소리로 말했다. **"안녕, 리드라. 오늘 바깥 날씨가 참 좋아서 나도 기분이 좋아."**

리드라는 비명을 질렀다.

전혀 예기치 않았던 반응이었다.

박사는 그녀가 웃음을 터뜨릴 것이라고 지레짐작하고 있었다. 그러나 리드라의 얼굴은 일그러져 있었고, 무엇인가를 때리듯이 양손을 마구 휘두르더니 비틀거리며 뒤로 물러났고, 쓰러졌다. 그녀는 가슴이 찢어질 듯한 비명을 쥐어짰고, 숨이 막힌 듯 헐떡였다가, 다시 비명을 쥐어짰다. 박사는 히스테리를 일으켜 몸부림치는 소녀를 부축하기 위해 달려갔다. 그러는 동안에도 소녀의 울부짖음 사이로 새의 단조로운 목소리가 들려왔다. **"오늘 바깥 날씨가 참 좋아서 나도 기분이 좋아."**

갑작스러운 불안발작은 예전에도 목격한 적이 있지만, 이번 경우는 박사도 크게 동요했다. 나중에 이 얘기를 할 수 있게 되었을 때도 그녀는 단지 "무서웠어요!"라고 대답할 뿐이었다— 긴장한 목소리로, 하얗게 변한 입술로.

그것으로 끝났을 일이었다. 빌어먹을 새가 사흘 뒤에 온실을 탈출해서 지붕의 안테나 그물로 날아 들어가지만 않았다면. 이 안테나 그물은 리드라가 아마추어 초정지파 무전기를 써서 이 은하계의 팔 부분을 항행하는 수송 우주선들이 발하는 초정지 공간 통신을 수신할 수 있도록, 박사의 도움을 받아 설치한 것이었다. 한쪽 날개와 다리가 그물에 걸린 구관조는 하필 전류가 흐르는 가열선을 향해 마구 날갯짓을 하기 시작했던 것이다. 대낮에도 보일 정도의 불똥이 사방으로 튀었다. "저기서 꺼내줘야 돼!" 리드라가 절규했다. 손가락 끝으로 입을 가리고 있었지만, 새를 바라보는 그녀의 볕에 그은 얼굴에서 핏기가 가시는 것을 박사는 알 수 있었다. "내가 알아서 할게, 리드라." 박사는 말했다. "넌 신경 쓰지 않아도 돼."

"두 번만 더 저 철사에 부딪히면 죽을 거예요!"

그러나 박사는 이미 사다리를 가지러 온실로 들어가고 있었다. 다시 밖으로 나온 그는 흠칫 멈춰 섰다. 리드라는 비스듬하게 집 모서리를 가린 개오동나무를 지지하고 있는 철사를 이미 5분의4 가까이 기어오르고 있었다. 십오 초 뒤에 박사는 그녀가 손을 뻗었다가 흠칫 움츠리고, 마구 흔들리는 깃털을 향해 다시 손을 뻗는 광경을 바라보고 있었다. 리드라가 전류가 흐르는 전선 따위를 두려워하지 않는다는 사실은 박사도 알고 있었다. 자기 손으로 직접 설치했기 때문이다. 또다시 사방으로 불똥이 튀었다. 그러자 리드라는 결심한 듯 가열선을 꽉 잡았다. 일 분 뒤에 그녀는 앞으로 뻗은 손에 엉망진창이 된 새의 시체를 들고 뜰을 가로질러 그에게 왔다. 횟가루를 뿌리기라도 한 것처럼 창백한 얼굴이었다.

"받아요, 모키." 리드라의 떨리는 입술에서 아무 억양도 없는 말이 흘러나왔다. "이게 또 뭐라고 말해서 내가 또 난리를 치기 전에."

그리고 지금, 그로부터 13년이 지난 지금, 뭔가 다른 것이 그녀에게 말을 걸고 있었고, 그녀는 그것이 두렵다고 말하고 있는 것이다. 박사는 그녀의 두려움이 얼마나 극심한 것인지를 알고 있었다. 그리고 그녀가 그런 두려움에 맞서기 위해 얼마나 큰 용기를 동원할 수 있는지도.

그는 말했다. "잘 가. 일부러 깨워줘서 고마워. 네가 오지 않았더라면 나는 물벼락을 맞은 수탉처럼 화를 냈을 거야. 고마워."

"고마워해야 하는 사람은 나예요, 모키." 리드라는 말했다. "난 아직도 두려워요."

3

〈세관원〉인 대닐 D. 애플비는—이 사내는 자신을 이 이름으로 생각하는 법이 거의 없었다—철사유리 너머로 상대방을 응시하며 짧게 깎아 올린 머리를 쓰다듬었다. "흐음, 원한다면 허가한다, 이렇게 쓰여 있군요."

"그리고—?"

"포레스터 장군의 서명이 되어 있습니다."

"그럼 협력해주실 거죠."

"하지만 일단 제가 보고 승인해야—"

"그럼 함께 와서 현장에서 승인해주면 어때요. 보고서를 보내서 승인 절차를 기다릴 시간은 없으니까요."

"하지만 그건 도저히 무리—"

"무리가 아녜요. 나하고 함께 와줘요."

"하지만 미스 웡, 저는 〈수송원〉 거리를 밤에 돌아다니거나 하진 않습니다."

"난 그러는 걸 좋아하는데요. 혹시 겁이 나서 그러는 거예요?"

"겁이 나는 건 아니지만—"

"내일 아침까지 우주선 한 척하고 승무원들을 모두 조달해야 한답니다. 그리고 거기 포레스터 장군의 서명을 받아 왔잖아요. 할 수 있죠?"

"뭐 그럴 수는 있습니다만."

"그럼 가자고요. 승무원들을 꼭 승인받아야 해요."

한쪽은 끈질기게 요구하고, 다른 쪽은 이의를 제기하면서, 리드라와 세관 직원은 청동과 유리로 된 건물에서 나왔다.

그들은 거의 육 분 가까이 모노레일이 오기를 기다렸다. 아래쪽으로 내려가자 거리는 더 좁아졌고, 수송 우주선들의 끊임없는 소음이 하늘을 가르며 떨어져 내렸다. 창고와 수리 보급창들 사이로 곧 무너질 것 같은 아파트와 하숙집들이 늘어서 있다. 이곳을 가로지르는 약간 넓은 도로는 지상차와 바쁜 듯이 돌아다니는 하역부들과 우주인들로 북적이고 있었다. 두 사람은 네온사인이 반짝이는 환락가와 여러 세계의 음식을 파는 식당과 술집과 매음굴을 지나쳤다. 발 디딜 틈도 없는 군중 속에서 〈세관원〉은 어깨를 움츠리고 다리가 긴 리드라의 보조에 맞추기 위해 잰걸음으로 걸었다.

"어디서 찾아볼 생각이신지—?"

"조종사 말이에요? 우선 그쪽부터 찾을 작정이에요." 리드라는 길 모퉁이에 멈춰 서더니 가죽 바지 호주머니에 양손을 꽂고 주위를 둘러보았다.

"염두에 두고 있는 인물이라도 있습니까?"

"몇 명쯤 있어요. 이쪽으로 와요." 그들은 더 좁고 밝고 혼잡스러운 골목으로 들어갔다.

"어디로 가는 겁니까? 이 근방을 잘 압니까?"

그러나 리드라는 웃으며 그와 팔짱을 꼈고, 힘을 빼고 상대를 리드하는 댄서처럼 그를 철제 계단 쪽으로 이끌었다.

"여기서?"

"여기 한 번도 와본 적 없어요?" 리드라가 해맑은 어조로 물어본 탓에 그는 한순간 데이트를 하고 있는 듯한 기분을 느꼈다.

그는 고개를 가로저었다.

지하의 카페에서 검은 것이 튀어나왔다— 남자다. 칠흑 같은 피부에, 빨간색과 초록색 보석들을 가슴과 얼굴과 팔과 허벅지에 박아 넣은. 서둘러 계단을 올라오는 사내의 양팔 아래에서, 역시 보석을 박아 넣은 축축한 막膜이 가느다란 갈퀴들과 함께 펄럭였다.

리드라는 사내의 어깨를 움켜잡았다. "어이, 롬!"

"캡틴 웡!" 높다란 목소리였다. 송곳처럼 뾰족하게 간 새하얀 이가 번득인다. 사내는 막을 돛처럼 펼치며 리드라 쪽을 돌아보았다. "여긴 웬일이야?"

"롬, 오늘 밤 레슬링 시합에 브래스 출전해?"

"그 친구를 보려고? 그래, 스키퍼+. 실버드래건과 한판 승부야. 누가

+ Skipper. 선장의 애칭.

이겨도 이상할 게 없어. 어, 데네브+에서 선장 찾아다녔어. 책도 샀지. 많이 읽진 못하지만, 사기는 해. 근데 거기서도 못 찾았어. 여섯 달 동안이나 어디 있었어?"

"지구. 대학에서 가르치느라고. 하지만 다시 우주로 나가게 됐어."

"브래스를 조종사로? 스페셀리 쪽으로 가?"

"응."

롬은 리드라의 어깨 위에 검은 팔을 떨어뜨렸다. 돛이 반짝이는 망토처럼 그녀를 감싼다. "카이사르로 갈 땐 이 롬을 조종사로 불러줘. 언제라도. 난 카이사르는 빠삭하니까—" 그는 얼굴을 일그러뜨리고 고개를 설레설레 저었다. "나보다 거길 잘 아는 놈 없어."

"그때는 반드시 그럴게. 하지만 지금 가는 곳은 스페셀리야."

"그럼 브래스 좋아. 전에도 함께 일한 적 있어?"

"시그넷의 미행성微行星에서 일주일 동안 검역을 받았을 때 함께 술을 먹고 지냈지. 말을 나눠보니 꽤 유능한 느낌이었어."

"말, 말, 말." 롬은 비웃었다. "그래, 나도 생각이 나. 말이 많은 선장. 그 개자식이 레슬링 시합 하는 거 보러 가라고. 그럼 어떤 조종사일지 알 수 있을 테니까."

"그러려고 여기 온 거야." 리드라가 자기 쪽으로 몸을 돌리는 것을 본 〈세관원〉은 칠제 난간에 등을 갖다 대고 몸을 움츠렸다. (하느님 맙소사. 설마 나를 이 작자한테 소개하려는 거야?) 그러나 리드라는 고개를 끄덕이며 희미하게 미소 짓고 등을 돌렸다. "또 봐, 롬. 돌아와서."

+ Deneb. 백조자리의 알파성

"그래, 그래. 그렇게 말하는 건 벌써 두 번째야. 하지만 여기서도 여섯 달을 못 봤잖아." 그는 웃음을 터뜨렸다. "하지만 난 여선장 당신이 좋아. 언젠가 카이사르로 날 데려가줘. 안내해줄 테니까."

"거기 갈 때는 함께 갈게, 롬."

송곳처럼 심술궂은 웃음. "간다, 간다, 이거지. 나도 이제 가봐야 해. 바이바이, 여선장—" 그는 고개를 숙이고 이마에 손을 대며 경례했다. "캡틴 웡." 그러고는 사내는 떠났다.

"무서워할 필요는 없어요." 리드라는 〈세관원〉에게 말했다.

"하지만 저 사낸—" 적당한 대꾸를 찾다가, 문득 이런 생각이 떠올랐다. 어떻게 알아차린 걸까? "도대체 저 사낸 어느 지옥에서 기어 나온 겁니까?"

"지구인이에요. 실제로 태어난 곳은 아르크투루스에서 켄타우루스 자리의 어떤 별로 가던 우주선이라고 들었지만. 어머니가 슬러그Slug였다나. 그것도 거짓말이 아니라면 말이지만. 롬은 워낙 허풍이 심해서."

"저 외모를 모두 미용 성형수술로 만들었다는 겁니까?"

"그래요." 리드라는 계단을 내려가기 시작했다.

"하지만 도대체 왜 자기 몸에 그런 짓을 하는 겁니까? 정말이지 괴이하지 않습니까. 그래서 정신이 제대로 박힌 사람들은 저치들을 경원하는 겁니다."

"옛날 뱃사람들도 문신을 했잖아요. 게다가 롬은 달리 할 일이 있는 것도 아니고. 지난 40년 동안은 단 한 번도 조종사 자리를 못 얻었을걸요"

"좋은 조종사가 아니라는 말입니까? 그럼 그 카이사르 성운 운운

하는 얘긴 대체 뭡니까?"

"잘 알고는 있겠죠. 하지만 지금은 적어도 백스무 살은 나이를 먹었어요. 여든 살이 지나면 반사신경이 무뎌지기 시작하고, 조종사 경력은 거기서 끝나는 거죠. 지금은 그냥 셔틀을 얻어 타고 항구에서 항구로 돌아다니면서, 누구한테 무슨 일이 일어났는지를 속속들이 알아내고, 최신 가십을 듣거나 충고 따위를 하면서 소일하는 게 일이에요."

그들은 30피트 아래의 카운터와 탁자에 앉아 술을 마시는 손님들 위로 구불구불 지나가는 경사로를 따라 카페 안으로 들어갔다. 두 사람의 위쪽측면에서는 직경 50피트의 구체가 스포트라이트를 받으며 연기처럼 부유하고 있었다. 리드라는 구체에서 시선을 돌리고 〈세관원〉을 보았다. "아직 시합을 시작 안 했네요."

"저 안에서 **격투**를 한다는 겁니까?"

"그래요."

"하지만 그건 불법 아닙니까!"

"법안은 통과 안 됐어요. 토론만 하다가 결국 보류됐잖아요."

"아."

떠들썩한 〈수송원〉들 사이를 함께 내려가면서 〈세관원〉은 놀란 표정으로 눈을 깜박였다. 대다수는 평범한 사람들이었지만, 미용 성형수술을 한 사람들이 적지 않은 탓에 깜짝깜짝 놀라기 일쑤였다. "이런 장소에 온 건 난생처음입니다!" 그는 작게 말했다. 양서류나 파충류로밖에는 보이지 않는 생물들이 그리핀이나 금속적 피부를 가진 스핑크스와 입씨름을 하거나 담소하고 있다.

"옷을 여기 벗어놓으실래요?" 접수대의 젊은 여자가 미소 지으며 말했다. 나체인 그녀의 피부는 사탕과자 같은 초록색이었고, 높다랗게 틀어 올린 머리는 분홍색 솜사탕을 방불케 한다. 젖가슴과 배꼽과 입술이 반짝거린다.

"난 됐습니다." 〈세관원〉은 재빨리 대꾸했다.

"적어도 신발하고 셔츠는 벗는 게 나아요." 리드라는 블라우스를 벗으며 말했다. "안 그러면 다들 이상하게 볼 테니깐." 그녀는 몸을 수그리고 샌들을 벗은 다음 카운터 너머로 건넸다. 그러고는 허리띠를 풀려고 하다가 〈세관원〉의 곤혹스러워 어쩔 줄 몰라 하는 표정을 보고는 씩 웃고 다시 버클을 죄었다.

〈세관원〉은 머뭇거리며 웃옷, 조끼, 셔츠, 속셔츠를 벗었다. 구두끈을 풀려고 했을 때 누군가가 그의 팔을 움켜잡고 말했다. "어이, 〈세관원〉!"

그가 일어서자 눈앞에 벌거벗은 거구의 사내가 서 있었다. 잔뜩 얽은 찡그린 얼굴에는 썩어터진 과일 같은 주름이 잡혀 있다. 사내가 착용한 유일한 장신구는 가슴과 어깨와 다리와 팔의 피부 아래를 규칙적으로 무리지어 움직이는 인공 반딧불들뿐이었다.

"어, 뭐라고요?"

"이런 데서 뭐해, 〈세관원〉?"

"선생님, 무슨 방해가 되는 건 아니지 않습니까."

"나도 방해하려는 거 아냐. 한잔하라고, 〈세관원〉. 난 친절하다고."

"말씀은 정말 고맙습니다만, 저는—"

"난 친절하지만, 넌 아니군. 네가 친절해지지 않으면, 나도 친절해지지 않을 거야, 〈세관원〉."

"어, 실은 동행이—" 그는 곤혹스러운 표정으로 리드라 쪽을 보았다.

"상관없어. 다 함께 마시면 되잖아. 내가 내지. 빌어먹을. 이 얼마나 친절해?" 사내는 이렇게 말하고는 리드라의 어깨에 손을 얹으려고 했지만 리드라 쪽에서 먼저 그의 손목을 잡았다. 사내가 손을 펼치자 손바닥에 박힌 눈금이 잔뜩 있는 항행 계수기가 눈에 들어왔다. "〈항법사〉?"

사내가 고개를 끄덕이자 그녀는 손목을 놓았다. 사내는 손을 떨궜다.

"그런데 오늘 밤엔 왜 그렇게 '친절'한 거야?"

만취한 사내는 고개를 흔들었다. 검은 머리카락을 뭉뚝하게 땋은 변발辮髮이 왼쪽 귀 위에서 대롱거린다. "난 이 〈세관원〉 친구하고 친해지고 싶을 뿐이야. 너도 좋아."

"고마워. 그럼 우리한테 한 잔 사. 나도 한 잔 살게."

사내는 무겁게 고개를 끄덕이다가 녹색 눈을 가늘게 떴다. 리드라의 젖가슴 사이로 손을 뻗어 사슬로 목에 매단 금제 원반을 만졌다. "**캡틴** 웡?"

리드라는 고개를 끄덕였다.

"그럼 너무 들이대지 말아야겠군." 사내는 웃음을 터뜨렸다. "가자고, 캡틴. 당신하고 여기 〈세관원〉 친구한테 기분 좋아지는 걸 사줄게."

그들은 인파를 헤치고 바 쪽으로 갔다.

좀 더 격이 높은 술집에서는 작은 유리잔에 담겨 나오는 녹색 음료가 여기서는 머그잔에 담겨 나왔다.

"드래건하고 브래스 시합에서 누구한테 돈을 걸었는지는 모르겠지만 만약 드래건이라고 한다면 이걸 얼굴에 뿌릴 거야. 물론 농담이지만 말이야, 캡틴."

"돈은 걸지 않아." 리드라는 말했다. "승무원을 찾으려고 왔거든. 브래스를 알아?"

"그 녀석이 지난번에 우주에 나갔을 때 항법사로 근무했지. 일주일 전에 돌아왔어."

"브래스가 레슬링을 하는 것하고 같은 이유로 너도 그렇게 친절한 거야?"

"그렇다고 할 수도 있겠지."

〈세관원〉은 쇄골께를 긁적이고 어리둥절한 표정을 지었다.

"마지막 항해 때 브래스가 파산했다는 뜻이에요." 리드라는 설명했다. "승무원들은 실업자가 됐고. 그래서 브래스가 오늘 밤 출연하는 거죠." 그러고는 다시 〈항법사〉에게 몸을 돌렸다. "브래스를 고용하려는 선장들이 많아?"

사내는 혓바닥을 윗입술에 대고는 한쪽 눈으로 그녀를 곁눈질하며 고개를 떨궜다. 그는 어깨를 으쓱했다.

"승무원을 찾는 선장은 내가 처음이라는 거야?"

끄덕. 술을 한 모금 크게 꿀꺽.

"이름이 뭐야?"

"칼리. 제2 항법사."

"1번하고 3번은 어디 있는데?"

"3번은 어딘가에서 술을 퍼마시고 있어. 1번은 캐시 오히긴스라는 착한 여자애였는데, 죽었어." 그는 술을 모두 들이켜고 다른 머그잔에 손을 뻗쳤다.

"내가 살게." 리드라는 말했다. "왜 죽었는데?"

"〈침략자〉들과 맞부딪쳤어. 그때 죽지 않은 사람은 브래스하고 나하고 3번하고 우리 〈눈〉뿐이었어. 플래툰platoon도 전멸하고, 슬러그Slug도 죽었어. 정말 훌륭한 슬러그였는데 말이야. 캡틴, 지난 항해는 최악이었어. 우리 배의 〈눈〉은 〈귀〉하고 〈코〉를 잃은 탓에 맛이 가버렸고. 그치들은 유체화幽體化한 이래 십 년 동안이나 함께 지내온 사이였거든. 론하고 캐시하고 내가 3인조를 이루고 있었던 건 겨우 두 달 정도였지만. 아무리 그렇다고 해도……." 그는 고개를 설레설레 저었다. "정말 힘들어."

"3번을 불러줘." 리드라가 말했다.

"왜?"

"완전한 승무원 한 패거리를 찾고 있거든."

칼리는 이마를 찡그렸다. "1번이 없잖아."

"그럼 여기서 그렇게 침울해하면서 여생을 보낼 작정이야? 〈안치소〉로 가면 되잖아."

칼리는 큰 소리로 콧방귀를 뀌었다. "3번이 보고 싶다고 했지. 그럼 따라와."

리드라는 알겠다는 듯이 어깨를 으쓱했다. 〈세관원〉은 두 사람 뒤를 따라왔다.

"야, 이 멍청아, 여길 돌아봐."

스툴에서 몸을 돌린 청년은 열아홉 살쯤 되어 보였다. 〈세관원〉의 뇌리에 금속 띠들이 팽팽하게 긴장하는 광경이 떠올랐다. 칼리는 거구의, 푸근한 느낌의 사내였지만—

"캡틴 웡. 이 녀석은 론이야. 태양계에서 태어난 최고의 제3 항법사이지."

—론은 자그마하고 마른 몸에, 섬뜩할 정도로 정교한 근육을 가진 사내였다. 잡아 늘린 밀랍을 연상케 하는 피부 아래로 금을 새긴 금속판 같은 흉근이 뚜렷하게 부각되어 있다. 배는 융기한 빨랫줄 같고, 두 팔은 땋아 올린 금속 케이블 같다. 얼굴 근육조차도 뚜렷하게 알아볼 수 있었고 각각 분리된 기둥처럼 보이는 목 좌우의 근육에 팽팽히 끼워져 있었다. 아마색 봉두난발에, 사파이어처럼 새파란 눈을 가지고 있지만, 미용성형을 했다고 확실하게 알 수 있는 부분은 한쪽 어깨에 피어 있는 새빨간 장미 한 떨기뿐이었다. 청년은 씩 웃고 검지를 이마에 갖다 대며 경례했다. 갉작댄 탓에 조그만 혹 같아진 손톱이 마디진 흰 밧줄 같은 손가락들 끝에 붙어 있다.

"캡틴 웡은 승무원을 모으고 있어."

론은 스툴 위에서 고쳐 앉으며 조금 고개를 들었다. 몸의 모든 근육들도 마치 우유에 빠진 뱀들처럼 함께 움직인다.

〈세관원〉은 리드라의 눈이 커지는 것을 보았다. 왜 그러는지 몰랐기 때문에 신경을 쓰지 않기로 했다.

"제1 항법사가 없습니다." 론이 말했다. 또다시 슬픈 표정으로 씩 웃었다.

"내가 너희에게 1번을 찾아준다면?"

〈항법사〉들은 서로 얼굴을 마주 보았다.

칼리는 리드라에게 몸을 돌리고 엄지손가락으로 코 옆을 문질렀다. "캡틴도 알겠지만 우리 같은 3인조는—"

리드라는 왼손으로 자기 오른손을 잡았다. "이렇게 딱 맞아야 한단 말이지. 내가 고른 사람은 물론 너희들 마음에 들어야 하고."

"흠, 외부인이 그러는 건 상당히 힘들—"

"불가능하다는 거겠지. 선택은 너희들 몫이야. 난 단지 권고할 뿐이고. 하지만 내가 하는 권고는 죽여주게 훌륭할 거야. 어쩔래?"

칼리의 엄지손가락이 코에서 귓불로 이동했다. 그는 어깨를 으쓱했다. "아마 그보다 더 나은 제안은 없겠지."

리드라는 론을 보았다.

청년은 스툴 위에 한쪽 발을 올려놓고 무릎을 껴안더니 슬개골 너머로 리드라를 바라보았다. "그럼 누굴 권하는지 우선 알아볼까요."

리드라는 고개를 끄덕였다. "그래."

"알다시피 부서진 3인조가 일거리를 얻는 건 쉽지가 않아." 칼리는 론의 어깨에 손을 올려놓으며 말했다.

"그래. 하지만—"

리드라는 위를 올려다보았다. "일단 레슬링을 구경해야지."

카운터를 따라 앉아 있는 사람들이 고개를 들었다. 탁자를 둘러싸고 앉아 있는 손님들이 의자 팔걸이의 죔쇠를 풀자 등받이가 뒤로 반쯤 젖혀졌다.

칼리가 카운터에 머그잔을 딸깍 내려놓았다. 론은 스툴 위에 두 다리를 올려 웅크린 자세를 취하고 카운터에 등을 기댔다.

"뭘 보고 있는 겁니까?" 〈세관원〉이 물었다. "이 사람들은 어디를—" 리드라가 〈세관원〉의 목덜미에 손을 대고 뭔가를 하자 그는 웃음을 터뜨리며 고개를 치켜들었다. 그러고는 숨을 훅 들이켰고, 천천히 내쉬었다.

둥근 천장에 매달린 거무스름한 무중력 구체가 다채로운 빛으로 조명되고 있었다. 방 전체가 어두워졌다. 몇천 와트에 달하는 투광 조명이 구체의 플라스틱 표면을 직격했고, 밝은 구체 안의 연기가 스러져 감에 따라 아래에 있는 손님들의 얼굴을 훑으며 번들거리게 만들었다.

"무슨 일이 일어나는 겁니까?" 〈세관원〉이 물었다. "혹시 저기서 레슬링을……?"

리드라가 그의 입을 슬쩍 막았기 때문에 그는 하마터면 혀를 삼켜 버릴 뻔했지만, 가까스로 침묵했다.

그러자 실버드래건이 날개를 퍼득이며 연기 속에서 등장했다. 은빛 깃털은 맞부딪치는 칼날 같다. 육중한 둔부의 비늘이 쩔그렁거린다. 그녀는 10피트 길이의 몸을 물결치듯이 움직이며 반중력 역장 안에서 꿈틀거렸다. 녹색 입술을 비꼬듯이 일그러뜨리고, 녹색 눈을 덮은 은빛 눈꺼풀을 깜짝거리고 있다. "여자잖아!" 〈세관원〉이 속삭였다.

응원하듯이 리듬에 맞춰 손가락을 딱딱거리는 소리가 여기저기에서 들리기 시작했다.

연기가 구체 속에서 소용돌이치며—

"저게 우리 브래스야!" 칼리가 속삭였다.

—브래스는 하품을 하고 머리를 흔들었다. 만곡한 상아빛 칼날 같은 이빨이 타액으로 번들거리고, 어깨와 팔에는 울퉁불퉁한 근육이 솟아 있다. 노란 벨벳 같은 털가죽에 감싸인 앞발에서 길이 6인치에 달하는 황동색 발톱이 튀어나와 있다. 빨랫줄처럼 팽팽한 배의 근육이

신축하고, 가시가 달린 꼬리가 구체의 내벽을 툭툭 때렸다. 상대방이 쉽게 쥐지 못하도록 짧게 깎은 머리 갈기가 물처럼 흘러내린다.

칼리는 〈세관원〉의 어깨를 움켜잡았다. "손가락을 딱딱거리라고, 이 친구야! 저게 **우리** 브래스님이야!"

한 번도 그렇게 딱딱 소리를 내는 데 성공한 적이 없는 〈세관원〉은 흉내를 내려다가 손가락뼈가 부러질 뻔했다.

구체가 새빨갛게 불타올랐다. 구체의 벽을 등진 두 조종사는 최대한의 거리를 두고 서로를 마주 보았다. 손님들이 조용해졌다. 〈세관원〉은 천장에서 눈을 떼고 주위 사람들을 흘끗 보았다. 모든 사람의 얼굴은 위를 향하고 있었다. 제3 항법사는 스툴 위에서 태아처럼 몸을 웅크리고 꼼짝도 않는다. 동색銅色 눈동자를 언뜻 움직이며, 리드라도 시선을 아래로 떨어뜨리고 어깨에 장미꽃을 피운 청년의 가는 근육질 팔과 마른 허벅지를 흘끗 본다.

머리 위의 선수들은 몸을 구부리고 뻗으며 구체 안을 부유浮遊하고 있다. 드래건이 갑작스러운 움직임을 보이자 브래스는 뒤로 물러나는가 했더니 구체의 벽을 박차고 달려들었다.

〈세관원〉은 자기도 모르게 무엇인가를 꽉 잡았다.

두 명의 몸이 격돌하며 마구 엉켰고, 빙빙 돌다가 벽에 부딪쳐 튕겨 나왔다. 관중이 박자를 맞춰 발을 구르기 시작했다. 팔과 팔이 겹치고, 다리와 다리가 감겼다. 브래스는 재빨리 몸을 풀었다가 투기장 위쪽의 벽까지 날려갔다. 머리를 흔들며 자세를 가다듬는다. 아래쪽의 드래건은 몸을 꼬고, 꿈틀거리며 경계를 늦추지 않았다. 두 날개가 기대하듯이 움찔거린다. 브래스는 천장에서 아래를 향해 펄쩍 뛰었고, 공중에서 느닷없이 회전하더니 뒷다리로 드래건을 강타했다. 드래건은 몸부림치며 비틀비틀 뒤로 물러났다. 브래스의 칼날 같은 이빨이 딱 닫혔지만 깨물지는 못했다.

"도대체 뭘 하려고 저러는 걸까?" 〈세관원〉이 속삭이듯이 말했다. "누가 이기고 있는지는 어떻게 알고?" 그는 다시 시선을 떨궜다. 그가 꽉 붙잡고 있는 것은 칼리의 어깨였다.

"상대를 벽에 내던지고, 자기는 한쪽 손이나 발을 반대편 벽에 갖다 대면 돼." 칼리가 고개를 숙이지 않고 설명했다. "그게 한판이야."

실버드래건은 구부린 용수철이 제자리로 돌아오듯이 달려들었다. 브래스가 사지를 큰 대자로 벌리고 구체의 벽에 격돌했다. 그러나 그 반동을 이용해서 뒤로 부유하며 뒷발 하나를 벽에 갖다 대려던 실버드래건은 균형을 잃고 두 다리를 벽에 짚었다.

그것을 본 관객들 사이에서 탄식이 흘러나왔다. 손가락을 딱딱거리며 더 싸우라고 독려한다. 브래스는 균형을 되찾고 펄쩍 달려들어 상대를 벽가로 밀어붙였지만, 반동이 너무 셌던 탓에 그도 양쪽 뒷다리와 손 하나를 벽에 갖다 대야 했다.

양자는 중앙에서 다시 하나로 엉켰다. 드래건은 으르렁대며 몸을 뻗었고 비늘을 쩔렁거렸다. 브래스는 험악한 표정을 지으며 반쯤 뜬 금화 같은 눈으로 상대방을 응시했고, 몸을 부르르 떨며 후퇴하는가 싶더니 앞으로 돌진했다.

브래스의 어깨에 가격당한 실버드래건은 회전하며 구체에 격돌했다. 마치 벽을 기어오르려는 듯이 몸부림친다. 브래스는 뒤로 가볍게 튕겨 나가며 벽에 한쪽 손을 짚었고, 다시 펄쩍 도약했다.

구체가 녹색으로 번쩍였다. 칼리가 카운터를 쾅쾅 내리치며 외쳤다. "저 번쩍거리는 년한테 본때를 보여줘, 브래스!"

쌍방의 사지가 뒤죽박죽으로 엉켰다. 발톱과 발톱을 엮고 팔을 부르르 떨다가 재빨리 서로에게서 떨어져 나온다. 그 뒤로 한판 시도가 두 번 있었지만 두 사람 모두 성공하지는 못했다. 그러자 실버드래건이 머리로 브래스의 가슴을 들이받아 넘어뜨렸고, 자기는 꼬리만 가지고서 자세를 가다듬었다. 아래쪽의 관객들이 쿵쿵 발을 구른다.

"저건 반칙이야!" 칼리는 〈세관원〉을 뿌리치며 외쳤다. "빌어먹을. 반칙이라니까!" 하지만 구체는 다시 녹색으로 번쩍였다. 공식적으로 이 두 번째의 한판 승리는 드래건에게 넘어갔다.

두 적수는 신중하게 구체 안에서 부유했다. 드래건이 두 번 페인트했지만 브래스는 발톱으로 쳐내거나 허리를 뒤로 빼면서 상대방의 공격을 피했다.

"저년은 왜 몸을 사리는 거야?" 칼리는 하늘을 우러러보며 소리쳤다. "죽을 때까지 저렇게 지분거리기만 할 셈인가. 붙잡고 싸우라고!"

마치 이 말에 대답하기라도 하듯 브래스는 펄쩍 튀어나가며 상대의 어깨를 강타했다. 그러고는 완벽한 한판을 가져가는 것처럼 보였지만 막판에 드래건에게 팔을 잡히는 통에 플라스틱 벽에 꼴사납게 부딪쳤다.

"저런 치사한!" 이번에 이렇게 외친 사람은 〈세관원〉이었다. 그는 다시 칼리의 어깨를 움켜잡았다. "저래도 되는 거야? 저런 건 규칙 위반—" 그는 이렇게 말하다가 혀를 씹었다. 브래스가 다시 벽을 박차고 나와 벽가의 드래건을 낚아챘고, 다리 사이로 던져버렸기 때문이었다.

드래건이 몸부림치며 플라스틱 벽에서 떨어져 나오려는 동안 브래스는 아래팔로 벽을 치고 튕겨나와 구체 중앙에서 부유했고, 관중을 향해 우람한 근육을 과시해 보였다.

"이겼어!" 칼리가 외쳤다. "삼세판이니까!"

구체가 또다시 녹색으로 번쩍였다. 손을 딱딱거리는 소리는 박수갈채로 변했다. "이긴 겁니까?" 〈세관원〉이 다급하게 물었다. "이긴 거 맞죠?"

"박수 소리가 안 들려? 당연히 이겼지! 다들 브래스를 보러 가자. 자, 캡틴!"

리드라는 이미 관중 사이를 헤치며 나아가고 있었다. 론이 후다닥 그녀를 따라갔다. 칼리는 〈세관원〉을 잡아끌고 그 뒤를 따랐다. 검정 타일을 깐 계단을 올라 소파들이 놓인 방으로 들어가자 몇몇 남녀가 금색과 진홍색의 거대한 생물을 에워싸고 있었다. 콘도르라는 이름이었다. 그의 적수인 에보니는 방구석에서 혼자 대기하고 있었다. 투기장 출입문이 열리더니 땀에 젖은 브래스가 나왔다.

"어이." 칼리가 말했다. "정말이지 멋진 시합이었어, 브래스. 그런데 여기 캡틴이 너하고 할 말이 있다는군."

브래스는 몸을 뻗더니 갑자기 네 발로 엎드렸고, 가슴 깊숙한 곳에서 낮게 으르렁거리는 소리를 발했다. 갈기를 세차게 털더니, 이제야 알아봤다는 듯이 금빛 눈이 커졌다. "캐틴 웡!" 미용성형으로 날카로운 송곳니들을 이식하기 위해 입을 넓힌 탓에 captain의 p 같은 양순 파열음은 유성음화하지 않는 이상 발음하지 못하는 것이다. "오늘 나 어땠어?"

"아주 잘했어. 스페셀리로 가는 배의 키를 잡아달라고 부탁하고 싶을 정도로." 리드라는 그의 귀 뒤쪽의 노란 머리털을 헝클였다. "나한테 솜씨를 보여주고 싶다고 얘기한 적이 있었지."

"응." 브래스는 고개를 끄덕였다. "마치 꿈이라도 꾸는 기분이군." 그는 허리에 두른 천을 떼어내더니 그것을 뭉쳐 목과 팔을 닦기 시작했다. 〈세관원〉의 놀란 표정을 보고는 "이건 그냥 미용성형이야"라고 대꾸하고는 계속 닦는다.

"이 사람한테 네 정신 지수표를 줘." 리드라가 말했다. "그럼 허가서를 내줄 거야."

"그럼 내일 출왈한다는 거야, 캐틴?"

"응, 새벽에."

브래스는 허리띠에 찬 작은 파우치에서 얇은 금속 카드를 꺼냈다. "여기 있어, 〈세관원〉."

〈세관원〉은 카드에 새겨진 복잡한 기호를 훑어보았다. 뒷주머니에서 금속제 기록판을 꺼낸 그는 브래스의 정신 안정 지수에 변화가 있었다는 사실을 깨달았지만 정확한 통합 지수는 나중에 계산하기로 했다. 오랜 경험을 통해 브래스가 충분히 안정적이라는 사실을 인지했기 때문이다. "미스 웡. 어, 캡틴 웡, 이 친구들 카드는 어떻게 할까요?" 그는 칼리와 론을 돌아보며 말했다.

론은 목 뒤로 손을 돌려 어깨뼈를 문질렀다. "제1 항법사를 찾아낼 때까진 신경 안 써도 돼." 경직되고 젊은 얼굴에 떠오른 표정은 적대적이긴 하지만 매력적이었다.

"나중에 확인하세요." 리드라가 말했다. "우선 승무원들부터 찾아야 하니까."

"승무원 전원을 찾고 있는 거야?" 브래스가 물었다.

리드라는 고개를 끄덕였다. "너하고 함께 귀환한 〈눈〉은 어때?"

브래스는 고개를 가로저었다. "자기 〈귀〉하고 〈코〉를 잃었어. 정말로 사이좋은 3인조였다가 말이야, 캐틴. 여섯 시간쯤 돌아다니다가 결국 〈안치소〉로 가더군."

"그랬구나. 누군가 추천할 만한 사람은 없고?"

"딱히 생각이 안 나는군. 그냥 유체인幽體人 구역을 돌아다니면서 쓸 만한 걸 찾아보자고."

"내일 아침까지 승무원들을 모을 생각이라면 당장 그러는 편이 낫겠군." 칼리가 말했다.

"응. 가자." 리드라가 말했다.

일행이 경사로 바닥에 도달했을 때 〈세관원〉이 말했다. "유체인 구역이라고요?"

"그게 어쨌다는 거예요?" 일행 끄트머리에 있던 리드라가 되물었다.

"그건 뭐랄까— 흐음, 별로 내키지가 않아서요."

리드라는 웃음을 터뜨렸다. "죽은 사람들이 있는 곳이라서? 해코지를 하거나 하진 않아요."

"하지만 육체를 가진 인간이 유체인 구역에 들어가는 게 불법이라는 걸 압니다만."

"그건 구역 일부에만 해당되는데요." 리드라가 정정하자 다른 사내들이 껄껄 웃기 시작했다. "금지 구역에는 안 들어갈게요— 가능하면."

"옷을 돌려받으시겠습니까?" 접수대 뒤의 여자가 물었다.

사람들은 브래스를 보고 멈춰 섰고, 잘했다는 듯이 주먹으로 엉덩이를 툭 치거나 손가락으로 딱딱 소리를 내며 승리를 축하했다. 브래스는 밀착 망토를 홱 걸쳤다. 망토는 그의 양 어깨로 떨어지며 목에서 조여졌고, 겨드랑이 아래로 흘러내려가며 두터운 둔부를 감쌌다. 브래스는 군중을 향해 손을 흔들어 보이고 경사로를 올라가기 시작했다.

"레슬링하는 걸 보고 조종사의 적성을 정말로 판단할 수 있는 겁니까?" 〈세관원〉이 리드라에게 물었다.

리드라는 고개를 끄덕였다. "우주선에서는 조종사의 신경계가 조종 장치하고 직접 연결되니까요. 초정지 공간 이동을 할 때 조종사는 글자 그대로 정지공간 전이轉移와 격투하게 돼요. 따라서 조종사가 인공적인 육체를 통제하는 능력은 당사자의 반사신경을 보면 판단할 수 있어요. 경험이 풍부한 〈수송〉 담당이라면 조종사가 초정지 공간류空間流를 어떻게 다룰지를 정확하게 알 수 있답니다."

"물론 그렇다고 들었습니다. 하지만 실제로 그러는 걸 본 건 이번이 처음입니다. 그러니까, 직접 구경하는 건 말입니다. 상당히…… 흥분되더군요."

"정말 그렇지 않아요?" 리드라가 말했다.

일행이 경사로 꼭대기에 도착했을 때 또다시 다채로운 조명이 구체를 꿰뚫었다. 에보니와 콘도르가 구형 투기장 안에서 상대를 마주 보며 빙빙 돌기 시작했다.

보도로 나가자 브래스는 네 발을 딛더니 리드라 곁으로 성큼성큼 다가왔다. "슬러그하고 훌래툰은?"

플래툰이란 우주선 내부의 모든 기계를 다루는 열두 명의 집단을 의미했다. 그런 단순 작업은 나이 어린 승무원들의 몫이기 때문에 보통은 돌봐줄 사람이 필요하다. 그 직책이 바로 슬러그였다.

"가급적 항해 경험이 한 번밖에 없는 플래툰이면 좋겠어."

"왜 그런 애송이들을 원하는 거야?"

"내 방식으로 훈련하고 싶거든. 나이가 든 치들은 이미 너무 습관에 물들어 있으니까."

"애송이들은 군기 잡기가 정말 힘들어. 마로줌만큼이나 쓸모없을 수 있다고. 난 그런 녀석들과 일해본 적이 한 번도 없어."

"아예 가망이 없는 꼴통들만 아니면 난 괜찮아. 게다가 이쪽에서 그런 작자들을 찾아달라고 하면 해군이 내일 아침까지 내 요청에 부응해줄 가능성도 높아지고."

브래스는 고개를 끄덕였다. "요청은 했어?"

"우선 조종사하고 의논해서 특별한 선호 사항이 있는지 알아본 다음에 하려고 미뤄뒀어."

그들이 지나가던 길모퉁이의 가로등에 공중전화가 있었다. 리드라는 플라스틱제 덮개 아래로 고개를 들이밀었다. 일 분 뒤에는 전화에 대고 이렇게 말하고 있었다. "—내일 새벽 이륙할 예정인 스페셀리행 배에 탈 플래툰을 찾아주세요. 급한 부탁이라는 건 알지만, 딱히 경험이 풍부한 그룹이 필요하지는 않습니다. 항해 경험이 한 번밖에 없어도 상관없어요." 리드라는 덮개 아래로 일행을 흘끗 보며 윙크했다. "좋아요. 나중에 다시 걸었을 때 그 그룹의 정신 지수표를 알려주시면 곧바로 〈세관〉 쪽 승인을 받을게요. 예, 지금 〈세관원〉을 한 명 대동하고 있답니다. 고맙습니다."

리드라는 덮개 아래에서 나왔다. "유체인 구역으로 가는 지름길은 저기야."

도로들이 점점 더 좁아지며 서로 꼬이기 시작했고, 인적도 끊겼다. 이윽고 콘크리트가 깔린 구획이 나왔다. 금속제의 작은 탑들이 여러 개 솟아 있었고, 그 사이를 와이어가 거미줄처럼 잇고 있다. 푸르스름한 빛을 발하는 탑들은 지상에 어스레한 그림자를 떨어뜨리고 있었다.

"이건 혹시……?" 〈세관원〉이 운을 뗐다가, 이내 침묵했다. 일행은 그쪽으로 다가가면서 발걸음을 늦췄다. 어둠을 배경으로 탑들 사이에서 새빨간 빛이 번득였다.

"저건……?"

"변환이 이루어지고 있을 뿐이야. 밤새도록 말이야." 칼리가 설명했다. 왼쪽에서 녹색 번개가 번득였다.

"변환?"

"유체 상태를 재배치할 때 생겨나는 에너지를 잽싸게 교환하고 있는 거지." 제2 항법사가 막힘없는 어조로 설명했다.

"여전히 이해가……."

일행이 빛을 발하는 탑들 사이를 지나가려고 했을 때 깜박이던 빛이 하나로 응축되었다. 빨간 불길이 날름거리는 은빛 격자가 스모그 사이에서 가물거린다. 사람 셋의 윤곽이 출현했다. 여자들. 금속 조각들로 장식된 비쩍 마른 사지를 가진 그들은 일행 쪽을 향해 번쩍번쩍 빛을 내며 공허한 눈으로 응시했다.

〈세관원〉은 등을 고양이새끼가 할퀴는 듯한 기분을 느꼈다. 유령 같은 여자들의 복부 뒤로 어슴푸레하게 지지탑들이 보였기 때문이다.

"얼굴이." 그는 속삭였다. "얼굴에서 눈을 떼면, 그 즉시 어떤 얼굴이었는지 기억나지가 않아. 바라볼 때는 사람처럼 보이지만, 일단 시선을 돌리면—" 또 하나의 그림자가 지나가자 그는 훅하고 숨을 들이켰다. "기억할 수가 없어!" 그는 그들의 뒷모습을 응시했다. "죽어 있는 건가?" 그는 고개를 세차게 흔들었다. "알다시피 난 10년 동안이나 〈수송원〉들의 정신 지수를 승인하는 일을 해왔습니다. 그치들이 육체를 가졌든 안 가졌든 간에 말입니다. 하지만 육체를 빠져나온 영혼에게 말을 걸 수 있을 정도로 접근한 건 이번이 처음입니다. 아, 물론 사진으로 본 적은 있고 그나마 덜 섬뜩한 친구들을 길거리에서 지나친 적은 있죠. 하지만 이건……."

"우주선에는 말이지." 칼리의 목소리는 알코올 탓에 어깨에 솟은 근육만큼이나 육중해져 있었다. "살아 있는 사람한테 맡길 수 없는 일들이 있어."

"압니다, 알아요." 〈세관원〉이 말했다. "그래서 죽은 사람을 쓴다, 이거군요."

"그래." 칼리는 고개를 끄덕였다. "〈눈〉 〈귀〉 〈코〉 같은 친구들을 말이야. 살아 있는 사람이 해당 초정지 공간 주파수대에서 일어나는 모든 일들을 스캔하려고 한다면— 흐음, 일단 죽고, 그다음엔 돌아버리기 때문이지."

"그 정도 이론은 나도 잘 압니다." 〈세관원〉은 발끈하며 대꾸했다.

칼리는 느닷없이 손을 내밀어 〈세관원〉의 한쪽 뺨을 움켜잡고 자신의 얽은 얼굴에 바싹 갖다 댔다. "〈세관원〉 나리, 넌 아무것도 몰라."

처음 카페에서 만났을 때와 똑같은 어조였다. "흥, 너희들은 〈세관원〉들만의 우리 속에 숨어 살지. 그 우리는 지구의 안전한 중력 속에 숨겨져 있고, 지구는 태양한테 단단히 잡혀 있고, 태양은 베가+를 향해 똑바로 고정되어 있는 식이지. 이 모든 건 이 나선형 팔의 예상 궤도에 얌전히 들어가 있고 말이야—" 그는 도시가 조금 덜 밝았다면 밤하늘을 가로지르는 은하수가 보였을 부분을 손짓했다. "그리고 너희들은 거기서 한 발자국도 빠져나갈 수 없어!" 느닷없이 그는 안경을 낀 자그마한 머리를 밀쳐냈다. "어때! 한 마디도 못하겠지!"

동료를 잃은 〈항법사〉는 지지탑에서 콘트리트 바닥으로 비스듬히 쳐진 지지 케이블을 움켜잡았다. 케이블이 웅웅거렸다. 이 낮은 신음소리를 들은 〈세관원〉의 목으로 무엇인가가 치밀어 오르며 입 밖으로 나오려고 했다. 금속적인 분노의 맛.

〈세관원〉이 그것을 내뱉으려고 한 순간, 리드라의 동색銅色 눈동자가 적의에 찬 얽은 얼굴만큼이나 가깝게 그의 얼굴로 바싹 다가왔다.

그녀는 말했다. "여기 이 친구는 말이죠," 또렷하고 침착한 목소리였지만, 두 눈을 결코 그의 눈에서 떼지 않았다. "3인조의 일원이었어요. 친밀하고, 위태위태하고, 감정적이고, 성적인 관계를 다른 두 동료와 맺고 있었다는 얘기예요. 그리고 그중 한 명이 최근 죽었어요."

리드라의 낯선 어조는 〈세관원〉의 분노 대부분을 퇴색시켰지만, 작은 파편 하나가 무의식중에 튀어나왔다. "변질자 같으니라고!"

론은 고개를 갸우뚱했다. 전신의 근육이 상심과 당혹감이라는 이

+ Vega. 거문고자리의 알파성. 직녀성.

중의 감정을 뚜렷하게 보여주고 있었다. "우주선에는 말이지," 그는 칼리가 처음 한 말을 되풀이했다. "단지 두 사람에게만 맡길 수 없는 일들이 있어. 그러기엔 너무 복잡하거든."

"그쯤은 나도 압니다." 그런 다음 〈세관원〉은 생각했다. 이 젊은 친구의 마음까지 상하게 했군. 칼리는 탑의 거더에 몸을 기댔다. 〈세관원〉은 이 입이 자기 것인데도 자기 것이 아닌 것 같았다.

"뭔가 할 말이 있지 않나요." 리드라가 말했다.

그녀가 알아차렸다는 사실에 놀라 마침내 무거워진 입이 열렸다. 그는 칼리와 론을 번갈아 보았다. "두 명 모두, 미안합니다."

칼리는 의외라는 듯이 눈썹을 추켜올렸다가, 다시 평온한 표정으로 돌아오며 대꾸했다. "나도 미안했어."

브래스가 뒷발로 일어섰다. "여기서 중위中位 에너지 구획으로 4분의1 마일쯤 간 곳에 변환 회당會堂이 있어. 스페셜리행 우주선에 적합한 타입의 〈눈〉 〈귀〉 〈코〉가 모여들 만한 곳이지." 그는 날카로운 송곳니를 드러내며 〈세관원〉을 향해 씩 웃어 보였다. "그건 아까 네가 말한 금지 구역 중 한 곳이지만 말이야. 환각 계수가 급등하기 때문에, 사람에 따라서는 자아ego가 대처를 못해. 대부분의 정상인들은 별 문제 없지만 말이야."

"금지된 곳이라면 저는 그냥 여기서 기다리겠습니다." 〈세관원〉이 말했다. "볼일을 보고 여기서 다시 만나면 됩니다. 그때 신참자들의 지수를 승인해드리죠."

리드라는 고개를 끄덕였다. 칼리는 키가 10피트나 되는 조종사의 허리에 팔을 두르고, 다른 팔로 론의 어깨를 감쌌다. "가자고, 캡틴. 아침까지 승무원들을 모으려면 서둘러야 해."

"한 시간 안에 필요한 사람들을 못 찾는다면 그대로 돌아올게요." 리드라가 말했다.

〈세관원〉은 가느다란 탑들 사이를 떠나가는 일행의 뒷모습을 바라보았다.

4

—기억하면 붕괴한 제방 대지의 색채가 맑은 연못 물 그녀의 눈으로 쏟아져 내린다. 여자가 눈을 깜박이며 말하고 있다.

그는 말했다. "직원입니다, 마담. 〈세관원〉입니다."

여자의 재치 있는 대답에 놀라 처음에는 기분을 상하고, 그러고는 즐거워진다. 그는 대답했다. "10년쯤 됐죠. 그쪽은 유체화한 지 얼마나 됐습니까?"

여자가 바싹 다가오자 머리카락에서 풍기는 기억의 냄새. 투명하고 예리한 용모가 그의 기억을 자극한다. 여자가 또 뭐라고 말하고, 그는 웃음을 터뜨린다.

"그래요. 저에겐 정말 신기한 체험입니다. 만사가 이토록 애매모호하면 당신도 곤란해지지 않습니까?"

여자가 또다시 대답한다. 달콤하면서도 재치 있게.

"아, 맞습니다." 그는 미소 지었다. "당신 입장에서는 그렇지 않을 수도 있겠군요."

여자의 편안함이 그에게도 전염되었다. 여자 쪽에서 장난스럽게 그의 손을 잡았는지, 놀랍게도 그가 먼저 여자 손을 잡았는지는 확실하지 않지만, 하여튼 손가락에 닿는 유령은 마치 살아 있는 듯 매끄럽고.

"당신은 정말 대담하군요. 그러니까, 젊은 여자가 그냥 이렇게 다가와서…… 이렇게 행동하는 데 익숙하지 않다는 뜻입니다."

여자의 매력적인 논리가 또다시 그를 수긍케 했고, 가깝게, 더 가깝게, 가까워지는 그녀를 느끼게 했다. 그녀의 악의 없는 농담이 음악처럼, 시처럼.

"흐음, 그렇군요, 당신은 유체인이니까, 이래도 문제가 되진 않겠군요. 하지만—"

그러자 그녀는 말인지 입맞춤인지 찡그림인지 미소인지로 그의 말을 가로막고, 이제 유머는 그에게 전달되지 않지만 반짝이는 놀라움, 두려움, 흥분이 엄습하고, 그의 몸에 밀착한 그녀 몸의 감촉은 완전히 신선하다. 그는 필사적으로 그것을, 들이대고 들이대는 감촉의 패턴을 간직하려고 해보지만, 압력 자체가 사라지며 그것도 사라진다. 그녀가 떠나가고 있다. 그런 그녀의 웃음은 뭐랄까, 이를테면, 마치. 그는 일어서고, 웃음소리가 사라지고, 핑핑 도는 듯한 당혹감으로 바뀌고 의식意識이 썰물처럼 스러지며—

5

일행이 돌아왔다. 브래스가 큰 소리로 말했다. "좋은 소식이야! 딱 맞는 승무원을 찾았어."

"짝을 맞췄지." 칼리가 설명했다.

리드라는 세 장의 지수 카드를 건넸다. "이 사람들은 이륙 두 시간 전에 유체 상태로 배에 출두할— 무슨 일이 있었어요?"

대닐 D. 애플비는 카드들을 향해 손을 뻗었다. "내가…… 그 여자가……." 그는 더 이상 말을 잇지 못했다.

"누가?" 리드라가 물었다. 그녀 얼굴에 떠오른 걱정스러운 표정이 그나마 남아 있던 기억조차도 날려버렸다. 그것이 화가 났다. 기억이, 그.

칼리가 웃음을 터뜨렸다. "서큐버스[夢魔]야! 우리가 없던 사이에, 이 친구 서큐버스한테 당했던 거야!"

"맞아! 저 얼굴 좀 보라고!" 브래스가 말했다. 론도 웃음을 터뜨렸다.

"여자였습니다…… 아마. 그때 내가 뭐라고 했는지는 기억나는데—"

"얼마나 뜯겼는데?" 브래스가 물었다.

"뜯겨요?"

론이 말했다. "아직도 모르는 것 같아."

칼리는 제3 항법사를 향해 씩 웃고는 〈세관원〉을 향해 말했다. "지갑을 봐."

"예?"

"일단 꺼내보라고."

〈세관원〉은 믿지 못하겠다는 표정으로 호주머니에 손을 넣었다. 손으로 금속 봉투를 딸깍 연다. "10…… 20……. 하지만 카페에서 나왔을 때는 50 들어 있었는데!"

칼리는 자기 허벅지를 철썩 때리며 껄껄 웃었고, 성큼성큼 걸어와서 〈세관원〉의 어깨에 팔을 둘렀다. "두어 번 더 이런 꼴을 당하면 훌륭한 〈수송원〉이 될 수 있을 거야."

"하지만 그 여자가…… 난……." 기억을 도둑맞은 데서 오는 공허감은 진짜 실연의 아픔 못지않게 생생했다. 지갑에서 돈이 빠져나갔다는 사실은 전혀 중요하지 않은 일 같았다. 눈물이 솟구쳤다. "하지만 그녀가—" 혼란된 탓에 말이 나오지 않는다.

"그녀가 뭐라는 거야, 친구?" 칼리가 물었다.

"여기…… 있었는데." 슬프게도 그것밖에는 생각나지 않았다.

"유체화하면 그런 식으로 기억을 갖고 갈 수 있어." 브래스가 말했다. "그것도 묘하게 으스스한 방식으로 말이야. 창휘한 얘기지만 나도 그렇게 당한 게 한두 번이 아냐."

"그래도 집에 돌아갈 수 있을 정도의 돈은 남겨뒀네요." 리드라가 말했다. "내가 배상해줄게요."

"아니, 난……."

"어이 캡틴, 이 친구는 자기 손으로 냈잖아. 그만한 돈을 치를 가치는 있었다고. 안 그래, 〈세관원〉 나리?"

〈세관원〉은 곤혹스러운 나머지 말을 잇지 못하고 그냥 고개를 끄덕였다.

"그럼…… 이 승무원들을 체크해줘요." 리드라가 말했다. "아직 슬러그하고 제1 항법사를 찾아야 하지만."

리드라는 공중전화로 우주해군에 전화를 걸었다. 그녀의 배에 탈 플래툰이 출두했다는 대답이 돌아왔다. 슬러그 한 명도 추천받았다. "좋아요." 리드라는 이렇게 대꾸하고 수화기를 〈세관원〉에게 넘겼다. 그는 전화로 해군 사무원에게서 그들의 정신 지표를 보고받았고, 리드라에게서 받은 〈눈〉과 〈귀〉와 〈코〉의 카드의 지표와 최종적으로 통합했다. 추천받은 슬러그는 특히 적절한 인재인 듯했다. "매우 유능한 조정자인 것 같군요." 그는 촌평했다.

"슬러그는 아무리 유능해도 지나치지 않아. 특히 훌래툰을 새로 받아들일 땐 말이야." 브래스는 갈기를 흔들며 말했다. "그 녀석들을 잘 관리 감독해야 하니까."

"이 사람이면 충분할 겁니다. 이렇게 높은 적합성 지수를 보는 건 정말 오랜만이군요."

"공격성 지수는 어떤데?" 칼리가 물었다. "적합성 따윈 개한테나 주라고 해! 필요할 때 군기를 잡을 깡이 있어?"

〈세관원〉은 어깨를 으쓱했다. "키는 5피트 9인치밖엔 안 되는데, 체중이 무려 270파운드나 나갑니다. 이렇게 뚱뚱하면서 시궁쥐처럼 성질이 더럽지 않은 작자를 만난 적이 있습니까?"

"그거 반가운 소리로군!" 칼리는 웃음을 터뜨렸다.

"어디서 상처를 봉합할 거야?" 브래스가 리드라에게 물었다.

리드라는 묻는 듯이 눈썹을 추켜올렸다.

"제1 항법사를 어디서 찾을 건지 물은 거야." 그는 설명했다.

"〈안치소〉로 갈 거야."

론은 얼굴을 찡그렸다. 칼리는 곤혹스러운 표정을 지었다. 피부에서 번쩍이는 반딧불들이 그의 목을 밝혔다가, 일제히 흩어지며 그의 가슴으로 쏟아졌다. "알지. 우리 제1 항법사는 여자여야 하고, 또—"

"알아." 리드라는 말했다.

일행은 〈유체인〉 구역에서 나와 모노레일을 잡아탔다. 〈수송원〉 거리의 뒤틀린 폐허를 통과하자 우주선 발착장 가장자리가 나왔다. 창문 너머의 검은 어둠을 파란 표시등들이 비춘다. 우주선들이 백열한 불길을 뿜으며 상승했고, 거리가 멀어짐에 따라 푸른빛을 띠었다가, 녹슨 듯한 대기중에서 피처럼 붉은 별들이 되었다.

처음 이십 분 동안은 웅웅거리는 객차의 소음 속에서 서로 농담을 주고받았다. 형광을 발하는 천장이 그들의 얼굴과 무릎 위에 녹색 빛을 던졌다. 옆에서 오던 관성력이 전방을 향한 돌진으로 바뀌면서 다들 말수가 적어지며 침묵하는 것을 〈세관원〉은 바라보았다. 처음부터 한 마디도 하지 않았던 〈세관원〉은 여전히 그녀의 얼굴, 그녀가 한 말, 그녀의 몸을 되찾으려고 노력하고 있었다. 그러나 그것들은 여전히 기억 바깥에 머물렀다. 운을 뗀 순간 마음 밖으로 도망쳐버린 말처럼. 그리고 그 뒤에는 공허해진 입이 남을 뿐이고, 사랑을 고백하려고 해도 그럴 상대가 없다.

툴레역의 노천 승강장에 내리자 미지근한 바람이 동쪽을 달궜다. 상앗빛 달 아래의 구름은 갈기갈기 찢겨 있었다. 자갈과 화강암이 불규칙한 가장자리에서 은빛으로 빛난다. 등 뒤에는 도시의 빨간 안개. 눈앞에는 검은 〈안치소〉가 밤의 어둠을 가르고 솟아 있다.

일행은 계단을 내려가서 조용히 석조 공원을 지나갔다. 물과 바위만으로 이루어진 섬뜩한 정원. 이곳에서는 그 무엇도 자라지 않는다.

외부 조명이 없는 두꺼운 금속문이 어둠을 가로막고 있었다. "어떻게 들어가면 됩니까?" 일행과 함께 낮은 계단을 오르며 〈세관원〉이 물었다.

리드라는 목에 건 선장의 목걸이를 들어 올려 작은 원반에 갖다 댔다. 무엇인가가 웅웅거리더니 문 한복판을 빛이 갈랐다. 문이 갈라지며 뒤로 열렸다. 리드라는 안으로 들어갔다. 일행도 그 뒤를 따랐다.

칼리는 머리 위의 둥근 천장을 응시했다. "여기엔 몇백 개나 되는 항성하고 거기 딸린 모든 행성에 봉사할 수 있는 수의 〈수송원〉 육체가 냉동 보관되어 있어."

"〈세관원〉들도 있죠." 〈세관원〉이 말했다.

"쉬려고 작정한 〈세관원〉들을 일부러 다시 불러내는 작자가 있나요?" 론이 천진난만하게 물었다.

"뭐하러 그런 짓을 해." 칼리가 말했다.

"이따금 그랬던 선례가 있습니다." 〈세관원〉이 메마른 어조로 대꾸했다.

"〈수송원〉의 경우에 비하면 드물어요." 리드라가 말했다. "이제 항성에서 항성으로 우주선을 보내는 데 수반되는 〈세관〉 업무는 일종의 과학이 되었다고 할 수 있겠죠. 하지만 초정지 레벨들을 누비고 이동하는 〈수송〉 업무는 여전히 예술의 영역에 머물러 있어요. 백 년쯤 지나면 양쪽 모두 과학이 될지도 모르겠지만. 그럼 좋겠지만, 지금 예술의 규칙에 통달한 사람은 과학의 규칙을 터득한 사람보다 좀 수가 적다고나 할까. 또 전통의 문제도 있고. 〈수송원〉들은 죽었다가 다시 호출받는 일에 익숙하기 때문에 함께 일하는 사람이 죽었든 살았든 신경 쓰지 않죠. 〈세관〉 쪽 사람들에겐 아직 좀 힘들겠지만. 자, 이쪽이 〈자살자〉 구획이네요."

일행은 메인 로비에서 나와 저장실을 관통하는 경사진 복도를 올라갔다. 여기저기에 표지가 붙은 복도를 통과해서 간접조명이 된 방 안의 플랫폼 위로 올라갔다. 방에는 유리 상자들이 100피트 높이까지 빼곡히 쌓여 있었다. 그 사이를 좁은 통로와 사다리들이 거미줄처럼 연결하고 있다. 성에가 잔뜩 낀 관유리 너머로 경직된 인체의 모습이 거무스름하게 보인다.

"이런 일에 관해 한 가지 모르는 게 있다면," 〈세관원〉이 속삭였다. "다시 소환하는 과정입니다. 한 번 죽은 사람의 육체를 다시 되살릴 수 있다니? 당신 말이 맞습니다, 캡틴 웡. 〈세관〉 쪽 사람들끼리는 이런…… 일에 관해 이런 식으로 거리낌 없는 대화를 나눈다는 것 자체가 무례에 가까우니까요."

“정식 〈안치소〉 채널을 통해서 육체를 이탈하는 자살자들은 누구라도 다시 불러낼 수 있어요. 하지만 사고로 죽는다든지, 150살쯤 됐을 때 흔히 일어나는 자연사의 경우는 그냥 죽은 육체를 수거할 뿐이에요. 그럼 끝나는 거죠. 물론 그 경우도 정식 채널을 통한다면 죽은 사람의 두뇌 패턴을 기록해놓기 때문에, 원한다면 누구든 그 사고 능력을 활용할 수 있어요. 당사자의 의식은 어딘가로 떠나버려서 영영 돌아오지 않지만.”

그들 옆에서 높이 12피트의 문서 기록 크리스털이 분홍색 석영처럼 반짝였다. “론.” 리드라가 말했다. “아니, 론하고 칼리 두 사람 모두 여기 와봐.”

두 〈항법사〉는 의아한 얼굴로 다가왔다.

“혹시 최근에 자살한 제1 항법사를 아는 거야? 캡틴은 그 친구가 우리한테 맞을 거라고—”

리드라는 고개를 가로젓고 기록 크리스털 앞을 손으로 훑었다. 밑동의 오목한 곳에 박혀 있는 화면에서 글자가 번득였다. 그녀는 손가락의 움직임을 멈췄다. “제2 항법사…….” 손을 뒤집는다. “제1 항법사…….” 다시 멈추고 이번에는 다른 방향으로 손을 움직였다. “……남자, 남자, 남자, 여자. 자, 이제 얘기해도 돼, 칼리, 론.”

“응? 무슨 얘기를?”

“너희들에 관해서. 뭘 원하는지를 말이야.”

리드라의 눈은 화면과 곁에 서 있는 사내와 청년 사이를 번갈아 보았다.

“흐음, 그러니까……?” 칼리는 머리를 긁적였다.

"예뻐야 해." 론이 말했다. "난 예쁜 여자가 좋습니다." 그는 파란 눈을 번득이며 몸을 내밀었다.

"어, 맞아." 칼리가 말했다. "하지만 귀엽고 통통하고 검은 머리에 벽옥碧玉 같은 눈을 하고 나흘만 해를 쬐어도 주근깨가 잔뜩 생기는 아일랜드 출신의 젊은 여자가 또 있을 리가 없어. 혀짤배기라서, 컴퓨터 음성보다 더 빠르고 정확한 계산을 하면서도, 살짝 혀 짧은 소리로 보고해서 우리를 설레게 하는 여자는. 또 무릎베개를 한 우리 머리를 살짝 껴안고 우리 귀에 대고 자기가 얼마나—"

"칼리!" 론이 말했다.

거구의 사내는 자기 배에 주먹 쥔 손을 갖다 대며 말을 멈췄고, 헐떡였다.

리드라는 그런 광경을 바라보며 크리스털 표면에서 몇 센티미터 떨어진 곳에서 계속 손을 움직였다. 화면에 떠오른 이름들이 위아래로 이동했다.

"하지만 예뻐야 해." 론은 되풀이했다. "스포츠도 좋아해야 하고. 레슬링이 좋겠군요. 행성에 머물 때면 말입니다. 캐시는 그리 운동에는 소질이 없었죠. 소질이 있었으면 나한텐 더 좋았을 거라고 생각하곤 했습니다. 레슬링 상대하고 말이 더 잘 통하니까 말입니다. 또 충분히 진지해야 합니다. 그러니까, 일할 때는. 머리 회전도 캐시만큼 빨라야 하고. 단지……."

리드라의 손이 아래로 내려가다가 갑자기 왼쪽으로 홱 움직였다.

"단지," 칼리는 배에서 손을 내리며 말했다. 호흡도 아까보다는 덜 격하다. "완전하면서도 새로운 한 사람의 개인이어야 해. 우리 기억에 남아 있는 다른 인물을 반쯤 닮은 사람이 아니라."

"그래." 론이 말했다. "훌륭한 항법사이면서, 우리를 사랑해주는 여자면 돼."

"……사랑해줄 수 있으면." 칼리가 말했다.

"만약 너희들이 원하는 대로의 여자이면서도 완전히 독립된 개인이라면," 화면에 떠오른 두 개의 이름 사이에서 손을 흔들며 리드라가 물었다. "너희들도 그 여자를 사랑할 수 있어?"

잠깐 주저하는 기색이다가, 거구의 사내는 천천히 고개를 끄덕였고, 청년은 재빨리 고개를 끄덕였다.

리드라의 손이 크리스털의 표면에 닿자 이름 하나가 화면에서 반짝였다. "몰리야 트와, 제1 항법사." 좌표 번호가 그 뒤를 이었다. 리드라는 책상으로 가서 그 번호를 다이얼했다.

머리 위로 75피트 올라간 곳에서 무엇인가가 번득였다. 몇십만 개나 되는 유리 관 중 하나가 유도빔을 타고 내려오고 있었다.

소생대에서 여러 개의 돌기가 튀어나오며 끄트머리에서 빛을 발했다. 관이 소생대 위로 내려왔지만 유리 안쪽에 길쭉하거나 6각형 모양의 성에 결정이 잔뜩 부착되어 있기 때문에 내용물이 잘 보이지 않는다. 돌기들이 관의 기부에 있는 오목한 부분에 끼워졌다. 관은 잠시 흔들렸다가 정지했다. 찰칵 소리가 났다.

성에가 갑자기 녹으며 유리 안쪽의 표면이 뿌옇게 변하는가 싶더니 물방울이 잔뜩 맺혔다. 그들은 더 자세히 보려고 앞으로 걸어 나갔다.

검은 육체를 고정한 검은 띠. 번득이는 유리 아래의 움직임. 그러고는 유리가 열렸다. 녹으면서 다시 깨어난 검고 따스한 피부와 심장의 박동. 겁에 질린 눈.

"괜찮아." 칼리는 여자의 어깨에 손을 대며 말했다. 여자는 고개를 들고 그의 손을 보았고, 베개에 다시 머리를 떨어뜨렸다. 론이 제2 항법사를 밀치며 고개를 내밀었다. "안녕하세요?"

"어……. 미스 트와?" 칼리가 말했다. "이제 소생했어. 그러니까 우리를 사랑해줄 거지?"

"닌니 니 나니?" 당혹스러운 표정이었다. "니노 와피 하파?"

론은 놀란 얼굴로 고개를 들었다. "영어가 아닌 것 같은데."

"그래. 난 알고 있었어." 리드라는 씩 웃었다. "하지만 그걸 제외하면 완벽해. 그러니 싫든 좋든 의사소통을 하면서 서로를 충분히 알게 될 거야. 자칫 어리석은 말실수를 할 여지 자체가 없다고나 할까. 레슬링도 좋아해, 론."

론은 유리 상자 안에 있는 젊은 여자를 바라보았다. 흑연처럼 새까만 머리카락은 원래 가지고 태어난 것이었고, 거무스름한 입술은 추위 탓에 보라색으로 변색해 있었다. "레슬링해?"

"닌니 니 나니?" 여자가 다시금 물었다.

칼리는 여자의 어깨에서 손을 떼고 뒤로 물러섰다. 론은 머리를 긁적이고 이마를 찌푸렸다.

"어때?" 리드라가 말했다.

칼리는 어깨를 으쓱해 보였다. "글쎄. 아직 잘 모르겠어."

"배의 항법용 계기는 표준형이니까 그걸로 의사소통을 하는 데는 전혀 문제가 없을 거야."

"예뻐." 론이 말했다. "넌 예뻐. 그러니까 두려워하지 마. 넌 이제 소생했어."

"니나오가파!" 여자는 칼리의 손을 잡았다. "지, 니 우시쿠 아우 므차나?" 동그랗게 눈을 뜨고 있다.

"부탁이니 두려워하지 말아줘!" 론은 칼리의 손을 움켜잡은 여자의 손목을 잡았다.

"시엘레위 루그하 예누." 여자는 고개를 가로저었다. 부정의 뜻이 아니라 단지 곤혹스러워하는 느낌이었다. "시쿠주웨니 닌니 나니. 니나오가파."

그러자 론과 칼리는 또 동료를 잃기라도 하면 큰일이라는 듯 다급하게 고개를 끄덕이며 괜찮다고 여자를 안심시켰다.

리드라는 그들 사이로 끼어들어 뭐라고 말했다.

긴 침묵이 흐른 후, 여자는 천천히 고개를 끄덕였다.

"너희하고 같이 가겠대. 7년 전에 역시 〈침략〉 때문에 자기가 속해 있던 3인조 중 두 명을 잃었어. 그래서 〈안치소〉로 와서 자살했던 거야. 하지만 이제 너희하고 같이 가겠대. 너희도 그럴 용의가 있어?"

"여전히 두려워하고 있어." 론이 말했다. "두려워하지 말아줘. 난 널 해치지 않아. 칼리도 마찬가지이고."

"우리와 함께 오겠다면, 우리도 함께 가겠어." 칼리가 말했다.

〈세관원〉이 헛기침을 했다. "어디서 이 친구의 정신 지수를 얻으면 됩니까?"

"기록 크리스털 아래의 화면에 나와 있잖아요. 처음부터 그걸 써서 대체적인 분류가 되어 있어요."

〈세관원〉은 크리스털 쪽으로 되돌아갔다. "흐음." 그는 금속 패드를 꺼내 지수를 받아 적기 시작했다. "좀 시간이 걸리긴 했지만 이제 필요한 인재를 모두 찾아낸 것 같군요."

"통합 지수를 내봐요." 리드라가 말했다.

〈세관원〉은 계산을 끝냈고, 본의 아니게 놀란 얼굴로 고개를 들었다. "캡틴 웡, 딱 들어맞는 승무원들을 갖춘 것 같습니다!"

6

친애하는 모키,

이 편지를 받을 때쯤이면 나는 이미 두 시간 전에 이륙해 있을 거예요. 지금은 동 트기 삼십 분 전입니다. 직접 얘기를 나누고 싶긴 했지만 또 자는 걸 깨우고 싶진 않았어요.

왠지 그리운 마음으로 포보의 옛 우주선인 〈랭보〉호를 타고 갑니다. (기억하죠, 뮤엘스가 이름을 붙였다는 걸.) 적어도 이 배에는 익숙하고, 좋은 추억도 많이 있으니까요. 이십 분 뒤에 출발합니다.

현재 위치. 나는 지금 발착장을 내려다보는 화물 로크에 가져다놓은 접이식 의자에 앉아 있어요. 하늘은 서쪽으로 가면 별들이 반짝거리고, 동쪽은 잿빛으로 물들어 있군요. 주위에는 검은 바늘 같은 우주선들이 줄줄이 늘어서 있습니다. 파란 유도등의 줄이 남쪽으로 사라집니다. 아주 조용해요. 내가 지금 생각하고 있는 일. 승무원을 끌어 모으기 위해 열에 들뜬 듯한 밤을 보냈습니다. 〈수송원〉 타운을 돌아다니며 〈안치소〉까지 갔어요. 지하 술집을 뒤지고, 샛길을 누비면서. 처음에는 시끄러운 소동으로 시작됐지만, 마지막으로 도착한 여기는 고즈넉하군요.

유능한 조종사를 찾으려면 레슬링하는 걸 보는 게 정답이죠. 경험이 풍부한 선장이라면 투기장에서 그 사람의 반사신경이 얼마나 좋은지를 관찰하면 정확히 어떤 조종사인지를 알 수 있답니다. 내가 그렇게 경험이 풍부하지 않다는 게 문제지만.

독근술讀筋術에 관해서 내게 해줬던 얘기 기억나요? 그쪽이 생각하는 것 이상으로 옳았는지도 모르겠군요. 어젯밤 어떤 청년과 마주쳤어요. 항법사인데, 마치 브랑쿠시+의 졸업 작품이랄까, 또는 미켈란젤로가 이상으로 삼던 인간 육체의 견본처럼 보이는 친구였어요. 〈수송원〉 타운에서 태어났고, 조종사 레슬링에 관해서는 모르는 게 없어 보이더군요. 그래서 난 내가 조종사로 점찍은 사람의 레슬링을 구경하는 그를 구경했는데, 그 몸이 경련하거나 움찔하는 것을 관찰하기만 해도 머리 위에서 벌어지고 있는 경기를 완전히 분석할 수 있었죠.

드포르의 이론은 알죠. 사람의 정신 지수指數는 거기 상응하는 근육적 긴장을 수반한다는 얘기. (옛날 나왔던 빌헬름 라이히++의 근육 갑옷 가설의 재탕이라고 해야 하나.) 실은 어젯밤에도 그 생각을 하고 있었어요. 그 청년은 부서진 3인조의 일부였답니다. 남자 둘에 여자 하

+ Constantin Brancusi. 1876~1957. 루마니아 출신 프랑스 조각가.
++ Wilhelm Reich. 1897~1957. 오스트리아 출신 정신분석학자. 신경증 환자들이 억압된 감정이나 기억에 대한 근육적 방어체계를 만들어내는 것을 지적했다.

나였는데, 여자 쪽이 〈침략자〉들에게 당했던 거죠. 살아남은 남자들을 보니 울고 싶은 기분이었어요. 하지만 울진 않았어요. 그러는 대신 〈시체 안치소〉로 데려가서 교체 인원을 찾아줬어요. 괴상한 경험이었죠. 보나마나 그 두 사람은 남은 인생 동안 줄곧 그걸 마법이라고 생각하겠지만. 하지만 기본적인 요구 사항은 모두 파일에 들어 있었습니다. 남자 두 명을 필요로 하는 여성 제1 항법사. 지수를 어떻게 조정했느냐고요? 론하고 칼리가 말을 하면서 몸을 움직이는 걸 관찰하면서 그들을 읽었던 거예요. 시체들은 모두 정신 지수에 따라 분류되어 있었기 때문에 그치들의 지수가 정합하는지를 감지하기만 하면 됐어요. 최종적인 선택은 내가 생각해도 천재적이었지만. 조건에 맞는 젊은 여성을 여섯 명까지 압축했어요. 정말은 그보다 더 정밀할 필요가 있었지만, 직감만으로 더 압축하는 건 무리였어요. 젊은 여성 중 하나는 범 아프리카에 있는 느곤다 지방 출신이었는데, 7년 전에 자살했다고 나와 있더군요. 〈침략자〉의 공격으로 남편 둘을 모두 잃고 엠바고가 시행되던 와중에 지구로 돌아갔어요. 당시 범 아프리카하고 아메리카시아 사이의 정세가 어땠는지 알죠. 영어를 못할 거라는 확신이 있었어요. 각성시켜보니 역시 그렇더군요. 자, 지금 이 시점에서는 서로의 지수 관계가 좀 삐걱거릴지도 모르지만, 세 사람이 악전고투하면서 서로를 이해하는 법을 터득할 무렵이면—물론 그렇게 되겠죠. 달리 대안이 없으니—대수 계산 그리드에 딱 맞아떨어지는 정합성을 획득하게 될 겁니다. 독창적이죠?

그리고 바벨-17 얘긴데, 이 편지를 쓴 진짜 이유는 그거예요. 다음 공격 지점이 어디가 될지를 짐작할 수 있을 정도까지는 그걸 해독했다는 얘긴 했죠. 행성 암세지의 동맹군 병기창이에요. 만일의 경우에 대비해서 미리 목적지를 알려둡니다. 말하고, 말하고, 또 말하고. 도대체 어떤 마음의 소유자가 그런 언어를 말하는 걸까요? 게다가, 왜? 철자 알아맞히기 시합에 나간 어린애처럼 여전히 두렵지만, 내심 이 모든 걸 즐기고 있어요. 우리 배의 플래툰들은 한 시간 전에 출두했답니다. 다들 맛이 갔고 게을러빠졌지만 귀여운 아이들입니다. 몇 분 뒤에는 우리 배의 슬러그를 만나러 갑니다. (눈도 머리카락도 턱수염도 검은, 정말 어중한 뚱보 아저씨예요. 동작은 느리지만 머리 회전은 빠르죠.) 있잖아요, 모키, 이런 승무원들을 모으면서 내가 정말로 관심이 있던 건 (유능한 것보다 더— 물론 모두 유능하긴 하지만) 나하고 말이 통하는 사람이어야 한다는 점이었어요. 다 잘됐어요.

리드라가, 사랑을 담아서.

7

빛은 있지만 그림자는 없다. 장군은 원반 썰매 위에 서서 검은 우주선과 희뿌옇게 변해가는 하늘을 바라보았다. 발착장 바닥에 도착한 그는 직경 2피트의 활공 원반에서 내려와서 승강기를 잡아타고 100피트 높이의 탑승대로 올라갔다. 그녀는 선장실에는 없었다. 그때 마주친 턱수염을 기른 뚱뚱한 사내가 화물록으로 통하는 통로로 가라고 했다. 장군은 사다리 꼭대기까지 올라가서 깊이 숨을 들이마셨다. 숨이 턱까지 차올랐기 때문이다.

리드라는 벽에 대고 있던 두 다리를 내리고 캔버스제 간이 의자 위에서 고쳐 앉은 후 미소 지었다. "포레스터 장군님. 오늘 아침에는 뵐 수 있지 않을까 생각했어요." 그녀는 얇은 통신용 종이를 접고 가장자리를 봉했다.

"뵙고 싶었습니다……." 또다시 숨이 찼기 때문에 다시 심호흡을 해야 했다. "떠나시기 전에."

"저도 뵙고 싶었어요."

"전에 한 얘기로는 제가 이번 원정을 허가해주면 어디로 갈지 알려 주신다고—"

"보고서를 읽으면 만족하실 겁니다. 어젯밤 우송했으니 동맹 행정 사령부의 장군님 책상에 이미 놓여 있든지, 아니면 한 시간 뒤에는 도착할 겁니다."

"아, 그랬군요."

그녀는 미소 지었다. "곧 떠나셔야 할 거예요. 몇 분 뒤에는 이륙할 거니까."

"예. 실은 저도 오늘 아침 동맹 행정 사령부로 가는 길에 발착장에 들렀습니다. 당신의 보고서의 개요는 이미 몇 분 전에 행성간 전화로 들었습니다. 단지 이 말이 하고 싶어서—" 그러나 그는 침묵했다.

"포레스터 장군님, 예전에 제가 쓴 시가 생각이 나는군요. 《시인을 사랑한 사람을 위한 충고》라는 제목이었죠."

장군은 입을 열려고 했지만 입술은 닫힌 채였다.

"이렇게 시작된답니다.

젊은이여, 그녀는 그대의 혀를 야금야금 갉아먹을 것이다.

여자여, 그는 그대의 손을 훔칠 것이다……

나머지는 제 두 번째 시집에 실려 있으니 읽어보세요. 하루에 일곱 번 시인을 잃을 각오가 없다면, 지독히도 답답한 일이랍니다."

그는 단지 이렇게 말했을 뿐이었다. "그럼 제가……."

"그때도 알았고, 지금도 알죠. 그래서 기뻐요."

턱까지 차오른 숨이 돌아왔고, 생소한 일이 그의 얼굴에 일어났다. 미소 지었던 것이다. "미스 웡. 제가 졸병이었을 때, 동료들과 병영 안에 갇혀 있던 무렵에는, 자나 깨나 여자, 여자, 여자 얘기뿐이었습니다. 그러면 꼭 누가 이렇게 말하는 겁니다. 너무나 예뻐서 난 아무것도 못 받아도 만족이야. 약속만으로도 충분했거든. 이렇게 말입니다." 그는 잠깐 어깨 힘을 뺐다. 그러자, 실제로는 어깨가 반 인치쯤 내려갔을 뿐인데도, 2인치는 더 어깨가 넓어진 것처럼 보였다. "제가 바로 그런 기분이었습니다."

"얘기해주셔서 고맙습니다. 저도 장군님이 좋아요. 다음에 뵐 때도 여전히 좋을 거라고 약속드리죠."

"고…… 고맙습니다. 용건은 이걸로 다한 것 같군요. 감사할 따름입니다……. 이해해주시고, 약속해주셔서." 그러고는 이렇게 말했다. "자, 슬슬 떠나야겠죠?"

"십 분 뒤에 이륙할 거예요."

"그 편지는 제가 우송해드리죠."

"고맙습니다." 그녀는 편지를 그에게 건넸다. 그는 그녀의 손을 잡았고, 아주 짧은 순간 아주 가볍게 그녀를 포옹했다. 그러고는 몸을 돌려 떠났다. 몇 분 후 그가 탄 원반 썰매가 콘크리트 위를 활강하고, 동쪽 하늘에 태양이 모습을 드러낸 순간, 그쪽에 면한 썰매 가장자리가 갑자기 불타오르듯이 반짝이는 광경이 리드라의 눈에 들어왔다.

제2부

베르 도르코

말이 곧 지고至高라면
말이야말로 내 손이 보아온 모든 것이 아닐까……

—「사중주」

1

다시 받아쓴 자료가 분류 화면 위를 흘러간다. 컴퓨터 콘솔 옆에는 리드라가 직접 정리한 4페이지 분량의 정의집定義集과 문법상의 추측을 잔뜩 써놓은 공책이 놓여 있었다. 리드라는 아랫입술을 자근자근 씹으며 하강下降 이중모음의 빈도 분석표를 훑어보았다. 선실 벽에는 이런 제목의 도표들이 붙어 있었다.

있음직한 음소 구조……

있음직한 음성 구조……

기호론적, 의미론적, 통사론적인 의문점……

세 번째 도표에는 해결해야 할 의문점들이 열거되어 있었다. 의문이 일단 공식화되고, 그 해답을 얻은 다음에는, 처음 두 도표로 옮겨놓는 식이다.

"캡틴?"

리드라는 거품의자에 앉은 채로 몸을 돌렸다.

출입용 해치 가장자리에 양 무릎을 걸고 매달려 있는 사람은 디아발로였다.

"응?"

"저녁에 뭐 먹을래요?" 플래툰 소속의 이 자그마한 주방장은 열일곱 살의 청년이었다. 미용성형으로 이식한 두 개의 뿔이 까치집 같은 새하얀 머리 밖으로 튀어나와 있다. 디아발로는 꼬리 끝으로 한쪽 귀를 긁적거렸다.

리드라는 어깨를 으쓱해 보였다. "딱히 생각나는 게 없는데. 플래툰 애들한테 뭘 먹고 싶은지 물어보면 어때."

"유기 폐기물로 국을 끓여줘도 맛있다고 먹는 놈들인데요. 상상력이 전혀 없어요. 캡틴, 뚜껑 덮은 꿩요리라든지, 록 코니시 통닭구이는 어때요?"

"오늘은 어째 가금류가 당기는 모양이네?"

"우웅—" 금속 가로장에서 한쪽 발을 떼어내서 벽을 걷어차자 몸이 앞뒤로 건들거린다. "왠지 새가 좋을 것 같아서요."

"반대 의견이 없다면, 코코뱅에, 구운 아이다호 감자하고 비프스테이크 토마토를 곁들이면 어떨까."

"요리사는 우리 캡틴이었어!"

"후식으로는 딸기 쇼트케이크?"

디아발로는 손가락으로 딱 하는 소리를 내고 해치로 홱 올라갔다.

리드라는 웃으며 다시 콘솔을 마주 보았다.

"닭은 부르고뉴로 삶고, 반주는 메이와인[+]으로 할게요!"

리드라가 어중음語中音의 세 번째 예일지도 모르는 것을 발견했을 때 거품의자가 푹 꺼지며 뒤로 쓰러졌다. 공책이 책상 가장자리에 쾅 부딪힌다. 리드라는 어깨를 삐었다. 등 뒤의 거품의자 표면이 갈라지면서 완충 실리콘이 비처럼 쏟아졌다.

선실의 요동이 멈추자 리드라는 해치 쪽으로 고개를 돌렸다. 빙빙 돌며 해치 밖으로 날려간 디아발로가 투명한 격벽을 딛으려고 하다가 엉덩이를 세게 부딪히는 광경이 눈에 들어왔다.

홱 낚아채이는 느낌.

리드라는 쪼그라든 거품의자의 축축한 껍질을 밟고 미끄러졌다. 슬러그의 얼굴이 인터컴 화면에서 요동쳤다. "캡틴!"

"도대체 무슨……!" 리드라는 힐문했다.

추진 정비실 쪽의 경고등이 깜박이고 있었다. 무엇인가가 또다시 배를 마구 뒤흔들었다.

"다들 아직 숨은 쉬고 있어?"

"잠깐만 기다려주십쇼……." 검은 턱수염으로 테를 두른 슬러그의 살찐 얼굴에 불쾌한 듯한 표정이 떠올랐다. "예. 공기는 문제없고. 추진 정비실에 문제가 생겼군요."

"설마 그 멍청한 녀석들이……." 리드라는 스위치를 눌러 그쪽을 불러냈다.

+ May Wine. 백포도주에 브랜디와 향초 등을 섞은 음료.

플래툰의 정비 주임인 플롭이 말했다. "하느님 맙소사. 캡틴, 뭔가 폭발했습니다."

"뭐가?"

"잘 모르겠습니다." 슬러그의 어깨 너머로 플롭이 고개를 내민다.

"A하고 B 전이轉移 장치는 문제가 없지만, C가 독립기념일의 불꽃놀이처럼 반짝거리고 있습니다. 우린 도대체 어디 와 있는 겁니까?"

"지구하고 달 중간에서 1차 전이를 하는 중이야. 아직 제9 우주센터의 영역에서 나오지도 않았어. 항법사?" 스위치를 딸깍 누른다.

몰리야의 검은 얼굴이 튀어나왔다.

"비 게츠?"+

리드라가 대뜸 물었다.

제1 항법사는 확률 곡선을 술술 그려보더니 두 개의 막연한 로그 나선螺線 사이의 한 지점을 지목했다. "일단은 지구 궤도를 돌고 있습니다." 론의 목소리가 끼어들었다. "뭔가에 얻어맞고 원래 궤도에서 떨어져 나왔지만, 추력도 없이 그냥 표류하고 있는 겁니다."

"궤도 높이하고 속도는 어떻게 돼?"

"칼리가 지금 알아보고 있습니다."

"밖으로 나가서 알아봐야겠어." 리드라는 감각 부서를 불러냈다. "〈코〉, 밖에선 어떤 냄새가 나?"

"고약합니다. 이 근처엔 아무것도 없습니다. 짙은 안개 속에 있는 거나 마찬가집니다."

+ Wie geht's? "어떻게 되어가고 있어?"라는 뜻의 독일어 인사말.

"무슨 소리 안 들려, 〈귀〉?"

"쥐 죽은 듯 고요합니다, 캡틴. 이 부근의 초정지 공간류들은 완전히 정체된 상태입니다. 거대 중력 질량을 가진 물체에 너무 가까워요. K 방향으로 대략 50 유리幽里 떨어진 곳에서 희미한 에테르 저류가 흐르고 있긴 하지만, 거기 올라타봤자 아무 데도 못 가고 빙빙 돌기만 할 겁니다. 지구의 자력권磁力圈에서 불어온 마지막 돌풍의 여파를 받은 탓입니다."

"〈눈〉, 넌 뭐가 보여?"

"석탄통 안에 머리를 들이민 듯한 느낌입니다. 무슨 일이 일어났는지는 모르겠지만, 하필 최악의 장소를 골라버렸군요. 제 영역에서는 문제의 저류 흐름이 약간 더 강하기 때문에 잘하면 괜찮은 조류潮流까지 우리를 밀어줄지도 모릅니다."

브래스가 끼어들었다. "하지만 난 그 안으로 뛰어들기 전에 그게 어디로 향하고 있는지를 알아야 해. 뭘 하든 간에 일단 우리의 현재 위치를 알아야……."

"항법사?"

잠시 침묵이 흘렀다. 이윽고 세 개의 얼굴이 화면에 떠올랐다. 칼리가 말했다. "모르겠어, 캡틴."

선내의 중력장은 2~3도 어긋난 채로 안정된 상태였다. 실리콘 완충재가 방 구석에 쌓여 있었다. 작은 체구의 디아발로가 머리를 흔들며 눈을 깜박인다. 고통으로 일그러진 얼굴. 그는 속삭였다. "무슨 일이 일어난 거죠, 캡틴?"

"나도 도무지 모르겠어." 리드라가 말했다. "하지만 꼭 알아낼 거야."

***

저녁식사는 침묵 속에서 진행되었다. 전원이 21세 이하의 청소년으로 이루어진 플래툰은 가급적 숨을 죽이고 앉아 있었다. 간부용 식탁에서는 항법사들이 유령 같은 모습을 한 유체인 감각 관측 요원들을 마주 보고 앉아 있었다. 윗자리에 앉은 뚱뚱한 슬러그가 침묵한 승무원들의 잔에 와인을 따라주었다. 리드라는 브래스와 함께 식사를 하고 있었다.

"글쎄." 브래스는 갈기가 길게 자란 머리를 흔들며 번득이는 발톱으로 술잔을 돌렸다. "아무 방해물도 없는 데를 순조롭게 항해하고 있었잖아. 뭔 일이 일어났든 간에, 그건 배 안에서 일어난 게 분명해."

압박 붕대로 엉덩이를 싸맨 디아발로가 뚱한 표정으로 리드라와 브래스에게 쇼트케이크를 날라 왔고, 플래툰용 식탁의 자기 자리로 돌아가 앉았다.

"그렇다면," 리드라가 말했다. "우린 지금 모든 계기가 망가진 상태로 지구를 주회하고 있다는 얘기군. 현 위치가 어딘지도 모르면서."

"초정지 공간용 계기들은 멀쩡해." 브래스가 지적했다. "단지 점프 위치를 특정할 수 없게 되었을 뿐이야."

"그리고 어디서 점프하는지를 모른다면 점프 자체를 할 수가 없다 이건가." 리드라는 식당 안을 둘러보았다. "브래스, 다들 여기서 빠져나갈 수 있다고 생각하는 것 같아?"

"캐틴이 빠져나가게 해줄 거라고 기대하는 것 같아."

리드라는 와인잔 가장자리를 아랫입술에 갖다 댔다.

"누군가가 그래주지 않는다면, 우린 디아발로의 맛난 음식을 먹으면서 여섯 달 동안 이렇게 죽치고 있다가, 질식해서 죽는 수밖에 없잖아. 통상 공간용 통신기가 고장 났으니 초정지 공간으로 도약하지 않는 이상 구조 신호조차도 보낼 수 없어. 항법사들한테 뭔가 묘수가 없는지 물어봤지만 그런 건 없대. 단지 궤도 이탈 뒤에 우리 배가 대원大圓을 그리기 시작했다는 걸 확인할 틈밖에는 없었다나."

"창이 달려 있으면 좋을 텐데." 리드라가 말했다. "그럼 적어도 밖의 별들을 보고 현재 궤도를 확정할 수 있으니. 공전 주기는 두 시간 이상은 아냐."

브래스는 고개를 끄덕였다. "현대문명의 이기라는 게 다 그렇지, 머. 현창하고 고색창연한 육분의 하나만 있으면 금방이라도 해결될 문젠데 말이야. 하지만 우린 귀밑까지 전자화되어 있는 탓에, 여기 이렇게 죽치고 앉아서 해결 불가능한 문제에 골머리를 썩히고 있는 거야."

"회전이라—" 리드라는 와인잔을 내려놓았다.

"그게 뭐?"

"데어 크라이스." 리드라가 말했다. 미간에 주름이 잡혔다.

"뭐?" 브래스가 물었다.

"라타스, 오르비스, 일 체르키오." 리드라는 두 손바닥을 식탁 위에 납작 갖다대고 눌렀다. "원이야. 여러 언어로 원이라는 뜻이야!"

당혹한 나머지 무심코 날카로운 송곳니를 드러낸 브래스의 얼굴 형상은 끔찍했다. 이마의 윤기 있고 북실북실한 털이 곤두섰다.

"스피어." 리드라는 말했다. "일 글로보, 굼라스." 그녀는 벌떡 일어섰다. "쿨레, 쿠글레트, 크링!"

"어떤 언어로 말하든 그게 무슨 상관이야? 원은 원이잖—"

그러나 리드라는 웃음을 터뜨리며 식당에서 뛰쳐 나갔다.

자기 선실로 돌아간 그녀는 번역 노트를 끄집어내서 주르륵 훑어보았다. 항법사 호출 버튼을 때리듯이 누른다. 론이 입가에서 생크림을 닦아내며 말했다. "예, 캡틴? 무슨 일입니까?"

"시계." 리드라가 말했다. "그리고— 구슬 한 주머니를 갖다줘!"

"뭐?" 칼리가 되물었다.

"쇼트케이크는 나중에 먹고, 당장 G-센터로 와줘."

"구— 슬?" 몰리야가 어리둥절한 어조로 천천히 발음했다. "구슬?"

"구슬치기를 하는 애가 플래툰에 한 명쯤은 있을 거 아냐. 그걸 한 주머니 빌려서 G-센터에 집합해."

리드라는 찌부러진 거품의자 껍질을 뛰어넘어 해치 밖으로 뛰쳐나갔고, 7번 방사축放射軸에서 방향을 바꿔 G-센터의 구형 방으로 통하는 원통형 통로를 쏜살같이 달려갔다. 우주선에서 계산상의 중력 중심인 G-센터는 언제나 자유낙하 상태에 놓여 있는 직경 30피트의 방이며, 그 내부에는 중력을 감지하는 몇몇 장치들이 거치되어 있다. 잠시 후 세 명의 항법사들이 마름모꼴 입구를 통해 들어왔다. 론은 유리구슬이 든 그물주머니를 들고 있었다. "리지가 내일 오후까지는 돌려달라고 하더군요. 추진실 아이들한테 도전을 받았는데, 챔피언 자리를 놓치고 싶지 않다나요."

"잘되면 오늘 밤에는 돌려줄 수 있을 거야."

"잘돼?" 몰리야가 궁금해했다. "아이디어 당신?"

"응, 있어. 실제로는 내 아이디어가 아니지만."

"그럼 누구 아이디어? 어떻게 할 건데요?" 론이 물었다.

"아마 어떤 외국어를 하는 사람한테서 온 아이디어인 것 같아. 이렇게 하면 돼. 구슬들을 완전한 구 안쪽의 벽에 둥글게 배치하고, 우리는 벽에서 떨어져서 시계 초침을 보는 거야."

"뭘 하려고?" 칼리가 물었다.

"구슬들이 어디로 굴러가는지, 또 그러는 데 시간이 얼마나 걸리는지를 확인하려고."

"무슨 얘긴지 모르겠습니다." 론이 말했다.

"우리 배의 궤도는 지구를 중심으로 한 대원大圓이라고 했지? 그렇다면 이 배 안의 모든 물체도 그 대원을 따라 움직이고 있어. 그러니까 다른 외부 영향을 안 받는다면, 자동적으로 그런 궤도를 그릴 거라는 얘기가 돼."

"맞습니다. 그래서요?"

"이 구슬들을 배치하는 걸 도와줘." 리드라가 말했다. "이것들에는 철심이 들어 있지. 구슬들은 고정되어 있어야 하니까 벽을 자화磁化시켜주겠어? 그러고 나서 한꺼번에 놓아주는 거야." 론은 여전히 영문을 모르겠다는 표정으로 구형 방의 금속벽이 자기를 띠도록 하는 스위치를 누르러 갔다. "여전히 모르겠어? 다들 수학자잖아. 대원이 뭔지 설명해봐."

칼리는 구슬을 한 줌 집어 들고 벽 전체에 간격을 두고 딸깍딸깍 붙이기 시작했다. "대원은 구를 자를 때 생기는 가장 큰 원이야."

"대원의 직경은 구의 직경과 동일하죠." 자력 스위치를 넣고 온 론이 말했다.

"위상적으로 동일한 도형 안에서 임의의 대원 세 개가 교차하는 각도의 합은 540도에 접근한다. N개의 대원에서는 180도의 N배에 접근한다." 몰리야는 오늘 아침부터 기억고정기personafix의 도움을 빌려 암기하기 시작한 정의를 음악적인 목소리로 읊었다. "구슬 이러면 돼?"

"응, 벽 전체에. 일정 간격을 두고 붙이면 좋지만, 간격이 반드시 정확할 필요는 없어. 대원의 교차에 관해 조금 더 설명해주겠어?"

"흐음." 론이 말했다. "어떤 구 안에서도 모든 대원은 교차하거나—일치한다."

리드라는 웃음을 터뜨렸다. "맞아, 안 그래? 그럼 하나의 구 내부에서 어떻게 움직이든 간에 교차하는 원들이 또 있어?"

"모든 점들과 등거리에 있어서 서로 접촉하지 않는 원들을 상정할 수는 있겠지. 하지만 모든 대원은 적어도 두 점을 공유하고 있어야 해."

"잠시 그걸 생각해보고 이 구슬들을 봐. 모두 대원 위에서 움직이지."

몰리야가 퍼뜩 이해했다는 표정으로 벽가에서 떨어져 나와 리드라 쪽으로 부유해 오며 양손을 마주쳤다. 그녀가 키스와힐리어로 뭐라고 불쑥 말하자 리드라는 웃었다. "맞아." 리드라는 대꾸했고, 론과 칼리의 당혹스러운 표정을 보고는 통역해주었다. "구슬들은 서로를 향해 움직이고, 그 진로는 교차한다."

칼리의 눈이 커졌다. "맞아. 우리 배가 궤도의 정확히 4분의1을 나아갔을 때, 구슬들은 하나의 둥근 평면 위에 늘어서게 돼."

"이 배의 궤도면을 따라서." 론이 끝맺었다.

몰리야는 미간을 찌푸리고 두 손으로 잡아 늘이는 시늉을 해 보였다. "그래." 론이 말했다. "양쪽으로 꼬리를 끄는 왜곡된 원형면이고, 그걸 쓰면 어느 쪽에 지구가 있는지를 계산할 수 있지."

"독창적이지, 안 그래?" 리드라는 통로로 이어지는 입구 쪽으로 부유했다. "이걸 한 번 시행한 다음에, 로켓들을 분사해서 어디에도 부딪히지도 않고 위아래로 70~80마일쯤 움직일 수 있을 거야. 그러면 우리 배의 속도뿐만 아니라 궤도 길이까지 산출해낼 수 있어. 그 정보만 있으면 가장 가까운 곳에 있는 거대 중력을 가진 물체에 대한 우리 배의 상대 위치를 알아낼 수 있겠고. 그런 뒤에는 초정지 공간으로 점프할 수 있지. 우리 배의 초정지 공간용 통신 장비는 멀쩡하니까, 거기서 구조 신호를 보내서 초정지 스테이션이 보낸 대체 부품을 수령하면 돼."

항법사들은 경탄한 기색으로 통로에 나간 리드라와 합류했다. "초읽기 시작." 리드라가 말했다.

0이 된 순간 론은 자력 스위치를 껐다. 구슬들은 구 안을 부유하기 시작하면서 천천히 늘어섰다.

"매일 뭔가 새로운 걸 배우게 되는구먼." 칼리가 말했다. "나한테 물어봤다면 난 우리가 여기 영원히 갇혔다고 대답했을 거야. 이런 건 내 전문 분야인데도 말이야. 어디서 그런 아이디어를 얻었어?"

"다른 언어의…… '대원'이라는 단어에서."

"언어 입으로 말하는?" 몰리야가 물었다. "무슨 뜻?"

"흠." 리드라는 금속제 필기판과 첨필을 끄집어냈다. "좀 단순화한 거지만, 설명해줄게." 그녀는 필기판에 표시를 했다. "원을 의미하는 단어가 O라고 가정하기로 해. 이 언어에는 비교급을 선율로 나타내는 체계가 있는데. 그것들을 음성 기호로 나타내면 v하고 　 하고 ^이고, 이것들이 각각 '최소'하고 '보통'하고 '최대'를 의미한다고 가정해봐. 그럼 이 언어에서 ŏ는 무슨 뜻이 될까?"

"가장 작은 원?" 칼리가 말했다. "그건 하나의 점을 의미해."

리드라는 고개를 끄덕였다. "자, 구 내부의 원을 논할 때, 보통 원을 o라고 하고, 그 뒤에 다른 원과 닿지 않는다는 뜻의 ‖ 하고 교차한다는 뜻의 x라는 기호 중 하나를 붙인다고 해봐. 그럼 ox는 무슨 뜻일까?"

"다른 원과 교차하는 보통 원."

"그리고 모든 대원은 서로 교차하니까, 이 언어에서 대원을 의미하는 단어는 언제나 ôx가 돼. 단어 자체에 모든 대원은 교차한다는 정보가 포함되어 있는 거지. 영어의 busstop이나 foxhole이란 단어가 그에 상응하는 불어 단어 la gare나 le terrier에는 결여된 정보를 내포하고 있는 것처럼 말이야. 영어의 Great Circle이라는 단어에도 어느 정도 정보가 담겨 있지만, 우리를 현재의 어려운 처지에서 벗어나게 해줄 정보는 들어있지 않아. 그래서 다른 언어로 생각해야 한다는 거야. 모든 가능성을 일일이 검토해서 해결책에 도달하는 번거로운 방법을 쓰지 않고, 문제를 명확하게 직시하려면 말이야."

"그래서 어떤 언어를 썼는데요?" 론이 물었다.

"진짜 이름이 뭔지는 몰라. 지금은 일단 바벨-17이라고 부르고 있지. 아직 그리 많은 걸 알아내지는 못했지만, 이 언어의 낱말 대부분은 해당 낱말이 나타내는 사물에 관해 내가 아는 언어를 너댓 개 합친 것보다 더 많은 정보를 전달해. 그것도 더 짧은 어형을 써서." 리드라는 이 설명의 요지를 몰리아에게 번역해주었다.

"누구 말해?" 몰리야가 말했다. 지금까지 터득한 최소한도의 영어에 의존할 심산인 듯하다.

리드라는 입술 안쪽을 깨물었다. 자기 자신을 상대로 같은 질문을 할 때면 언제나 뱃속이 딱딱해지고, 두 손은 마치 뭔가를 잡으려는 듯이 움직이고, 그 해답을 알고 싶다는 욕구가 거의 고통스러울 정도로 목까지 치밀어 오르곤 한다. 바로 지금처럼. 이윽고 그 감각은 사라졌다. "나도 몰라. 알면 정말 좋을 텐데. 그걸 알아내는 게 이번 항해의 주 목적이야."

"바벨-17이라." 론이 되풀이했다.

추진관推進管을 담당하는 플래툰 요원 중 하나가 그들 뒤에서 헛기침을 했다.

"무슨 일이야, 카를로스?"

카를로스는 땅딸막한 황소 같은 느낌의 소년이었다. 곱실거리는 풍성한 흑발, 우람하지만 느슨한 근육의 소유자이며, 조금 혀가 짧은 발음을 한다. "캡틴, 이걸 좀 봐주실래요?" 카를로스는 어른들 앞에서 좌우로 어색하게 몸을 흔들며, 뜨거운 추진관을 오르내리는 통에 못이 박히고 딱딱해진 맨발 바닥을 문지방에 대고 문질렀다. "추진관에서 발견한 건데. 캡틴이 직접 봐야 할 것 같아요."

"슬러그가 그러라고 했어?"

카를로스는 짧게 뜯어먹은 손톱으로 귀 뒤를 콕콕 찌르며 말했다. "예에."

"내가 가더라도 남은 세 명이서 처리할 수 있지?"

"걱정 마, 캡틴." 칼리는 모여드는 구슬들을 바라보며 말했다.

리드라는 카를로스 뒤를 따라 밖으로 나갔다. 사다리 승강기를 타고 내려가서, 허리를 굽히고 천장이 낮은 추진실 통로를 나아갔다.

"이쪽이오." 카를로스는 주저하듯이 앞장서서 아치 모양의 모선母線 아래를 나아갔다. 금속 그물로 이루어진 플랫폼에서 멈춰 서더니 벽에 부착된 회로 상자를 열었다. "보세요." 카를로스는 거기서 인쇄 회로 기판 하나를 빼냈다. "이겁니다." 기판의 플라스틱 표면에 가느다란 금이 나 있었다. "부서졌어요."

"어떻게?" 리드라가 물었다.

"이렇게요." 카를로스는 양손으로 기판을 잡고 구부리는 시늉을 했다.

"그냥 절로 금이 간 건 아니고?"

"그럴 리가 없어요. 여기 꽂혀 있을 땐 덮개가 워낙 튼튼해서 쇠망치로 내리쳐도 끄떡없거든요. 그리고 이 기판에는 통신 회로가 전부 들어 있어요."

리드라는 고개를 끄덕였다.

"통상 공간에서 조종할 때 쓰는 자이로스코프 필드[場] 변류기도……." 카를로스는 다른 덮개를 열고 다른 기판을 꺼냈다. "이걸 보세요."

리드라는 두 번째 기판에 생긴 금을 손톱으로 훑어보았다. "우리 배에 있는 누군가가 이걸 부순 거야." 그녀는 말했다. "이것들을 수리실로 가져가서 다시 인쇄해달라고 해. 리지한테는 인쇄가 끝나면 내가 직접 끼워놓을 테니까 나한테 가져오라고 하고. 구슬도 그때 돌려주겠다고 전해줘."

2

진한 기름 속으로 보석을 떨어뜨린다. 그 광채는 천천히 노르께한 색으로 변하며 호박색으로 바뀌고, 마지막에는 빨갛게 되었다가 스러진다. 초정지 공간으로의 도약이란 이런 것이다.

리드라는 컴퓨터 콘솔 앞에 앉아 도표에 관해 곰곰이 생각했다. 이번 항해를 시작한 이래 사전 길이가 두 배로 늘어났다. 리드라는 마음 한켠에서 맛있는 음식을 먹은 듯한 만족감을 맛보았다. 단어들. 쉽게 알아볼 수 있고 언제나 술술 입에서 흘러나오는 단어들이 그녀의 손아귀 안에서 그녀를 위해 정렬하고, 그 뜻을 나타내고, 정의하고, 다시 나타낸다.

그러나 배신자가 등장했다. 누가, 무엇이, 왜 그런 짓을 한 것일까. 이 문제를 풀어줄 정보는 전무했다. 리드라의 뇌 반대편에 공허한 진공처럼 자리 잡은 이 문제를 정리하는 것은 고통이었다. 그 기판은 누군가에 의해 고의적으로 파괴되었다. 리지도 그렇게 말하지 않았는가. 이걸 어떤 식으로 설명해야 할까? 승무원 전원의 이름, 그리고 그 옆에 붙인 물음표?

보석 무더기에 보석 한 개를 던져 넣는다. 초정지 공간에서 암세지 별 소재 동맹군 조병창이 있는 영역을 향하는 도약이란 이런 것이다.

통신 콘솔 앞에서 리드라는 감각 헬멧을 뒤집어썼다. "통역해줄래?"

표시등이 깜박이며 동의했다. 유체인 관측 요원들은 각기 다른 범위에서 자신의 모든 감각을 이용, 끊임없이 변화하는 초정지류流의 중력적, 전자기적 상태의 세밀한 흐름을 감지한다. 조종사는 무수히 많은 이런 초정지류의 흐름 사이를 누비며, 마치 바다 위에서 범주하듯이 우주선을 조종한다. 그리고 이 헬멧은 선장이 매트릭스의 개괄적인 상像을 파악할 수 있도록 정보를 압축해서 보내주는 기능을 갖추고 있었다. 육체를 가진 관찰자가 발광하지 않을 수준까지 간략화된 정보를 말이다.

리드라는 눈과 귀와 코를 덮은 헬멧의 회선을 열었다.

군데군데 남색藍色으로 물든 여러 개의 파란색 고리 너머로 〈조병창〉을 구성하고 있는 우주 스테이션과 소행성들이 떠오른다. 이어폰에서는 간간이 터져 나오는 잡음과 함께 음악적인 허밍음이 들려온다. 후각 발생기는 감귤류 껍질이 타는 듯한 쓴 내를 동반한 기름 끓는 냄새와 향수 향기가 뒤죽박죽으로 뒤섞인 내음을 발산했다. 이 세 가지 감각이 충족되자 리드라는 선실의 현실에서 해방되어 감각적인 추상의 세계로 부유했다. 이 감각들을 정리해서 해석을 시작하는 데는 일

분 가까운 시간이 걸렸다.

"좋아. 지금 보이는 게 뭐야?"

"저 빛들은 〈조병창〉을 구성하고 있는 여러 소행성들과 고리형 우주 스테이션들입니다." 〈눈〉이 설명했다. "왼쪽에 보이는 푸르스름한 색채는 제42 우주센터 쪽으로 펼쳐진 레이더망입니다. 오른쪽 위의 빨간 섬광은 캡틴의 시야에서 4도쯤 벗어난 곳에서 회전하고 있는 흐릿한 광구光球+에 벨라트릭스++가 반사된 것에 불과합니다."

"낮게 웅웅거리는 소리는?" 리드라가 물었다.

"우리 배의 추진 장치입니다." 〈귀〉가 설명했다. "그냥 무시하십쇼. 원하신다면 지우겠습니다."

리드라가 고개를 끄덕이자 웅웅거리는 소리가 멈췄다.

"딸깍거리는 소리는—" 〈귀〉가 운을 뗐다.

"—모스 부호로군." 리드라가 이어 말했다. "그건 나도 알아차렸어. 영상 회로를 쓰지 않고 교신하고 싶어하는 아마추어 무전사가 둘 있는 건가."

"그렇습니다." 〈귀〉가 동의했다.

"이 고약한 냄새는 뭐야?"

"전체적인 냄새는 벨라트릭스의 중력장에 불과합니다. 캡틴은 후각적 자극을 입체적으로 느끼지는 못하지만, 레몬 껍질이 탄 듯한 냄새는 정면의 녹색 광채에 위치한 발전 장치에서 오는 겁니다."

"어디 도킹하면 돼?"

+ 항성 등에서 가스로 이루어진 불투명한 가시적 표면.

++ 오리온자리 감마성.

"E 단조의 3화음 안에."

"왼쪽에서 냄새를 풍기는 뜨거운 기름 속에."

"저 하얀 원을 향해 가십시오."

리드라는 조종사 회선을 불러냈다. "오케이, 브래스, 배를 저기 넣어줘."

리드라는 원반 썰매를 타고 경사로를 미끄러지듯이 내려갔다. 5분의4 표준 중력하에서 균형을 잡는 일은 쉬웠다. 인공 황혼을 통해 불어오는 산들바람을 받은 머리카락이 어깨 뒤로 나부낀다. 그녀 주위에는 〈동맹〉의 주요 병기고가 펼쳐져 있었다. 자신이 확고하게 〈동맹〉에 속해 있는 것은 우연히 거기서 태어났기 때문일 뿐이라는 생각이 퍼뜩 뇌리를 스쳤다. 다른 은하계에서 태어났더라면 당연히 〈침략자〉의 일원이 되었을 것이다. 그녀의 시는 양 진영에서 인기가 있다고 들었다. 어딘가 불안해지는 얘기다. 리드라는 그런 생각을 접어 넣었다. 이곳, 동맹군의 〈조병창〉에서 그런 불안을 곱씹는 것은 현명한 일이 아니다.

"캡틴 웡, 이곳에는 포레스터 장군님의 도움으로 오셨다고 들었습니다만."

원반 썰매가 정지했다. 리드라는 고개를 끄덕여다.

"당신이 현존하는 바벨-17의 최고 전문가라는 얘기를 장군에게서 미리 통보 받았습니다."

리드라는 다시 한 번 고개를 끄덕였다. 그러자 상대방의 원반이 그녀의 원반 앞에서 정지했다.

"그런 고로, 뵙게 되어 정말 반갑습니다. 도움이 필요하시면 얼마든지 요청하십쇼."

리드라는 손을 내밀었다. "감사합니다, 베르 도르코 남작님."

검은 눈썹이 위로 올라가고, 검은 얼굴 안에서 얇은 입술이 호弧를 그렸다. "제 문장紋章을 읽으신 겁니까?" 그는 긴 손가락을 들어 가슴에 달린 방패꼴 문장을 가리켰다.

"예."

"다재다능하시군요, 캡틴. 우리가 사는 세계는 고립된 공동체들로 이루어져 있고, 개개의 공동체는 이웃과는 거의 교류가 없다시피 한데 말입니다. 마치 각 공동체가 각기 다른 언어를 말하는 것처럼."

"저는 여러 언어를 말한답니다."

남작은 고개를 끄덕였다. "캡틴 웡, 저는 이따금 이런 생각을 하곤 합니다. 만약 〈침략〉이 시작되지 않았다면, 바꿔 말해서 우리 〈동맹〉이 에너지를 집중할 대상이 없었다면, 우리 사회는 붕괴되어버렸을 거라고. 캡틴 웡—" 그는 문득 말을 멈췄다. 얼굴의 가는 주름이 수축하며 집중하는 듯한 표정을 이루더니, 갑자기 활짝 펴졌다. "리드라 웡……?"

리드라는 상대의 미소에 미소로 대답하며 고개를 끄덕였다. 그러나 상대방이 그녀를 알아보았다는 사실이 무엇을 의미하는지를 아직 파악할 수가 없었기 때문에 경계를 풀지는 않았다.

"설마 그분일 줄이야—" 남작은 마치 인사를 다시 하려는 듯이 손을 뻗어 악수를 청했다. "당연히 알아봤어야 하는 건데—" 그녀를 대하는 태도가 180도 완전히 돌변해 있었다. 처음부터 이런 변화를 목격하지 않았더라면 리드라는 상대방의 따뜻한 태도에 대해 역시 따뜻하게 반응했을 것이다. "쓰신 책들을 읽었는데, 그때 저는—" 말꼬리를 흐리더니 고개를 살짝 흔든다. 너무 크게 뜬 검은 눈. 해학적으로 뒤틀린 입술이 오히려 징그럽다. 마치 서로를 찾는 듯이 비비 꼬이는 양손. 이 모든 광경은 리드라를 향한 불온한 갈망, 그녀였던 존재 또는 그녀일지도 모르는 존재에 대한 강한 허기를 나타내고 있었다. 탐욕스럽고—

"제 집에서는 7시에 저녁 식사를 합니다." 남작은 심란스러울 정도로 예의 바른 태도로 리드라의 생각에 끼어들었다. "오늘 저녁의 만찬에 저와 제 처와 함께 참석해주십시오."

"감사합니다. 하지만 제 승무원들과 당장 의논할 일이 있어서—"

"그럼 승무원들 모두를 초대하겠습니다. 제 집은 꽤 넓어서 필요하시다면 회의실도 몇 개 있고, 모두가 충분히 즐길 만한 시설을 갖추고 있습니다. 적어도 캡틴 웡의 배보다 덜 비좁다는 건 장담해도 좋습니다." 보랏빛이 도는 혀가 하얗디하얀 남작의 이 뒤에서 날름거린다. 입술의 갈색 선들이 포식 곤충인 사마귀의 천천히, 천천히 여닫히는 아가리처럼 느릿하게 말을 만들어내는 느낌.

"조금 더 일찍 왕림해주신다면 제가 천천히—"

리드라는 훅하고 숨을 멈췄다가, 멍청이가 된 듯한 기분을 맛보았다. 남작의 눈이 조금 가늘어진 것을 보니 그녀가 화들짝 놀랐다는 사실을 인지한 듯하다. 놀란 이유를 알아차리지는 못했지만 말이다.

"—조병창을 안내해드릴 수 있습니다. 포레스터 장군에게서 〈침략자〉들에 대항하는 우리 노력의 결과를 캡틴 웡에게 숨김없이 모두 보여드리라는 제안을 받았습니다. 상당한 명예죠, 마담. 거기서 보시게 될 것들 중에는 우리 조병창에 오래 근무한 직원들조차도 보지 못한 것들이 있으니까요. 그중 상당수는 아마 따분할 수도 있을 겁니다. 시

시콜콜한 잡동사니로 보일 수 있다는 생각도 들지만, 개중에는 꽤 독창적인 것들도 포함되어 있습니다. 언제나 활발한 상상력을 유지하려고 노력한 결과라고나 할까요."

이 사내는 내가 편집광이 되도록 몰아가는 것 같아. 리드라는 생각했다. 마음에 안 들어. "폐를 끼치고 싶지 않아서요, 남작님. 배에서 꼭 처리해야 할 용무가 있어서—"

"부디 와주십시오. 제 초대를 받아들이시면 여기서의 일처리도 훨씬 더 쉬워질 거라고 보증하겠습니다. 캡틴 웡처럼 뛰어난 재능에 업적을 자랑하는 여성이 손님으로 와주신다는 건 제 가문의 영예이기도 합니다. 게다가 최근 저는," 검은 입술이 희게 번들거리는 이 위에서 닫힌다. "지적인 대화에 굶주려 있어서요."

세 번째로 정중하게 거절하려고 했지만 혼자서 턱이 굳어버린 듯 말이 나오지 않았다. 남작은 말하고 있었다. "7시가 되기 전에 승무원들과 함께 슬슬 오시기를 기대하겠습니다."

원반 썰매는 차도 위를 미끄러지듯이 움직이며 떠나갔다. 리드라는 인공 황혼을 배경으로 검은 윤곽을 드러낸 그녀의 우주선이 착륙해 있는 경사로 쪽을 돌아보았다. 그녀가 탄 원반은 경사로를 천천히 올라 〈랭보〉호로 되돌아가기 시작했다.

"흠." 리드라는 어제가 되서야 압박붕대를 푼 자그마한 체구의 알비노 요리사를 향해 말했다. "넌 오늘 쉬어도 돼. 슬러그, 승무원들까지 만찬에 초대받았으니까, 우리 애들이 테이블 매너를 잊지 않도록 교육을 시켜줘— 콩은 어떤 나이프를 써서 썰어야 하는가, 뭐 그딴 것들 말이야."

"바깥쪽에 있는 작은 포크는 샐러드용 포크야." 슬러그는 상냥한 어조로 플래툰에게 설명했다.

"그럼 그 바깥쪽에 있는 조그만 꼬챙이는 뭔가요?" 알레그라가 물었다.

"굴을 찍어먹기 위한 거야."

"하지만 굴이 안 나오면?"

플롭이 엄지손가락 관절로 아랫입술을 문지르며 말했다. "그럴 땐 이쑤시개 대신 쓰면 되지 않을까."

브래스가 리드라의 어깨에 앞발을 얹었다. "기분이 어때, 캐틴?"

"바비큐 화덕 위의 돼지 같다고나 할까."

"어째 좀—" 칼리가 운을 뗐다.

"어째 좀?" 리드라는 되물었다.

"—피곤해 보여." 칼리는 곤혹스러운 듯이 말을 맺었다.

"아마 좀 과로했는지도 몰라. 오늘 저녁엔 베르 도르코 남작의 저택에 만찬 손님으로 초대받았어. 거기서 다들 좀 긴장을 풀고 즐기면 어떨까."

"베르 도르코?" 몰리야가 물었다.

"〈침략자〉에 대항하기 위한 여러 가지 연구 프로젝트를 관할하는 인물이야."

"그럼 바로 여기가 더 크고 더 나은 비밀 무기를 개발한다는 곳입니까?" 론이 물었다.

"더 작고 더 치명적인 것도 만들지. 아마 상당히 교육적인 경험이 될 거라고 생각해."

"예의 화괴공작 시도 같은 건가." 브래스가 말했다. 리드라는 이미 이 사태에 관해 간부들에게 개략적인 설명을 해놓은 뒤였다. "이 조병창에서 그런 일을 저지른다면 우리의 〈침략자〉 대책에 상당히 큰 타격을 가할 수 있어."

"그치들 입장에서도 그것만큼 직접적인 공격은 없겠지. 동맹군 사령부에 직접 폭탄을 설치하기라도 한다면 얘긴 달라지지만."

"캡틴은 그걸 저지할 수 있습니까?" 슬러그가 물었다.

리드라는 어깨를 으쓱하고, 이따금 번득이지만 실체가 없는 유체인 승무원들 쪽으로 몸을 돌렸다. "아이디어가 두 개쯤 있어. 그래서 말인데, 오늘 저녁 너희들은 초대를 무시한 예의 없는 손님이 되어서 나 대신 염탐을 좀 해줘야겠어. 〈눈〉, 넌 배 안에 머무르고, 너 말고는 아무도 배에 남아 있지 않도록 확인해 줘. 〈귀〉는 일단 우리가 남작의 저택으로 떠난 뒤부터 불가시 상태로 나를 계속 수행해줘. 전원이 〈랭보〉호로 돌아올 때까지는 6피트 이상 나한테서 떨어지면 안 돼. 〈코〉, 너는 전령 역할을 맡아줘. 이곳에선 뭔가 미심쩍은 일이 벌어지고 있는 것 같아. 그게 내 상상에 불과한지 아닌지는 잘 모르겠지만."

그러자 〈눈〉이 뭔가 불길한 얘기를 했다. 보통 육체를 가진 인간이 유체인과 대화를 하려면—그리고 그 대화를 기억하려면—특별한 장비가 필요해진다. 리드라는 유체인들이 한 말을 뇌의 약한 시냅스 연결이 끊어지기 전에 즉시 바스크어로 번역하는 방법으로 이 문제를 해결했다. 원래 대화가 기억에서 사라진 뒤에도, 번역된 내용은 남았기 때문이다. 그 부서진 회로 기판은 상상이 아닙니다. 이것이 그녀가 기억한 바스크어 번역문의 요지였다.

리드라는 점점 강해져만 가는 불안감을 곱씹으며 승무원들을 바라보았다. 만약 청소년이나 간부들 중 하나가 단지 병적으로 파괴적인 성향을 가진 것에 불과하다면 정신 지수에 이미 드러났을 것이다. 그러나 이들 중에 의도적으로 파괴 활동을 하는 인물이 하나 끼어 있다. 이 사실이 걸을 때마다 발바닥을 콕콕 찌르는 가시처럼 리드라를 괴롭혔다. 그날 밤 어떻게 이들을 일일이 찾아냈는지를 뚜렷하게 기억한다. 자긍심. 그녀의 배를 별들 사이로 움직이며, 이들의 기능이 하나로 통합되는 광경을 목도하며 느꼈던 따스한 만족감도. 이 따스함은, 우주선이라는 이름의 기계를 움직이는 승무원이라는 이름의 기계들이, 서로 제대로 맞물려 정교하게 움직여주지 않을 경우에 일어날 수 있는 온갖 사건 사고에 대한 불안을 녹여준 안도감에서 비롯된 것이다. 다른 한편으로는 부하들이 서로에게도 잘 적응해주었다는 사실에 대한 냉정한 만족감도 있었다. 인생과 일, 양쪽의 경험이 일천한 청소년들도, 매끄러운 공동 작업이 한 치라도 어긋나면 그로 인한 정신적 부담이 알력으로 발전할 수도 있었던 위험천만한 상황에 맞섰던 어른들도, 모두 잘해주었다. 그리고 그런 그들을 선택한 사람은 다름 아닌 그녀였다. 이 우주선은 리드라의 세계였다. 긴 항해가 이어지는 동안 걷고, 일하고, 살아갈 수 있는 최적의 장소였던 것이다.

그런데 거기서 배신자가 하나 나왔다.

그 탓에 무엇인가가 떨어져 나갔다. **에덴동산 어딘가에서, 지금…….** 리드라는 다시금 승무원들을 둘러보며 상기했다. **에덴동산 어딘가에서, 지금 벌레가, 벌레 한 마리가.** 금이 간 회로 기판은 이렇게 말하고 있었다. 그 벌레가 천천히 파멸시키려고 하는 것은 그녀뿐만이 아니라 그녀의 배, 그 승무원들, 그 내용물이라고. 어둠 속에서 번득이는 비수도 아니고, 통로 반대편에서 날아오는 총알도 아니고, 어두운 선실로 들어갔을 때 목에 감기는 교살용 끈도 아니다. 바벨-17. 목숨을 건 논쟁을 벌일 때 그것은 얼마나 적절한 언어가 되어줄까?

"슬러그, 남작이 나더러 미리 와서 최신식 살인법을 구경하래. 애들 데리고 실례가 안 될 정도로만 일찍 와주겠어? 난 지금 가야 해. 〈눈〉하고 〈귀〉는 이제 승선하고."

"알겠습니다, 캡틴." 슬러그가 말했다.

유체인 승무원들은 감지 불능 상태로 돌입했다.

리드라는 경사로 위로 다시 썰매를 기울였고, 주위를 에워싸고 있던 청소년들과 간부들 사이로 스르르 빠져나왔다. 이렇게 불안한 이유가 무엇인지 의아해하며.

3

"무지막지하고 미개한 무기들입니다." 남작은 선반 위에 크기 순서대로 진열된 플라스틱 원통들을 가리켰다. "이런 꼴사나운 물건들로 시간을 낭비해야 한다는 게 괴롭군요. 여기 이 조그만 놈은 약 50평방마일 넓이의 지역을 파괴할 수 있습니다. 이 큰 것들은 깊이 27마일에 너비 150마일에 달하는 크레이터를 만들어냅니다. 실로 야만적이라서, 되레 사용을 주저할 정도입니다. 저기 왼쪽에 있는 건 그보다는 좀 더 세련됐다고 할 수 있겠군요. 일단 폭발하면 상당히 큰 건물 하나를 붕괴시킬 수 있지만, 폭탄의 탄체 자체는 잔해 밑에 멀쩡한 상태로 묻혀 있게 됩니다. 그리고 여섯 시간 뒤에 다시 폭발해서 웬만한 원자폭탄 못지않은 파괴력을 발휘합니다. 피해자 측이 본격적인 복구 작업에 착수하는 데는 충분한 시간입니다. 이런저런 복구 요원들, 적들은 정확히 뭐라고 부르는지는 모르겠지만 우리의 적십자 간호사에 해당하는 인력, 피해 규모를 조사하려고 온 다수의 전문가들 따위가 동원되겠죠. 그렇게들 한 곳에 모였을 때, 쾅. 지연 작동식 수소 폭발이고, 30에서 40마일은 족히 되는 크레이터를 만들어냅니다. 물리적인 파괴력은 여기 있는 가장 작은 것들에도 미치지 못하지만, 많은 양의 장비와 나서길 좋아하는 자원봉사자들 따위를 잔뜩 날려버릴 수 있죠. 그래봤자 여전히 애들 장난에 불과하지만 말입니다. 제 개인적인 컬렉션에 포함시켜놓은 건, 단지 이렇게 표준적인 물건들도 보유하고 있다는 걸 보여주기 위해서입니다."

리드라는 남작을 따라 아치문을 지나 다음 방으로 갔다. 벽가에 서류장들이 늘어서 있고, 방 한복판에는 진열 케이스가 하나 놓여 있다.

"자, 여기에는 제가 자랑해도 좋을 만한 게 하나 있습니다." 남작이 케이스 쪽으로 걸어가자 그것을 에워싸고 있던 투명한 벽들이 펼쳐지며 바닥에 떨어졌다.

"이건 도대체 뭔가요?" 리드라가 물었다.

"뭘로 보입니까?"

"돌…… 덩어리 같은데요."

"금속 덩어리입니다." 남작이 정정했다.

"혹시 폭발한다든지, 특별히 딱딱하다든지?"

"쾅 터지거나 하진 않습니다." 남작은 장담했다. "인장 강도는 티타늄 강鋼보다 조금 높지만, 이것보다 훨씬 더 단단한 플라스틱도 있습니다."

리드라는 그것을 향해 손을 뻗으려고 하다가, 퍼뜩 생각난 듯이 물었다. "직접 들고 살펴봐도 될까요?"

"그게 가능할 것 같지는 않군요." 남작이 말했다. "해보십시오."

"무슨 일이 일어나는데요?"

"직접 확인해보시죠."

리드라는 손을 뻗어 둔중한 쇳덩어리를 집으려고 했다. 그녀의 손은 쇳덩어리 표면에서 2인치 위쪽의 빈 공간을 잡았다. 손가락을 움직여 쇳덩어리에 대보려고 했지만 이번에는 옆으로 몇 인치 떨어진 허공을 잡고 있었다. 리드라는 이마를 찡그렸다.

그녀는 왼쪽으로 손을 움직였지만, 손은 어느새 이 기묘한 쇳덩어리 오른쪽에 가 있었다.

"잠깐." 남작은 씩 웃으며 쇳덩어리를 집어 올렸다. "만약 이게 지면에 떨어져 있는 걸 봤다면, 전혀 신경이 쓰이지 않았겠죠. 안 그렇습니까?"

"혹시 유독성인가요?" 리드라는 물었다. "뭔가 다른 것의 일부라든지?"

"아닙니다." 남작은 생각에 잠긴 듯이 쇳덩어리를 돌렸다. "고도로 선택적일 뿐입니다. 그와 동시에 순종적이기도 하고." 남작은 쇳덩어리를 든 손을 들어 올렸다. "만약 총이 필요하다면?" 그러자마자 남작의 손에는 리드라가 본 적도 없는 날씬한 디자인의 최신식 진동총이 들려 있었다. "아니면 멍키 스패너라든지?" 그러자 길이 1피트의 렌치가 들려 있었다. 그는 렌치의 아가리를 조절해 보였다. "마셰티입니다." 그가 팔을 휘두르자 칼날이 번득였다. "아니면 소형 노궁弩弓은 어떻습니까?" 권총식 손잡이가 달리고 너비 10인치도 안 되는 작은 활이 달려있다. 그러나 노궁의 시위는 이미 당겨진 상태로 4분의1인치 길이의 노리쇠에 걸려 있었다. 남작이 방아쇠를 당기자—화살은 매겨져 있지 않았다—시위가 퉁 하는 소리를 내며 제자리로 돌아가면서 금속제 활이 부르르 떨렸다. 곁에 있던 리드라의 이가 들떴을 정도의 진동이었다.

"일종의 환각인가요." 리드라가 말했다. "그래서 손으로 잡지 못했던 거로군요."

"금속 타인기打印器." 남작이 이렇게 말하자 그의 손에 육중한 대가리가 달린 망치가 출현했다. '무기'가 보관되어 있던 케이스 바닥을 그것으로 내리치자 귀에 거슬리는 쨍 하는 소리가 울려 퍼졌다. "보십쇼."

리드라는 케이스 바닥에 망치 대가리의 둥근 자국이 남아 있는 것을 보았다. 자국 한복판에 조금 솟아오른 부분은 베르 도르코 남작가의 방패꼴 문장 모양을 하고 있었다. 리드라가 각인된 그 금속판을 손가락 끝으로 훑어보니 아직 타격시의 열이 남아 있었다.

"환각이 아닙니다." 남작이 말했다. "노궁이 발사하는 6인치 화살은 거리 40야드에서 두께 3인치의 참나무 판자를 완전히 관통합니다. 진동총의 경우는— 얘기 안 해도 어떻게 되는지 아시겠고."

남작은 그것을—지금은 다시 쇳덩어리로 돌아와 있었다—집어 올려 케이스 안의 받침대 위의 공간으로 가져갔다. "저 대신 원래 자리에 놓아주시겠습니까."

리드라가 그의 손 아래로 손을 뻗자 그는 쇳덩어리를 떨어뜨렸다. 리드라는 손으로 그것을 움켜잡으려고 했다. 그러나 쇳덩어리는 이미 받침대 위에 놓여 있었다.

"수리수리 마수리니 뭐 그런 건 아닙니다. 단지 이 물질은 고도로 선택적이고…… 순종적일 뿐이죠."

그가 케이스 가장자리에 손을 대자 투명 플라스틱 벽들이 올라오며 다시 진열 케이스 전체를 덮었다. "신기한 장난감이죠. 이제 다른 것들을 보여드리겠습니다."

"하지만 어떻게 그런 식으로 작동하는 거죠?"

베르 도르코는 미소 지었다. "중重원소의 합금이 극성極性을 띠게 해서 특정한 감각 영역에서만 존재할 수 있도록 하는 데 성공했습니다. 그 영역 밖에서는 편향되어버리죠. 바꿔 말해서, 시각적인 면을 제외하면—그것도 원하면 지울 수 있지만—전혀 탐지가 불가능해집니다. 이 물질에는 무게도, 체적도 없고, 단지 관성밖에는 남아 있지 않다는 뜻이죠. 따라서 이걸 초정지 공간 우주선에 가지고 들어가기만 해도 그 우주선의 추진 장치는 통제 불능 상태에 놓이게 됩니다. 관성-정지 시스템 근처에 2~3그램만 놓아두어도 원인을 알 수 없는 온갖 물리적 왜곡을 유발하기 때문입니다. 이 효과 하나만으로도 이미 제몫을 다한다고 할 수 있습니다. 〈침략자〉의 우주선에 몰래 이걸 반입하면 더 이상 놈들 걱정을 안 해도 되니까요. 나머지 기능들은— 어린애 장난이죠. 극성화 물질에는 긴장 기억이라는 뜻밖의 성질이 있는데, 그걸 이용한 겁니다." 두 사람은 아치문을 지나 다음 방으로 들어갔다. "폴림 가공을 해서 한동안 임의의 형상을 취하게 하고, 그걸 코드화하면 그 형상은 분자 레벨까지 기억됩니다. 해당 물질에 부여된 극성의 방향에 대해서, 분자의 운동은 어느 각도에서도 완전히 자유롭습니다. 슬쩍 진동을 가하기만 해도, 고무인형처럼 원래 구조로 되돌아가는 겁니다." 남작은 진열 케이스 쪽을 흘끗 돌아보았다. "알고 보면 단순한 물건이죠. 여기서 진짜 무기는," 그는 벽가의 서류장들 쪽을 가리켰다. "바로 저것들입니다. 저 조그만 극성화 물질 덩어리를 이용하기 위한 형상

설계를 3000개쯤 축적해 뒀습니다. 실제 '무기'는 갖고 있는 걸 어떻게 이용하면 되는지를 알려주는 지식이라는 뜻입니다. 접근전에서는 길이 6인치의 바나듐 철사도 치명적인 위력을 발휘할 수 있습니다. 눈 안쪽 귀퉁이에 그걸 찔러 넣으면 전두엽을 비스듬히 관통하고, 거기서 아래로 홱 끌어내리면 소뇌를 찔러서 전신마비를 일으킵니다. 끝까지 밀어 넣어버리면 척수와 연수의 연결 부위가 잘립니다. 즉사하는 거죠. 같은 철사를 써서 현재 〈침략자〉들의 정지공간 장치에 널리 사용되고 있는 27-QX 통신 유닛을 합선시키는 것도 가능합니다."

리드라는 등골 주위의 근육이 딱딱해지는 것을 자각했다. 지금까지 억누르고 있었던 혐오감이 한꺼번에 솟구치는 기분이다.

"다음 전시품은 보르자+ 부서에서 고안한 것입니다. 보르자 부서란," 그는 여기서 웃음을 터뜨렸다. "제가 우리의 독물학부에 붙인 별명이랍니다. 이것들 역시 무지막지한 물건이죠." 그는 벽 선반에서 봉인된 작인 유리병을 집어 들었다. "순수한 디프테리아 독소입니다. 여기 있는 것만으로도 꽤 큰 규모의 도시 상수도원을 치명적으로 오염시킬 수 있습니다."

"하지만 표준적인 백신 접종으로—" 리드라는 말하려고 했다.

"디프테리아 독소라고 하지 않았습니까. 독소입니다! 아시다시피 전염병 문제가 아직 해결되지 않았던 옛날에는 디프테리아로 죽은 사람의 시체를 조사해봐도 기껏해야 몇십만 마리의 간균桿菌밖에는 발견하지 못했습니다. 그것도 모두 희생자의 목에서 말입니다. 다른 부위에서

+ 15세기 이탈리아의 정계와 교계를 주름잡은 귀족 가문. 권모술수와 정적 독살로 악명을 떨쳤다.

는 전혀 발견되지 않았습니다. 다른 종류의 간균에 의한 감염이었다면 기껏해야 기침이 좀 나오는 정도였을 겁니다. 진상이 판명되기까지는 몇십 년이나 걸렸습니다. 극히 적은 수의 디프테리아 간균이 그보다 더 적은 미량의 독소를 생성할 뿐이지만, 이 독소는 여전히 지금까지 알려진 것 중 가장 치명적인 자연 유기 화합물입니다. 한 사람—아니 30~40명—을 죽이는 데 필요한 양은 실질적으로 검출 불가능할 정도로 미량입니다. 이렇게 문명이 발달한 세상에서도 그걸 손에 넣는 유일한 방법은 말 잘 듣는 디프테리아 간균을 이용하는 것뿐입니다. 하지만 우리 보르자 부서에서 그걸 바꿔놓았습니다." 남작은 다른 유리병을 가리켰다. "청산입니다. 노병이죠! 하지만 저건 아몬드 냄새가 워낙 특징적이라서— 혹시 시장하시지 않습니까? 원하신다면 언제든 칵테일 라운지에서 가벼운 식사를 하실 수 있습니다만."

리드라는 재빨리 고개를 가로저으며 확실하게 거부 의사를 밝혔다.

"자, 이쪽은 훨씬 흥미로우실 겁니다. 촉매제죠." 남작은 유리병들을 잇달아 어루만지며 말했다. "색맹, 전맹全盲, 음치, 완전한 귀머거리, 운동 실조증, 기억 상실증, 등등." 그는 손을 내리고 굶주린 쥐처럼 히죽 웃었다. "촉매제를 쓰면 여기 이 모든 것들을 통제할 수 있습니다. 아시다시피 제가 언급한 구체적인 증상을 유발하고 싶을 때의 문제점은 상대적으로 대량의 독극물을 투여해야 한다는 점입니다. 효과를 내려면 적어도 10분의1 그램 이상이 필요해지죠. 그래서 등장한 것이 촉매제입니다. 방금 보신 독극물들은 설령 병째로 들이켰다고 해도 인체에는 아무 효과도 없습니다." 남작은 손으로 가리키고 있던 마지막 용기를 집어들더니 용기 끄트머리에 달려 있는 단추를 눌렀다. 쉭 하고 가스가 누출되는 소리가 났다. "이렇게 할 때까지는 말입니다. 이 약품 자체는 아무 해도 없는 스테로이드 분무액에 불과합니다."

"단지 이 독극물들이 원래의…… 효과를 낼 수 있도록 활성화시킬 뿐이라는 얘기군요?"

"바로 그겁니다." 남작은 미소 지었다. "게다가 이 촉매제는 디프테리아 독소만큼이나 미량만 투여해도 충분합니다. 저 파란 용기에 들어 있는 물질을 섭취하면 삼십 분 동안 가벼운 복통과 두통에 시달리게 됩니다. 단지 그뿐이죠. 그 옆의 녹색 용기는 일 주 동안 완전한 뇌 위축을 일으키고, 그 희생자는 여생을 식물인간으로 보내게 됩니다. 자줏빛 용기는, 죽음입니다." 그는 손바닥을 뒤집으며 양손을 들어 올렸고, 웃음을 터뜨렸다. "무척 배가 고프군요." 그는 손을 내렸다. "연회장으로 가실까요?"

저쪽 방에는 뭐가 있는지 물어볼까. 리드라는 속으로 중얼거렸다. 평소 때라면 일시적인 호기심의 발로로 치부하고 무시했겠지만, 하필이면 바스크어로 생각하던 중이었다. 투명한 상태로 그녀를 따라다니며 경호원 역할을 맡고 있던 유체인 승무원이 말을 걸어왔기 때문이다.

"남작님, 제가 어렸을 적의 얘긴데," 리드라는 문으로 가며 말했다. "지구에 도착한 지 얼마 안 되어서 서커스 구경을 간 적이 있답니다. 그토록 신기한 것들이 한 장소에 그토록 많이 모여 있는 것을 본 건 난생처음이었죠. 보호자들이 집에 가자고 한 뒤에도 한 시간 동안이나 떠나지 않고 버텼을 정도였어요. 그런데 이 방에는 뭐가 있나요?"

이마의 근육이 놀란 듯이 미세하게 움직였다.

"꼭 구경하고 싶네요."

남작은 조롱하듯이 정중한 태도로 고개를 숙여 말없이 동의했다. "현대전이 흥미로운 이유는 그것이 실로 많은 레벨에서 벌어지기 때문입니다." 그는 마치 시찰을 중단하자는 제안을 한 적이 없다는 듯이 자연스럽게 리드라 곁으로 돌아오며 말했다. "첫 번째 방에서 보신 것 같은 나팔총이나 전투용 도끼 따위를 아군 병사들에게 충분히 보급함으로써 이기는 싸움이 있는가 하면, 길이 6인치의 바나듐 철사를 27-QX식 통신기에 적절하게 꽂아 넣음으로써 쟁취하는 승리도 있지요. 적절한 명령이 적시에 전달되지 않는다면 적과 아예 조우조차도 못하는 수가 있으니까요. 우주군의 지원병 한 명에게 접근전용 무기와 생존 키트를 지급하고, 그밖의 훈련비용, 거주 비용, 식비 따위를 현역 복무 기간인 2년 동안 계속 제공하려면 3000크레디트가 필요합니다. 1500명의 주둔 병력을 유지하려면 400만하고도 50만 크레디트를 지출해야 합니다. 같은 수가 초정지 전함을 타고 출격한다면 세 척에 분승해야 하는데, 완전한 장비를 갖춘 전함 한 척의 유지비는 150만 크레디트이니까— 총 비용은 900만 크레디트에 달합니다. 그러나 때로는 단 한 명의 스파이나 파괴활동 요원을 침투시키기 위해서 백만 크레디트나 되는 거금을 쓰는 경우도 있습니다. 그건 통상적인 작전이라기보다는 예외에 속하지만 말입니다. 그런데 6인치 길이의 바나듐 철사 가격은 1센트의 3분의1밖에 안 된다는 걸 아십니까. 전쟁은 비싸게 먹히는 법입니다. 좀 시간이 걸리기는 했지만, 〈동맹〉 정부 측에서도 비로소 은밀 작전의 효용성을 깨닫기 시작한 것 같다는 생각이 드는군요. 자, 이쪽입니다. 미스— 캡틴 웡."

또 전시 케이스가 달랑 하나 놓여 있는 방이었지만, 이번 케이스는 높이가 7피트였다.

조각상인가. 리드라는 생각했다. 아니다, 진짜 사람의 살이 아니라면 근육이나 관절이 저토록 세밀할 수는 없다. 아니, 저건 조각상이 틀림없다. 죽어 있든 냉동 수면 중이든 간에, 인간의 몸이 저토록— 생기를 띨 수는 없는 일이니까. 저런 식의 생동감은 오직 예술 작품에서나 볼 수 있는 것이다.

"그런 고로, 적절한 스파이의 존재가 극히 중요하다는 사실은 이해하시겠죠." 방으로 들어가는 문은 자동적으로 열렸지만, 남작은 조금이라도 격식을 차리려는지 문에 손을 대는 시늉을 했다. "이것은 우리가 보유한 모델 중에서는 비싼 축에 속합니다. 그래도 백만 크레디트에는 못 미치지만 말입니다. 실용상의 결함이 있긴 하지만, 제 마음에 드는 것 중 하나입니다. 몇몇 부분을 조금 개량한 뒤에 우리 무기 체계의 항구적인 일부로 채용할 생각입니다."

"스파이의 모델이란 뜻인가요?" 리드라는 물었다. "로봇이나 안드로이드 같은 겁니까?"

"천만에요." 두 사람은 진열 케이스로 다가갔다. "지금까지 반 다스의 TW-55를 제조했습니다만, 이것들은 실로 정교한 유전학적 연구의 산물입니다. 의학의 진보가 워낙 눈부신 탓에 요즘은 구제불능의 온갖 인간말짜들이 살면서 무서운 속도로 자손을 늘리고 있죠— 몇 세기 전만 해도 약해서 살아남지 못했을 열등한 작자들이. 우리는 신중하게 부모를 선별해서 인공수정을 통해 반 다스의 접합자接合子를 얻었습니다. 세 명은 남자, 세 명은 여자였죠. 실로 신중하게 통제된 영양 환경에서 이것들을 육성했고, 호르몬 따위를 써서 성장률을 높였습니다.

가장 특기할 만한 부분은 역시 경험 각인이었지만 말입니다. 최고로 건강한 생물들입니다. 그러기 위해 우리가 얼마나 많은 정성을 쏟았는지 상상하시지도 못할 겁니다."

"소 사육장에서 여름 한 철을 보낸 적이 있어요." 리드라는 무뚝뚝하게 말했다.

남작도 무뚝뚝하게 고개를 끄덕였다. "예전에도 경험 각인을 써본 적이 있기 때문에 무슨 일을 해야 하는지도 잘 알고 있었습니다. 하지만 한 인간, 이를테면 열여섯 살 되는 인간의 인생 환경을 완전히 합성한 것은 처음이었죠. 열여섯 살이라는 건 6개월 동안 육성한 뒤의 육체 연령이었습니다. 잘 보면 이게 얼마나 근사한 표본인지 알 수 있을 겁니다. 반사 신경은 통상적으로 성장한 같은 나이 인간에 비해 50퍼센트가 더 빠릅니다. 인간의 근육조직 또한 완벽하게 재현되어 있습니다. 6개월의 위축 과정을 겪고 사흘을 더 굶은 중증 근무력증 환자조차도 적절한 자극제를 투여하면 무게 1.5톤의 자동차를 뒤집어엎을 수 있습니다. 그런다면 당사자는 물론 죽어버리지만— 여전히 괄목할 만한 효율성이라고 생각되지 않습니까. 생물학적으로 완벽한 육체, 그것도 언제나 99퍼센트의 효율로 작동하는 육체가, 단지 물리적인 측면에 국한한다 하더라도 어떤 일을 해낼 수 있을지 상상해보십시오."

"호르몬 성장 촉진제는 불법 아니었나요. 피험자의 수명을 극단적으로 줄이기 때문에?"

"우리가 사용한 용량이면 수명 단축율은 75퍼센트를 넘습니다." 기묘한 동물이 이해 불가능한 재롱을 피우는 것을 목격하기라도 한 듯한 미소. "하지만 마담, 우리는 무기를 만들고 있는 겁니다. TW-55가 최고 효율로 20년 동안 기능했다면, 순양 전함의 평균 취역 기간보다 5년이나 더 오래갔다는 얘기가 됩니다. 하지만 경험 각인이야말로 모든 걸 상쇄하고도 남는 장점입니다! 일반인들 사이에서 스파이로서 쓸모가 있고, 그것도 **자발적으로** 스파이 노릇을 할 용의가 있는 인재를 스카우트하려면 신경증 환자, 많은 경우 정신병자에 가까운 계층을 뒤져봐야 합니다. 하지만 그런 식으로 편향된 인간은 어떤 특수한 분야에서는 힘을 발휘할지 몰라도, 종합적으로는 언제나 인격적인 약점을 드러내기 마련입니다. 자기 전문 분야가 아닌 다른 분야에서 기능해야 할 경우, 그런 스파이는 위험할 정도로 무능해질 수 있습니다. 게다가 〈침략자〉들도 정신 지수를 참고하기 때문에, 적 진영 어딘가에 침투시키고 싶어도 표준적인 스파이를 써서 그러는 건 불가능합니다. 일단 포로로 잡히면, 우수한 스파이는 무능한 스파이보다 몇십 배는 더 위험한 존재가 됩니다. 후최면 암시에 의한 자살 강제 따위의 예방 조치는 약물을 쓰면 쉽게 우회할 수 있는 데다가 낭비입니다. 여기 있는 이 TW-55는 정신 통합 조사를 받아도 완벽한 정상인으로 나옵니다. 사교상의 가십, 최신 소설들의 줄거리, 정치 상황, 음악, 예술 비평 따위에 관한 대화를 약 여섯 시간 계속할 수도 있습니다— 제 기억으로는 하룻밤 사이의 대화에서 당신 이름을 두 번 언급하도록 프로그래밍되어 있을 겁니다. 그런 명예의 대상이 된 건 캡틴 웡하고 로널드 쿼, 단 두 사람뿐입니다. 한 시간 반 동안은 학자 수준으로 상세하게 설명할 수 있는 주제도 하나 가지고 있습니다— 여기 이것이 가지고 있는 건 「유대류의 헵토글로빈 검사」라는 제목이었던 것 같군요. 예복을 입혀 놓으면 대사관이 주최하는 무도회나 고위층의 차모임 같은 상황에도 완벽하게 녹아들어갈 겁니다. TW-55는 일류 암살자이고, 아까 보신 것들을 포함한 모든 무기의 사용에 능통합니다. TW-55는 열두 시간 분량의 이야깃거리를 가지고 있고, 음담패설, 도박이나 싸움에 관련된 무용담, 결국 모두 실패로 끝나긴 했지만 재미있고 수상쩍은 사업에 관한 흥미로운 뒷얘기를 열네 개의 각기 다른 사투리나 액센트나 은어를 써서 늘어놓을 수 있습니다. 셔츠를 찢고 얼굴에 그리스를 바른 다음 작업복을 입히면 적 진영에 수없이 널려 있는 우주 조선소나 우주 센터의 정비공으로 둔갑할 수도 있습니다. 과거 20년 동안 〈침략자〉들이 사용한 온갖 종류의 우주선 추진기, 통신 부품, 레이더 장비, 경보 장치 등을 고장 낼 수도 있습니다. 단지—"

"길이 6인치의 바나듐 철사만 있으면?"

남작은 미소 지었다. "지문이나 망막 패턴도 자유롭게 바꿀 수 있습니다. 약간의 신경외과적 수술로 얼굴 근육을 모두 수의근隨意筋으로 변환했기 때문에, 안면 구조를 극단적으로 바꾸는 것도 가능합니다. 두피 아래에 있는 화학 염료하고 호르몬 저장고를 이용하면 몇 초 만에 머리카락 색깔을 바꿀 수도 있고, 필요시에는 완전히 탈모시킨 다음에 반 시간 만에 새로운 머리카락을 자라게 할 수도 있습니다. 강요의 심리학과 생리학의 명수이기도 합니다."

"고문 말씀이신가요?"

"그렇게 부르고 싶으시다면. 조건화를 통해 상관으로 간주하도록 훈련받은 사람들에 대해서는 철저하게 복종하지만, 파괴하라고 명령받은 대상들은 무자비하게 파괴합니다. 저 멋진 머릿속에는 눈을 씻고 찾아봐도 초자아는커녕 그와 비슷한 것조차도 존재하지 않습니다."

"이 사람은…… 아름답군요." 리드라는 자기 입에서 이런 말이 나왔다는 사실에 내심 놀랐다. 길고 검은 속눈썹을 부르르 떨며 당장이라도 눈을 뜰 것 같다. 맨살을 드러낸 허벅지 옆으로 늘어뜨린 커다란 손은 손가락을 반쯤 구부리고 있어서, 원한다면 언제든 쭉 뻗거나 주먹을 쥘 수 있을 듯한 느낌이다. 볕에 그을려 가무잡잡하지만 거의 반투명에 가까운 섬세한 피부가 진열등 빛을 받고 뿌옇게 빛난다. "이건 모형이 아니라 정말로 살아 있다, 이런 말씀이신가요?"

"오, 대략 그렇다고 할 수 있겠지요. 하지만 지금은 요가의 황홀경이나 도마뱀의 동면에 가까운 상태로 확실하게 고정되어 있습니다. 원하신다면 여기서 활성화시킬 수도 있지만— 이미 7시 10분이 되어버렸군요. 더 이상 다른 손님들을 기다리게 하는 건 실례겠지요?"

리드라는 유리 케이스 속의 인체에서 남작의 거무스름하고 팽팽한 피부를 향해 시선을 돌렸다. 조금 홀쭉한 뺨 아래의 턱뼈를 무의식중에 여닫고 있는 모습.

"여긴 마치 서커스 같군요." 리드라는 말했다. "하지만 저도 이제 나이를 먹었으니, 가야겠죠." 남작에게 팔을 맡기기 위해서는 강한 의지력이 필요했다. 남작의 손은 종이처럼 바삭거리고 워낙 가벼웠던 탓에, 무의식중에 몸을 움찔거리지 않기 위해서 노력해야 했기 때문이다.

4

“캡틴 웡! 만나 뵙게 되어서 정말 반가워요.”

남작부인은 살찐 손을 내밀었다. 희불그스름한, 마치 설익힌 듯한 느낌을 주는 손이었다. 폭이 넓은 뚱뚱한 몸을 감싸고 있는 이브닝드레스는 그럭저럭 세련되었지만, 어깨끈 아래에서 주근깨로 뒤덮인 어깨가 풍선처럼 부풀어 오르는 광경은 우스꽝스럽기 그지없다.

“우리 〈조병창〉처럼 따분한 곳을, 캡틴 웡 같은 저명인사가 방문해주시다니…….” 그러고는 너무 기뻐서 아예 말을 잇지 못하겠다는 듯이 활짝 웃었다. 그러나 풍선 같은 뺨이 그 미소를 일그러뜨리는 통에 자꾸 돼지 얼굴이 떠오르는 것만은 어쩔 수가 없었다.

리드라는 남작부인의 뒤룩뒤룩하고 부드럽기 그지없는 손을 실례가 되지 않을 정도로만 잠깐 쥐었고, 살짝 웃어 보였다. 어렸을 때 벌을 받는 동안은 울지 말라고 야단맞은 것이 생각났다. 상대방의 웃음을 보는 것은 더 힘들었다. 남작부인은 마치 무엇인가에 감싸인 듯한, 광대하고 공허한 정적 덩어리처럼 느껴진다. 누군가와 직접 대화를 나눌 때면 리드라가 언제나 참고하는 작은 근육의 움직임이 남작부인의 경우에는 지방에 묻혀버려 아예 읽을 수도 없었다. 살찐 입술에서 연달아 흘러나오는, 귀에 거슬리는 새된 목소리조차도 마치 담요를 뒤집어 쓰고 듣는 듯한 기분이었다.

"게다가 승무원 분들까지! 모두 데리고 오시지 그랬어요, 스물한 명 아닌가요." 남작부인은 짐짓 선심 쓰듯이 손가락을 흔들어 보였다. "저도 읽은 적이 있어서 알아요. 그런데 지금은 열여덟 분밖에 안 오셨네요."

"유체인 승무원들은 배에 머무는 편이 낫다고 생각했습니다." 리드라는 설명했다. "일반인들과 말을 나누려면 특별한 장비가 필요하고, 또 다른 손님들이 동요하실 수도 있으니까요. 사실 자기들끼리 있는 걸 더 좋아하는 데다가, 음식을 먹는 것도 아니니."

지금 배에서 저녁으로 양고기 바비큐를 먹고 있잖아. 넌 거짓말한 죄로 지옥에 떨어질 거야. 리드라는 속으로 말했다— 바스크어로.

"유체인이라고요?" 남작부인은 스프레이를 뿌려 번들거리는 높고 복잡한 머리를 매만지며 말했다. "죽은 사람들 말씀이신가요? 아, 물론 그렇겠군요. 그 생각은 미처 못 했어요. 이제 이 세계가 얼마나 외진 곳인지 아시겠죠? 그분들 자리는 치우라고 해야겠네요." 혹시 남작이 유체인 탐지 장치를 작동시키지는 않았을까 하는 생각을 리드라가 했을 때, 남작부인은 몸을 바짝 기울이며 은밀한 어조로 속삭였다. "오늘 오신 손님들이 캡틴 웡의 승무원들한테 아주 넋을 잃었군요! 자, 이제 가시죠?"

리드라는 왼쪽에 남작—양피지 붕대 같은 손바닥을 그녀의 팔뚝에 갖다 댄—을, 오른쪽에 남작부인—씨근대며 땀을 흘리는 몸을 자꾸 기대는—을 대동하고, 흰 석조 로비를 지나 저택의 홀 안으로 들어갔다.

"헤이, 캡틴!" 홀에서 4분의1쯤 안으로 들어간 곳에 있던 칼리가 성큼성큼 다가오며 우렁우렁하게 외쳤다. "여기 정말 근사하지 않아?" 그는 팔꿈치로 손님들로 북적거리는 홀을 가리켰고, 손에 든 술잔을 얼마나 큰지 보라는 듯이 들어 올렸다. 입을 다물더니 만족스러운 표정으로 고개를 끄덕인다. "캡틴한테도 갖다줄게." 칼리는 이렇게 말하며 손에 한 가득 쥔 조그만 샌드위치, 리버 파테를 채워 넣은 올리브 열매, 베이컨으로 싼 말린 자두 따위를 들어 보였다. "저기서 이런 것들을 잔뜩 올려놓은 쟁반을 들고 바쁘게 돌아다니는 친구가 있더라고." 그는 다시 팔꿈치로 그쪽을 가리켜 보였다. "마담, 각하," 그는 남작부인과 남작을 차례로 쳐다보며 말했다. "이것들 좀 갖다드릴까요?" 칼리는 샌드위치 하나를 입에 넣고 술을 꿀꺽 마셨다. "쩝쩝."

"여기로도 가져올 테니까 기다릴게요." 남작부인이 말했다.

리드라는 재미있어하며 호스티스 쪽을 흘끗 보았지만, 남작부인의 살찐 얼굴에는 아까보다 훨씬 더 큰 미소가 감돌고 있을 뿐이었다. "마음에 드셨으면 좋겠네요."

칼리는 입안의 음식을 꿀꺽 삼키고 말했다. "듭니다." 그러더니 오만상을 찌푸리며 이를 악물었고, 입을 열고 고개를 흔들었다. "하지만 이 생선을 올려놓은 건 정말 짜군요. 이것들은 전혀 마음에 안 듭니다, 마담. 하지만 다른 것들은 좋습니다."

"있잖아요," 남작부인은 상체를 내밀고 유쾌한 듯이 파안대소했다. "그 짠 것들은 실은 저도 전혀 맘에 안 든답니다!"

그녀는 리드라와 남작을 차례로 쳐다보며 짐짓 항복했다는 듯이 어깨를 으쓱해 보였다. "하지만 최근에는 음식 만드는 요리사가 왕이라, 저도 어떻게 할지 모르겠어요."

"맘에 안 들면," 칼리는 단호하게 고개를 홱 돌리며 말했다. "저라면 더 갖고 오지 말라고 할 겁니다!"

남작부인은 눈썹을 추켜올렸다. "듣고 보니 정말 맞는 말이네요! 저도 꼭 그래야겠어요!" 그녀는 리드라 너머로 남편을 쳐다보았다. "다음번에는 정말 그래야겠어, 펠릭스."

술잔을 얹은 쟁반을 든 웨이터가 다가왔다. "한잔하시겠습니까?"

"우리 캡틴한테 그렇게 조그만 걸 주지는 마." 칼리는 리드라를 손짓하며 말했다. "여기 이것처럼 큰 걸로 갖다주라고."

리드라는 웃음을 터뜨렸다. "난 오늘 밤에는 얌전한 숙녀로 있어야 해, 칼리."

"천만에요!" 남작부인이 외쳤다. "나도 큰 걸 마셔야지. 어디 보자, 바를 저기 어딘가에 설치하라고 했는데. 어디 있을까?"

"아까 봤는데 큰 잔이 거기 있더군요." 칼리가 말했다.

"오늘 저녁을 즐겁게 보내려고 모였는데, 맞아, 요런 작은 잔들 가지고서는 턱도 없지." 남작부인은 리드라의 팔을 잡더니 남편에게 "펠릭스, 다른 손님들 잘 모셔."라고 툭 말하고는 그녀를 다른 곳으로 이끌었다. "저분은 키블링 박사랍니다. 머리를 탈색한 여자분은 크레인 박사이고, 저쪽은 제 시동생인 앨버트죠. 이따가 돌아가면서 소개해드릴 게요. 다들 제 남편의 동료랍니다. 남편이 지하실에서 캡틴에게 보여드린 그 끔찍한 것들을 함께 연구하고 있는 거죠. 개인 컬렉션을 집 안에 놓아두지는 않았으면 좋겠지만요. 영 섬뜩해서. 한밤중에 그것들 중 하나가 기어올라 와서, 우리 머리를 잘라가지는 않을까 두려워서 저는 만날 전전긍긍하고 있어요. 아무래도 남편은 아들을 대신할 걸 찾고 있는 것 같네요. 우리 어린 나일즈를 잃고 나서— 그게 벌써 8년 전의 일이군요. 그 일이 있고 나서, 펠릭스는 완전히 일에만 미친 사람이 되어버렸어요. 제 입으로 말했지만, 설명 치고는 너무 진부하다고 생각하지 않으세요? 캡틴 웡, 혹시 우리가 지독하게 촌스럽다는 인상을 받지는 않으셨나요?"

"천만에요."

"그런 인상을 받는 게 당연해요. 하지만 우리들에 관해 정말 잘 알고 계시는 건 아닐 테니. 아, 여기에도 젊고 똑똑하고, 참신하고 발랄한 상상력을 가진 사람들이 모여 있지만, 하루 종일 사람 죽이는 방법만 연구하고 있으니 말이죠. 알고 보면 다들 지극히 온순한 사람들이랍니다. 생각해보면 당연하죠? 공격 본능은 근무시간에 다 해소해버리니까. 하지만 그 사실이 알게 모르게 우리의 마음에 영향을 주고 있는 것 같아요. 사람은 상상력을 살인 방법을 고안하는 일 이외의 뭔가 다른 일에 써야 한다고 생각하지 않으세요?"

"예." 이 비대한 여자가 점점 걱정되기 시작했다.

바로 그때, 두 사람은 한 곳을 둥글게 에워싸고 있는 손님들과 마주쳤다.

"다들 뭘 구경하고 있는 걸까?" 남작부인이 근처에 있던 동료에게 힐문했다. "샘, 다들 거기서 뭐하고 있는 거야?"

샘은 미소 지으며 한 걸음 뒤로 물러났고, 남작부인은 그 틈을 비집고 들어갔다. 여전히 리드라의 팔을 잡은 채로.

"좀 뒤로 물러나!"

리드라는 이것이 여성 플래툰인 리지의 목소리임을 깨달았다. 누군가가 비켜준 덕에 안쪽을 볼 수 있었다. 추진실 소속 청소년 몇몇이 10피트 너비의 공간을 만들어서 순경처럼 지키고 있었다. 리지와 함께 바닥에 웅크리고 있는 세 명의 소년은 복장으로 판단하건대 암세지의 상류계급에 속해 있는 듯했다. "제일 중요한 건," 리지가 말하고 있다. "손목의 움직임이야." 그녀는 엄지손톱으로 구슬 하나를 튕겼다. 그 구슬이 다른 구슬을 맞혔고, 또다시 다른 구슬을 맞혔고, 처음 맞은 구슬이 굴러가더니 세 번째 구슬을 맞혔다.

"어, 한 번 더 보여줘!"

리지는 또 하나의 구슬을 집어 올렸다. "손가락 관절 하나를 지면에 대면, 그걸 축으로 삼아 이렇게 돌릴 수 있어. 하지만 정말 중요한 건 손목 움직임이라고."

구슬이 휙 날아가서 다른 구슬을 튕기고, 튕기고, 또 튕겼다. 대여섯 명이 짝짝 박수를 쳤다. 리드라도 그중 한 사람이었다.

남작부인이 가슴에 손을 갖다 대더니 말했다. "멋져요! 정말이지 완벽하게 멋져요!" 퍼뜩 제정신으로 돌아온 듯한 표정을 짓더니 뒤를 흘끗 돌아본다. "아, 당신도 이걸 잘 봐야 해, 샘. 탄도학 전문가잖아." 남작부인은 조금 겸연쩍은 표정으로 자리를 양보하고는 다시 리드라와 함께 걷기 시작했다. "보셨죠. 바로 저런 것들 때문에 오늘 저녁에 캡틴하고 승무원들이 왕림해주셔서 그렇게 기쁘다는 거예요. 멋지고 즐거운 것, 정말 참신하고 신선한 것들을 저희에게 제공해주시니까요."

"무슨 샐러드라도 된 것 같은 기분이군요." 리드라는 웃음을 터뜨렸다. 남작부인의 '식욕'이 그리 위협적이지 않아 다행이었다.

"너무 오래 머물면서 방심하다간 정말로 샐러드처럼 먹혀버릴 수도 있어요. 여러분이 여기로 가져오신 것에 저희는 워낙 굶주려 있어서."

"어떤 것에?"

바에 도착한 두 사람은 술잔을 쥐고 왔던 쪽으로 되돌아가기 시작했다. 남작부인의 얼굴이 긴장한 듯이 굳었다. "흐음. 캡틴 일행이 오시자마자 저희는 새로운 일들을 알아내기 시작했죠. 캡틴 일행에 관한 것들부터 시작해서, 궁극적으로는 우리들 자신에 관한 일들을."

"무슨 말씀이신지 잘 모르겠네요."

"아까 만난 캡틴의 항법사를 예로 들어볼까요. 술은 큰 잔으로 마시는 걸 선호하고, 앤초비를 제외한 오르되브르를 모두 좋아하죠. 그건 이 방 안에 있는 다른 사람들이 뭘 좋아하고 싫어하는지에 관해 제가 아는 것보다 훨씬 더 많은 정보랍니다. 하지만 이곳 사람들은 스카치를 내놓으면 스카치를 들이켜고, 테킬라를 내놓으면 테킬라를 갤런 단위로 퍼마실 줄밖에 몰라요. 게다가 방금 저는 또 하나 새로운 일을 배웠답니다." 그녀는 손을 하늘대며 말했다. "정말 중요한 건 손목 움직임이라는 사실을 말이에요. 그런 얘기는 난생처음 들어봤어요."

"평소에도 허물없이 얘기를 나누는 친구들이라."

"그렇겠죠. 하지만 여러분은 의미 있는 얘기를 하잖아요. 뭐가 좋고, 뭐가 싫은지, 일을 할 땐 어떻게 하는지. 그런데도 캡틴은 살인에만 관심이 있는 이런 답답한 남녀들하고 인사를 나누고 싶으세요?"

"내키지 않는군요."

"저도 그럴 거라고 생각했어요. 저 자신도 그러고 싶지 않고. 아, 그래도 서너 명은 마음에 드실지도 모르겠군요. 떠나시기 전에 만나볼 수 있도록 할게요." 이렇게 말하고 남작부인은 인파를 향해 돌진했다.

조류潮流야. 리드라는 생각했다. 대양. 초정지 공간류. 또는 큰 방 안에서의 사람들의 움직임. 리드라는 가장 저항이 적은 경로를 택해 표류했다. 누군가가 누군가를 만나거나, 술을 가지러 가거나, 대화에서 빠져나온 사람들이 움직일 때마다 맥박 치듯 열렸다가 닫히는 길을 따라서.

어느새 홀 구석에 와 있었다. 나선계단이 있다. 그것을 올라간다. 두 바퀴를 돌았을 때 잠시 멈춰 서서 아래의 군중을 내려다보았다. 계단 꼭대기에는 양쪽으로 여닫는 문이 있었다. 조금 열린 틈으로 산들바람이 흘러들어온다. 리드라는 밖으로 나갔다.

청자색이었던 하늘은 구름이 깔린 근사한 자줏빛으로 대체되어 있었다. 이 소행성의 색채돔은 곧 밤하늘을 꾸며낼 것이다. 축축한 초목이 난간에 닿아 있었다. 난간이 끝나는 곳의 흰 벽은 넝쿨로 완전히 뒤덮여 있었다.

"캡틴?"

론이 나뭇잎이 무성한 발코니의 어스름한 일각에서 무릎을 껴안은 자세로 앉아 있었다. 론의 피부는 은빛이 아냐. 리드라는 생각했다. 하지만 그가 저런 식으로 웅크리고 앉아 있는 걸 볼 때면 언제나 흰 금속이 엉켜 있다는 인상을 받는 건 왜일까. 론은 무릎 위에 괴고 있던 머리를 들고 푸릇푸릇한 울타리에 등을 기댔다. 옥수수수염을 연상시키는 섬세한 머리카락이 나뭇잎과 엉킨다.

"거기서 뭐 하고 있어?"

"사람이 너무 많아서요."

리드라는 고개를 끄덕였고, 론이 어깨를 아래로 내리면서 상박골 위로 삼두근이 뚜렷하게 튀어나왔다가 다시 잠잠해지는 광경을 바라보았다. 젊고 울퉁불퉁한 육체가 숨을 쉴 때마다 발생하는 미세한 움직임이 리드라를 향해 노래를 부른다. 꼼짝도 않고 앉아 있을 때조차도 언제나 고혹적으로 시선을 잡아끄는 론을 바라보며, 리드라는 거의 삼십 초 가까이 이 노래에 귀를 기울였다. 한쪽 어깨에 핀 한 떨기 장미가 잎사귀들을 향해 속삭인다. 한동안 근육 음악에 심취해 있다가 물어보았다.

"뭔가 문제라도 있어? 몰리야하고 칼리하고?"

"아닙니다. 그게 아니라…… 단지……."

"단지 뭐?" 리드라는 미소 지으며 발코니 가장자리에 몸을 기댔다.

론은 다시 무릎 사이에 턱을 괴었다. "두 사람은 잘하고 있다고 생각합니다. 하지만 난 제일 어리니까……. 그래서……." 갑자기 양 어깨가 올라갔다. "도대체 캡틴이 뭘 이해할 수 있다는 겁니까! 이런 일들에 관해 익숙한 건 물론 알지만, 정말 어떤 느낌인지는 모르잖습니까. 캡틴은 글을 쓰지만, 눈에 보이는 것만 쓰지 않습니까. 자기가 실제로 하는 걸 쓰는 게 아니라." 론은 이런 말들을 반쯤 속삭임에 가까운 목소리로 작게 터뜨리듯이 쏟아냈다. 리드라는 이것에 귀를 기울이고, 론의 턱 근육이 경련하고, 약동하고, 튀어나오는 광경을 바라보았다. 마치 뺨 안에 작은 짐승이 살고 있는 것 같다. "변질자." 론은 말했다. "캡틴 같은 〈세관원〉들이 속으로는 그렇게 생각한다는 걸 압니다. 남작, 남작부인, 저 사람들 모두가 우리를 구경하듯이 빤히 쳐다보더군요. 왜 두 사람만으로는 충분하지 않느냐는 듯이. 캡틴도 이해 못할 겁니다."

"론?"

론은 잎사귀 하나를 입에 물더니 줄기에서 홱 뜯어냈다.

"5년 전에는 말이지, 론. 나도…… 3인조였어."

마치 끈을 잡아당긴 듯이 이쪽으로 고개를 움직이는가 싶더니, 다시 홱 돌린다. 론은 잎사귀를 뱉었다. "당신은 〈세관원〉입니다. 〈수송원〉들과 섞이긴 하지만, 사람들이 당신을 숭배하듯이 바라보고, 당신이 지나갈 때마다 돌아보는 걸 알잖습니까. 마치 여왕님을 보듯이. 하지만 당신은 〈세관원〉들의 여왕입니다. 〈수송원〉이 아니라."

"론, 난 유명인이야. 그래서 다들 날 그렇게 쳐다보는 거라고. 난 책을 쓰잖아. 〈세관원〉들이 내 책을 읽는 건 사실이야. 하지만 그치들이 나를 쳐다보는 건 도대체 누가 그런 책들을 썼는지 궁금해하기 때문이야. 〈세관원〉이 쓴 책이라서가 아냐. 〈세관원〉들하고 말을 나눠보면 그치들은 나를 빤히 쳐다보면서 '당신은 〈수송원〉이군요'라고 말한다고." 리드라는 어깨를 으쓱했다. "사실 난 그 어느 쪽도 아냐. 설령 그렇다고 해도, 난 3인조였어. 그러니까 그것에 관해선 나도 알아."

"〈세관원〉들은 3인조를 이루거나 하지 않습니다." 론이 말했다.

"남자 두 명하고 나였어. 만에 하나 다시 그럴 일이 있다면 다른 여자 하나에 남자 하나하고 그러고 싶지만. 내 경우는 그쪽이 더 편할 것 같거든. 하지만 난 3년 동안 3인조였어. 그건 네가 3인조로 지내온 시기보다 두 배 이상 길어."

"하지만 캡틴의 경우는 서로 잘 맞지 않았던 거 아닌가요. 우리는 죽이 맞았습니다. 적어도 캐시하고 살았을 때는."

"한 사람은 사고로 죽었어." 리드라는 말했다. "또 한 사람은 히포크라테스 병원에서 인공 동면을 하면서 콜더병의 치료법이 발견되는 걸 기다리고 있고. 내가 살아 있는 동안에 그런 일이 일어날 것 같지는 않지만, 만약 그렇게 된다면—" 침묵이 계속되자 론은 리드라를 돌아보았다. "뭐?" 리드라가 물었다.

"그 두 사람은 뭐였습니까?"

"〈세관원〉 출신인지 〈수송원〉 출신인지를 묻는 거야?" 리드라는 어깨를 으쓱했다. "나처럼 어느 쪽도 아니었어. 포보 롬스는 항성간 우주선의 선장이었지. 나를 격려해서 선장 면허를 따게 한 장본인이야. 행성에 머물 때는 수경 농법 연구에 종사했고, 초정지 공간에서의 보존법도 연구했지. 어떤 사내였느냐고? 날씬하고, 금발이었고, 정말 정이 많은 사람이었어. 가끔 술을 너무 마셔서 탈이었지만. 항해가 끝나고 돌아온 뒤면 술을 퍼마시고 쌈박질을 하다가 종종 감방 신세를 지곤 했는데, 그러면 우리가 가서 보석금을 내고 꺼내주곤 했지. 실제로는 두 번밖에 그런 적이 없지만, 우린 1년 동안이나 그걸 가지고 놀려댔지. 또 포보는 침대 한복판에서 자는 걸 싫어했어. 언제나 팔 하나를 바닥에 늘어뜨리고 자길 좋아했거든."

론은 웃음을 터뜨렸다. 팔뚝 위쪽을 잡고 있던 손이 미끄러지며 팔목까지 내려왔다.

"세 명이서 목성 지질 측량국의 일을 시작하고 나서 두 번째 여름에 가니메데+의 지하 동굴을 탐험하다가 죽었어."

"캐시처럼." 잠시 후 론이 말했다.

"다른 한 사람인 뮤엘스 애런라이드는—"

"『엠파이어 스타』?" 론의 눈이 둥그레졌다. "그 '커밋 조Comet Joe' 책들! 그럼 뮤엘스 애런라이드와 3인조를 이루고 있었다는 겁니까?"

리드라는 고개를 끄덕였다. "그 책들 정말 재미있었지. 안 그래?"

"세상에, 한 권도 빠짐없이 다 읽었을 겁니다." 론은 무릎과 무릎을 뗐다. "어떤 사내였습니까? 어딘가 커밋을 닮았나요?'

"실은 커밋 조의 모델은 포보였어. 포보는 이런저런 일에 말려들었고, 그럼 나는 골을 냈고, 그걸 본 뮤엘스는 또 다른 소설을 쓰기 시작하는 식이었지."

"그럼 그 이야기들은 실화나 마찬가지였다는 얘깁니까?"

리드라는 고개를 가로저었다. "그 책들 대부분은 황당하지만 실제로 일어날 가능성이 있었거나, 행여나 일어나지는 않을까 우리가 두려워하던 일들을 썼던 거야. 뮤엘스 본인이 맡은 역할은 뭐였느냐고? 자기가 쓴 책에서는 언제나 컴퓨터로 위장하고 등장했지. 우울하고 수줍음이 많은 성격이었지만, 놀랄 정도로 인내심이 있고 믿기 힘들 만큼 자상했어. 문장에서 절이 뭔지, 단락이 뭔지를—글쓰기의 감정적 단위가 단락인 걸 알아?—내게 모두 가르쳐준 사람도 그이였어. 의미하는 행위와 표현하는 행위의 차이를 인식하고, 그 둘을 어떻게 나눠 써

+ Ganymede. 목성의 제3위성

야 하는지도 그 사람한테 배웠고, 또—" 리드라는 말을 끊었다. "그런 다음 나한테 원고를 넘기고는, '이 글의 어디가 잘못됐는지 말해봐.'라고 말하곤 했지. 하지만 내가 깨달은 건 단어가 너무 많다는 점뿐이었어. 내가 정말로 시 쓰는 일에 몰두하기 시작한 건 포보가 죽은 직후였지. 뮤엘스는 내가 시를 쓴다면 위대한 시인이 될 거라고 언제나 말하곤 했어. 시의 기본에 관해 워낙 많은 걸 알고 있기 때문이라나. 나는 뭔가를 하지 않으면 견디지 못할 것 같은 상태였어. 왜냐하면 포보가…… 그게 어떤 건지는 너도 알지. 뮤엘스는 그로부터 네 달쯤 뒤에 콜더병에 걸렸어. 결국 두 사람 모두 내 첫 시집이 나오는 걸 못 봤지. 그때까지 내가 쓴 시는 거의 읽었지만 말이야. 아마 언젠가 뮤엘스가 내 시집을 읽는 날이 올지도 몰라. 커밋 조의 모험에 관한 책을 더 쓸지도 모르겠고— 나중에 〈안치소〉로 가서, 거기 보관되어 있는 내 사고 패턴을 불러내서 '이 글의 어디가 잘못됐는지 말해봐'라고 말할지도 몰라. 그럼 나는 그이에게 예전보다 많은, 훨씬 더 많은 얘기를 해줄 수 있겠지. 하지만 거기에 내 의식까지 보존되어 있는 건 아니니까……." 리드라는 위험한 감정들 쪽으로 표류하고 있다는 사실을 자각했지만, 그것들이 그대로 다가오도록 놓아두었다. 위험하든 위험하지 않든 간에, 자기 감정을 직시하는 것이 두려워질 정도의 기분이 된 것은 3년 만의 일이었기 때문이다. "……훨씬 더 많은 얘기를 해줄 거야."

론은 어느새 책상다리를 하고 앉아 있었다. 팔을 무릎 위에 얹고 손을 건들거리고 있다.

"『엠파이어 스타』와 커밋 조. 그게 나올 무렵에는 커피를 마시면서 밤새 논쟁을 벌이거나 교정쇄를 손보거나 하는 일이 정말 즐거웠어. 서

점에서 다른 책 뒤에 묻혀 있기라도 하면 몰래 앞으로 꺼내두기까지 했지."

"나도 곧잘 그랬습니다." 론이 말했다. "그냥 맘에 든 책이라서 그런 거지만."

"누가 침대 가운데 자리에서 자야 할지를 정하려고 투닥거리는 일조차도 즐거웠어."

마치 이 말이 신호였던 것처럼 론은 다시 몸을 움츠렸고, 양팔로 감싼 무릎 위에 턱을 얹었다. "적어도 내 파트너 두 사람은 멀쩡하군요. 그걸 고맙게 여겨야 한다, 이건가요."

"그럴 수도 있고, 안 그럴 수도 있어. 두 사람은 너를 사랑해?"

"사랑한다고 말하더군요."

"그럼 너는 두 사람을 사랑하고?"

"그거야 너무나도 당연하지 않습니까. 몰리야가 나한테 뭔가를 설명해주려고 하지만 아직 말이 서툴러서 이해하지 못하고 긴가민가하다가, 갑자기 그게 무슨 뜻인지를 깨달았을 때의 기분이란 정말……." 론은 몸을 곧추세우고 고개를 들어 위를 올려다보았다. 마치 그가 찾고 있는 단어가 어딘가 높은 곳에 있다는 듯이.

"근사하지." 리드라가 제안했다.

"예. 정말이지—" 론은 리드라를 쳐다보았다. "근사했습니다."

"너하고 칼리는?"

"염병할. 그 나이 먹은 곰탱이하고 옥신각신하면서 놀아주는 건 아무 문제도 없습니다. 하지만 칼리하고 몰리야 사이가 좀…… 여전히 몰리야 말을 잘 알아듣지 못해서요. 내가 제일 어리기 때문에 경험이 많은 자기가 더 빨리 배워야 한다고 생각하고 있는 겁니다. 그런데 사실은 그렇지 못하니까 우리 두 사람한테서 자꾸 떨어져 있으려고 합니다. 방금 말했듯이 칼리가 그런 식으로 우울해하면 내 힘으로도 언제든 도울 수 있습니다. 하지만 몰리야는 새로 합류했기 때문에, 칼리가 자기한테 화를 내고 있다고 지레짐작해버리는 거죠."

"어떻게 해야 하는지 알고 싶어?" 잠시 후 리드라가 물었다.

"어떻게 해야 하는지를 압니까?"

리드라는 고개를 끄덕였다. "다른 두 사람 사이가 어딘가 이상하다고 느낄 때는 더 괴로운 법이지. 딱히 이쪽에서 할 수 있는 일이 없어 보이기 때문이야. 하지만 그걸 해결하는 건 쉬워."

"왜?"

"왜냐하면 두 사람 모두 너를 사랑하기 때문이야."

론은 리드라가 더 말하기를 기다렸다.

"칼리가 예의 우울한 기분에 빠질 때, 몰리야는 어떻게 하면 칼리하고 마음을 통할 수 있는지를 잘 모른다는 거지."

론은 고개를 끄덕였다.

"몰리야는 외국어를 말하지만, 칼리는 그걸 알아듣지 못하고."

론은 또다시 고개를 끄덕였다.

"그런데 넌 그 두 사람하고 말이 통하잖아. 그렇다고 중간에서 통역해줄 수는 없어. 그런 방법으로는 결코 성공하지 못해. 하지만 네가 이미 알고 있는 걸 두 사람한테 가르쳐줄 수는 있지."

"가르쳐요?"

"칼리가 우울해 보이면 넌 어떻게 해?"

"귀를 잡아당깁니다." 론은 말했다. "그만두라고 짜증을 내다가도 결국에는 참지 못하고 웃음을 터뜨리고, 그러면 난 바닥에 칼리를 자빠뜨리고 굴리죠."

리드라는 이마를 찌푸렸다. "좀 변칙적이긴 하지만, 그게 효과가 있다면 그래야지. 자, 그걸 몰리야한테 가르치라는 거야. 몰리야는 운동신경이 좋잖아. 필요하다면 그걸 완전히 터득할 때까지 너를 상대로 연습을 시키라고."

"내 귀를 누가 잡아당기는 건 싫은데요." 론이 말했다.

"때로는 희생을 치러야 할 때도 있는 법이야." 이렇게 말하면서 리드라는 웃지 않으려고 했지만, 결국 참지 못하고 웃어버렸다.

론은 엄지손가락으로 왼쪽 귓불을 문질렀다. "그렇군요."

"그리고 몰리야한테도 통하는 말을 칼리한테 가르쳐야 해."

"하지만 가끔 나도 못 알아들을 때가 있는데요. 단지 칼리보다 눈치가 빠를 뿐인데."

"칼리가 말을 좀 배운다면, 도움이 될 것 같아?"

"물론입니다."

"내 선실에 키스와힐리 문법 책들이 있어. 배로 돌아가면 그걸 가지러 와."

"어, 그거 참 좋은 생각—" 론은 말을 멈추고 나뭇잎들 사이로 몸을 조금 묻었다. "그런데 칼리는 책을 별로, 아니 아예 읽지를 않아서."

"네가 도와주면 돼."

"가르쳐주란 말이군요."

"그래."

"칼리가 그럴 것 같습니까?" 론이 물었다.

"몰리야하고 더 가까워질 것 같느냐고?" 리드라가 되물었다. "넌 그럴 거라고 생각해?"

"그럴 겁니다." 론은 마치 용수철이 튕기듯이 벌떡 일어섰다. "그럴 겁니다."

"안으로 들어가려고? 몇 분 뒤면 만찬이 시작될 거야."

론은 난간 쪽으로 몸을 돌리고 선명한 하늘을 올려다보았다. "이 돔의 역장力場은 정말 아름답군요."

"벨라트릭스 별에 타버리면 곤란하거든." 리드라는 대꾸했다.

"자기들이 무슨 일에 종사하고 있는지를 곰곰이 생각하지 않으려고 저런 걸 만들어놓은 게 아닐까요."

리드라는 눈썹을 추켜올렸다. 가정불화 때문에 고민하는 와중에도 여전히 뭐가 옳고 그른지에 관해 생각하고 있던 듯하다. "그것도 있겠지." 리드라는 이렇게 대꾸하고 전쟁의 추이에 관해 생각했다.

론의 등 근육이 여전히 긴장해 있는 것을 보니 조금 더 생각해보다가 나중에 합류할 작정인 듯했다. 리드라는 양쪽으로 여닫는 문을 지나 나선계단을 내려가기 시작했다.

"밖으로 나가시는 걸 보고, 돌아오시는 걸 여기서 기다리고 있었습니다."

데자뷔. 리드라는 생각했다. 그러나 이 사내를 만난 적은 맹세코 한 번도 없다. 검푸른 머리카락. 20대 후반처럼 보이지만 나이에 걸맞지 않게 약간 삭은 얼굴. 사내는 리드라가 계단을 내려갈 수 있도록 뒤로 물러나주었다. 믿기 힘들 정도로 준민한 동작으로. 리드라는 상대방의 손과 얼굴을 훑어보며 그 몸짓에서 뭔가 의미를 찾아보려고 했다. 사내는 그녀를 응시했지만 아무런 내색도 하지 않았다. 그러더니 몸을 돌려 아래쪽에 있는 사람들을 턱으로 가리켜 보였다. 그는 방 한복판을 마주 보며 혼자 서 있는 남작을 가리켰다. "저기 저 카시우스+는 마르고 허기진 인상을 주는군요."

"실제로는 얼마나 허기졌다고 생각해요?" 리드라는 대꾸했고, 또다시 묘한 위화감을 맛보았다.

남작부인이 인파를 헤치고 자기 남편을 향해 가고 있었다. 당장 만찬을 시작할지, 아니면 오 분 더 기다릴지, 하여튼 그에 준하는 중대한 결단에 관해 의논하려는 기색이다.

"저 두 사람 사이의 결혼 생활이란 도대체 어떤 걸까요?" 낯선 사내는 짐짓 생색내는 듯한 엄숙한 어조로 물었다.

"비교적 단순하지 않을까요." 리드라는 대꾸했다. "서로에 관해서만 걱정하면 될 테니까."

공손하게 되묻는 표정. 리드라가 더 이상 설명하려고 하지 않자 낯선 사내는 다시 군중 쪽으로 몸을 돌렸다. "여기 있는 사람이 미스 웡 본인이 맞는지를 확인하려고 이쪽을 올려다볼 때, 다들 표정이 정말 오묘하군요."

"추파를 던지는 것 같네요." 리드라는 짤막하게 대꾸했다.

"밴디쿠트++를 연상시키는군요. 정말 닮았습니다. 숫제 무리를 지어

+ Gaius Cassius Longinus. 기원전 1세기의 로마 정치가, 군인. 처남인 브루투스 등과 공모해서 카이사르를 암살했다.
++ bandicoot. 오스트레일리아 산의 쥐. 캥거루쥐.

모여 있는 꼴이라니."

"인공 하늘 때문에 다들 저렇게 병자처럼 창백해 보이는 걸까요?" 리드라는 자기도 모르게 억누르고 있던 적의가 밖으로 새어 나가는 것을 자각했다.

사내는 웃음을 터뜨렸다. "탈라세미아+에 걸린 밴디쿠트로군요!"

"그럴지도요. 여기 〈조병창〉에서 일하시는 분이 아닌가요?" 사내의 안색에는 인공 하늘 아래에서는 유지할 수 없는 종류의 생기가 깃들어 있었다.

"실은 여기 직원이 맞습니다."

이 대답에 놀라 조금 더 물어보려던 찰나에 확성기가 느닷없이 웅웅거렸다. "신사 숙녀 여러분, 만찬을 시작하겠습니다."

사내는 그녀를 따라 나선계단을 내려갔지만, 군중 속으로 두세 걸음 들어간 후 어느새 자취를 감췄다. 리드라는 혼자서 식당 쪽으로 걸어갔다.

남작과 남작부인은 아치문 아래에서 그녀를 기다리고 있었다. 남작부인이 리드라의 팔을 잡자, 연단 위의 실내악단 단원들이 일제히 악기를 들어 올렸다.

"자, 이쪽으로 오시죠."

리드라는 뚱뚱한 여주인 곁에 붙어서 뱀처럼 구불구불 똬리를 튼 식탁 주위의 인파를 누비고 나아갔다.

"여기가 우리 자리랍니다."

+ Thalassemia. 헤모글로빈 이상에 의해 생기는 유전성 빈혈증. 지중해 연안에서 빈발하므로 지중해 빈혈이라고도 불린다.

그러자 바스크어 메시지가 떠올랐다. 선내에 있는 캡틴의 전사轉寫 장치가 뭔가를 수신했습니다. 마음속에서 작은 폭발이 일어나며 리드라는 흠칫 멈춰섰다.

"바벨-17!"

남작은 리드라를 향해 몸을 돌렸다. "예, 캡틴 웡?" 불안감 탓인지 긴장된 얼굴의 주름이 깊어지고 있었다.

"이 조병창에서 특별히 중요한 물자가 보관되어 있다든지, 특별히 중요한 연구가 이뤄지고 있지만, 현재 무방비 상태인 곳이 있습니까?"

"그런 건 모두 자동적으로 경비되고 있습니다. 왜 그런 질문을?"

"남작님, 파괴공작이 곧 시작될 겁니다. 아니, 벌써 시작됐을지도 모릅니다."

"하지만 어떻게 그걸—"

"당장 모든 걸 설명할 수는 없지만, 모든 게 정상인지 확인하시는 편이 나을 겁니다."

그러자 분위기가 일변했다.

남작부인은 남편의 팔에 손을 갖다 대더니 갑자기 냉정한 목소리로 말했다. "펠릭스, 당신 자리는 저기예요."

남작은 자기 의자를 끌어당겨 앉았고, 식탁 위의 식기들을 아무렇게나 옆으로 밀어놓았다. 식기용 깔개 아래에서 제어반이 나타났다. 손님들이 착석하는 동안, 리드라는 20피트 떨어진 곳에서 브래스가 그의 번쩍거리는 거구에 맞추어 특별히 설치해놓은 해먹에 앉는 것을 보았다.

"자, 캡틴은 여기 앉으세요. 아무 일도 일어나지 않았다는 듯이 파티를 계속해요. 그게 최선이라고 생각해요."

리드라가 남작 옆자리에 앉자 남작부인은 조심스럽게 리드라 왼쪽 의자에 앉았다. 남작은 목 마이크에 대고 뭐라고 속삭이고 있었다. 각도가 안 맞아서 뚜렷하게는 안 보였지만, 제어반의 8인치 화면이 잇달아 번득였다. 남작은 잠깐 고개를 들고 "아직 아무 이상도 없습니다, 캡틴 웡."이라고 말했다.

"저이는 그냥 내버려두세요." 남작부인이 말했다. "이쪽이 훨씬 더 재밌으니까요."

남작부인은 탁자 바닥에 달린 작은 콘솔을 무릎 위로 끌어내렸다.

"귀엽고 정교한 물건이죠." 남작부인은 주위를 둘러보며 말했다. "자, 준비됐어요. 보세요!" 살찐 검지로 단추 하나를 꾹 누르자 식당의 조명등들이 아래로 내려오기 시작했다. "적절한 시기에 적절한 단추를 누르기만 하면 이 만찬 전체를 이렇게 혼자서 통제할 수 있답니다. 보세요!" 그녀는 다른 단추를 눌렀다.

부드러워진 조명 아래에서 식탁의 중심선을 따라 패널들이 열리더니, 과일, 꿀에 절인 사과, 설탕에 절인 포도, 반으로 잘라 꿀에 절인 견과류를 채운 멜론 등을 잔뜩 올려놓은 거대한 쟁반들이 손님들 앞으로 올라왔다.

"이번엔 와인!" 남작부인은 다시 단추를 눌렀다.

몇백 피트에 달하는 식탁 위로 수반水盤들이 일제히 올라왔다. 분수 메커니즘이 작동하기 시작하자 반짝거리는 거품이 수반 가장자리로 올라오면서 술이 뿜어져 나왔다.

"자, 잔에 듬뿍 따라서 들이키세요." 남작부인은 리드라를 재촉했고, 자기 잔을 분수 아래에 갖다 댔다. 크리스털 잔 속에서 자줏빛 액체가 넘실거렸다.

오른쪽에서 남작이 말했다. "〈조병창〉은 별 문제가 없어 보입니다. 지금은 모든 특별 프로젝트팀에게 경고를 보내고 있습니다. 파괴공작이 지금 이 순간에도 진행되고 있는 게 틀림없습니까?"

"지금 이 순간이 아니라면," 리드라는 말했다. "앞으로 이삼 분 안에 일어날 겁니다. 폭발이 일어날지도 모르고, 주요 장비가 고장 날 가능성도 있습니다."

"그렇다면 제가 할 수 있는 일은 별로 없군요. 말씀하신 바벨-17을 우리 통신부에서 방수한 건 사실이지만 말입니다. 이런 식의 시도에 관해서는 이미 경고를 받았습니다."

"이걸 좀 들어보세요, 캡틴 웡." 남작부인이 넷으로 쪼갠 과일 한 조각을 리드라에게 건넸다. 맛을 본 리드라는 이것이 키르시+에 재운 망고라는 사실을 깨달았다.

거의 모든 손님들이 착석해 있었다. 리드라는 마이크라는 이름의 플래툰 청소년이 홀 중간께에서 자기 이름표를 찾아 헤매는 것을 보았다. 그리고 식탁을 따라 조금 더 간 곳에서 아까 나선계단에서 그녀에게 말을 붙이던 낯선 사내가 착석한 손님들의 줄을 따라 서둘러 걸어오는 광경이 눈에 들어왔다.

"이 와인은 포도가 아니라 플럼++으로 만든 거랍니다." 남작부인이 말했다. "식전주로 내놓기에는 좀 무겁다는 생각이 들긴 하지만, 과일

+ Kirsch. 버찌를 증류한 브랜디.
++ plum. 서양자두.

하고 워낙 잘 어울려서요. 과일 중에서는 특히 딸기가 좋으니 들어보세요. 여기 콩들은 수경 재배자들에게는 악몽이라지만, 금년에는 정말 멋진 것들을 수확할 수 있었죠."

마이크는 마침내 자기 자리를 찾아 앉았고, 과일 사발을 향해 양손을 뻗쳤다. 낯선 사내는 식탁의 마지막 모퉁이를 돌았다. 칼리는 양손에 하나씩 쥔 와인잔을 번갈아 보면서 어느 쪽이 더 큰지를 알아보려 하고 있었다.

"좀 장난을 쳐볼까요." 남작부인이 말했다. "셔벗부터 먼저 대접한다든지 해서? 아니면 칼두 베르데+로 시작하는 편이 나을까요? 오늘은 아주 가볍게 만들었답니다. 뭘 넣을지 언제나 고민—"

낯선 사내는 남작 뒤로 와서 그의 어깨 너머로 스크린을 들여다보고는 뭐라고 속삭였다. 남작은 사내를 돌아보았고, 양손을 탁자 위에 얹은 채로 다시 천천히 몸을 되돌리다가— 앞으로 고꾸라졌다! 남작의 얼굴 밑에서 뜨듯한 피가 천천히 흘러나왔다.

리드라는 의자 위에서 움찔했다. 살인. 그녀의 머릿속에서 모자이크 조각들이 하나로 합쳐졌고, 합쳐진 모자이크가 그렇게 말했던 것이다. 살인. 리드라는 벌떡 일어섰다.

남작부인은 쉰 소리로 외치며 일어섰다. 의자가 쓰러졌다. 부인은 남편을 향해 미친 듯이 양팔을 흔들며 도리질을 했다.

리드라는 몸을 홱 돌렸고, 낯선 사내가 웃옷 안에서 진동총을 꺼내는 것을 보았다. 그녀는 남작부인을 홱 잡아당겨 사선射線 밖으로 끄

+ caldo verde. 감자와 양파와 케일 등을 넣은 포르투갈의 전통적 수프.

집어냈다. 충격파는 아래쪽으로 빗나가며 콘솔 아래쪽을 맞혔다.

남작부인은 가까스로 일어섰고, 비틀거리며 남편에게 다가가서 그 몸을 움켜잡았다. 슬픔에 찬 헐떡거림은 곧 곡소리로 변했다. 부인의 커다란 몸이 바람 빠진 비행선처럼 가라앉더니, 펠릭스 베르 도르코의 시체를 식탁 아래로 잡아당겼다. 그녀는 바닥에 무릎을 꿇었고, 양팔에 껴안은 남편의 몸을 천천히 흔들며 절규했다.

손님들은 모두 일어나 있었다. 대화 소리는 이제 고함 소리로 바뀌었다.

제어 콘솔이 박살난 지금, 식탁 위로 공작새 요리가 올라오면서 원래 있던 과일 접시들을 밀어냈다. 오븐에 구운 뒤에 소스를 바르고, 설탕을 친 머리와 함께 다시 원래 모양으로 배열해놓은 공작새의 꼬리깃이 흔들린다. 빈 접시를 치우는 장치는 모두 동작을 정지한 상태였다. 칼두 베르데가 담긴 뚜껑 달린 사발들이 와인 수반을 포위하는가 싶더니 결국 양측이 모두 뒤집혀졌고, 식탁 위는 물바다가 되었다. 과일들이 바닥으로 잇달아 굴러떨어진다.

아우성 소리 속에서도 리드라는 왼쪽에서 진동총이 발사되는 쉭 하는 소리를 들었다. 또 왼쪽. 다음에는 오른쪽. 의자에서 일어나 도망치는 사람들 탓에 시야가 가로막혔다. 리드라는 총성을 한 번 더 들었고, 크레인 박사가 몸을 푹 꺾는 광경을 목격했다. 깜짝 놀란 옆자리 손님이 그녀를 부축하자 탈색한 머리가 풀리며 그녀의 얼굴로 흘러내렸다.

꼬치에 꿴 새끼양구이가 올라오며 공작새들을 뒤엎었다. 깃털이 바닥을 쓸었다. 와인 분수가 호박색으로 번들거리는 양고기 표면을 직격하자 쉭쉭 김이 피어올랐다. 음식들이 구멍 속으로 다시 떨어지면서 벌겋게 달아오른 가열 코일 위로 떨어졌다. 리드라는 타는 냄새를 맡았다.

리드라는 후다닥 앞으로 뛰어나가서 검은 턱수염을 기른 뚱뚱한 사내의 팔을 부여잡았다. "슬러그, 당장 애들을 여기서 데리고 나가!"

"보시다시피 이미 그러고 있습니다, 캡틴."

리드라는 몸을 홱 돌려 뛰어가려고 했지만 긴 식탁에 앞을 가로막혔다. 김을 뿜고 있는 구멍 위를 그대로 뛰어넘는다. 뛰어넘으려는 순간, 손이 많이 들어간 동양풍 후식—기름에 튀겨져서 지글거리는 바나나를 꿀에 담갔다가, 잘게 부순 얼음을 깐 경사판에 굴려 그대로 접시에 담는—이 구멍으로 올라왔다. 반짝거리는 설탕과자가 경사판 위에서 통통 튀다가 바닥으로 굴러떨어졌다. 공중에 날린 꿀이 반짝이는 가시처럼 결정화한다. 바나나는 손님들 사이를 구르다가 밟히고, 으깨어졌다. 사람들이 마구 손발을 흔들다가 넘어진다.

"저렇게 바나나에 미끄러지는 방법도 있었군. 멋지지 않아, 캡틴?" 칼리가 촌평했다. "도대체 무슨 난리야?"

"몰리야하고 론을 데리고 배로 돌아가!"

커피 주전자가 올라오더니 고기를 굽던 꼬챙이와 부딪치며 뒤집혔고, 바닥에 펄펄 끓는 커피를 쏟았다. 여자 하나가 화상을 입은 팔을 움켜쥐고 비명을 질렀다.

"이젠 재미있기만 한 게 아니군." 칼리가 말했다. "찾아서 데리고 갈게."

그가 떠나가자 반대편에서 슬러그가 되돌아왔다. "슬러그, 밴디쿠트가 뭐야?"

"사나운 소동물. 아마 유대류일 겁니다. 그런데 왜?"

"맞아. 나도 생각났어. 그럼 탈라세미아는?"

"하필 이럴 때 그런 건 왜 물어보시는지. 일종의 빈혈증일 겁니다."

"그건 나도 알아. 하지만 **어떤** 종류를 말하는 거야? 배의 의사잖아."

"어디 보자." 슬러그는 잠시 눈을 감았다. "이건 모두 최면 코스로 배운 거라서. 아, 기억납니다. 유전병이고, 흑인의 겸상鎌狀 적혈구 빈혈증에 상응하는 백인의 병입니다. 햅토글로빈 이상으로 인해 적혈구가 파괴된 결과—"

"—헤모글로빈이 새어 나오고, 세포는 침투압으로 짜부라진다. 전부 생각났어. 냉큼 여기서 나가."

슬러그는 영문을 모르겠다는 얼굴로 아치문으로 갔다.

리드라는 그 뒤를 따라가려고 하다가 와인 셔벗을 밟고 미끄러졌다. 황급히 근처에 있던 사람을 잡고 보니 브래스의 번들거리는 털가죽이었다. "조심해, 캐틴!"

"여기서 빨리 나가." 리드라는 명령했다. "지금 당장."

"태워줄까?"브래스는 히죽 웃으며 그녀의 엉덩이에 팔을 둘렀다. 리드라는 그의 등으로 기어올라 가서 양 무릎으로 그의 허리를 조이고 양손으로 그의 어깨를 잡았다. 실버드래건을 압도했던 우람한 근육이 그녀의 몸 아래에서 부풀어 오른다. 브래스는 껑충 뛰어올라 탁자를 뛰어넘었고, 네 발로 착지했다. 송곳니를 번득이는 금빛 야수를 보고 혼비백산한 손님들이 뿔뿔이 흩어졌다. 두 사람은 아치문을 향해 갔다.

5

히스테리성 피로가 거품을 물었다.

리드라는 그것을 부수고 〈랭보〉호의 선장실로 뛰어들어 가서 인터콤의 스위치를 눌렀다. "슬러그, 모두들—"

"승무원 전원의 탑승을 확인했습니다, 캡틴."

"영체인들은—"

"무사히 탑승했습니다. 세 명 다."

브래스가 헐떡이며 리드라 뒤에 있는 출입 해치를 통해 들어왔다.

다른 회선으로 바꾸자 거의 음악처럼 들리는 소리가 선실을 가득 채웠다. "맙소사, 여전히 계속되고 있어."

"이게 그거야?" 브래스가 물었다.

리드라는 고개를 끄덕였다. "바벨-17이야. 나중에 연구할 수 있도록 자동적으로 기록되고 있어. 하여튼 해보긴 해봐야겠지." 리드라는 스위치 하나를 넣었다.

"뭐 하는 거야?"

"미리 녹음해둔 메시지 몇 개를 지금 송신하고 있어. 잘하면 그쪽에 닿을지도 몰라." 리드라는 첫 번째 메시지 방송을 멈추고 두 번째 것을 방송하기 시작했다. "아직 아주 잘 아는 건 아니지만. 조금 알긴 하지만, 이걸로는 충분하지 않아. 셰익스피어 연극을 보면서 피진 영어+로 야유하는 느낌이랄까."

외부 회선이 깜박거리며 리드라의 주의를 환기했다. "캡틴 웡, 앨버트 베르 도르코입니다." 동요한 목소리였다. "끔찍한 재앙이 일어나서 이쪽은 완전히 혼란에 빠져 있습니다. 제 형의 저택에서 당신을 찾아보았는데, 당신의 초정지 도약 우주선을 즉시 이륙시킬 허가를 해달라는 요청이 들어왔다는 보고를 방금 관제 부서에서 받았습니다."

"그런 요청은 아예 한 적이 없는데요. 단지 제 부하 승무원들을 거기서 데리고 나오고 싶었을 뿐입니다. 무슨 일이 일어났는지 알아내셨어요?"

"하지만 캡틴이 이륙 절차를 밟고 있다는 보고를 받았습니다. 최우선권은 그쪽에 있기 때문에 제가 당신의 명령을 철회시킬 수는 없습니다. 하지만 이 사건이 일단락될 때까지 부디 기다려주십사 하는 요청을 하려고 이렇게 연락한 겁니다. 혹시 당신이 우리가 모르는 어떤 정보에 입각해서 행동하고 있다면 얘기가 달라지지만—"

"이륙할 생각은 없습니다." 리드라는 말했다.

+ pidgin English. 현지어가 섞이고 문법과 단어가 단순화된 상용 영어.

"안 그러는 편이 나아." 브래스가 끼어들었다. "난 배에 아직 접속하지도 않았잖아."

"그쪽의 제임스 본드 자동인형이 미쳐 날뛴 건 명백해 보이네요." 리드라는 베르 도르코에게 말했다.

"……본드?"

"실례했습니다. 신화상의 인물입니다. TW-55가 폭주했다는 뜻이었습니다."

"아, 그거요. 저도 압니다. 남작하고 지극히 중요한 요인 네 명이 그것에게 암살당했습니다. 설령 처음부터 계획됐더라도, 그토록 정확하게 요인들만 골라내지는 못했을 겁니다."

"계획된 게 맞아요. 누가 TW-55를 고의로 사보타주했던 겁니다. 아까 하신 질문에 대해서는 '아니다'라고 대답하는 수밖에 없군요. 어떻게 그런 일이 가능했는지는 저도 모르겠습니다. 그러니까 동맹군 사령부의 포레스터 장군한테 연락을 취하시는 편이—"

"캡틴, 관제 부서는 당신이 여전히 이륙 신호를 보내고 있다는데요! 저는 그걸 막을 공적인 권한이 없지만, 제발—"

"슬러그! 우리 지금 이륙하고 있어?"

"예, 물론입니다. 방금 긴급 초정지 탈출 명령을 내리시지 않았습니까?"

"브래스는 아직 자기 자리에 가 있지도 않아, 멍청아!"

"하지만 불과 삼십 초 전에 캡틴이 직접 승인 명령을 내리시지 않았습니까. 브래스도 이미 접속했고. 방금 그 친구하고 얘기를—"

브래스는 쿵쿵거리며 선실을 가로질러 마이크에 대고 고함을 질렀다. "머저리 같은 녀석, 난 지금 캡틴 바로 뒤에 서 있다고! 도대체 무슨 생각으로 그런 거야? 벨라트릭스 한복판으로 뛰어들어 가기라도 할 생각이야? 아니면 어딘가의 신성新星 내부로 돌진할래? 표류하는 배는 주위에서 가장 질량이 큰 물체를 향해 간다는 걸 몰라?"

"하지만 자네가 방금—"

아래쪽 어딘가에서 맷돌을 가는 듯한 소리가 들리기 시작했다. 갑작스러운 가속 감각.

스피커에서 앨버트 베르 도르코의 목소리가 외쳤다. "캡틴 웡!"

리드라는 다시 고함을 질렀다. "이 멍청아, 당장 초정지 발생기를 차단—"

그러나 발생기들은 추진기의 포효 위로 높다란 굉음을 발하고 있었다.

또다시 가속 감각. 리드라는 책상 가장자리를 붙잡고 몸을 가누려고 했다. 브래스의 갈고리 발톱이 허공을 잡는 것이 보였다. 그리고—

제3부

제벨 타리크

실재하고, 때 묻고, 유랑하는 그는
왜 우리를 피할까.
책을 보여주고 다리를 놓아주고 싶은데
우리 모두가 말할 수 있는 언어를 만들어주고 싶은데
금발의 왕자님이 아니다.
어머니가 봄에 보내서 우리를 고민에 빠뜨린 그 사람은.
악몽도 꾸고, 일도 필요하고, 술도 마시고,
애당초 그렇게 아름답고 싶지 않았을지도.

—「항해사들」

그대는 내게 침묵의 협정을 강요했다.

—「리아단의 노래」

1

파란 방 안에서의 추상적인 사고思考. 주격, 소유격, 분리격, 목적격1, 목적격2, 탈격, 부분격, 입격, 도구격, 결격, 소격, 내격, 양격, 향격, 변격, 공동격. 핀란드어 명사에는 이렇게 열여섯 개의 격이 있다. 단지 단수와 복수만으로 충분한 언어들도 있는 마당에, 기묘한 얘기다. 북미의 인디언 언어는 아예 수의 구별조차도 하지 않는다. 예외는 생물에 한해서 복수형이 있는 수족族의 언어 정도이다. 파란 방은 둥글고 따뜻하고 매끄러웠다. 프랑스어에서는 '따뜻하다'라는 말이 없다. 단지 '뜨겁다'거나 '미지근하다'라고 말할 수 있을 뿐이다. 아예 그것을 표현하는 낱말이 없다면, 어떻게 그런 생각을 할 수 있단 말인가? 그리고 적당한 어형語形이 없으면 설령 낱말이 있다고 해도 그것을 쓸 방도가 없다. 생각해보라. 스페인어에서는 개, 탁자, 나무, 깡통따개를 포함한 모든 물체에 성性을 부여한다. 헝가리어에서는 무엇에든 성을 부여하는 법이 없어서 **그, 그녀, 그것**은 모두 동일한 단어이다. 엘리자베스 1세 시대의 영어로 '너는 나의 친구다'는 Thou art my friend 이지만, '당신은 나의 왕입니다'는 You are my king 이다.+ 그러나 어떤 동양 언어들은 성과 수를 거의 구분하지 않기 때문에 청자聽者가 누구든 개의치 않고 영어의 you에 해당하는 대명사 하나만으로 처리한다. you는 나의 친구입니다. *you*는 나의 부모이고, YOU는 나의 사제이며, *YOU*는 나의 왕입니다. **You**는 나의 하인이지만, 조심하지 않으면 나는 **You**를 내일 해고할 겁니다. 그리고 **YOU**는 나의 왕이 맞지만 나는 그 정책에는 전적으로 반대입니다. **YOU**의 머릿속에는 골이 아니라 톱밥이 들어차 있는 거 아닙니까, 전하. **YOU**는 나의 친구일지도 모르지만, 다시 한 번 그따위 소리를 한다면 **YOU**의 옆통수를 박살 내겠습니다. 도대체 자기가 뭐라고 생각하는 건지……?

네 이름이 뭐야? 그녀는 둥글고 따뜻하고 파란 방 안에서 생각했다.

파란 방 안에서의 이름을 결여한 사고. 어슐라, 프리실라, 바바라, 메리, 모나, 나티카라는 단어가 차례로 떠오른다. 곰, 노부인, 수다쟁이, 소태, 원숭이, 엉덩이. 이름. 이름들? 이름 안에 뭐가 들어 있는데? 난 어떤 이름 안에 들어 있지? 우리 아버지의 아버지 고향에서는 성이 앞에 오기 때문에 나는 웡 리드라가 된다. 몰리야의 고향에서는 아버지의 성은 아예 물려받지 않고 어머니의 성을 붙인다. 말이란 사물의 이름이다. 플라톤의 시대에는 사물은 관념idea의 이름이었다— 플라톤

+ 고古영어의 2인칭 주격 대명사는 현대 독일어의 du와 Sie처럼 단수형인 thou와 복수형인 you로 나뉘어지며, 후자는 존칭으로 간주된다.

적 이상을 표현하는 데 이보다 더 좋은 설명이 어디 있을까? 그러나 말은 사물의 이름이 맞을까. 아니면 그것은 단지 어의론적인 혼란에 불과한 것일까? 말이 사물의 **모든** 범주를 표현하는 상징인 데 비해, 이름은 개개의 사물들을 나타내는 상징이다. 상징을 필요로 하는 무엇인가의 이름은 신경을 자극하고, 감정humour을 생성한다. 이름을 취하는 무엇인가의 상징 또한 신경을 자극한다. 찢어진 창문 차양이 포함된 기억이라든지, 그가 풍기는 술 냄새, 그녀의 분노, 상처투성이의 싸구려 침실용 탁자 뒤에 처박혀 있는 구겨진 옷 따위가. "염병할 년 같으니라고. 빨리 오지 못해?" 그러자 그녀는 놋쇠 가로장을 아플 정도로 꽉 쥐며 이렇게 속삭였다. "내 **이름**은 **리드라**야!" 개체란 주위 환경과 분리된 별개의 존재이고, 그 환경에 있는 모든 사물과도 분리된 별개의 존재이다. 개체는 상징만으로는 충분히 나타낼 수 없는 종류의 사물이며, 바로 그 탓에 이름이 발명된 것이다. 나도 발명되었지. 나는 둥글고 따뜻한 파란 방이 아냐. 나는 그 방 안에 있는 어떤 사람이고, 나는—

눈꺼풀이 반쯤 안구를 덮고 있다. 눈을 뜨자 느닷없이 몸을 구속한 그물web과 맞부딪쳤다. 숨이 턱 막힌다. 그녀는 다시 뒤로 쓰러지며 몸을 움직여 방을 둘러보려고 했다.

아니다.

그녀는 '방을 둘러보지'는 않았다.

그러는 대신 **'무엇인가를 무엇했던 것이다.'** 여기서 전자의 '무엇'은 즉각적이지만 수동적인 감각—청각적이거나 후각적이거나 시각적일 수도 있는—을 의미하는 조그만 유성어有聲語였다. 후자의 '무엇'은 앞의 것 못지않게 조그만, 각기 다른 음조가 혼합된 세 개의 음소音素였다. 첫 번째 음소는 방의 크기를 각 면의 길이가 대략 25피트인 정육면체로 규정하는 지표였고, 두 번째는 벽의 색깔과 개연적인 구성 물질—파란색의 어떤 금속—을 나타냈으며, 세 번째는 그녀가 발견했을 때의 방의 기능을 의미하는 불변화사+들을 표시하기 위한 가假주어인 동시에, 그녀가 이 경험 전체를 단 하나의 상징만을 써서 필요한 만큼 얼마든지 가리킬 수 있는 일종의 문법적인 태그[標識]였던 것이다. 그녀가 도합 네 개의 음들을 발음하거나 머리에 떠올릴 때 필요했던 시간은 room이라는 영어 단어의 어색한 이중모음을 발음하는 것보다 더 짧았다. 바벨-17이다. 예전에 다른 언어들을 터득했을 때도 이런 개방감이나 확장감을, 마음이 느닷없이 억지로 성장하는 듯한 감각을 느낀 적이 있다. 그러나 이번에는 오랜 세월 흐릿한 상태로 있던 렌즈가 느닷없이 초점을 맺은 느낌에 가까웠다.

그녀는 다시 윗몸을 일으키려고 했다. 기능?

이 방은 무엇에 쓰이는 방일까? 천천히 몸을 일으키려고 하자 그물이 가슴을 압박했다. 의무실 같은 곳일까. 리드라는 내려다보았다—'그물'이라기보다는 세 개의 불변화사로 이루어진 모음 차등差等을. 그리고 각 불변화사는 삼각매듭의 한 강세stress를 결정하기 때문에 모음 차등의 종합음이 최저점에 달했을 때 그물코에서 가장 약한 부분들을 알아낼 수 있었다. 이런 부분의 끈을 끊으면 그물 전체를 풀 수 있다는 사실을 리드라는 깨달았다. 이 새로운 언어로 그물을 명명하는 대신 단지 몸부림치기만 한다면 이 그물은 그녀를 충분히 구속할 수 있

+ 不變化詞. 인도 유럽어에서 격格 변화를 하지 않는 부사, 전치사, 접속사 따위의 낱말.

었다. 이 언어가 단지 '기억하는' 것에서 '아는' 것으로 이행한 것은 그녀가—

그녀는 도대체 어디 있었던 것일까? 기대, 흥분, 두려움! 리드라는 마음을 영어로 되돌렸다. 바벨-17로 생각한다는 것은 조금 전에만 해도 기껏해야 깊이 몇 피트밖에는 안 된다고 생각했던 우물의 밑바닥을 느닷없이 투시하고 그 아래를 들여다보는 행위를 닮았다. 강렬한 현기증이 찾아왔다.

눈을 세게 깜박인 뒤에야 다른 사람들의 모습이 눈에 들어왔다. 브래스가 반대편 벽에 매달린 커다란 해먹에 누워 있었다— 노란 앞발에 달린 갈고리 발톱들이 해먹 가장자리에 걸려 있다. 다른 쪽 벽에 걸린 두 개의 작은 해먹에서 자고 있는 사람들은 플래툰인 듯하다. 그중 하나가 몸을 뒤척였을 때 번들거리는 흑발이 흘끗 보였다. 카를로스다. 세 번째 청년이 누군지는 알 수 없었다. 호기심이 그녀의 아랫배 속에 있는 뭔가 중요한 것을 슬쩍 움켜쥐는 듯한 불쾌한 감각.

그러자 벽이 사라졌다.

장소와 시간까지 확정하는 것은 무리일지도 모르지만, 적어도 몇 가지 가능성을 검토해보려던 참이었다. 그러나 벽이 사라지면서 시도 자체가 중단되었다. 리드라는 관찰을 계속했다.

벽의 소멸은 왼쪽 벽 윗부분부터 시작되었다. 반짝이더니 투명해졌고, 공중에 금속제의 돌출부가 밀려나오더니 천천히 그녀를 향해 기울어졌다.

세 명의 사내.

경사로 끄트머리에 서 있는 사내는 갈색 석재를 대충 잘라내서 서

둘러 조립한 듯한 얼굴을 하고 있었다. 유행에 뒤떨어진, 밀착 망토보다 한 세대 전의 복장이다. 자동적으로 몸의 윤곽에 밀착하기는 하지만, 천이 아닌 다공성 플라스틱 재질이라서 옷이라기보다는 갑옷처럼 보였다. 길게 보풀이 인 검정색 직물로 한쪽 어깨와 팔을 덮고 있다. 장딴지까지 끈을 감는 샌들을 신고 있었다. 가죽끈 안쪽에는 쓸림을 막기 위한 모피 술이 달려 있다. 미용성형은 모조 은발과 위로 치켜올린 금속성 눈썹뿐이다. 길게 늘어진 한쪽 귓불에는 굵은 은귀고리가 매달려 있었다. 그는 배에 부착한 진동총 홀스터에 손을 갖다 대고 해먹들을 하나씩 둘러보았다.

두 번째 사내가 앞으로 걸어 나왔다. 호리호리한 체구에, 특이한 미용성형수술의 경이로운 조합이라고 할 만한 존재였다. 그리핀 같기도 하고, 원숭이 같기도 하고, 해마海馬 같기도 하다. 비늘, 깃털, 발톱, 새의 부리가 원래는 고양이를 닮았을 것이 틀림없는 몸에 이식되어 있었다. 첫 번째 사내 곁에서 외과적으로 부풀린 엉덩이를 내려놓고 웅크린다. 금속 바닥을 손등 관절이 스쳤다. 첫 번째 사내가 느닷없이 손을 뻗어 멍한 표정을 하고 그 머리를 긁어주자 그는 위를 흘끗 올려다보았다.

리드라는 상대방이 먼저 말을 걸어오기를 기다렸다. 한 마디만 해도 〈동맹〉인지 〈침략자〉인지 식별이 가능하다. 그들의 입에서 나오는 말이 무엇이든 간에, 리드라는 그것을 포착하려고 마음먹었다. 이들의 사고 습관과, 논리적 모호함에 대한 태도, 발화적 엄밀함의 유무 따위를 끌어내서, 어떤 분야에서든 이용할 것이 있어 보이면—

두 번째 사내가 뒤로 물러나자 여전히 뒤에 서 있던 세 번째 사내의 모습이 눈에 들어왔다. 다른 두 사내보다 키가 크고 체격이 건장하다. 반바지밖에는 걸치지 않았고, 어깨가 약간 둥그스름하다. 손목과 발꿈치에 닭의 며느리발톱 같은 것이 이식되어 있다— 〈수송원〉의 뒷골목 세계의 하층 구성원들이 곧잘 과시하는 물건이고, 몇 세기 전의 브래스너클이나 블랙잭+과 같은 의미를 가지고 있다. 최근에 민 듯한 머리에는 거무스름한 털이 롤브러시처럼 짧게 자라 있었다. 울퉁불퉁한 한쪽 이두근을 띠처럼 두른 붉은 살은 마치 피멍이 들었거나, 염증을 일으킨 흉터 같은 느낌이다. 5년 전 미스터리 소설계에서 거의 필수품처럼 유행했다가, 지금은 진부하기 짝이 없다는 이유로 거의 언급되지 않는 물건이다. 행성 티틴의 유형流刑 동굴 죄수임을 나타내는 낙인. 리드라가 흠칫 놀라며 자기도 모르게 시선을 돌렸을 정도로 어딘가 야수적인 분위기를 풍기는 사내였다. 그러나 곧 다시 되돌아보게 만들었을 정도로 우아한 느낌을 겸비하고 있었다.

경사로 앞쪽에 있던 두 사내가 세 번째 사내를 향해 몸을 돌렸다. 리드라는 기다렸다. 이 상황을 규정하고, 고정하고, 식별하기 위해. 그들은 리드라를 쳐다보았다가 벽 쪽으로 걸어갔다. 경사로가 후퇴하기 시작했다.

리드라는 상체를 일으켰다. "있잖아요." 그녀는 큰 소리로 말했다. "여기가 어디죠?"

은발의 사내가 말했다. "제벨 타리크." 벽이 다시 고체화했다.

리드라는 그물을 (어떤 언어에서는 다른 물건이 되는) 내려다보고 줄 하나를 끊고, 또 하나를 끊었다. 장력張力이 줄어들더니 곧 그물이

+ blackjack. 납이나 모래를 가죽으로 싼 구타용의 소형 곤봉.

풀렸다. 리드라는 바닥으로 뛰어내렸다. 몸을 일으켰을 때 다른 플래툰 요원이 수리 부문에서 리지와 함께 일하는 카일인 것을 알아차렸다. 브래스가 용을 쓰기 시작했다. "잠깐만 가만히 있어." 리드라는 줄을 하나씩 끊어주었다.

"아까 그 작자는 뭐라고 한 거야?" 브래스가 알고 싶어했다. "자기 이름? 아니면 그냥 얌전히 누워서 익다치고 있으라고 한 거야?"

리드라는 어깨를 으쓱하고는 줄을 또 끊었다. "제벨이라고 했는데 그건 옛 무어인의 말로 **산**이라는 뜻이야. 타리크의 산이라는 뜻이었을 수도 있겠지."

브래스는 풀린 줄들이 아래로 떨어지자 몸을 일으켜 앉았다. "이걸 어떻게 끊었어? 십 분이나 힘을 줬는데도 안 끊기던데."

"나중에 얘기해줄게. 타리크는 누군가의 이름일 수도 있어."

브래스는 끊어진 그물을 되돌아보며 북실북실한 귀 뒤쪽을 긁었고, 당혹스러운 듯이 머리를 흔들고는 뒷다리로 일어섰다.

"적어도 〈침략자〉는 아냐." 리드라가 말했다.

"그걸 어떻게 알아?"

"은하 회전축 반대편에 사는 인간들 중에서 고대 무어어라는 게 있다는 사실 자체를 아는 사람이 그렇게 많을 것 같지는 않거든. 그쪽으로 이주한 지구인들은 아메리카시아가 만들어지고 범 아프리카가 유럽을 집어삼키기 전에 북아메리카나 남아메리카에서 떠난 사람들이야. 게다가 티틴의 유형 동굴은 카이사르 항성계 안쪽에 있고."

"아, 그랬지." 브래스가 말했다. "아까 그 친구 얘기로군. 하지만 거길 출소한 작자가 꼭 거기 출신이라는 보장은 엇잖아."

리드라는 아까 벽이 열린 부분을 바라보았다. 그들이 놓인 상황을 파악하는 것은 저 파란 금속을 움켜잡는 것만큼이나 헛된 일처럼 느껴졌다.

"그건 그렇고 도대체 무슨 일이 일어난 거야?"

"조종사 없이 이륙했어." 리드라가 말했다. "바벨-17을 방송한 작자가 누군지는 모르겠지만, 영어로도 그럴 수 있는 것 같아."

"조종사 없이 이륙했던 것 같지는 않은데. 우리가 급발진하기 직전에 슬러그한테 말한 사람이 도대체 누구야? 조종사가 없었다면 여기 이렇게 와 있지도 않을 거야. 그 대신에 가장 가깝고 큰 항성 표면의 기름때가 되어 있겠지."

"아마 그 회로기판을 부순 작자와 동일인물이었을 거야." 의식불명의 벽토壁土가 부스러진 지금, 리드라는 과거를 향해 마음을 투사했다. "파괴공작원은 날 죽이고 싶지 않았던 건지도 몰라. TW-55는 남작을 죽인 것만큼이나 쉽게 나를 죽일 수 있었어."

"혹시 이 배에 있는 스파이도 바벨-17을 말하는 게 아닐까."

리드라는 고개를 끄덕였다. "나도 그런 생각을 했어."

브래스는 주위를 둘러보았다. "여기 있는 사람이 다야? 다른 승무원들은 어디 있어?"

"저, 잠깐."

두 사람은 뒤를 돌아보았다.

벽에 또 구멍이 나 있었고, 갈색 머리를 녹색 스카프로 뒤에서 동여맨 마른 체구의 젊은 여자가 서 있었다. 사발을 내밀고 있다.

"주인님이 말씀하시길 다들 정신을 차렸다고 하셔서 이걸 가지고 왔습니다." 검고 커다란 눈이었고, 눈꺼풀이 새의 날개처럼 바르르 떨리고 있었다. 여자는 사발을 움직여 보였다.

리드라는 여자의 순순한 태도에 반응했지만, 상대가 낯선 이들을 두려워하고 있다는 사실 또한 감지하고 있었다. 그러나 사발 가장자리를 쥔 가느다란 손가락들은 떨리지 않았다. "이걸 가져다줘서 고마워."

여자는 까닥 고개를 숙이고 미소 지었다.

"우릴 무서워하는 걸 알아." 리드라는 말했다. "그럴 필요는 없어."

두려움이 스러져갔다. 여자는 앙상한 어깨에서 힘을 뺐다.

"주인님 이름이 뭐야?" 리드라가 물었다.

"타리크입니다."

리드라는 브래스를 돌아보고 고개를 끄덕였다.

"그럼 우린 지금 타리크의 산에 있는 건가?" 리드라는 여자에게서 사발을 건네받았다. "우린 여기 어떻게 온 거야?"

"타고 오신 배의 초정지 발전기가 도약 중에 멎어버리기 직전 백조자리 42번 신성新星의 중심에서 낚아 올렸다고 하시더군요."

브래스는 날카롭게 숨을 내쉬었다. 휘파람 대용이다. "우리가 기절한 것도 하등 이상할 게 없어. 엄청난 속도로 표류했군."

이 얘기를 듣자 리드라는 갑자기 체중이 내려간 듯한 느낌을 받았다. "그럼 신성의 성역星域으로 표류했던 것이 맞군. 아마 조종사는 처음부터 없었는지도 몰라."

브래스는 사발을 덮은 흰 냅킨을 집어 올렸다. "닭고기 좀 먹어봐, 캐틴." 갓 튀겨서 아직 뜨끈뜨끈하다.

"좀 이따가." 리드라는 대답했다. "그 일에 관해 좀 더 생각해봐야겠어." 그러고는 여자를 돌아보았다. "타리크의 산은 그럼 우주선이란 말이지. 우린 지금 거기 타고 있는 거지?"

여자는 양손을 등으로 돌리더니 고개를 끄덕였다. "게다가 아주 좋은 배랍니다."

"승객을 태우는 배가 아닌 건 확실한데. 어떤 화물을 취급해?"

이것은 잘못된 질문이었다. 상대방이 또다시 두려운 기색을 보였기 때문이다. 낯선 이에 대한 개인적인 불신이 아니라, 뭔가 더 공적이고 보편적인 두려움이다. "우리 배는 화물선이 아닙니다." 그러고는 엉겁결에 말했다. "실은 이런 말도 하면 안 되는 건데. 타리크하고 얘기해주세요." 그녀는 벽을 향해 뒷걸음쳤다.

"브래스." 리드라는 몸을 돌리며 머리를 긁적였다. "우주 해적 따위는 이젠 없지. 안 그래?"

"과거 70년 동안 수송선이 털렸다는 얘긴 못 들었어."

"나도 그렇게 생각했어. 그럼 우리가 있는 이 배는 어떤 종류일까?"

"나도 모르겠군." 이윽고 브래스의 윤이 나는 뺨 근육이 푸르스름한 조명 밑에서 움직였다. 비단실을 심어놓은 듯한 눈썹이 깊고 둥근 눈 위로 내려왔다. "**백조자리** 42번 안에서 우리를 낚아 올렸다고? 왜 이 배를 〈타리크의 산〉이라고 부르는지 알 것 같아. 이건 얼어 죽을 전함만큼이나 큰 게 틀림없어."

"군함이라고 해도, 타리크는 지금까지 내가 만나본 우주군과는 전혀 닮지 않았던데."

"게다가 군대는 전과자를 받아주지는 않아. 우리는 도대체 누구하고 마주친 걸까, 캐틴?"

리드라는 사발에서 닭다리를 집어 들었다. "타리크하고 직접 얘기할 수 있을 때까지 기다리는 수밖에 없을 것 같아." 다른 해먹들 위에서 몸을 뒤척이는 기색이 있었다. "우리 애들도 이상 없었으면 좋겠는데. 아까 그 여자한테 나는 왜 다른 승무원들 얘기를 안 물었을까?" 리드라는 카를로스의 해먹으로 성큼성큼 다가갔다. "일어나니 기분이 어때?" 그녀는 활달한 어조로 물었다. 그제야 해먹줄 아래쪽에 그물을 고정하는 죔쇠가 여러 개 있다는 사실을 깨달았다.

"머리가 좀." 카를로스는 씩 웃으며 말했다. "아무래도 숙취인 것 같아요."

"그렇게 히죽히죽 웃는 얼굴로 숙취는 무슨 숙취. 숙취가 뭔지는 알고 하는 소리야?" 죔쇠들을 풀기까지는 그물 자체를 찢는 것보다 세 배나 더 오랜 시간이 걸렸다.

"와인 마셨다고요. 파티에서." 카를로스가 말했다. "그것도 잔뜩. 그나저나 무슨 일이 일어난 거죠?"

"알게 되면 얘기해줄게. 영차." 리드라가 해먹을 뒤집자 카를로스는 몸을 굴려 일어섰다.

카를로스는 눈을 가린 머리카락을 걷어 올렸다. "다른 애들은 다 어디 갔어요?"

"카일은 여기 있어. 이 방에 있는 건 우리들뿐이고."

브래스의 도움으로 그물에서 벗어난 카일은 해먹 가장자리에 앉아서 주먹 쥔 손을 입가에 갖다 대고 있었다.

"여어, 베이비." 카를로스가 말했다. "괜찮아?"

카일은 발끝으로 아킬레스건을 긁적거리다가 하품을 했고, 그러는 동시에 뭔가 알아들을 수 없는 말을 했다.

"넌 안 그랬어." 카를로스가 말했다. "내가 탑승하자마자 확인했다고."

이런, 이런. 리드라는 생각했다. 내겐 아직도 더 연습해야 하는 언어들이 남아 있는 것 같군.

카일은 이제 팔꿈치를 긁적이고 있었다. 그러더니 느닷없이 입가에서 혀끝을 내밀며 위를 올려다보았다.

리드라도 올려다보았다.

벽에서 다시 경사로가 뻗어 나오고 있었다. 이번에는 바닥에 닿을 때까지.

"함께 와주겠소, 리드라 웡?"

타리크였다. 홀스터를 차고, 은빛 머리를 가진 사내. 검은 구멍 앞에 서 있다.

"다른 승무원들 말인데," 리드라가 말했다. "모두 안전한가요?"

"모두 다른 방에 수용되어 있소. 만나고 싶으면—"

"모두 안전해요?"

타리크는 고개를 끄덕였다.

리드라는 카를로스의 머리통을 툭 쳤다. "나중에들 봐." 그녀는 속삭였다.

공동 식당에는 아치 천장과 발코니가 있었다. 사방의 벽은 암벽처럼 둔중한 느낌이다. 넓은 공간 여기저기에는 녹색과 진홍색의 황도십이궁 별들과 전투 장면을 묘사한 그림들이 걸려 있었다. 별들은— 처음 보았을 때는 기둥들 사이의 별들이 흩뿌려진 검은 공간은 진짜 전망창이라고 생각했지만, 실제로는 우주선 밖의 야경을 투영한 길이 100피트에 달하는 영상이었다.

남자와 여자들은 목제 탁자 주위에 앉아 담소하거나 벽가를 따라 어슬렁거리고 있었다. 폭이 넓은 계단 아래쪽에는 음식과 음료 피처를 잔뜩 차려놓은 커다란 카운터가 설치되어 있었다. 카운터의 위쪽에는 냄비와 프라이팬과 접시 따위가 주렁주렁 매달려 있었고, 그 뒤쪽에 있는 알루미늄으로 덮인 흰 주방 안에서는 앞치마를 걸친 남녀가 저녁 식사 준비를 하고 있는 것이 보였다.

리드라 일행이 들어가자 모두 돌아보았다. 근처에 있던 사람들은 이마에 손을 갖다 대고 경례를 하기도 했다. 리드라는 타리크를 따라 계단을 올라갔고, 그 꼭대기에 있는 쿠션을 댄 벤치석으로 걸어갔다.

그리핀 사내가 후다닥 올라왔다. "주인님, 이게 그 여자야?" 타리크는 리드라에게 고개를 돌렸다. 바위처럼 딱딱한 얼굴 표정이 누그러진다. "캡틴 웡, 여기 이 친구는 내 재미이자 소일거리인 동시에, 화를 다스려주는 존재라오. 주위 사람들이 이구동성으로 나한테는 없다고 하는 유머 감각을 나 대신 보존해주고 있지. 어이, 클릭, 회의를 할 거니까 껑충 뛰어올라서 자리를 정리해줘."

클릭은 깃털로 뒤덮인 머리를 기쁜 듯이 끄덕이고, 검은 눈으로 윙크를 하더니 쿠션을 툭툭 두드려 부풀렸다. 잠시 후 타리크와 리드라는 쿠션에 깊숙이 앉았다.

"타리크." 리드라가 물었다. "당신의 배는 어떤 항로를 따라 움직이나요?"

"스페셀리 〈단층〉에 머무르지." 그는 세 곳이 울퉁불퉁하게 튀어나온 어깨 뒤로 망토를 걷어냈다. "신성의 조류에 사로잡히기 전에 당신 배의 원 위치가 어디였소?"

"우리는…… 암세지의 〈조병창〉에서 출발했어요."

타리크는 고개를 끄덕였다. "운이 좋았군. 대다수의 섀도십은 당신 배의 발생기가 끊기고 신성 안에 출현하는 상황을 보고도 모르는 척 했을 거요. 그럼 유체화할 틈도 없이 그대로 끝장이었겠지."

"그랬겠죠." 그 생각을 하자 뱃속이 철렁하는 느낌이 왔다. 이윽고 리드라가 물었다. "섀도십이라고 하셨나요?"

"그렇소. 제벨 타리크 호 같은."

"실은 섀도십이 뭔지 모릅니다만."

타리크는 목구멍 깊은 곳에서 나직하고 쉰 웃음소리를 냈다. "모르는 게 약일지도 모르겠군. 안 물어봤으면 좋았을 거라고 후회하는 일이 없었으면 좋겠소."

"가르쳐주세요." 리드라는 말했다. "정말로 궁금하니까."

"스페셀리 〈단층〉은 전자기파의 밀도가 높아서 〈타리크〉호 같은 거대 우주선조차도 장거리에서는 탐지가 불가능하지. 게다가 이 〈단층〉은 게자리의 초정지 공간을 횡단하고 있소."

"그 성운은 〈침략자〉들의 영역 아래에 놓여 있잖아요." 리드라는 조건반사적인 불안을 느끼며 말했다.

"〈단층〉은 게자리의 가장자리를 둘러싼 경계선이오. 우리는 이 영역을…… 순찰하고 〈침략자〉들의 배가 나오는 걸…… 막고 있는 거지."

리드라는 타리크의 얼굴에서 망설임을 읽었다. "하지만 공식적으로 그러는 건 아니다, 이런 말씀이시죠?"

타리크는 또다시 웃음을 터뜨렸다. "그건 당연하지 않소, 캡틴 웡?" 그는 클릭의 견갑골들 사이에 자란 목털을 쓰다듬었다. 어릿광대는 등을 동그랗게 구부렸다. "설령 공식적인 전투함이라고 해도 〈단층〉의 고밀도 공간에서는 명령이나 지령을 받는 건 불가능하오. 그런 이유에서 동맹 행정 사령부도 우리의 존재를 묵인하고 있소. 우리는 우리 소임을 다하고, 그치들은 알면서도 모르는 척하는 거지. 어차피 〈동맹〉은 우리한테 명령을 내릴 방법이 없고, 무기나 보급품을 전달할 수도 없으니까. 그런 고로 우리는 구조 협정이라든지 나포 규정 전부를 지키지는 않소. 우주군에서는 우리를 약탈자라고 부르지." 타리크는 반응을 떠보려는 듯이 리드라의 얼굴을 훑어보았다. "캡틴 웡, 우리는 〈동맹〉의 충직한 방어자요. 하지만……." 그는 손을 들어 올리고 주먹을 쥔 다음 그것을 배에 갖다 댔다. "하지만 우리가 굶주리고, 〈침략자〉들의 우주선이 오지 않을 경우에는— 흐음, 우리는 마주치는 걸 그냥 나포할 때도 있지."

"그렇군요." 리드라는 말했다. "그럼 저는 포로가 된 건가요?" 비쩍 마른 몸 안에 탐욕스러움을 내포하고 있던 남작 생각이 났다.

타리크는 배에 갖다 댄 손을 펼쳤다. "당신이 보기에 우리는 굶주린 것 같소?"

리드라는 씩 웃었다. "아주 영양 상태가 좋은 것처럼 보이는데요."

타리크는 고개를 끄덕였다. "이번 달은 경기가 좋았지. 그렇지 않았다면 이렇게 우호적으로 앉아서 담소하고 있지도 않았을 거요. 당분간은 우리 손님이라고 생각하시오."

"그럼 우리 배의 타버린 발생기를 수리하는 걸 도와주실 건가요?"

타리크는 그만하라는 듯이 다시 손을 들어 올렸다. "……당분간은." 그는 같은 말을 되풀이했다.

어느새 의자 앞으로 몸을 내밀고 있던 리드라는 고쳐 앉았다.

타리크가 클릭에게 말했다. "책들을 가져와." 어릿광대는 재빨리 옆으로 튀어나가 소파 옆에 있는 책장을 뒤지기 시작했다. "우리는 위험천만한 삶을 살고 있소." 타리크는 말을 계속했다. "그래서 삶에 충실한 건지도 모르겠군. 교양도 있고— 그럴 여유가 있을 때는 말이오. 끌어올리자는 붓처+의 제안을 내가 받아들이려고 결심한 건 당신 배의 이름 때문이었소. 이런 벽지rim를 시인bard이 방문하는 건 정말 드문 일이니까."++

리드라는 상대방의 말장난에 대해 가급적 예의 바른 미소를 지어 보였다.

클릭은 책 세 권을 가지고 돌아왔다. 은빛 테두리를 두른 검정색 표지의 책들이었다. 타리크는 이것들을 들어 보였다. "제일 좋아하는 건 두 번째 책이지. 특히 『안개 속의 방랑자』라는 긴 서사시에 감명을 받았다오. 캡틴은 아까 섀도십이 뭔지 모른다고 했지만, 당신은 '밤을 고리로 만들어 너를 묶는' 기분에 관해서 알고 있지 않소— 그런 시구가 있지 않았소? 솔직히 고백하자면 세 번째 시집은 이해할 수가 없었소. 하지만 그 책에도 현재 일어나고 있는 일들에 대한 언급이나 유머러스한 인유가 많이 들어 있었지. 여기서 살아가는 우리는 언제나 주류 밖에 머물러 있어서." 그는 어깨를 으쓱했다. "첫 번째 시집은 항로

+ the Butcher. '도살자'라는 뜻이다.
++ rim과 bard라는 단어를 합치면 〈랭보〉호의 랭보Rimbaud와 영어식 발음이 비슷하다.

를 벗어난 〈침략자〉 측 부정기 화물선의 선장이 보유하고 있던 컬렉션의 일부를…… 인양하면서 손에 넣었소. 두 번째 시집은— 흐음, 동맹군 구축함에서 왔군. 책 안쪽의 면지에 뭐라고 쓰여 있던데." 그는 책을 펼치고 읽었다. "'첫 번째 항해에 나서는 조이에게. 이 책을 쓴 사람은 내가 언제나 그토록 말하고 싶었던 일들을 너무나도 잘 말해주고 있어. 넘고 넘치는 사랑을 담아서, 레니아.'" 그는 표지를 덮었다. "감동적이로군. 세 번째 시집은 불과 한 달 전에 손에 넣었지. 그 책 얘기를 다시 꺼내기 전에 몇 번 더 읽어볼 작정이오. 우리가 이렇게 만날 수 있었던 우연에 대해서는 실로 경탄스럽다는 말밖에는 나오지 않는군." 그는 책들을 무릎 위에 올려놓았다. "세 번째 시집이 출간된 지 얼마쯤 됐소?"

"1년이 좀 안 됐군요."

"네 번째 책은?"

리드라는 고개를 가로저었다.

"지금 어떤 글을 쓰고 있는지 물어봐도 되겠소?"

"지금은 아무것도 쓰고 있지 않아요. 시집에 넣을 짧은 시들을 몇 편 쓰기는 했지만, 그것들과 균형을 맞출 수 있는 알맹이가 있는 대작을 하나 더 쓸 때까지는 기다릴 생각이에요."

타리크는 고개를 끄덕였다. "그렇군. 하지만 당신이 과묵해지면 우리 같은 독자들은 큰 즐거움을 빼앗긴다는 점을 지적하지 않을 수가 없소. 독자들의 요청에 응해준다면 정말 기쁠 텐데. 식사를 할 때 우리는 음악하고 정극이나 희극 따위의 여흥을 즐긴다오. 재주꾼 클릭이 그 책임자이지. 마음 내킬 때 연극의 서막이나 끝말을 써주신다면 관객들도 정말 호응할 게 틀림없소." 타리크는 갈색의 단단한 손을 내밀었다. 호응이란 따뜻한 감정이 아니라 서늘한 감정이고, 미소 지으며 어깨 힘을 빼는 행위와도 같다는 사실을 리드라는 깨달았다. 그들은 악수를 나눴다.

"감사합니다, 타리크." 리드라가 말했다.

"나도 감사하고 싶소." 타리크는 대답했다. "당신이 보인 호의에 화답하기 위해서 당신의 승무원들을 풀어주겠소. 내 부하들과 마찬가지로 〈제벨〉호 안에서 마음대로 돌아다녀도 좋소." 그의 갈색 시선이 움직였고, 그녀는 손을 놓았다. "저건 붓처요." 타리크가 턱으로 가리키자 리드라는 그쪽을 보았다.

경사로에 타리크와 함께 서 있었던 전과자가 아래쪽 계단 위에 서 있었다.

"리겔+ 쪽에 보이는 저 얼룩은 뭔가?" 타리크가 물었다.

"도망치는 동맹선, 추적하는 〈침략자〉."

타리크의 미간에 주름이 잡혔다가 곧 펴졌다. "됐어. 두 척 모두 지나가게 놔둬. 이번 달에는 이미 잘 먹고 있잖나. 폭력적인 광경으로 손님들을 동요하게 만들 이유도 없고. 여기 이분은 리드라—"

붓처는 오른쪽 주먹으로 자신의 왼쪽 손바닥을 세게 때렸다. 아래쪽에서 사람들이 고개를 들고 쳐다보았다. 리드라는 그 소리에 놀라 움찔했고, 미약하게 경련하는 상대방의 근육과 풍성한 입술을 가진 딱딱하게 굳은 얼굴로부터 의미를 발굴하려고 해보았다. 첨예하지만 불

+ Rigel. 오리온 자리의 알파성.

명료한 적의. 가만있어야 한다는 사실에 대한 분노. 동작 정지에 대한 두려움. 격렬한 동적 침묵이 주는 안도감—

그러자 타리크는 아까보다 낮고, 느리고, 거친 목소리로 말했다. "자네 생각이 옳아. 하지만 중요한 선택을 앞두고 당장 마음을 정하지 못하는 건 지극히 정상적인 인간적 반응이라네. 안 그렇소, 캡틴 웡?" 그는 일어섰다. "붓처, 놈들의 궤도로 접근해. 한 시간쯤 떨어져 있나? 좋아. 잠시 구경하다가 손을 봐주기로 하지." 그는 잠깐 말을 멈추고 리드라를 보며 미소 지었다. "〈침략자〉 놈들을 말이야."

붓처는 좌우의 손을 뗐다. 리드라는 안도감(또는 해방감)으로 팔의 긴장이 풀리는 것을 보았다. 붓처는 멈췄던 숨을 다시 쉬기 시작했다.

"〈제벨〉호는 전투 준비. 나는 손님을 전망 좋은 곳으로 안내하겠네."

붓처는 대답도 안 하고 성큼성큼 계단을 내려갔다. 방금 있었던 대화는 근처에 있던 사람들에게도 들렸고, 이 정보는 눈 깜짝할 새에 방 전체에 퍼져 나갔다. 남자도 여자도 벤치에서 벌떡 일어났다. 서두르다가 빨잔을 뒤엎은 사람도 있었다. 리드라는 의무실에 있을 때 음식을 가져다준 소녀가 타월을 가지고 달려와서 엎질러진 술을 훔치는 것을 보았다.

전망실 앞부분의 발코니 난간 너머로 리드라는 텅 빈 공동 식당을 내려다보았다.

"이리로 오시오." 타리크가 손짓했다. 리드라는 기둥들 사이를 지나 암흑과 별들이 투영된 공간으로 나아갔다. "동맹군의 배는 저기를 통해 오고 있소." 타리크는 푸르스름한 구름을 가리켰다. "우린 저런 안개

대부분을 꿰뚫어볼 수 있는 장비를 갖추고 있지만, 저 동맹군 우주선은 〈침략자〉들에게 추적당하고 있다는 사실을 알고 있을 것 같지도 않군." 그는 책상으로 다가가서 높은 받침대에 달린 원반을 눌렀다. 두 개의 광점이 안개 속에서 번득였다. "빨강은 〈침략자〉고," 타리크가 설명했다. "파랑은 동맹군 배요. 우리의 소형 스파이더 보트들은 노랑이고. 조우전의 진행 상황을 여기서 이렇게 관찰할 수 있소. 〈제벨〉호의 모든 감각 평가원, 감각 수용 요원, 항법사들은 선내에 남아서 원격조작으로 주요 작전을 지휘하기 때문에, 일정 대형을 계속 유지할 수 있지. 하지만 일정 거리까지 접근하면 스파이더 보트는 독자적으로 전투를 수행하도록 되어 있소. 승무원들 입장에서는 멋진 전투를 즐길 수 있는 거지."

"지금 사냥하는 건 어떤 종류의 우주선들인가요?" 타리크의 약간 고풍스러운 말투가 자기한테까지 옮은 것 같아서 리드라는 약간 우스웠다.

"동맹군의 배는 군용 보급선이오. 〈침략자〉측은 소형 구축함으로 그걸 추적하고 있소."

"쌍방 함정의 거리는 얼마나 되나요?"

"이십 분쯤 뒤에 교전이 시작될 거요."

"그럼 육십 분을 더 기다렸다가 저 〈침략자〉들을…… 손보실 작정이신지?"

타리크는 미소 지었다. "보급선은 구축함 상대로는 가망이 없소."

"저도 압니다." 타리크가 미소 뒤에서 그녀가 항의하기를 기다리고 있다는 사실을 알 수 있었다. 항의하고 싶은지 자문해보려고 했지만 그녀의 혀에서 동전 한 닢보다 작은 범위에 한 덩어리의 조그만 노랫가락이 들러붙어 있는 탓에 막혀버렸다. 바벨-17이다. 다른 언어였다면 어색한 다음절 단어를 여러 개 늘어놓아야 하는 하나의 개념을 노랫가락 하나로 정의하고 있다. 강요적이며 필수 불가결한 편의상의 호기심. "우주공간에서의 접근전을 보는 건 난생처음이네요." 리드라는 말했다.

"내 스파이더 보트 기함에 초대할 수도 있지만, 아무리 작은 위험이라도 위험은 위험이니까. 여기 있으면 전투 전체를 훨씬 더 명확하게 관찰할 수 있고 말이오."

흥분이 솟구쳤다. "함께 가고 싶습니다." 리드라는 상대방이 마음을 바꿔주기를 바라며 말했다.

"그냥 여기 계시오." 타리크가 말했다. "이번에는 붓처와 함께 출격할 거니까. 초정지류를 보고 싶으면 여기 이 감각 헬멧을 쓰시오. 무기를 발사하기 시작하면 전자기적인 혼란이 워낙 심해지기 때문에 그걸 써서 단순화한다고 해서 얼마나 효과가 있을지는 미지수이지만." 책상 위쪽에 있는 경고등들이 번득였다. "그럼 실례하고, 이제 부하들과 내 고속정을 점검하러 가야겠소." 그는 까닥 고개를 숙였다. "당신의 승무원들은 모두 소생했소. 여기로 올려 보낼 테니까, 손님 자격으로 이 배에 머물 수 있다는 걸 적당한 방식으로 설명해주면 될 거요."

타리크가 계단을 내려가자 리드라는 번득이는 관측 화면으로 눈을 돌렸다. 잠시 후 이런 생각이 떠올랐다. 이 거대한 배에 있는 무덤은 정말이지 멋질 거야. 타리크하고 스파이더 보트 함대를 위해서 감각 관측을 하려면 유체인이 쉰 명은 족히 필요할 테니— 그녀는 어느새 바스크어로 생각하고 있었다. 뒤를 돌아보자 그녀 휘하의 〈눈〉과 〈귀〉와 〈코〉가 거의 투명한 상태로 전망실을 가로질러 오는 것이 눈에 들어왔다.

"다시 만나서 정말 반가워!" 리드라는 말했다. "〈제벨〉호가 유체인용 시설도 갖추고 있는지도 확실하지 않아서 걱정했어!"

"갖추고 있다마다요!" 바스크어의 대답이 돌아왔다. "이 배의 저승 세계를 안내해드리죠, 캡틴. 하데스의 왕이라도 된 것 같은 대접을 받을 겁니다!"

스피커에서 타리크의 목소리가 들려왔다. "모두 들으라. 이번 작전명은 〈정신병원〉이다. 〈정신병원〉이다. 세 번째로 되풀이한다. 〈정신병원〉이다. 입원 환자들은 카이사르를 마주 보고 집합. 정신병자들은 K 방향 게이트에서 대기. 신경증 환자들은 R 방향 게이트 앞에 집합. 형법상 정신이상자들은 T 방향 게이트에서 출격 준비. 좋아, 다들 구속복을 벗어."

100피트 너비의 스크린 밑동에 세 무리의 노란 광점들이 출현했다— 〈침략자〉의 구축함이 동맹군의 보급선을 잡은 뒤에 그 구축함을 공격할 세 무리의 스파이더 보트들이다. "신경증 환자들은 전진하라. 분리 불안을 피하기 위해 접촉을 유지하도록." 가운데 있던 광점들이 천천히 전진하기 시작했다. 부副 스피커에서 간간이 공전空電이 섞인 낮은 목소리들이 〈제벨〉호의 항법사들에게 보고하는 소리가 들려오기 시작했다.

이제 코스를 유지해줘, 키피. 떨지 말라고.

알았어, 호크. 늦지 않게 보고를 보낼 수 있어?

마음 놓으라고. 내 강도 유닛은 잘 따라오고 있어.

오버홀도 안 하고 출격하라고 누가 그랬어?

숙녀 여러분, 부탁이니 좀 상냥하게 합시다.

어이, 족발, 날릴 때 높은 게 좋아, 낮은 게 좋아?

낮게, 세게, 빠르게. 날 방해하지 마.

방금 보고 보냈어, 자기야.

주 스피커에서 타리크가 말했다. "사냥꾼과 사냥감이 교전 중—" 빨간 광점과 파란 광점이 스크린에서 깜박거리기 시작했다. 칼리와 론과 몰리야가 계단 위쪽에 나타났다.

"무슨 일……?" 칼리는 말하려다가 리드라가 손짓하자 입을 다물었다.

"빨간 광점은 〈침략자〉의 배야. 조금 있으면 우리 쪽에서 저걸 공격할 거야. 우리 편은 저기 보이는 저 노란 광점들이고." 리드라는 짤막하게 설명했다.

"운이 좋아, 우리." 몰리야가 메마른 어조로 말했다.

오 분 뒤에는 빨간 광점밖에는 남지 않았다. 이 무렵에는 브래스도 층계를 휘적휘적 올라와서 합류했다. 타리크가 고했다. "사냥꾼은 이제 사냥감이 됐어. 형법상 정신이상자들은 정신 분열하도록." 왼쪽에 있던 노란 광점 편대가 산개하며 전진하기 시작했다.

저 침략자 배는 상당히 커 보이는데, 호크.

걱정 마. 실컷 쫓아가야 할 거야.

염병할, 난 힘든 일 하는거 싫어. 내 보고는 받았어?

받았어. 어이 족발, 무당벌레의 빔을 가로막지 마!

오케이, 오케이, 오케이. 9번하고 10번 견인 광선을 점검한 사람 없어?

물어보는 타이밍 한 번 절묘하군.

그냥 궁금해서. 저기 뒤쪽의 저 나선 참 예쁘지 않아?

"신경증 환자들은 과대망상을 하며 전진. 나폴레옹 보나파르트가 선봉에 선다. 예수 그리스도는 후위後衛를 맡으라." 오른쪽 배들이 이제 마름모꼴 대형을 취하며 전진하기 시작했다. "억압된 적의를 수반한 침묵성 중증 우울증 시작."

뒤쪽에서 젊은이들이 왁자지껄 다가오는 소리가 들렸다. 슬러그가 플래툰을 인솔하고 층계를 올라온 것이다. 이들은 광대한 암흑이 펼쳐진 스크린 앞에 오자 조용해졌다. 현재 진행 중인 전투에 관한 설명이 청소년들 사이로 수군수군 전달되었다.

"1차 정신병 발작을 개시하라." 노란 광점들이 어둠 속으로 돌진한다.

〈침략자〉의 우주선은 마침내 그들을 발견한 듯했다. 도주하기 시작했기 때문이다. 대형 함선은 초정지류를 도약하지 않는 이상 작고 날쌘 스파이더들을 뿌리칠 수 없다. 그러나 적에게는 교전을 회피할 만한 여지가 없었다. 세 무리의 노란 광점들이 대형을 짰다가, 풀었다가, 산개하며 점점 더 다가갔다. 삼 분 후, 〈침략자〉의 배는 도주를 중지했다.

스크린상에 느닷없이 빨간 광점들이 쏟아졌다. 적함도 그 자신의 고속정 편대를 사출한 것이다. 붉은 광점들도 산개하더니 세 개의 공격 편대를 짰다.

"인생 목표가 분산했다." 타리크가 선언했다. "낙담하지는 말도록."

자, 와라. 올 테면 와보라고!

명심해, 키피. 낮게, 빠르게, 세게 가는 거야!

겁을 줘서 공격에 나서게 하면, 이긴 거나 다름없어!

"적대적인 방어 기제를 돌파할 준비를 하라. 좋아, 투약 개시!"

그러나 〈침략자〉 측 고속정들의 대형은 공격용이 아니었다. 그중 3분의1은 별들을 배경으로 수평하게 산개했고, 두 번째 편대는 60도 각도로 비스듬하게 동료들 사이를 통과했고, 세 번째 편대는 다른 방향으로 60도 각도 선회하면서 결과적으로 모함 앞에서 삼각 방어 그리드[格子] 대형을 취했다. 대형 끝에 도달한 빨간 고속정들은 기수를 돌려 출발점으로 되돌아왔다. 소형 고속정들이 적의 모함 앞의 우주공간에 그물을 친 듯한 광경이다.

"주의하라. 적은 방어 기제를 강화했다."

저런 대형을 짜서 어떻게 하겠다는 거야?

돌파할 수 있어. 걱정하는 거야?

한 발언자의 목소리가 갑자기 잡음으로 변했다.

빌어먹을. 저 자식들이 족발을 쐈어!

뒤로 빼줘, 키피. 자, 빨리. 족발은?

족발이 어떻게 당했는지 봤어? 어이, 가자고.

"우익은 능동 요법 실시. 가능한 한 지배적으로 실시하도록. 중앙은 쾌락 원리를 즐기고. 좌익은 대기."

리드라는 노란 광점들이 빨간 광점들과 교전하는 광경을 넋을 잃고 바라보았다. 빨간 광점들은 여전히 최면적인 선회 기동을 계속하고 있었다. 방어 그리드, 방어 네트, 방어 그물을 따라 움직이면서—

그물코! 영상이 리드라의 마음속에서 뒤집혔다. 반대쪽에서 보니 빠진 선들이 다 보였다. 방어 그리드는 몇 시간 전에 해먹에 결박되어 있었을 때 찢었던 삼각 그물코와 완전히 동일했다. 거기에 시간이라는 인자가 더해진 꼴이다. 왜냐하면 이 경우 그물을 이루는 것은 끈이 아니라 우주정들의 진로였기 때문이다. 그러나 작동 방식은 같았다. 리드라는 책상 위의 마이크를 홱 들어 올렸다. "타리크!" 그녀의 뇌에서 춤추고 있는 음운들에 비하면 이 단어가 후치음後齒音에서 미끄러져 구개폐쇄음으로 가는 과정은 영원히 계속되는 것처럼 느껴졌다. 리드라는 곁에 있는 항법사들을 향해 외쳤다. "칼리, 몰리야, 론, 전투 구획의 좌표를 알려줘."

"뭐?" 칼리가 되물었다. "어, 알았어." 그는 손바닥에 박힌 항행 계수기의 다이얼을 조정하기 시작했다. 슬로모션으로. 리드라는 생각했다. 모두들 슬로모션으로 움직이고 있다. 무슨 일을 해야 할지, 무엇을 꼭 실현해야 할지를 아는 리드라는 상황이 변화하는 것을 바라보았다.

"리드라 웡, 타리크는 바빠." 귀에 거슬리는 붓처의 목소리가 들려왔다.

칼리가 어깨 너머로 돌아보며 말했다. "좌표는 3-B, 41-F, 9-K야. 어때, 빠르지?"

리드라 입장에서는 한 시간 전에 부탁한 일이나 마찬가지였다. "붓처, 방금 좌표 말하는 거 들었지? 자, 그럼…… 이십칠 초 뒤에 적의 고속정이 여길 지나갈 거야." 리드라는 세 자릿수로 위치를 알렸다. "가장 근처에 있는 신경증 환자들로 공격해." 대답이 오기를 기다리던 중 다음에는 어디를 공격해야 할지 깨달았다. "초읽기 하고 사십 초 뒤야. 초읽기 시작—8, 9, 10, **시작.** 〈침략자〉의 고속정이 여길 지나갈 거야." 또 다른 위치를 알린다. "뭐든 근처에 있는 걸로 공격해. 첫 번째 고속정은 잡았어?"

"잡았어, 캡틴 웡."

경탄과 안도감. 숨이 찰 지경이다. 적어도 붓처는 리드라 말에 귀를 기울이고 있었던 것이다. 그녀는 이 '그물' 안에 있는 세 척의 적함들의 좌표를 더 알려주었다. "그대로 돌격하면 완전히 무너질 거야!"

리드라가 마이크를 내려놓았을 때 타리크의 목소리가 울려 퍼졌다. "집단 요법을 위해 전진!"

노란 스파이더 보트들이 다시 어둠 속으로 돌진한다. 〈침략자〉들의 고속정들이 있어야 할 자리에는 빈 공간이 있을 뿐이었다. 지원 병력이 있어야 할 곳에서는 혼란이 지배하고 있었다. 빨간 고속정 하나가 원래 위치에서 도망쳤고, 곧 두 번째 고속정이 그 뒤를 따랐다.

노란 광점들은 적진을 돌파했다. 진동포의 섬광이 〈침략자〉 모함의 붉게 반짝이는 빛을 박살냈다.

래트가 카를로스와 플롭의 어깨에 매달린 채로 껑충껑충 뛰었다. "야, 우리가 이겼어!" 난쟁이 재변환 엔지니어가 외쳤다. "이겼어!"

플래튼이 웅성거렸다. 리드라는 묘하게 멀리 떨어져 있는 듯한 느낌을 받았다. 다들 너무나도 느리게 말하고, 단지 몇 개의 간단한 단어만으로 순식간에 할 수 있는 말을 하는데도 믿기 힘들 정도로 오래 뜸을 들이고 있다는 생각이—

"캐틴, 괜찮아?" 브래스가 노란 앞발을 그녀의 어깨에 둘렀다.

리드라는 입을 열려고 했지만 끙 하는 소리가 나왔을 뿐이었다. 그녀는 브래스의 팔에 기대며 비틀거렸다.

슬러그도 몸을 돌려 리드라를 보았다. "어디 안 좋으신 데라도?"

"아아아아아." 대답하려다가 바벨-17로 그 말을 어떻게 하면 되는지 모른다는 사실을 깨달았다. 리드라의 입이 영어의 형태와 어감을 깨물었다. "안 좋아." 그녀는 말했다. "맙소사, 정말 안 좋아."

이렇게 말하자 현기증이 사라졌다.

"그럼 좀 누워 있는 편이?" 슬러그가 제안했다.

리드라는 고개를 가로저었다. 어깨에 다시 힘이 돌아왔고, 구토감도 사라지고 있었다. "아니, 이젠 괜찮아. 조금 흥분했던 것 같아."

"좀 앉아서 쉬라고." 브래스가 책상에 기대는 리드라를 부축하며 말했다. 그러나 리드라는 손을 딛고 벌떡 일어났다.

"아니, 이젠 정말로 괜찮아졌어." 심호흡을 했다. "봐, 괜찮지?" 브래스의 팔에서 몸을 뺐다. "좀 걸어야겠어. 그럼 더 기분이 나아질 거야." 여전히 불안한 동작으로 그녀는 걷기 시작했다. 다들 그녀를 보내고 싶지 않은 눈치였지만, 그녀도 갑자기 그러고 싶은 것만은 어쩔 수 없었다. 그녀는 전망실을 가로질러 가기 시작했다.

위층에 올라갔을 무렵에는 호흡도 정상으로 되돌아왔다. 이윽고 아래층으로 내려가는 신축식 경사로들과 여섯 방향에서 온 복도가 합류하는 지점에 도달했다. 리드라는 어디로 갈지 망설이며 멈춰 섰다가, 무슨 소리가 나는 것을 듣고 그쪽을 돌아보았다.

타리크의 승무원 일단이 통로를 가로지르고 있었다. 그중 한 사람인 붓처가 멈춰 서서 문간에 몸을 기대더니 리드라를 향해 씩 웃어 보였다. 리드라의 당혹스러운 표정을 본 붓처는 손을 들어 오른쪽을 가리켰다. 멈춰 서서 잡담을 나누고 싶은 기분이 아니었기 때문에 리드라는 살짝 미소 짓고는 이마에 손을 대고 경례를 해 보였다. 그녀가 오른쪽 경사로를 향해 가려고 했을 때, 문득 붓처의 미소 뒤에 숨은 의미를 깨닫고 놀라움을 느꼈다. 둘이 협력해서 이룬 성공에 대한 자랑스러움. 맞다. (그래서 리드라는 굳이 입을 열지 않아도 됐던 것이다.) 그리고 그녀에게 말없는 도움을 줬다는 사실에 대한 직접적인 기쁨. 그러나 그게 다였다. 길을 잃은 사람을 보면 누구든 약간은 우스워하기 마련이지만, 붓처는 전혀 그런 기색을 보이지 않았던 것이다. 설령 우스운 기색을 보였다고 해도 리드라는 신경을 쓰지 않았을 것이다. 그러나 전혀 그러지 않았다는 사실이 되레 그녀를 매료했다. 이 사실은 경직된 야수성과, 압도적이고도 자연스러운 우아함이라는 붓처의 첫인상과도 부합한다.

리드라는 공동 식당에 도착했을 때도 여전히 미소 짓고 있었다.

2

리드라는 좁은 통로의 난간에 기대고 서서 만곡한 선창의 선가船架에서 벌어지고 있는 작업을 내려다보았다. "슬러그, 애들을 아래로 데리고 가서 저 카터식 윈치 움직이는 걸 도와줘. 타리크도 도와주면 좋겠다고 했으니까."

슬러그는 타리크호의 선창으로 내려가는 리프트로 플래툰을 인솔하고 갔다.

"……좋아. 저리로 내려간 다음엔 저기 저 빨간 셔츠 입은 친구한테 가서 지시해달라고 해. 그래, 일이야. 뭘 그렇게 놀라나, 이 멍청이들아. 카일, 안전벨트를 매라고. 저기까진 250피트나 되니 떨어지기라도 하면 머리가 좀 아플걸. 야, 거기 둘, 당장 그만둬. 누가 먼저 그랬는지 난 알아. 얌전하게 밑으로 내려가서 건설적인 일을 하라고……."

리드라는 해체 요원들이 두 우주선의 잔해와 그것들에 딸린 고속정들로부터 기계와 유기 보급품—〈동맹〉 것도, 〈침략자〉 측 것도 있었다—을 수작업으로 운반해내는 광경을 바라보았다. 하역장에는 분류가 끝난 짐짝들이 겹겹이 쌓여 있었다.

"곧 고속정들을 폐기할 거요. 유감이지만 〈랭보〉호도 폐기하는 수밖에 없는데, 혹시 그러기 전에 뭔가 꺼내 올 건 없소, 캡틴?" 타리크가 이렇게 말하는 소리를 듣고 리드라는 그쪽을 돌아보았다.

"중요한 서류하고 기록들을 가져와야 합니다. 플래툰은 여기 놓아두고 간부들하고 가죠."

"좋소." 타리크는 그녀가 있는 난간 옆으로 왔다. "뭔가 큰 물건을 꺼내야 할 경우에 대비해서, 이곳 작업이 끝나는 즉시 우리 쪽 작업원들을 보내지."

"아, 그럴 필요까지는……." 리드라는 이렇게 말하려다가, "아, 그렇군요. 연료가 필요한 건가요."

타리크는 고개를 끄덕였다. "초정지 공간용 장비하고 우리 스파이더 보트에 쓸 예비 부품도 필요해. 〈랭보〉호는 그쪽 작업이 끝날 때까지 손대지 않겠소."

"그러시죠. 당연한 조치입니다."

"아까는 당신이 〈침략자〉들의 방어망을 뚫는 방식을 보고 상당히 감명을 받았소." 타리크는 화제를 바꿨다. "그 특수한 대형은 언제나 골칫거리였는데 말이오. 붓처 말로는 당신이 그걸 갈가리 찢는 데는 오 분도 걸리지 않았다더군. 우리 쪽의 피해는 스파이더 한 척에 불과하고. 신기록이지. 시인일 뿐만 아니라 용병술의 달인인지는 미처 몰랐는데, 정말 다재다능한가 보군. 붓처가 당신 지시에 따랐던 건 행운이었지만 말이오. 나한테 그랬더라면 즉시 그걸 실행에 옮길 분별은 없었을 테니까. 솔직히 그렇게 감탄할 만한 결과를 내지 못했다면 붓처도 나한테서 좋은 소리를 듣지는 못했겠지만. 하지만 그 친구가 내리는 결정은 내게 언제나 이득을 가져다줬소." 타리크는 선창을 둘러보았다.

문제의 전과자는 선창 중앙에 매달린 플랫폼 위에서 어슬렁거리며 아래쪽에서 벌어지는 작업을 말없이 감독하고 있었다.

"흥미로운 인물이군요." 리드라가 말했다. "뭣 때문에 감옥에 갇혔던 건가요?"

"물어본 적이 없소." 타리크는 고개를 들며 대꾸했다. "본인이 얘기해준 적도 없고. 제벨 타리크에는 흥미로운 인물이 잔뜩 있소. 그리고 이렇게 좁은 곳에서는 프라이버시가 중요하다오. 그래, 진심이오. 당신도 여기 한 달만 있어보면 이 〈산〉이 얼마나 좁은 곳인지를 실감하게 될 거요."

"제가 깜박했네요." 리드라는 사과했다. "애당초 그런 질문은 하지 말았어야 했는데."

박살난 〈침략자〉 측의 고속정 앞부분이 두 개로 갈라진 컨베이어에 통째로 실려 20피트 너비의 깔때기로 빨려들어 가고 있었다. 볼트 펀치와 레이저 절단기를 든 해체 요원들이 선체 측면으로 몰려들었다. 대형 기중기가 매끄러운 선각을 붙잡고 천천히 돌리기 시작했다.

원형 해치 앞에 있던 작업원이 갑자기 소리를 지르며 황급히 옆으로 몸을 피했다. 떨어뜨린 공구들이 격벽에 쨍그랑거리며 떨어졌다. 원형 해치가 활짝 열리더니 은빛 스킨슈트를 입은 사람이 25피트 아래의 컨베이어 벨트 위로 뛰어내렸다. 두 벨트 사이에서 몸을 굴리더니 몸을 일으킨 다음 10피트 아래의 바닥으로 그대로 뛰어내렸고, 달리기 시작했다. 스킨슈트의 두건이 벗겨지면서 어깨에 닿는 길이의 갈색 머리카락이 튀어나왔다. 바닥을 굴러다니는 쇳덩어리를 피하려고 옆으로 홱 피하자 머리카락이 나부꼈다. 민첩한 동작이었지만, 어딘가 어색했다. 그제야 리드라는 도주 중인 〈침략자〉의 불룩한 아랫배가 적어도 일곱 달은 된 임산부의 그것임을 깨달았다. 기계공 하나가 그녀를 향해 렌치를 던졌지만 홱 몸을 피하는 통에 엉덩이에 맞고 튕겨나갔다. 그녀는 잔뜩 쌓인 보급품들 사이의 빈 공간을 향해 달리고 있었다.

바로 그 순간 쉭 하는 진동음이 공기를 갈랐다. 또다시 같은 소리가 울려 퍼지자 〈침략자〉 여성은 멈춰 섰고, 바닥에 쾅 주저앉았다. 그녀는 옆으로 픽 쓰러지며 한쪽 발을 찼고, 또 찼다.

높은 플랫폼 위에서 붓처가 진동총을 홀스터에 집어넣었다.

"저럴 필요까지는 없었는데." 타리크가 말했다. 놀랄 정도로 나직한 목소리였다.

"저러는 대신……." 하지만 리드라도 달리 할 말이 생각나지 않았다. 타리크의 얼굴에는 고뇌와 호기심이 뒤섞인 표정이 떠올라 있었다. 고뇌는 방금 아래쪽 갑판에서 일어난 이중의 죽음 탓이 아니라, 본의 아니게 뭔가 추악한 것과 직면해야 했던 신사의 회오悔悟라는 사실을 리드라는 깨달았다. 호기심은 그녀가 보인 반응에 대한 것이었다. 리드라가 여기서 뱃속에 진 응어리에 본능적으로 반응하는 대가는 그녀의 목숨이 될지도 모른다. 리드라는 상대방이 운을 떼려는 것을 보았다. 그가 무슨 말을 할지는 알고 있었다— 그래서 리드라는 선수를 쳤다. "적들은 임신한 여자를 전투함의 조종사로 채용한다고 들었어요. 반사

신경이 더 빠르다는 이유로." 그러고는 상대방이 긴장을 풀기를 기다렸고, 긴장이 풀리는 것을 목격했다.

붓처는 이미 리프트에서 내려 통로를 걸어오고 있었다. 두 사람을 향해 다가오더니 짜증스러운 듯이 근육이 불거진 자기 허벅지를 주먹으로 쳤다. "무엇이든 간에 해체하기 전에 방사선으로 확인해야 해. 그런데 그 말을 안 들어. 두 달 동안 벌써 두 번째야." 그는 불만스러운 듯 끙 하는 소리를 냈다.

아래쪽에서는 제벨의 부하들과 리드라의 플래툰이 시체 주위에 모여들고 있었다.

"다음에는 그럴 걸세." 타리크의 목소리는 여전히 나직하고 냉정했다. "붓처, 자넨 여기 캡틴 웡의 흥미를 끈 것 같군. 자네가 어떤 종류의 인물인지 궁금하다고 했지만, 난 제대로 대답할 수가 없었어. 그러니까 자네 입으로 왜 자네가 그래야 했는지—"

"타리크." 리드라는 말했다. 그러면서 그를 바라보려다가 붓처의 검은 눈과 맞부딪쳤다. "그쪽에서 회수를 시작하기 전에 이제 제 배로 가고 싶습니다만."

타리크는 진동총이 쉭 하고 발사된 이래 참고 있었던 나머지 숨을 내쉬었다. "물론 그래도 좋소."

"아니, 그 사람은 괴물이 아냐, 브래스." 리드라는 〈랭보〉호의 선장실 문의 자물쇠를 열고 안으로 들어갔다. "단지 편의주의적일 뿐이야. 이를테면……." 그러고는 또 뭐라고 잔뜩 말을 늘어놓았지만, 브래스는 송곳니로 확장된 입을 일그러뜨리며 쓴웃음을 짓고 고개를 설레설레 흔들었다.

"영어로 말해줘, 캐틴. 뭐라는지 도통 못 알아듣겠어."

리드라는 콘솔 위의 사전을 집어 들고 도표들 위에 올려놓았다. "미안해. 이건 워낙 다루기 힘든 거라서. 일단 배우기만 하면 모든 게 너무나도 쉬워져. 테이프를 녹음기에서 꺼내줘. 처음 것부터 다시 들어봐야겠어."

"이것들이 뭔데?" 브래스가 테이프들을 가지고 왔다.

"우리가 이륙하기 직전에 〈조병창〉에서 마지막으로 기록된 바벨-17 대화를 녹취한 거야." 리드라는 테이프릴을 끼우고 첫 번째 테이프를 틀었다.

음악적인 분류奔流가 방 안으로 쏟아지며 그녀도 이해할 수 있는 십 초에서 이십 초 길이의 폭발적인 문장들이 그녀를 사로잡았다. TW-55를 몰래 훼손하기 위한 음모가 생생한 환각처럼 설명되었다. 이해할 수 없는 대목이 나오자, 리드라는 불통의 벽에 가로막혀 부들부들 떨었다. 그러나 그것에 귀를 기울이고, 이해했을 때는 사이케델릭한 지각들 속을 잇달아 뚫고 나아갔다. 이해가 사라지자 충격을 못 이기고 숨을 헐떡였다. 눈을 깜박이고, 세차게 머리를 흔들고, 무심결에 혀를 깨문 뒤에야 겨우 주위 상황을 다시 이해할 수 있었다.

"캡틴 웡?"

론이었다. 그녀는 괴로울 정도로 느린 속도로 고개를 돌려 그를 마주 보았다.

"캡틴 웡, 방해할 생각은 없었습니다."

"괜찮아. 무슨 일이야?"

"조종사 소굴에서 이걸 찾아냈습니다." 그는 작은 릴테이프를 들어 보였다.

여전히 문간에 서 있던 브래스가 말했다. "아니, 그런 게 내 구역에서 뭘 하고 있었어?"

론의 얼굴 근육들이 서로 싸우며 일관된 표정을 떠올리려고 노력했다. "방금 슬러그하고 들어보았습니다. 캡틴 웡 내지는 다른 어떤 인물이 〈조병창〉의 관제소에 이륙 허가를 요청하고, 분사 준비가 끝났다고 슬러그한테 말하는 소리가 녹음되어 있더군요."

"그랬었군." 리드라는 이렇게 말하고 테이프를 건네받았다. 미간을 찌푸린다. "이건 내 선실에서 나온 거야. 대학에서 쓰던 구멍 세 개짜리 릴테이프. 우리 배의 다른 기계들은 모두 구멍 네 개짜리를 쓰고 있어. 하지만 이 테이프만은 여기 이 기계에서 꺼낸 거야."

"그렇다면," 브래스가 말했다. "캐틴이 여기 어쓸 때 누군가가 몰래 여기 들어와서 녹음한 게 틀림없어."

"내가 여기서 나가 있을 때 이 방은 유체화한 벼룩조차도 숨어들어오지 못할 정도로 엄중하게 봉쇄되는데." 리드라는 고개를 가로저었다. "맘에 안 들어. 어디서 또 이런 꼴을 당할지 모르잖아. 흐음." 그녀는 일어섰다. "적어도 이젠 바벨-17을 어떻게 다뤄야 하는지는 알아."

"어떻게 다룰 건데?" 브래스가 물었다. 어느새 슬러그도 문간으로 와서 론의 어깨에 핀 장미꽃 너머로 안을 들여다보고 있었다.

리드라는 승무원들을 둘러보았다. 불안이냐, 아니면 불신이냐. 어느 쪽이 더 나쁜 것일까? "지금 와서는 얘기해줄 수가 없게 되어버렸군. 안 그래?" 그녀는 말했다. "간단한 일이야." 리드라는 문으로 걸어갔다. "나도 얘기해주고 싶어. 하지만 이런 일이 일어난 마당에 그런다면 좀 바보스러워 보이지 않겠어."

"하지만 난 타리크하고 직접 얘기하고 싶다고!"

클릭은 깃털을 곤두세우고 어깨를 으쓱했다. "레이디, 난 이 산에 사는 그 누구보다도—타리크는 예외이지만—당신의 요청을 우선해서 들어주고 싶어. 그런데 지금 당신이 거스르려는 건 바로 그 타리크의 요청이잖아. 타리크는 방해를 받고 싶지 않다고 했어. 지금은 다음 항해 주기 동안에 〈제벨〉호가 택할 항로를 정하느라고 엄청 바쁘다고. 신중하게 조류 상태를 판단하고, 주위에 있는 별들의 무게까지 계산하는 일이야. 그건 정말이지 고된 일인 데다가—"

"그럼 붓처는 어디 있어? 붓처하고 말해봐야겠어. 물론 직접 타리크하고 얘기하는 편이—"

어릿광대는 녹색 갈고리 발톱을 들어 올렸다. "저쪽의 생물학실에 가 있어. 공동 식당을 지나가자마자 있는 승강기로 12층까지 올라가. 나가자마자 왼쪽 방이야."

"고마워." 리드라는 전망실 계단을 향해 갔다.

승강기가 최상층에 도착하자 조리개식의 거대한 문이 하나 있었다. 출입용 원반을 누르자 조리개가 열리며 녹색 빛이 새어 나왔다. 리드라는 눈을 깜박였다.

둥근 머리와 조금 구부정한 어깨를 한 붓처의 윤곽이 조그만 인체가 떠 있는 수조水槽 앞에서 검게 떠올랐다. 수조 속의 인체를 에워싸며 올라오는 거품들은 발에 맞고 튕겨나와 구부정하게 교차시킨 손들 사이에서 불꽃처럼 튀었고, 아래로 떨군 머리를 뒤덮었고, 조그만 수류에 한들거리고 있는 배냇머리 술 안에서 부글거렸다.

붓처는 몸을 돌리고 그녀를 보자마자 대뜸 말했다. "죽었어." 화난 듯이 세차게 고개를 끄덕인다. "오 분 전까지는 살아 있었어. 7개월 반. 살릴 수 있었는데. 충분히 힘이 있었는데!" 그는 왼쪽 주먹으로 오른쪽 손바닥을 세게 때렸다. 공동 식당에서 목격한 것과 같은 제스처다. 부들부들 떨리던 근육이 진정했다. 그는 엄지손가락으로 〈침략자〉의 시체를 올려놓은 수술대를 가리켰다— 배가 갈라져 있다. "나오기 전에 이미 큰 부상을 입고 있었어. 내장이 엉망이었어. 복부 전체에 괴저가 퍼져 있었고." 손을 뒤집고 같은 엄지손가락으로 어깨 너머의 수조 안에 둥둥 떠 있는 호문쿨루스를 가리킨다. 그러자 처음에는 조야해 보이던 제스처가 간결하고 우아한 양상을 띠었다. "그래도— 저건 살았어야 했어."

그가 수조의 조명을 끄자 거품들도 사라졌다. 그는 실험대 뒤에서 나왔다. "레이디 뭘 원해?"

"타리크는 앞으로 몇 달 동안 〈제벨〉호가 취할 항로를 계획하고 있어. 그래서 나 대신에 물어봐줬으면 하는 일이 있어서……." 그녀는 말을 멈췄다. 그러고는 물었다. "왜 그랬어?"

론의 근육은 메시지를 튕겨내거나 노래하는 살아 있는 밧줄이지. 리드라는 생각했다. 하지만 이 사내의 근육은 세계를 배척하고, 이 사내를 감싸기 위한 방패 같은 거로군. 그리고 그 안에 있는 무엇인가가 거듭 뛰어오르면서, 그 방패 뒤쪽을 때리고 있어. 근육의 선이 뚜렷한 복부가 움직이고, 흉판이 숨을 내보내고 다시 수축했다. 주름 잡힌 이

마가 펴졌다가, 다시 주름이 잡혔다.

"왜?" 그녀는 되풀이했다. "왜 아기를 살리려고 한 거야?"

붓처는 얼굴을 찌푸리며 대답을 찾았고, 마치 따끔거리기라도 한다는 듯이 오른쪽 이두근의 죄수 낙인을 왼손으로 한 번 훑었다가, 곧 넌더리 난다는 듯이 대답을 포기했다. "죽었어. 더 이상 소용없어. 레이디 뭘 원해?"

계속해서 뛰어오르던 것은 이제 뒤로 물러났다. 리드라도 물러났다. "타리크가 나를 동맹 행정 사령부로 데려가줄 용의가 있는지 알고 싶어. 〈침략〉에 관한 중요한 정보를 전달해야 하거든. 우리 조종사 말로는 스페셀리 〈단층〉 길이는 10 초정지공간 단위 미만이니까, 스파이더 보트로도 갈 수 있대. 그러니까 〈제벨〉호도 전자기파의 밀도가 높은 영역 밖으로 나갈 필요가 없어. 타리크가 나를 사령부까지 호송해주면, 〈단층〉 안쪽까지 안전하게 되돌아갈 수 있다는 걸 보장할 수 있어."

붓처는 리드라를 훑어보았다. "〈용의 혀〉까지 가는 거야?"

"응. 브래스는 〈단층〉 끄트머리를 그렇게 부른다고 하더군."

"안전 보장한다?"

"그래. 지금이라도 동맹군의 포레스터 장군한테서 받은 신임장을 보여줄 수……."

그러나 그는 손짓으로 리드라의 말을 막았다. "타리크." 그는 벽의 인터콤에 대고 말했다.

지향성 스피커였기 때문에 상대방의 대답은 들리지 않았다.

"첫 번째 항해 주기 때 〈제벨〉을 〈용의 혀〉로 가게 해."

이 뒤로 질문이나 반대가 있었던 듯했다.

"〈혀〉로 가면 좋을 거야."

붓처는 알아들을 수 없는 속삭임을 향해 고개를 끄덕였고, 이렇게 말했다. "그건 죽었어." 그리고 스위치를 끈다. "좋아. 타리크는 〈제벨〉을 사령부로 가져갈 거야."

처음에는 설마했지만 곧 놀라움이 몰려왔다. 이 놀라움은 〈침략자〉 편대의 방어망을 파괴하기 위한 리드라의 계획에 그가 주저하지 않고 따랐을 때 그녀가 느꼈을 법한 종류의 감정이었다. 바벨-17이 그런 감정 자체를 배제하지 않았다면 말이다. "흐음, 고마워." 그녀는 운을 뗐다. "하지만 넌 나한테 물어보지도 않았는데……." 여기까지 말했다가 리드라는 아예 다른 방식으로 질문을 하려고 마음먹었다.

그러나 붓처는 주먹을 쥐고 있었다.

"어떤 배를 파괴해야 될지 알면, 그 배는 파괴당해." 그는 주먹 쥔 손으로 자기 가슴을 때렸다. "이제 〈용의 혀〉로 가야 하고, 〈제벨〉은 〈용의 혀〉로 가." 그는 다시 가슴을 때렸다.

리드라는 묻고 싶었지만, 상대방의 배후에 보이는 검은 액체 속에서 돌고 있는 죽은 태아를 바라보며 다른 얘기를 했다. "고마워, 붓처." 조리개식 문을 지나가면서, 리드라는 붓처가 한 말에 관해 곰곰이 생각하면서 그의 행동을 어떤 식으로든 설명해보려고 했다. 그가 말하는 조야한 방식에서 쓰이는 낱말들은—

낱말들!

단박에 어떤 일을 깨달았다. 리드라는 서둘러 복도를 나아갔다.

3

“브래스, 그치는 ‘나’라고 말할 줄 몰라!” 리드라는 느닷없이 불타오른 호기심에 흥분을 감추지 못하고 탁자 위로 몸을 내밀었다.

조종사는 발톱으로 뻘잔을 꽉 쥐었다. 공동 식당에 설치된 나무 탁자들 위에 저녁 식사가 준비되고 있는 중이었다.

“나, 나의, 내 것, 나 자신. 이런 것들도 말할 줄 모르는 것 같아. 아예 생각도 못하고. 도대체 어디서 왔는지 궁금해 죽겠어.”

“아는 언어 중에 ‘나’라는 단어가 없는 건 없어?”

“그리 자주 쓰지 않는 언어가 두 개쯤 생각나지만, 나라는 개념조차도 없는 언어는 없었어. 설령 그게 동사 끝에 매달려 있다고 해도 말이야.”

“그래서 어떻다는 건데?”

“묘한 사고방식을 가진 묘한 사내라고 해야 하나. 이유는 모르겠지만, 나하고 의기투합해서 이번 항해의 동맹자 비슷한 존재가 됐고, 타리크하고 나 사이를 중재해주는 역할을 맡게 됐어. 그래서 이해하고 싶은 거야. 마음을 상하게 하고 싶지는 않거든."

리드라는 식사 준비로 북적거리는 공동 식당을 둘러보았다. 처음 의식을 되찾았을 때 닭고기를 가져다준 젊은 여자가 흘끗거리며 이쪽을 보고 있다. 궁금해하면서도 여전히 어딘가 두려운 기색. 두려움이 호기심에 녹아들면서 결국 두 탁자 너머까지 다가왔다가, 갑자기 호기심이 증발해버린 듯 냉담한 태도가 되어 벽의 서랍으로 스푼을 꺼내러 간다.

사람들의 동작과 근육 경련을 바벨-17로 번역하면 무슨 일이 일어날지 궁금했다. 바벨-17이 하나의 언어일 뿐만 아니라 분석적인 가능성의 유연한 매트릭스라는 사실을 리드라는 이제 이해하고 있었다. 동일한 '낱말'로 의료용 붕대의 그물코나 우주선들의 방어망 패턴의 강세를 규정하는 언어인 것이다. 그것을 사람 얼굴에 떠오르는 긴장이나 욕구에 응용하면 어떻게 될까? 눈꺼풀이나 손가락의 미세한 움직임도 무의미한 수학적 수치로 환원되어버리는 것이 아닐까. 그게 아니라면— 이런 생각을 하는 동안, 그녀의 마음의 기어 배분이 변화하며 바벨-17의 신속한 간결함에 주목했다. 그리고 그녀의 시선은— 목소리들을 둘러보기 시작했다.

목소리들 자체가 아니라, 그 목소리를 발하며 서로와 뒤섞이고 있는 사람들의 마음을 포괄하고, 규정하며 관찰을 계속하자, 리드라는 지금 식당으로 들어온 사내

그녀는 저녁을 먹으려는 남녀들이 줄지어 들어오는 식당에 앉아 있었지만, 훨씬 더 많은 것들을 자각하고 있었다.

가 〈족발〉의 동생이며, 아까 음식을 날라다준 젊은 여자는 사랑에 빠져 있다는 사실을 알아차렸고, 유체인 구획에 있는 죽은 청년에게 홀딱 반한 탓에 그는 꿈에서까지 나타나서 굶주림으로 그녀를 간질이고, 이를 드러낸 아귀처럼, 한편으로는 정체한 웅덩이 같은 사내가 되고, 그러다가 슬러그의 아낌없는 보살핌을 받으며 왁자지껄 인솔되어 들어오는 〈랭보〉호의 젊은 플래툰 요원들의 익숙한 혼란을 감지하고, 비등한 감정과 배고픔과 친애의 정, 그리고 그것을 압도하는 **두려움**! 그것이 식당 전체에 종처럼 울려 퍼지고, 남색 조류 속에서 새빨갛게 번득이고, 그녀가 타리크나 붓처를 찾기 시작한 것은 이 두려움의 중심에는 이 두 사람의 이름이 있었기 때문이지만 방 안에는 두 사람 모두 없었다. 그 대신 비쩍 마른 제프리 코드라는 이름의 사내가 보였고, 그 뇌 안에서 교차하는 와이어가 불꽃을 튕기고 푸석거리면서 **내 다리에 찬 칼로 죽일 거야,** 그러더니 또 **나의 이 강철 같은 혀로 제벨에서 고지를 점거해서 내 자리를 만드는 거지,** 그러다가 그 주위의 마음들은 모색하고, 갈구하고, 중얼중얼 농담이나 중상모략을 늘어놓고, 조금 친해지는가 하더니 다시 모색하고, 음식이 운반되어 오는 것을 보고 일제히 긴장을 풀며 서로와 엮이고, 다른 사람들의 마음속에는 재주꾼인 클릭이 오늘 밤에는 어떤 여흥을 보여줄지 하는 기대가 있고, 판토마임의 배우들은 앞으로 할 연기에 집중하면서 아까까지 함께 일하고 함께 잤던 관객들의 안색을 살피고, 기하학적인 머리 모양을 한

급사들은 그녀의 식탁을 차렸고, 처음에는 와인 병을 가져왔고, 그 다음에는 빵을 가져왔고, 그것을 본 그녀는 미소 지었지만 훨씬 더 많은 것을 보고 있었다.

나이 든 항법사 하나는 연애놀음 상대로 점찍은 젊은 여자에게 서둘러 다가가서, 직접 녹여서 각인을 한 은제 버클을 선물해서 그 마음을 끌어보려고 하는데, 이 모든 것들에 주목하면서도 리드라의 마음은 원을 그리며 다시 제프리 코드의 불온한 의도로 돌아왔고, **오늘 밤 배우들이 관객한테 다가갈 때 해치워야 해**, 이 급박한 생각 이외의 그 무엇에도 집중할 수 없게 되어버린 리드라는 이 음모를 풀었다가 헤치며 안달하는 사내를 바라보았다. 판토마임이 시작되면 마치 다른 사람들처럼 더 가까이서 보려고 서둘러 앞으로 나아가서, 타리크가 앉을 예정인 탁자 옆으로 슬쩍 다가가서, 이 뱀의 독이빨을, 마비독을 바른 홈이 있는 칼날을 타리크의 갈비뼈 사이로 밀어 넣은 다음, 어금니 속의 빈 공간에 들어 있는 최면약을 넘기고 그러고 나서 포로로 잡히면 다들 그가 누군가의 조종을 받고 있었을 거라고 생각할 거고, 그럼 그는 최면 암시의 아래쪽 층에 기억고정기를 써서 몇 시간 동안이나 고통스럽게 이식한 놀랄 만한 진상을, 실은 그가 붓처에게 조종당하고 있었다는 사실을 만천하에 까발리고, 그 뒤에 어떻게든 붓처가 혼자 있을 때 접근해서 붓처의 손이나 팔목이나 다리를 물어 그의 입안을 물들인 최면약물과 똑같은 것을 주입함으로써 덩치 큰 전과자를 무력화시키고, 그런 다음에는 그를 조종하고, 타리크 암살 뒤에 붓처가 〈제벨〉호의 두목 자리에 오르면 제프리 코드는 붓처가 지금 타리크의 부관인 것처럼 붓처의 부관이 되고, 타리크의 〈제벨〉이 붓처의 〈제벨〉이 되면, 제프

그녀 주위의 사람들이 편하게 자리에 앉는 동안 급사들은 서둘러 구운 고기와 튀긴 과일이 김을 내고 있는 급식 카운터로 모여들었다.

연단 위에서 소악마 같은 어릿광대가 "오늘 저녁의 여흥이 시작되기 전에 우리 손님인 캡틴 웡께서 몇 마디 덕담을 해주시거나 시를 낭독해주시면 어떨까요."라고 말하는 동안에도 리드라는 그보다 훨씬 더 많은 것을 보고 있었고, 그녀 마음의 아주 작은 부분—그 이상은 필요없었으므로—은 이 기회를 이용해서 그를 고발해야 한다는 사실을 깨달았다.

리는 지금 타리크를 조종하고 있는 것으로 의심되는 붓처를 같은 방법으로 조종할 거고 그러면 가혹한 통치를 시작해서 모든 외부인을 산 밖의 진공 속으로 몰아내서 처형하고, 그 다음엔 〈침략자〉든 〈동맹〉이든 〈그림자〉 소속이든 간에 〈단층〉을 지나는 배들은 무조건 약탈할 거고, 리드라는 제프리의 마음에서 자기 마음을 억지로 떼어내고 타리크와 붓처의 단순한 마음 표면을 훑었고, 최면의 징후가 없는 것을 확인하지만, 그들이 부하의 배신을 전혀 눈치채지 못했다는 사실을 깨닫고, 리드라의 마음에 뒤늦게 공포가 싹트고, 겹친 목소리나 반 토막 난 목소리를 써서 미끄러지고 할짝거리는 일에 열중할 수 없게 되고, 아니 그렇다, 그 사내를 반역으로 몰아가는 말이나 이미지를 집어 올리며 걸어가면서도 그녀는 그럴 수 있었고, 아니 그렇다, 일단 그의 공포와 반발에 접한 뒤로는 그녀는 이제 하나가 된 지각과 행위, 발화와 전달 양쪽에

이 깨달음은 일시적으로 다른 것들을 모두 지워버렸지만, 곧 적절한 크기로 되돌아왔는데, 이것은 코드가 사령부로 가려는 그녀의 행동을 저지하는 것을 방관할 수 없다는 사실을 알고 있었기 때문이었고, 그래서 그녀는 일어서서 공동 식당 끄트머리에 있는 무대로 걸어갔고, 제프리 코드의 균열 속으로 재빨리 파고들어 치명적인 칼날 위를 걸으며 코드의 마음을 읽었다.

의해 그어진 하나의 줄로 되돌아가서, 이 늘어난 시간 덕에 가능해진 신중한 방식으로 소리들을 골라내서, 연단 옆에서 죽치고 앉아 있는 화려한 짐승 클릭 곁에 도달해서, 연단으로 올라가서, 홀 안의 침묵 속에서 울려 퍼지는 목소리들을 듣고, 그것들이 안으로 침입해 오는 것을 막기 위해 그녀의 활기에 찬 목소리를 무릿매 삼아 그녀의 말들을 내던졌고, 그들을 바라보고 바라보는 그를 바라보고, 식당에 모인 대부분 사람들의 귀에는 거의 감명을 주지 않지만 당사자의 육체 변화에 맞춰져 있는 탓에 고통스럽기 짝이 없는 리듬이 그를 뒤흔들고, 때리는 것을 목격했고…… 그가 이토록 오래 자제하고 있었다는 사실에 그녀는 경탄했다.

그녀의 공포가 거대한 배의 이미지로부터 터져 나오는 동안 그녀는 그의 분열적인 분노를 느꼈지만 여전히 견뎌내며 그의 공포가 구멍투성이, 해면만큼이나 구멍투성이라는 사실을 알아차렸다.

"좋아, 코드,
이 검은 농장의 주인이 되려면,
타리크의 것을 손에 넣으려면,
얄팍한 자칼의 지혜나
뱃속 한가득한 살인이나
젤리처럼 흐늘흐늘한 무릎 이상의 것이 필요해.
입을 열고 양손을 펼쳐봐.
권력을 이해하고 싶거든 너의 머리를 사용해줘.
액체 루비 같은 야심은 단지 너의 뇌,

살의의 자궁경부에서 태어난 그 뇌를 물들일 뿐이야.
다시 죽음의 호弧를 그리며 흔들거리다가,
해골 술잔에 독주를 채워 넣고 살인을 중얼거릴 때마다
너는 너 자신을 희생자로 만드는 거지. 그건
가죽끈으로 비끄러맨 가죽 칼집에 오랫동안 잠들고 있던
너의 창백한 손가락들이 세운 계획을 실행하기 위해
칼날을 향해 움직이는 네 손가락의 움직임을 포고하는 거야.
너는 안온하게만 살면서 경이로운 세계들을 놓치고,
기억고정기의 부드러운 울림 아래에 숨어서
천둥이 타리크의 변화를 선포하는 동안
남들을 혼란시키기 위한 가짜 기억을 억지로 새겼어.
네가 복숭아에 바늘을 꽂아 넣고, 홈이 파인
너의 기묘한 칼을 숨기는 동안, 길고 힘센 나의 시구가
네 마음의 찬란함을 음습함으로 바꾸지. 이제 너에게
그릇된 코드의 노래를 들려주고, 알려주기로 하지. 암살자,
죽어……."

리드라는 제프리 코드를 똑바로 바라보았다. 제프리 코드는 그녀를 똑바로 보며 절규했다.

그 절규 소리가 무엇인가를 끊어놓았다. 리드라는 바벨-17로 생각하면서 그것에 맞춰 영어 단어를 고르고 있었다. 그러나 이제는 다시 영어로 생각하고 있었다.

제프리 코드는 머리를 옆으로 홱 비틀고, 검은 머리카락을 흐트러

뜨리며 앞의 탁자를 엎었고, 분노에 찬 형상을 하고 리드라를 향해 달려왔다. 그의 마음을 통해서만 보았던 독을 바른 나이프가 밖으로 나와 그녀의 배를 노리고 있다.

리드라는 뒤로 껑충 물러나며 연단 가장자리를 뛰어넘은 상대의 팔목을 걷어차려고 했지만, 발은 빗나가며 그의 얼굴을 때렸다. 코드는 고꾸라지며 바닥 위를 굴렀다.

금색, 은색, 호박색이 번득였다. 브래스가 옆에서 달려왔다. 은발의 타리크는 반대편에서 망토를 펄럭이며 달려오고 있다. 그리고 붓처는 이미 도착해서 그녀와 일어서려고 하는 코드 사이에 끼어들었다.

"이게 무슨 짓이지?" 타리크가 힐문했다.

코드는 한쪽 무릎을 꿇고, 여전히 칼을 쥐고 있다. 검은 눈이 진동총의 총구에서 다른 진동총의 총구로 옮겨갔고, 그 다음에는 브래스의 노출된 갈고리 발톱으로 옮겨갔다. 그는 얼어붙었다.

"내 손님을 공격하는 건 용납할 수 없어."

"저 칼은 당신을 노리고 있었어요, 타리크." 리드라는 헐떡이며 말했다. "〈제벨〉호의 기억고정기 기록을 조사해봐요. 이자는 당신을 죽이고 붓처를 최면으로 조종한 다음에 〈제벨〉호를 탈취할 작정이었어요."

"아." 타리크가 말했다. "또 그건가." 그는 붓처를 돌아보았다. "또 그럴 때가 됐지? 대략 6개월에 한 번 꼴이군. 다시 고맙다는 말씀을 드리겠소, 캡틴 웡."

붓처는 앞으로 걸어 나와서 코드의 손에서 칼을 빼앗았다. 코드는 얼어붙은 듯이 꼼짝도 않고 단지 눈알만을 희번득거리고 있다. 리드라는 침묵 속에서 울려 퍼지는 코드의 헐떡거림에 귀를 기울였다. 붓처는 나이프의 칼날 쪽을 잡고 훑어보고 있었다. 붓처의 굵은 손가락 사이에서 칼날은 마치 뾰족한 쇠바늘처럼 보였다. 길이 7인치의 뼈로 만들어진 칼자루는 딱딱하고, 격자 세공이 되어 있고, 호두나무 열매 기름으로 염색되어 있었다.

놀고 있던 손으로 붓처는 코드의 검은 머리카락을 움켜잡았다. 그런 다음, 딱히 서두르는 기색도 없이 나이프를 자루 쪽부터 코드의 오른쪽 눈에 박아넣었다.

절규는 곧 쿨럭거리는 소리로 바뀌었다. 붓처의 어깨를 마구 때리던 손들도 축 늘어졌다. 가까이에 앉아 있던 사람들은 모두 서 있었다.

리드라의 심장이 갈비뼈가 아플 정도로 세차게 두 번 뛰었다. "하지만 확인도 안 해보고……. 내 말이 틀렸을 수도 있었는데……. 더 복잡한 사정이 있었을 수도……" 리드라의 혀가 연신 움직이며 무의미한 항의를 뱉어놓는다. 심장은 정말 멎었는지도 모르겠다.

양손을 피로 물들인 붓처는 차가운 눈으로 그녀를 보았다. "그는 〈제벨〉에서 타리크하고 레이디를 향해 움직였고 그는 죽었어." 오른쪽 주먹이 왼쪽 손바닥을 때렸지만, 빨간 윤활유 덕에 아무 소리도 나지 않았다.

"미스 웡." 타리크가 말했다. "방금 목격한 걸로 미루어 볼 때, 코드가 위험인물이었다는 점에는 의심의 여지가 없지 않소. 그 점에 대해서는 당신도 그리 이의가 있을 것 같지는 않군. 당신은 매우 유용한 인물이오. 깊은 감사를 드리고 싶소. 〈용의 혀〉를 향한 항해에서도 상서로운 결과가 나오기를 기대하고 있소. 붓처한테 방금 들었는데, 그건 당신 요청이었다는군."

"고맙습니다. 하지만……." 다시 심장이 고동치기 시작했다. 리드라는 여전히 입안에서 망설이고 있는 '하지만'이라는 단어의 갈고리에 걸어둘 적당한 절을 만들어내려고 했다. 그러는 대신 그녀는 지독한 오한을 느끼고, 반쯤 눈이 먼 상태에서 앞으로 고꾸라졌다. 붓처는 빨간 손으로 그녀를 부축했다.

또다시 둥글고, 따뜻하고, 파란 방. 그러나 이번엔 혼자였다. 마침내 그녀는 공동 식당에서 무슨 일이 일어났던 건지 반추해볼 수 있었다. 그것은 그녀가 지금까지 되풀이해서 모키에게 설명하려고 시도했던 그 현상이 아니었다. 오히려 모키가 되풀이해서 그녀에게 주장했던 것, 텔레파시였다. 그러나 이 텔레파시가 오래된 능력과 새로운 사고방식의 결합물이라는 점은 명백했다. 그것은 지각의, 행위의 신세계를 열었다. 그런데 왜 그녀는 오한을 느꼈던 것일까? 리드라는 바벨-17의 영향하에서 생각을 하면 시간이 느려지고, 사고 과정이 가속화된다는 사실을 떠올렸다. 그녀의 생리 기능도 그에 상응하는 속도로 가속화된다고 하면, 그녀의 육체가 그 부담을 견디지 못하는 것인지도 모른다.

〈랭보〉호에서 가져온 테이프에 의하면 다음 번 '파괴활동'은 동맹 행정 사령부에서 시도될 예정이었다. 리드라는 이 문제의 언어를, 어휘와 문법을 포함해서 그곳으로 가져가서 당국에게 제출하고, 그대로 손을 떼고 싶었다. 이 정체불명의 바벨-17 사용자를 찾기 위한 탐색은 이제는 당국에게 넘겨도 좋다는 생각까지 들었다. 아니다. 아직 그럴 결심까지는 서지 않았다. 무엇인가가 여전히 남아 있다. 듣고, 말해야 하는 무엇인가가…….

리드라는 오한을 느끼고 쓰러지다가 피투성이의 손가락에 부딪혔고, 놀라서 퍼뜩 깨어났다. 리드라로서는 상상도 할 수 없는 무엇인가에 의해 직선적으로 단조鍛造된 붓처의 무자각한 잔인성은 원시성 이전의 문제였고, 그렇게 끔찍함에도 불구하고 여전히 인간적이었다. 붓처는 피에 물든 손을 가지고 있지만, 언어학적으로 교정된 그 정확 무쌍한 세계에 비하면 붓처 쪽이 그나마 안전하게 느껴졌다. '나'라고 말할 수 없는 사내에게 도대체 뭐라고 하면 될까? 그는 그녀에게 뭐라고 말할 수 있을까? 타리크의 잔인함과 친절함은 모두 말이 통하는 문명의 범위 내에서 존재하는 것이므로 이해할 수 있다. 그러나 붓처의 피에 물든 야수성은 그녀를 매료하고도 남았다!

4

리드라는 이번에는 붕대를 풀고 해먹에서 몸을 일으켰다. 거의 한 시간 전부터 몸 상태가 나아졌지만, 곰곰이 생각하면서 지금까지 누워 있었다. 경사로가 그녀의 발치로 내려왔다.

등 뒤에서 방금 빠져나온 의무실의 벽이 고체화했다. 리드라는 통로에서 잠시 멈춰 섰다. 공기 흐름이 숨 쉬는 것처럼 맥박 친다. 반투명한 바지 자락이 맨발 위쪽을 스쳤다. 검정 실크 블라우스의 목선은 헐렁했다.

타리크 호의 시간은 리드라가 누워 쉬는 동안 이미 심야로 전환된 듯했다. 배가 적극적으로 활동하는 동안은 승무원들도 교대로 취침하지만, 단지 어떤 장소에서 다른 장소로 이동만 하는 경우엔 거의 모든 사람이 함께 잠자리에 드는 것이 관례였다.

공동 식당으로 가는 대신 낯선 경사 터널로 들어갔다. 바닥에서 발산되는 흰 조명은 50피트 지점에서 호박색으로 변했고, 조금 뒤에는 주황색으로 변했고—리드라는 멈춰 서서 주황색 빛을 받고 있는 자기 손을 바라보았다—40피트 더 들어가자 붉은색이 되었다. 그러고는……

파란색.

주위의 공간이 펼쳐지며 벽이 후퇴했고, 천장이 올라가며 눈에 보이지 않을 정도로 높은 어둠 속으로 사라졌다. 색채 변화의 잔상 때문에 공기가 깜박이며 얼룩졌다. 실체가 확실하지 않은 안개가 자욱한 데다가 시야까지 불안정해진 탓에 그녀는 방향을 가늠하려고 몸을 돌렸다.

홀의 붉은 입구를 배경으로 사내의 실루엣이 보였다. "붓처?"

사내가 그녀를 향해 걸어왔다. 다가오면서 파란 빛에 물든 얼굴이 흐릿해졌다. 그는 멈춰서서 고개를 끄덕였다.

"기분이 좀 나아져서 산책을 하기로 했어." 리드라는 설명했다. "여긴 이 배의 어떤 부분이야?"

"유체인 구획."

"아, 그러고 보니 그러네." 두 사람은 보조를 맞춰 걷기 시작했다. "너도 그냥 여길 어슬렁거리고 있는 거야?"

그는 육중한 머리를 흔들었다. "외계 우주선이 〈제벨〉호 근처를 지나가고 타리크가 그 감각 벡터를 알고 싶어."

"〈동맹〉? 아니면 〈침략자〉?"

붓처는 어깨를 으쓱했다. "인간 배가 아니라는 것만 알아."

항성간 우주여행에 의해 탐사된 다섯 개의 은하계에는 아홉 외계 종족이 존재했다. 그중 세 종족은 확실하게 〈동맹〉 진영과 제휴했다. 네 종족은 〈침략자〉 편을 들었다. 나머지 둘은 어느 쪽도 편들지 않았다.

두 사람은 이미 유체인 구획 깊숙한 곳까지 들어와 있었기 때문에 그 무엇도 실체가 있는 것처럼 보이지 않았다. 벽은 모퉁이가 없는 파란 안개였다. 전이轉移 에너지들의 콩 볶는 듯한 반향음에 맞춰 멀리서 번개가 번득였고, 리드라의 눈은 반쯤밖에 기억할 수 없는 유령들—방금 지나갔다는 느낌을 받지만, 결코 다시 볼 수 없는—에게 현혹되었다.

"우리 어디까지 가는 거야?" 함께 걸으려고 결심한 리드라가 물었다. 그러면서 이런 생각을 하고 있었다. 만약 '나'라는 단어를 아예 모른다면, '우리'라는 단어는 이해할까.

이해하든 못했든 대답은 돌아왔다. "조금 더." 그러고는 움푹 파인 검은 눈으로 그녀를 똑바로 바라보며 물었다. "왜?"

아까와는 완전히 다른 어조였기 때문에, 리드라는 이것이 지난 몇 분 동안 했던 대화에 관련된 질문이 아님을 직감했다. 과거에 그녀가 한 일들 중 무엇이든 그를 곤혹스럽게 만들었을 가능성이 있는 것이 무엇인지 생각해보았다.

붓처는 되풀이했다. "왜?"

"왜라니, 뭐가?"

"왜 코드에게서 타리크 구해?"

이의를 제기하는 것이 아니라 단지 윤리적인 호기심에서 비롯된 질문인가. "난 그 사람이 좋고, 동맹군 사령부로 돌아가려면 그 사람 도움을 받아야 하잖아. 그런데 그냥 죽게 내버려뒀으면 뒷맛이 썼을 거라고나 할까……." 그녀는 말을 멈췄다. "'나'라는 게 뭔지 알아?"

사내는 고개를 가로저었다.

"붓처, 넌 어디서 왔어? 어떤 행성에서 태어났어?"

그는 어깨를 으쓱했다. "머리." 잠시 후 그는 대답했다. "이 뇌에 뭔가 문제가 있다고 하더군."

"누가?"

"의사들."

파란 안개가 그들 사이를 흘러간다.

"티틴의 의사들이?" 리드라는 말해보았다.

붓처는 고개를 끄덕였다.

"그렇다면 왜 병원이 아니라 감옥에 넣은 거야?"

"이 뇌는 미치지는 않았다고 했어. 이 손은," 그는 왼손을 들어 보였다. "사흘 동안 네 사람을 죽여. 이 손은," 그는 다른 손을 들어 보였다. "일곱 명 죽여. 테르밋+으로 건물 네 개를 폭파해. 이 다리는," 그는 왼쪽 다리를 손바닥으로 철썩 쳤다. "텔레크론 은행의 경비원 머리를 찼어. 거기는 너무 돈이 많아 다 운반할 수 없어. 40만 크레디트쯤 가지고 나와. 큰 돈 아냐."

"텔레크론 은행에서 40만 크레디트를 강탈했다는 거야?"

"사흘, 열한 명, 네 건물. 모두 40만 크레디트를 위해. 하지만 티틴은," 그의 얼굴이 일그러졌다. "전혀 즐겁지 않았어."

"나도 그렇다고 들었어. 너를 잡는 데 얼마나 걸렸어?"

+ thermite. 소이탄용 화합물.

"여섯 달."

리드라는 휘파람을 불었다. "두 손 들어야겠군. 은행을 털고 나서 그토록 오래 추적을 피할 수 있었다니. 게다가 어려운 제왕절개 수술을 행하고 태아를 살려둘 정도의 생물학적인 지식도 갖추고 있고. 머릿속에 든 게 꽤 많은 것 같아."

"의사들은 이 뇌는 바보가 아니라고 해."

"있잖아, 너하고 대화를 좀 하고 싶어. 하지만 그러기 위해서는," 그녀는 잠시 말을 멈췄다. "그 뇌에 어떤 걸 이해시켜야 해."

"뭘?"

"**너**하고 **나**에 관해서. 하루에도 백 번은 듣는 단어잖아. 그게 무슨 뜻인지 궁금해지지도 않아?"

"왜? 대부분 일들은 그것들 없이도 이해 가능해."

"잠깐 어렸을 때 쓰던 언어로 말해볼 수 있어?"

"안 돼."

"왜? 내가 조금이라도 아는 부분이 있나 확인하고 싶어서 그러는데."

"의사들은 뇌에 뭔가 잘못된 곳이 있다고 했어."

"알았어. 뭐가 잘못됐다고 했는데?"

"실어증. 실독증. 기억 상실증."

"상당히 상태가 엉망이었던 것 같네." 리드라는 미간을 찌푸렸다. "은행 강도 전에 그랬던 거야, 그 뒤에 그랬던 거야?"

"전에."

리드라는 지금까지 알아낸 것을 정리하려고 해보았다. "어떤 사건이 일어난 탓에 너는 기억을 잃었고, 말하거나 읽을 수도 없게 되었는데, 그러자마자 네가 처음 한 일은 텔레크론 은행을 터는 거였다— 어느 텔레크론 은행이었어?"

"레아 제4행성에 있는 거."

"아, 작은 지점이었군. 그렇다고는 해도— 그 뒤로 여섯 달 동안이나 잡히지 않고 돌아다녔어. 네가 기억을 잃기 전에 무슨 일이 일어났는지 뭔가 감이 잡히는 데가 없어?"

붓처는 어깨를 으쓱했다.

"네가 최면 상태에서 누군가를 위해 일하고 있었을 가능성에 대해서는 의사들도 아마 속속들이 철저하게 조사했겠지. 기억을 잃기 전에 어떤 언어를 말하고 있었는지 기억이 안 난다고 했지? 흐음, 너의 현재 발화發話 패턴은 예전에 쓰던 언어에 기반하고 있었던 게 틀림없어. 그게 아니라면 새로운 말을 배우면서 **나**하고 **너**라는 단어를 쉽게 터득했을 거야."

"그런 음들이 왜 반드시 뜻을 가져야 해?"

"그것들을 네가 이해하지 못한다면, 나도 대답할 수 없는 질문을 넌 방금 나에게 했기 때문이야."

"아냐." 붓처의 목소리에 거북한 기색이 깃들었다. "아니, 대답할 수 있어. 단지 더 쉬운 말을 써서 대답을 하면 그만이야."

"붓처, 어떤 개념들은 그걸 나타내는 단어를 갖고 있기 마련이야. 만약 너한테 그 단어가 없다면 너는 그 개념을 이해할 수 없어. 그리고 너한테 그 개념이 없다면, 넌 그 해답도 얻을 수 없어."

"**너**라는 말이 네 번 나오는 거 맞지? 여전히 뚜렷하게 알 수 있어. **너**는 아무 의미가 없어."

리드라는 한숨을 쉬었다. “그건 내가 교감적으로— 그 단어의 진짜 의미와는 무관하게 의례적으로 그걸 썼기 때문이야……. 수사적으로. 실은 난 네가 대답할 수 없는 질문을 했던 거지.”

붓처는 미간을 찌푸렸다.

“그래, 방금 내가 한 질문을 제대로 알아들으려면 문제의 단어들이 무슨 뜻인지를 알고 있어야 한다는 말이야. 어떤 언어를 배우는 데 가장 좋은 방법은 거기 귀를 기울이는 거지. 그러니까 귀를 기울여. 넌,” 리드라는 붓처를 가리키며 말했다. “나한테,” 이러면서 자기를 가리켰다. “이렇게 말했어. **어떤 배를 파괴해야 될지 알면, 그 배는 파괴당해. 이제 〈용의 혀〉로 가야 하고, 〈제벨〉은 〈용의 혀〉로 가,** 그러면서 주먹으로 이렇게 두 번,” 리드라는 그의 왼손에 자기 손을 갖다 댔다. “가슴을 쾅 쳤지.” 리드라는 그의 손을 그의 가슴께로 들어 올렸다. 손바닥에 닿는 그의 살갗이 서늘하고 매끄럽다. “주먹으로 가슴을 친 건 뭔가를 얘기하고 싶었기 때문이야. 네가 만약 ‘나’라는 낱말을 썼더라면, 주먹을 쓸 필요는 없었을 거야. 그때 넌, ‘너는 어떤 배들을 파괴하면 될지 알았고, 나는 그 배들을 파괴했어. 네가 〈용의 혀〉로 가고 싶으면, 나는 〈제벨〉호를 〈용의 혀〉로 몰고 가겠어.’라고 말하고 싶었던 거야.”

붓처는 이마를 찡그렸다. “응. 주먹으로 뭔가를 말해.”

“이제 알겠지. 넌 가끔 무슨 말을 하고 싶은데, 그걸 나타낼 개념을 갖고 있지 않고, 그 개념을 나타낼 단어를 갖고 있지 않은 거야. 태초에 말이 있었다. 예전에 누군가가 그런 식으로 그걸 설명한 적이 있지. 어떤 사물이든 누군가가 이름을 붙이기 전까지는 존재하지 않아. 그리고 뇌는 그런 게 존재하지 않으면 곤란해져. 존재하지 않는다면 너처럼 가슴을 치거나, 주먹으로 손바닥을 때려야 하니까. 뇌는 그게 존재하기를 원해. 그러니까 그 뇌한테 필요한 단어를 가르칠 수 있도록 해줘."

얼굴의 주름이 더 깊게 파였다.

바로 그때 그들을 에워싼 안개가 걷혔다. 별들이 흩뿌려진 암흑 속에서 무엇인가 희미하고 번득이는 것이 부유하고 있었다. 그들은 감각 포트 앞에 와 있었다. 지금은 통상 광선에 가까운 진동수에서 발신하고 있다. "저거야." 붓처가 말했다. "저게 외계인의 배야."

"시리비아 제4행성 거네." 리드라가 말했다. "동맹에게 우호적이야."

붓처는 리드라가 알아보았다는 사실에 놀란 듯했다. "아주 묘한 배."

"정말 우리가 보기엔 묘하게 생겼네."

"타리크는 저게 어디서 왔는지 몰랐어." 그는 고개를 설레설레 저었다.

"어렸을 때 한 번 본 뒤로는 나도 처음이야. 외우주 의회를 방문한 시리비아 대표단을 접대한 적이 있거든. 어머니가 거기 통역이었어." 리드라는 난간에 몸을 기대고 우주선을 응시했다. "저토록 연약하고 부들부들 떨리는 물건이 날거나 초정지 도약을 하다니 믿기 힘들지. 하지만 사실이야."

"저자들도 이 '나'라는 단어를 갖고 있어?"

"실은 세 가지 형태나 갖고 있어. '섭씨6도이하의나'하고, '섭씨6도와93도사이의나'하고, '93도이상의나'가 있지."

붓처는 곤혹스러운 기색이었다.

"그치들의 생식 과정과 연계되어 있는 거야." 리드라는 설명했다. "체온이 6도 이하면 번식하지 못해. 임신하려면 체온이 6도에서 93도

사이여야 하지만, 실제로 출산할 때는 93도 이상이어야 하지."

시리비아인의 우주선은 한들거리는 깃털처럼 화면을 가로질렀다.

"아마 이런 식으로 설명할 수 있을지도 모르겠군. 우주를 돌아다니는 도합 아홉 종의 생명 형태들은 우리 인류 못지않게 넓게 확산해 있고, 각각 비슷한 수준의 기술력을 갖추고 있고, 우리 못지않게 복잡한 경제 구조를 가지고 있지. 그중 일곱 종족은 우리가 수행 중인 것과 같은 전쟁에 참가하고 있지만, 우리가 그들과 마주치는 법은 거의 없어. 그치들이 우리한테 들이대거나 서로와 마주치는 일이 거의 없는 것과 마찬가지로 말이야. 조우할 가능성 자체가 워낙 낮아서, 타리크처럼 경험이 풍부한 우주여행자조차도 우연히 마주친 외계인의 배를 제대로 알아보지 못할 정도이지. 이유가 뭐라고 생각해?"

"뭔데?"

"왜냐하면 서로 의사소통을 하기 위해 필요한 호환적 요소가 믿기 힘들 정도로 적기 때문이야. 이를테면 시리비아인들은 멍에를 세 개 매단 수란 같은 모양의 우주선으로 별에서 별로 항해하고도 남을 정도의 지식을 가지고 있지만, '집'이나 '고향'이나 '거주지' 따위의 개념이 없어. '우리는 가족과 고향을 지켜야 한다.' 외우주 의회에서 시리비아인과 우리들 사이의 우호조약 체결을 준비했을 때, 이 문장을 시리비아어로 말하는 데 사십오 분이나 걸렸던 걸 기억하고 있어. 그들의 문화 전체는 열하고 온도 변화에 기반해 있다고 해도 과언이 아니지. 시리비아인들이 그나마 '가족'이 뭔지를 알고 있었던 건 순전한 요행이었어. 왜냐하면 인류를 제외하고 가족이라는 개념을 가진 외계 종족은 그치들밖에는 없었거든. 하지만 '집'이라는 개념을 시리비아인들에게 이해시키기 위해서는 결국 이렇게 설명하는 수밖에 없었어. '…… 온도 변화가 심한 외부 환경에 대해 온도적 불일치를 야기하고, 98.6도의 일정한 체온을 가지는 생물이 쾌적하게 서식할 수 있도록 울타리를 친 공간. 이 울타리 친 공간은 온난한 계절 동안 온도를 내리고, 추운 계절에는 올리며, 유기 영양물을 보존할 목적으로 냉동시키거나 물의 비등점보다 훨씬 더 높은 온도로 가열해서 원주민의 미각 기제의 욕구를 만족시킬 수 있는 장소를 제공해주며, 몇백 개의 뜨겁고 추운 계절 동안 이어져 내려온 관습을 가진 이 원주민들은, 관습적으로 이 온도 변화 장치를 추구해왔다…… 운운.' 이런 식으로 말이야. 마지막에 가서는 그치들에게 '고향'이란 무엇인지, 또 왜 그것을 지킬 가치가 있는 건지를 어느 정도까지는 이해시킬 수 있었어. 에어컨디셔너하고 중앙난방 시스템의 설계도를 보여준 뒤로는 의사소통도 급물살을 타기 시작했지. 지금 외우주 의회에는 필요한 에너지 전부를 보급할 수 있는 거대한 태양열 변환 공장이 있는데, 열을 증폭하고 감퇴시키는 장치가 이 〈제벨〉호보다 더 큰 공간을 점유하고 있어. 시리비아인 하나가 이 공장 안을 미끄러지듯이 돌아다닌 다음에, 그걸 한 번도 본 적이 없는 다른 시리비아인 동료에게 자기가 뭘 봤는지를 묘사하면, 그 동료는 벽의 색깔까지 정확하게 재현한 완벽한 복제를 만들 수가 있어— 사실 이런 일은 실제로 일어났지. 시리비아인들은 인간이 만든 회로 일부가 매우 독창적이라고 생각하고 자기들도 그걸 시험해보고 싶어했거든. 각 부품의 위치, 크기 따위를, 바꿔 말해서 공장 전체를 단 아홉 단어로 표현했던 걸로 알고 있어. 그것도 아주 짧은 단어들뿐이었지."

붓처는 고개를 가로저었다. "설마. 태양열 변환 시스템은 그런 식으로 나타내기엔 너무 복잡해. 이 두 손이 그런 것 하나를 직접 분해한 적이 있는데, 그리 오래전 얘기가 아냐. 너무 커. 그러니까—"

"사실이야, 붓처. 단 아홉 단어만 썼다니까. 영어로는 도표에 전기나 건축 설계도가 잔뜩 들어간 책 두 권이 필요했을 거야. 하지만 그치들에겐 딱 맞는 아홉 개의 단어가 있었어. 우리한텐 없지만."

"불가능해."

"저것도 불가능해 보이잖아." 리드라는 시리비아인의 우주선을 가리켜 보였다. "하지만 저렇게 멀쩡하게 날고 있지." 그녀는 높은 지성을 가지고 있으면서도 손상된 붓처의 뇌가 생각하는 광경을 바라보았다. "적절한 단어가 있으면, 시간을 많이 절약하고 일도 훨씬 쉬워져."

잠시 후 그는 물었다. "'나'가 뭐야?"

리드라는 씩 웃었다. "우선 그게 아주 중요하다는 걸 알아야 해. 그 어떤 것보다도 훨씬 더 중요한 거지. 뇌는 이 '나'라는 것이 살아 있는 한은 뭐가 어떻게 망가지든 크게 개의치 않아. 왜냐하면 뇌는 이 '나'의 일부거든. 영어에서 '책이 있다'고 할 때는 동사 is를 쓰고, 배도 is, 타리크도 is, 우주도 is이지만, '나는 존재한다'고 할 때는 I am이라고 한다는 걸 너도 깨달았을 거야."

붓처는 고개를 끄덕였다. "응. 하지만 '나는 존재'한다가 뭐야?"

안개가 관측용 현창을 뒤덮으며 별들과 시리비아인의 우주선의 모습을 뿌옇게 만들었다. "그건 오직 너만이 대답할 수 있는 질문이야."

"너도 중요한 게 아닐까." 붓처는 생각에 잠긴 어조로 말했다. "왜냐하면 이 뇌는 네가you are 중요한 사람이라는 얘기를 엿들은 적이 있기 때문이야."

"참 잘했어요!"

갑자기 그는 그녀의 뺨에 손을 갖다 댔다. 닭의 며느리발톱이 그녀의 아랫입술에 가볍게 닿았다. "너와 나." 붓처가 말했다. 그는 그녀의 얼굴에 자기 얼굴을 바짝 갖다 댔다. "아무도 여기 없어. 여긴 단지 너와 나만 있어. 하지만 누가 누구야?"

리드라는 고개를 끄덕였다. 그의 손가락 아래에서 뺨이 움직였다. "조금씩 이해하고 있는 것 같아." 그의 가슴은 서늘했고, 그의 손은 따뜻했다. 리드라는 자기 손으로 그의 손등을 덮었다. "가끔 너는 나를 두렵게 만들 때가 있어."

"I 하고 me." 붓처가 말했다. "이것들은 단지 형태학상으로만 차이 나는 게 맞지? 이 뇌는 예전에 그걸 깨달았어. 왜 너는does you 가끔 나를 두렵게 만드는데?"+

"'do you'라고 말해야 해. 형태학적으로만 정정하면 말이야. 네가 나를 두렵게 하는 건 네가 은행을 털고 사람들 머리에 칼자루를 박아 넣기 때문이야, 붓처!"

"너는 그랬다고?" 곧 놀란 기색이 사라졌다. "맞아, 너는 그랬었지. 너는 잊고 있었어."

"하지만 난 안 잊었어." 리드라가 말했다.

"왜 그게 나 두렵게, 아니 나를, 두렵게, 하는 거야? 그 얘기도 엿들어."

"왜냐하면 난 그런 일을 한 적이 없고, 하고 싶지도 않고, 결코 할

+ 이 대목부터 붓처는 자기를 '너 you'라고 부르고, 리드라를 '나 I'라고 부르고 있다.

수도 없기 때문이야. 그리고 난 네가 좋아. 난 내 뺨을 만지는 네 손이 좋아. 그러니까 네가 갑자기 칼자루를 **내** 눈에 박아 넣으려고 하지는 않을까……."

"아. 너는 내 눈에 결코 칼자루를 박아 넣지는 않을 거야." 붓처가 말했다. "나는 그걸 걱정하지 않아도 돼."

"네 마음이 바뀔 수도 있잖아."

"네 마음은 절대 안 바뀔 거야." 그는 그녀의 얼굴을 자세히 들여다보았다. "너가 나를 죽일 거라고 정말 생각하지 않아. 너도 그걸 알아. 나도 그걸 알아. 이유는 그게 아냐. 그러니까 나를 정말로 두렵게 하는 것이 뭔지 네가 얘기해주지 않겠어? 그럼 너는 어떤 패턴을 찾아내서 그걸 이해할 수 있을지도 몰라. 이 뇌는 멍청하지 않으니까."

그의 손이 미끄러지며 그녀의 목을 훑었다. 우려 섞인 당혹스러운 눈빛. 그가 생물학실의 죽은 태아에게서 고개를 돌리기 직전에 같은 표정을 짓는 것을 리드라는 본 적이 있었다. "예전에……" 그녀는 천천히 말하기 시작했다. "……흐음, 새가 한 마리 있었어."

"새들이 나를 두렵게 만드는 거야?"

"아니. 하지만 그 새만은 그랬어. 그때 난 어린애에 불과했고. 넌 어린애였을 때를 기억 못 하지? 자라서 어떤 사람이 되느냐는 대부분 어린애 때 그 사람이 어떤 경험을 했는지에 달려 있어."

"지금의 나도 그래?"

"응, 나도 그래. 내 의사 선생님이 선물해준 새였어. 구관조라고, 사람 말을 할 줄 아는 새였지. 하지만 자기가 무슨 말을 하는지는 몰라. 단지 테이프 녹음기처럼 같은 말을 되풀이할 뿐이야. 문제는 내가 그걸 몰랐다는 거였지. 대부분의 경우 나는 사람들이 나한테 뭐라고 말하려고 하는지를 알아차릴 수 있어, 붓처. 예전에는 그게 정확히 뭔지 이해하지 못했지만, 〈제벨〉호로 온 이래 뭔가 텔레파시와 관계가 있다는 걸 깨달았어. 하여튼 이 구관조는 옳은 말을 하면 상으로 지렁이를 받는 방식으로 훈련을 받았어. 지렁이가 얼마나 큰지 알아?"

"이 정도?"

"맞아. 그보다 몇 인치나 더 긴 것들도 있지만 말이야. 그리고 구관조의 몸길이는 8에서 9인치 정도야. 바꿔 말해서 지렁이는 구관조의 6분의5에 가까울 정도로 길었던 거지. 중요한 건 바로 그 점이야. 그 새는 '안녕, 리드라. 오늘 바깥 날씨가 참 좋아서 나도 기분이 좋아'라고 말하도록 훈련받았어. 하지만 실제로 그 새의 마음속에는 시각과 후각이 결합된 막연한 감각밖에는 없었던 거야. 대략 번역하면, **지렁이 한 마리가 또 온다**라고나 할까. 그래서 내가 온실로 들어가서 그 구관조한테 안녕이라고 인사했을 때, 구관조는 '안녕, 리드라. 오늘 바깥 날씨가 참 좋아서 나도 기분이 좋아'라고 대답했어. 그 즉시 나는 그 새가 거짓말을 하고 있다는 걸 알았어. 실제로는 지렁이 한 마리가 또 오는 거였거든. 그리고 난 그걸 보았고, 그 냄새를 맡았고, 굵고 내 키의 6분의 5나 되는 크기의 지렁이를 경험했던 거야. 게다가 그걸 먹어야 했어. 그래서 히스테리 상태에 빠져버렸지. 의사 선생님한테는 결코 이 얘기를 하지 않았어. 조금 전까지만 해도 정확히 무슨 일이 일어났던 건지를 이해하지 못했거든. 지금도 그 기억을 떠올리면 몸이 부들거릴 정도야."

붓처는 고개를 끄덕였다. "너는 돈을 가지고 행성 레아에서 도망쳤지만, 결국은 행성 디스의 얼음 지옥 속 동굴에서 은신해야 했어. 거기서 너는 길이가 12피트인 괴물 벌레의 습격을 받았어. 피부에서 산성 점액을 배출하면서 바위를 뚫고 기어 나오더군. 너는 두려웠지만, 너는 놈들을 죽였어. 너는 도약 썰매의 동력원을 써서 전기 그물을 만들었어. 너는 그놈들을 죽였고, 네가 그놈들을 퇴치할 수 있다는 걸 알게 된 뒤에는, 넌 더 이상 두렵지 않았어. 그 고기를 먹지 않은 것은 단지 그 살에 독성이 있었기 때문이야. 하지만 너는 사흘이나 굶은 상태였어."

"내가? 아니, 그러니까…… 넌 정말로 그런 경험을 했어?"

"너는 내가 두려워하는 것을 두려워하지 않아. 나는 네가 두려워하는 것을 두려워하지 않아. 그건 좋은 일이 아닐까?"

"그럴지도."

붓처는 천천히 얼굴을 그녀의 얼굴에 갖다 댔다가 뗐고, 대답해보라는 듯이 그녀의 얼굴을 가볍게 긁었다.

"넌 뭘 두려워하는데?" 리드라가 물었다.

그는 머리를 흔들었다. 당혹스럽기 때문이지, 부정의 의미가 아니다. 적절한 표현을 찾으려고 고민하는 투가 역력했기 때문이다. "그 아기, 죽은 아기 말이야." 그는 말했다. "이 뇌는 두려워. 네가, 네가 혼자가 되어버리는 것이 두려워."

"네가 혼자가 되어버리는 게 왜 그렇게 두려운 거야, 붓처?"

그는 또다시 세차게 고개를 저었다.

"고독은 좋지 않아."

리드라는 고개를 끄덕였다.

"이 뇌도 그걸 알아. 오랫동안 그걸 모르고 있었지만, 시간이 흐른 뒤에 그걸 알게 되었어. 그렇게 돈이 많았지만 레아에서도 너는 고독했어. 디스에서는 더 고독했고. 틴틴에서는 다른 죄수들이 함께였지만 네가 제일 고독했어. 네가 말을 걸어도 제대로 이해하는 사람은 아무도 없었어. 너도 그들을 제대로 이해하지 못했고. 아마 그들이 **나**하고 **너**란 말을 너무 많이 썼기 때문일지도 몰라. 너는 이제야 네가 얼마나 중요하고, 내가 얼마나 중요한지를 배우고 있어."

"넌 그 아기를 키워서, 아기가 자라면…… 네가 말하는 언어하고 같은 언어를 말하게 하고 싶었던 거야? 아니면 적어도 네가 지금 말하는 식의 영어를 가르치고 싶었어?"

"그럼 양쪽 모두 고독하지 않으니까."

"그랬었구나."

"하지만 죽었어." 붓처는 말했고, 또다시 끙 하는 소리를 냈다. "하지만 이제 너는 그렇게까지 고독하지는 않아. 나는 너에게 다른 사람을 이해하는 법을 조금 가르쳐주니까. 너는 바보가 아니고, 이해하는 속도도 빨라." 붓처는 대뜸 리드라를 마주 보더니 그녀의 양 어깨에 주먹 쥔 손을 얹고 진지한 어조로 말했다. "너는 나를 좋아해. 내가 처음으로 〈제벨〉호에 왔을 때조차도, 나의 어떤 부분이 너는 마음에 들었어. 나는 내가 나쁘다고 생각하는 일을 네가 하는 걸 봤지만, 너는 내가 마음에 들었어. 나는 너에게 〈침략자〉들의 방어망을 파괴하는 방법을 가르쳐주었고, 너는 나를 위해서 그걸 파괴했어. 나는 내가 〈용의 혀〉 끝으로 가고 싶다고 너에게 말했고, 너는 내가 그럴 수 있도록 도와주었어. 내가 원하는 거라면 너는 뭐든지 할 거야. 그럴 거라는 걸 꼭 내가 꼭 알았으면 좋겠어."

"고마워, 붓처." 리드라는 놀란 어조로 말했다.

"네가 은행을 또 터는 일이 있으면, 넌 내게 그 돈을 전부 줄게."

리드라는 웃음을 터뜨렸다. "어머, 고마워. 나를 위해 그래주겠다는 사람은 지금까지는 없었어. 하지만 다시 그래야 하는 상황은 안 왔으면—"

"나를 다치게 하려는 자가 있으면, 그게 누구든 넌 죽일 거야. 네가 지금까지 죽였을 때보다 훨씬 더 잔인하게."

"하지만 그럴 필요는—"

"만약 〈제벨〉호가 너와 나를 떼어놓음으로써 우리를 고독하게 만들려고 한다면, 모조리 죽일 거야."

"세상에, 붓처—" 리드라는 몸을 돌리고 오므린 손을 입에 갖다 댔다. "정말이지 난 한심한 선생이었어! 넌 내가—내가—무슨 얘기를 하고 있는지 하나도 이해 못했어."

깜짝 놀란 목소리가 천천히 말했다. "나는 너의 생각을 이해 못하는 것 같아."

리드라는 몸을 돌려 상대와 마주 보았다. "아냐, 이해해, 붓처! 난 너를 이해해. 제발 그것만은 믿어줘. 하지만 네가 배워야 할 것이 좀 더 남아 있다는 걸 알아줘."

"너는 나를 믿어." 붓처는 단호한 어조로 말했다.

"그럼 들어줘. 지금 우리는 아직 반 정도만 달성했을 뿐이야. '나'하고 '너'에 관해서도 완전히 너를 이해시키지 못했고. 그래서 우린 우리만의 언어를 만들었고, 지금 우리가 말하고 있는 건 바로 그거야."

"하지만—"

"사실을 말하자면, 지난 십 분 동안에 네가 말한 '너'는 전부 '나'라고 말했어야 옳았고, 네가 '나'라고 말했을 때는 정말은 '너'라고 말했어야 했어."

그는 시선을 바닥에 떨어뜨렸다가, 다시 들어 올렸지만, 여전히 침묵하고 있었다.

"내가 '나'라고 말하는 존재를, 넌 '너'라고 불러야 해. 그 역逆 또한 마찬가지이고. 이해 못하겠어?"

"그것들은 같은 걸 나타내는 같은 단어이고, 호환해서 쓸 수 있다는 얘기야?"

"아니, 그게 아니라…… 맞아! 두 단어 모두 같은 종류의 것을 나타내. 어떤 의미에서는 같다고 할 수 있지."

"그럼 너하고 나는 같다는 얘기로군."

상대방이 혼란에 빠질 것을 각오하고, 리드라는 고개를 끄덕였다.

"그럴지도 모른다는 생각은 했어. 하지만 너는." 이러면서 그는 그녀를 가리켰다. "그걸 내게 가르쳐줬어." 그러면서 자기 가슴에 손을 댔다.

"바로 그런 이유에서, 사람을 죽이고 다니면 안 된다는 거야. 적어도 그러기 전에 숙고에 숙고를 거듭해야 해. 네가 타리크와 말을 나눌 때도, 나하고 너는 여전히 존재해. 네가 이 배에 탄 누구를 보든, 설령 뷰스크린을 통해서 본다고 해도, 나하고 너는 여전히 존재하고 있는 거야."

"이 뇌는 거기 대해서 생각해봐야겠어."

"뇌만 가지고 그러는 게 아니라, 네가 생각해봐야 해."

"그래야 한다면 그렇게 하기로 하지. 하지만 우리는 하나가 맞지. 다른 사람들 이상으로." 그는 또다시 그녀의 얼굴에 손을 갖다 댔다. "왜냐하면 네가 내게 가르쳐줬기 때문이야. 왜냐하면 나하고 있으면 너는 그 무엇도 걱정할 필요가 없기 때문이야. 방금 배웠으니까 다른 사람들에게는 실수를 할지도 모르겠어. 많은 생각을 해보지 않고 '나'가 '너'를 죽이는 것은 잘못이니까. 그렇지? 이번에는 제대로 말했어?"

리드라는 고개를 끄덕였다.

"너하고 있을 때는 실수를 하지 않을게. 그건 너무 끔찍하니까. 최대한 실수를 저지르지 않도록 할게. 그러면 언젠가는 완전히 터득할 수 있을 거야." 이렇게 말하고 그는 미소 지었다. "하지만 나한테 누군가가 실수를 저지르는 일이 없으면 좋겠어. 그런 일을 하는 사람들이 안됐거든. 왜냐하면 그런 사람들에게 나는 거의 아무 생각 없이 아주 빨리 실수를 저지를 것 같기 때문이야."

"우선은 그걸로도 충분할 것 같아." 리드라는 대꾸하고 양손으로 그의 양팔을 잡았다. "너하고 내가 함께 있을 수 있어서 기뻐, 붓처." 그러자 그의 팔이 올라오며 그녀를 꼭 껴안았다. 그녀는 그의 어깨에 얼굴을 묻었다.

"나는 너를 고마워해." 그는 속삭였다. "나는 너를 고마워하고, 고마워해."

"따뜻하구나." 그녀는 그의 어깨에 대고 말했다. "잠시 이렇게 있게 해줘."

그가 몸을 빼자, 리드라는 눈을 깜박이며 푸른 안개를 통해 그의 얼굴을 올려다보았고, 얼어붙었다. "무슨 일이야, 붓처?"

붓처는 리드라의 얼굴을 좌우에서 잡고 호박색 머리카락이 그녀의 이마에 닿을 때까지 고개를 수그렸다.

"붓처, 내가 다른 사람들이 무슨 생각을 하고 있는지 안다고 말했던 거 기억나? 흠, 지금 나는 뭔가 잘못됐다는 걸 알아. 넌 내가 너를 두려워할 필요가 없다고 했지만, 지금 넌 나를 두렵게 만들고 있어."

리드라는 붓처의 얼굴을 들어 올렸다. 눈물이 보였다.

"있잖아, 내가 어딘가 이상해지면 넌 두려움을 느낄 거잖아. 그것하고 마찬가지로, 네가 어딘가 이상해지면 그것만큼 나를 오랫동안 두려움에 떨게 만드는 일은 없을 거야. 뭐가 문제인지 얘기해줘."

"그럴 수가 없어." 붓처는 목쉰 소리로 말했다. "**나는** 그럴 수가 없어. **나는 너한테** 얘기해줄 수가 없어." 이 얘기를 듣자마자 리드라는 바로 이것이야말로 새로운 지식을 얻은 붓처에게 일어날 수 있는 가장 끔찍한 일이라는 사실을 깨달았다.

리드라는 붓처가 스스로와 싸우는 것을 바라보았고, 자기 자신과도 싸웠다. "내가 도와줄 수 있을지도 몰라, 붓처! 내가 그 뇌로 들어가서 문제가 뭔지를 알아낼 수 있는 방법이 있어."

붓처는 뒷걸음치며 고개를 가로저었다. "**너는** 절대로 그러면 안 돼. **너는 나한테** 그런 일을 하면 안 돼. 제발 그러지 마."

"붓처, 아, 안 그럴게." 리드라는 혼란에 빠졌다. "그, 그런 거라면 나…… 난 안 그럴게." 혼란은 고통으로 다가왔다. "붓처…… 나, 난 안 그럴 거야!" 리드라는 어린 시절로 돌아가서 말을 더듬었다.

"나는—" 그는 운을 뗐다가 격한 숨을 내쉬었고, 나직해진 목소리로 말했다. "나는 오랫동안 혼자서 '나'가 아닌 상태로 있었어. 그래서 조금 더 혼자 있을 필요가 있어."

"그, 그랬구나." 극히 사소하고 쉽게 처리할 수 있는 성질의 것이었지만 의구심이 생겨났다. 그가 뒷걸음쳤을 때 두 사람 사이에 생긴 공간으로 비집고 들어온 느낌이다. 그러나 그 또한 인간적인 것이었다. "붓처? 내 마음을 읽을 수 있어?"

붓처는 놀란 표정이었다. "아니. 네가 내 마음을 어떻게 읽을 수 있는지조차도 이해 못하는데."

"알았어. 혹시 내 머릿속에 있는 무엇인가를 네가 포착한 탓에 네가 나를 두려워하게 된 건 아닌가 하는 생각이 들었거든."

붓처는 고개를 가로저었다.

"그럼 됐어. 빌어먹을, 나도 내 머릿속을 누가 읽는 건 사절이야. 나도 이해할 수 있어."

"나는 이제 너한테 얘기하겠어." 붓처는 다시 그녀에게 다가오며 말했다. "나하고 너는 하나지만, 나하고 너는 아주 달라. 나는 네가 결코 알 수 없는 것들을 많이 보아왔어. 너는 내가 결코 볼 수 없는 것들에 관해서 알아. 너는 나를 조금 덜 고독하게 만들었어. 뇌에는, 나의 이 뇌에는, 고통이나 도주나 전쟁에 관한 지식이 많이 들어 있어. 티틴에 있었음에도 불구하고, 승리에 관한 것도 많았어. 만약 네가 위험에 빠진다면, 그러니까, 누군가가 너에게 잘못을 저지를지도 모르는 종류의 진짜 위험에 빠진다면, 이 뇌 속으로 들어가. 들어가서 뭐가 있는지 알아보는 거야. 필요한 것이 있으면 뭐든 써. 단지 부탁하고 싶은 것이 있는데, 모든 수를 다해봐도 안 됐을 때만 그랬으면 좋겠어."

"그럴게, 붓처."

그는 손을 내밀었다. "이리 와."

리드라는 며느리발톱에 닿지 않도록 그의 손을 잡았다.

"〈동맹〉 편이라면 외계인 우주선 주위의 초정지 공간류를 감시할 필요는 없어. 너하고 나는 잠시 함께 있기로 해."

리드라는 그의 팔에 어깨를 기대고 함께 걸었다. "아군이든 적군이든." 그녀는 무수히 많은 유령들이 부유하고 있는 박명 속을 지나가며 말했다. "이 〈침략〉 전체가— 이따금 너무나도 어리석게 느껴져. 내 고향에서는 아예 생각하는 것도 허용되지 않는 일들이 있지. 이곳 제벨 타리크에서는 질문 자체를 얼추 피하고 있는 것처럼 보이고. 사실 그게 부러울 정도야."

"너는 〈침략〉 때문에 동맹 행정 사령부로 간다는 거지. 안 그래?"

"맞아. 하지만 내가 간 뒤에 다시 돌아오더라도 놀라지 마." 몇 걸음 더 걸은 뒤에 그녀는 다시 고개를 들었다. "한 가지 더 머릿속에서 정리하고 싶은 일이 있어. 〈침략자〉들은 우리 부모님을 죽였고, 2차 엠바고 때는 나 자신이 죽을 뻔했어. 내 항법사들 중 두 명은 〈침략자〉들에게 아내를 잃었어. 그럼에도 불구하고, 론은 〈조병창〉의 정당성에 관해서 의문을 품을 마음의 여유가 있었어. 〈침략〉을 좋아하는 사람은 아무도 없지만, 그런 일은 계속 일어나기 마련이야. 너무나도 큰 문제라서 지금까지 거기서 도망치려고 진심으로 생각해본 적이 없을 정도야. 그토록 많은 사람들이 괴상하고, 또 파괴적일지도 모르는 방법으로 그런 일을 시도하는 걸 보면 정말 기분이 이상해져. 아예 사령부로 가지 않는 편이 나을지도 몰라. 뒤로 돌아서 〈단층〉의 가장 밀도가 높은 영역으로 가자고 타리크한테 말하는 거지."

"〈침략자〉들." 붓처는 거의 곰곰이 생각하는 투로 말했다. "놈들은 많은 사람에게 아픔을 줬어. 너, 나. 나한테도 아픔을 줬어."

"그랬어?"

"이 뇌도 아프다고 했잖아. 그렇게 만든 건 〈침략자〉들이야."

"무슨 짓을 했는데?"

붓처는 어깨를 으쓱했다. "내가 처음 기억하는 건 누에바-누에바 요크에서의 탈출이야."

"그거, 게자리 성단으로 통하는 거대 우주 공항 얘기지?"

"맞아."

"〈침략자〉들이 너를 붙잡았단 말이야?"

붓처는 고개를 끄덕였다. "그리고 뭔가를 했어. 실험이었을지도 모르고, 고문이었을지도 몰라." 그는 어깨를 으쓱했다. "어느 쪽이든 상관없어. 어차피 나는 기억 못하니까. 하지만 내가 탈출했을 때는 아무것도 가지고 있지 않았어. 기억도, 목소리도, 말도, 이름도."

"아마 넌 전쟁포로였거나, 포로로 잡히기 전에는 중요 인물이었을 가능성조차 있어—"

붓처는 고개를 숙이고 그녀의 입술에 뺨을 갖다 댐으로써 그녀의 말을 막았다. 다시 고개를 들며 그는 미소 지었다. 슬픈 미소였다. "이 뇌가 모르는 일이 있는 건 틀림없지만, 나는 추측할 수 있어. 나는 언제나 도둑이었고, 살인자였고, 범죄자였어. 그리고 '나'도 아니었어. 〈침략자〉들은 나를 한 번 생포했어. 나는 도망쳤어. 나중에 〈동맹〉은 티틴에서 나를 잡았어. 나는 도망쳤어—"

"**티틴**에서 도망쳤다고?"

붓처는 고개를 끄덕였다. "나는 아마 또 잡힐지도 몰라. 이 우주에서는 그게 범죄자들의 운명인지도 모르니까. 그러면 또 도망칠지도 모르겠군." 그는 어깨를 으쓱했다. "혹은 나는 다시는 잡히지 않을지도 몰라." 이러면서 붓처는 리드라를 바라보았다. 놀란 얼굴이었지만, 이 놀라움은 그녀를 향한 것이 아니라 그 자신 내부의 무엇인가를 향한 것이었다. "예전에는 나는 내가 아니었지만, 이제는 잡히지 않을 이유가 생겼어. 나는 다시 잡히지 않을 거야. 이유가 있으니까."

"그게 뭔데, 붓처?"

"왜냐하면 나는 나이고," 그는 나직하게 말했다. "너는 너이기 때문이야."

5

"사전을 쓰고 있는 거야?" 브래스가 물었다.

"그건 어제 끝냈어. 이건 시야." 리드라는 공책을 덮었다. "우린 곧 〈혀〉 끄트머리에 닿을 거야. 오늘 아침에 붓처한테 들은 얘긴데 시리비아인들이 나흘 동안 우리 곁에서 따라오고 있었대. 브래스, 혹시 그치들이 왜 그런—"

확성기로 확대된 타리크의 목소리. "〈제벨〉호의 모든 승무원은 즉각 방어 태세를 갖추라. 되풀이한다. 즉각 방어 태세를 갖추라."

"도대체 무슨 일이지?" 리드라는 물었다. 공동 식당에 있던 다른 사람들은 일제히 행동에 나섰다. "흠, 우리 승무원들을 모두 찾아내서 사출문射出門 쪽으로 인솔해 가."

"스와이더 보트들이 출격하는 곳 말이지?"

"그래." 리드라는 자리에서 일어났다.

"여기 친구들하고 함께 한판 뜰 생각이야, 캐틴?"

"그래야 한다면." 리드라는 대꾸하고 식당을 가로질러 갔다.

승무원들보다 일 분 먼저 도착한 리드라는 사출용 해치 앞에서 붓처와 마주쳤다. 통로는 자기 부서로 달려가는 〈제벨〉호의 전투 요원들로 혼잡스러웠다.

"무슨 일이야? 시리비아인들이 갑자기 적대적으로 변하기라도 했어?"

그는 고개를 가로저었다. "〈침략자〉들이 은하계 중심에서 12도 되는 곳에 있어."

"동맹군 사령부에 이렇게 가까운데도?"

"응. 그리고 타리크가 먼저 공격하지 않으면 〈제벨〉호는 가망 없어. 〈제벨〉보다 훨씬 큰 배들이고, 〈제벨〉은 그대로 거기 뛰어들 거야."

"타리크는 공격할 작정이라는 거야?"

"응."

"그럼 가자고. 공격하러."

"나하고 가려고?"

"난 용병술의 달인이잖아. 기억 안 나?"

"〈제벨〉호는 위험해." 붓처가 말했다. "이건 네가 본 적 있는 것보다 훨씬 더 큰 전투 될 거야."

"그럼 더욱더 내 재능을 발휘할 이유가 생겼네. 네 보트는 승무원들을 모두 태울 수 있게 되어 있어?"

"응. 하지만 〈제벨〉의 항법하고 감각 요원들이 원격조작해."

"그래도 다 태우고 가자고. 전술을 갑자기 변경할 필요가 생길 경우에 대비해서 말이야. 이번에는 타리크도 함께 타고 가?"

"아니."

홀 안쪽 모퉁이에서 슬러그가 나타났다. 브래스와 세 항법사, 희미하고 실체가 없는 유체인 3인조, 그리고 플래툰 전원을 대동하고.

붓처는 그들을 보다가 리드라에게 시선을 돌렸다. "알았어. 안으로 들어와. 모두들 들어와!"

리드라는 그의 어깨에 입을 맞췄다. 뺨까지 키가 닿지 않았기 때문이다. 붓처는 사출 해치를 열고 들어가라는 시늉을 했다.

사다리를 올라가려던 알레그라가 리드라의 팔을 잡았다. "이번에는 싸우는 건가요, 캡틴?" 주근깨투성이의 플래툰 소녀의 얼굴에는 흥분된 미소가 떠올라 있었다.

"그럴 가능성이 높아. 무서워?"

"옙." 알레그라는 여전히 싱글거리며 대꾸했고, 어두운 터널 안으로 후다닥 들어갔다. 리드라와 붓처가 마지막으로 들어갔다.

"원격조종에서 수동조종으로 전환해도 쟤네들이 이 배의 장비를 제대로 다루지 못하거나 하진 않겠지?"

"이 스파이더 보트는 〈랭보〉호보다 10피트 짧을 뿐이야. 영체인 구획은 조금 비좁지만, 그밖의 부분은 완전히 똑같아."

리드라의 뇌리에 이런 생각이 떠올랐다. 발생기가 달랑 하나 달린 길이 40피트의 우주정에서 감각 관측을 맡은 적도 있습니다. 거기 비하면 궁전입니다, 캡틴— 바스크어였다.

"캡틴의 선실도 다르지만 말이야." 붓처가 덧붙였다. "무기 조작 장치가 거기 있어. 조금 실수를 할 수도 있어."

"걱정 근심은 나중에 하자고." 리드라는 대꾸했다. "우린 제벨 타리크를 위해 죽어라 싸울 거니깐. 하지만 죽어라 싸워도 아무 소용도 없을 경우에는 탈출할 방법을 확보해두고 싶어. 무슨 일이 일어나든 간에, 난 동맹 행정 사령부로 꼭 돌아가야 해."

"타리크는 시리비아 우주선이 우리와 함께 싸워줄지 알고 싶어했어. 아직도 T 방면에서 얼쩡거리고 있어."

"아마 강 건너 불구경하고 있겠지. 그치들은 자기들이 직접 공격당하지 않는 한 무슨 일이 일어나고 있는지 이해 못할 거라고 생각해. 공격받는다면 자기 몸은 충분히 지킬 수 있을 거야. 하지만 공격에 적극 가담해줄 것 같지는 않군."

"그건 안 좋아." 붓처가 말했다. "우린 도움이 필요할 텐데."

"목공소 나와라. 목공소 나와라." 타리크의 목소리가 스피커에서 들려왔다. "되풀이한다, 목공소 나와라."

리드라의 선실에서 언어 도표가 걸려 있던 장소는 뷰스크린—〈제벨〉호의 전망실에 있는 너비 100피트의 투영 스크린을 그대로 축소한 듯한—으로 덮여 있었다. 그녀의 제어 콘솔이 있던 장소에는 각종 폭탄과 진동포의 조작 장치가 겹겹이 늘어서 있다. "무지막지하고 미개한 무기들이로군." 리드라는 거품의자가 있어야 할 장소에 거치된 만곡한 완충판 위에 앉으며 중얼거렸다. "하지만 위력은 장난 아니겠지. 제대로 쓰기만 한다면."

"뭐라고?" 붓처가 옆자리에 앉아 안전띠를 매며 말했다.

"지금은 고인이 된 암세지의 무기 개발 책임자가 했던 말을 대충 인용한 거야."

붓처는 고개를 끄덕였다. "너는 부하 승무원들을 맡아. 나는 여기 체크리스트를 점검할게."

리드라는 인터콤을 켰다. "브래스, 접속하고 있어?"

"접속 완료."

"〈눈〉, 〈귀〉, 〈코〉?"

"여긴 먼지투성이군요, 캡틴. 도대체 이 무덤은 언제 청소한 걸까?"

"먼지 따윈 아무래도 좋아. 전부 제대로 작동해?"

"아, 전부 제대로 작동합니다……." 유령의 입에서 나온 재채기 소리와 함께 말이 끊겼다.

"게준트하이트.+ 슬러그, 그쪽은 어때?"

"모두 자기 부서에서 대기 중입니다, 캡틴." 그러고는 작은 목소리. "당장 그놈의 구슬을 집어넣지 못하겠어!"

"항법?"

"문제없습니다. 몰리야가 칼리한테 유도를 가르치고 있습니다. 하지만 전 자리에서 대기하고 있고, 뭔가 일어나는 즉시 저 친구들을 부르겠습니다."

"정신 바짝 차리고 있어."

붓처가 몸을 내밀고 그녀의 머리카락을 쓰다듬더니 웃음을 터뜨렸다.

"나도 저치들을 좋아해." 리드라가 말했다. "실제로 전투에 동원해야 하는 상황은 안 왔으면 좋겠지만 말이야. 저치들 중 한 사람은 지금

+ Gesundheit. '당신의 건강을 위하여'라는 의미의 독일어. 영어권에서도 재채기한 사람에게 그렇게 말한다.

까지 두 번이나 내 목숨을 노렸던 배신자거든. 세 번째 기회를 주고 싶지는 않아. 그럴 필요가 있다면 이번에는 내 힘으로 처리할 수 있을 것 같긴 하지만."

타리크의 목소리가 스피커에서 들려왔다. "목수들은 은하계 중심에서 32도 방향에 집합하라. 쇠톱들은 K 방면 게이트로 향하라. 내릴톱들은 R 방면 게이트에서 대기하라. 가로톱들은 T 방면 게이트에서 대기하라."

사출기들이 철컥 열렸다. 선실이 껌껌해지는 것과 동시에 뷰스크린에 별들과 먼 가스 성운들이 떠올랐다. 무기 제어반에 빨간색과 노란색 불빛이 일제히 들어왔다. 부副 스피커를 통해 〈제벨〉호의 항법실 요원들의 잡담이 들려왔다.

이번엔 힘든 전투가 될 거야. 적함이 보여, 제호사팻?"

지금 바로 내 앞에 있어. 엄청나게 큰 년이야.

아직 우리를 못 봤기를 기대하는 수밖에. 정신 바싹 차리고 있어, 키피.

"천공반穿孔盤, 동력톱, 선반. 조이고 기름 치고 플러그가 제대로 꽂혀 있는지 확인해."

"우리들 얘기야." 붓처가 말했다. 어둑어둑한 선실 안에서 두 손이 무기 제어반 위로 번개처럼 올라갔다.

모기장에 걸려있는 탁구공 세 개는 뭐야?

타리크 말로는 시리비아인의 배라는데.

저치들이 우리 편에 머물러 있는 한은 신경 안 써.

"동력 공구들은 작전을 개시하라. 수手공구들은 끝마무리에 착수하라."

"제로." 붓처가 속삭이듯이 말했다. 리드라는 배가 튀어 나가는 것을 느꼈다. 화면의 별들이 움직이기 시작했다. 십 초 후에는 전방에서 그들을 향해 기동 중인, 선수船首가 뭉뚝한 〈침략자〉의 전함이 모습을 드러냈다.

"참 못생겼네." 리드라가 말했다.

"〈제벨〉호하고 비슷한 규모지만 〈제벨〉 쪽이 작아. 생환하면 〈제벨〉호는 참 멋지게 보이겠지. 시리비아인들의 도움을 요청할 방법이 없어? 타리크는 〈침략자〉 전함의 출격 포트를 직접 공격해서 최대한 피해를 입히려고 하겠지만, 그리 큰 효과는 못 볼 거야. 그다음에는 놈들이 공격해올 차례야. 그때도 놈들의 병력이 〈제벨〉호의 스파이더 보트 수보다 많고, 또 타리크의 처음 기습 공격의 효과도 많이 줄어드니까, 그러면," 리드라는 그의 주먹이 어둠 속에서 손바닥을 때리는 소리를 들었다. "끝장이지."

"무지막지하고 미개한 원폭을 투척하면 안 돼?"

"적함도 편향 장치가 있으니 타리크 쪽에서 폭발해버릴 거야."

"우리 애들을 데리고 와서 다행이네, 그럼. 동맹 행정 사령부로 재빨리 도망쳐야 할지도 모르니까."

"놈들이 놓아준다면야." 붓처는 음울한 어조로 말했다. "이번엔 어떤 전술을 써야 이길 수 있지?"

"공격이 시작되자마자 알려줄게. 방법이 있긴 한데, 과용하면 대가가 너무 커서 말이야." 제프리 코드 사건 뒤에 컨디션이 악화되었던 것이 떠올랐다.

타리크가 계속 대형을 짜는 동안, 부하들은 〈제벨〉호와 교신을 계속했고, 스파이더 보트들은 전방의 어둠 속으로 잠입했다.

전투는 워낙 느닷없이 개시된 탓에 자칫 놓칠 뻔했다. 다섯 척의 쇠톱들이 〈침략자〉 전함에서 100야드 떨어진 곳까지 잠입했던 것이다. 그들은 적함의 출격 포트를 향해 일제 사격을 가했고, 그러자마자 빨간 딱정벌레들이 황급히 검은 돼지의 측면에서 떨어져 나왔다. 적함이 손상을 입지 않은 27개의 출격 포트를 열고 고속정의 제1파를 내뱉어 내기까지는 4.5초가 걸렸다. 그러나 이 무렵 리드라는 이미 바벨-17로 생각하고 있었다.

팽창한 시간 감각 속에서 리드라는 도움이 필요하다는 사실을 깨달았다. 그 사실의 표현 자체가 해결책이기도 했다.

"작전 변경. 붓처. 열 척을 가지고 나를 따라와. 우리 배는 내 부하들에게 맡기겠어."

영어로 소리 내어 말할 때의 이 답답함이란! 붓처가 요청하는 소리가 들렸다. "키피, 쇠톱들이 후미에서 따라오게 그냥 놓아둬!" 테이프를 4분의1 속도로 돌리고 있는 듯한 느낌. 그러나 그녀의 부하들은 이미 이 스파이더 보트를 제어하고 있었다. 그녀는 마이크에 대고 날카로운 어조로 궤도를 지시했다.

브래스는 대형을 조류에 직각으로 돌진시켰다. 한순간 뒤에서 따라오는 쇠톱들이 보였다. U턴해서 〈침략자〉 고속정 1파의 뒤로 들어간다.

"놈들 엉덩이를 구워버려!"

무기 제어반 위에 놓인 붓처의 손이 주저했다. "〈제벨〉호를 향해 몰아가려는 거야?"

"바로 그거야. 당장 쏴, 멋쟁이 씨!"

그는 쏘았고, 쇠톱들도 이를 따랐다.

십 초 후 리드라가 옳았다는 것이 증명되었다. 타리크는 R 방향에 자리잡고 있었다. 그리고 전방에는 수란을 닮은, 모기장처럼 연약하고 가벼워 보이는 시리비아인의 우주선이 있었다. 시리비아는 동맹 편이었고, 〈침략자〉 중 적어도 한 사람은 그 사실을 알고 있었음이 틀림없다. 왜냐하면 하늘 높은 곳에서 부유하고 있는 그 기괴한 기계를 향해 발포했기 때문이다. 리드라는 〈침략자〉 우주선의 포문이 녹색 불길을 발사하는 것을 보았지만, 그 불은 시리비아인의 우주선에는 미치지 못했다. 〈침략자〉의 고속정 한 척이 백열한 연기가 되더니 검게 그을린 잔해가 되어 비산飛散했다. 그러자 다른 고속정이 당했다. 그러고는 세 척이 또 당했다. 그리고 또 세 척이.

"여기서 빠져나가, 브래스!" 그러자 그들의 배는 급상승해서 이탈했다.

"저게 도대체 뭐—" 붓처가 말하려고 했다.

"시리비아인의 열선이야. 공격받지 않는 이상은 쓰는 법이 없지만. 47년에 의회에서 체결된 조약에 그렇게 쓰여 있어. 그래서 〈침략자〉들이 공격하도록 유도했던 거지. 또 그래볼까?"

브래스의 목소리가 스피커에서 흘러나왔다. "이미 그러고 있어,

캐틴."

리드라는 다시 영어로 생각하면서 구토감이 치밀어 오르는 것을 기다리고 있었지만, 흥분한 덕에 그럭저럭 억누를 수 있었다.

"붓처." 타리크의 목소리. "뭘 하고 있나?"

"잘됐잖아. 안 그래?"

"응. 하지만 그 탓에 우리 방어망에 너비 10마일의 구멍이 생겼어."

"일 분 안에 제2파를 몰아넣자마자 그걸 틀어막을 거라고 해."

타리크는 리드라가 이렇게 말한 것을 들은 듯했다. "그럼 앞으로 육십 초 동안 우리는 뭘 해야 한다는 거요, 젊은 양반?"

"죽어라고 싸워야죠." 그리고 제2파의 고속정들이 시리비아인의 열선포에 녹아내렸다. 그러자 부副 스피커가 삑삑거렸다.

> 어이, 붓처, 놈들이 너를 노리고 있어.
>
> 네가 선봉에 서 있다는 걸 알아차린 거야.
>
> 붓처, 네 꽁무니에 여섯 척이 따라붙었어. 빨리 떼어내라고.

"쉽게 피할 수 있어, 캐틴." 브래스가 말했다. "저것들 모두 원격조작되고 있는 거야. 거기 비하면 이쪽은 훨씬 자유롭지."

"한 번만 더하면 타리크는 확실하게 유리해질 수 있어."

"이미 타리크 쪽의 병력이 더 많아." 붓처가 말했다. "이 스파이더 보트는 저 귀찮은 것들을 떼어내야 해." 그는 마이크에 대고 말했다. "쇠톱들은 산개해서 후방의 고속정들을 쫓아내라."

그래주지. 다들 꽉 잡고 있어.

어이, 붓처, 단념 안 하는 놈이 하나 있는데.

타리크가 말했다. "쇠톱들을 돌려줘서 고맙네. 그런데 자네들 뒤를 따라오는 적함은 아무래도 접근전을 염두에 두고 저러는 것 같은데."

리드라는 묻는 듯한 눈으로 붓처를 보았다.

"영웅." 붓처는 화난 어조로 내뱉었다. "접현하고, 올라타고, 백병전을 하려는 거야."

"우리 애들은 안 돼! 브래스, 선수를 돌려서 그대로 들이받아버려. 그러기가 뭐하면 적어도 미치광이가 아닌가 의심받을 정도로 가깝게 접근해."

"갈비뼈가 두세 대 부러질지도 모르지만……." 배가 홱 선회하자 완충판의 안전벨트가 몸에 파고들었다.

인터콤에서 젊은 목소리가 흘러나왔다. "히이이이익……."

뷰스크린에서 〈침략자〉의 고속정이 충돌을 피하려고 옆으로 홱 선수를 트는 것이 보였다.

"적이 접현하더라도 우리가 더 유리해." 붓처가 말했다. "승무원 전원이 타고 있는 걸 모르니까. 저쪽은 기껏 두 명—"

"조심해, 캐틴!"

〈침략자〉의 고속정이 화면을 가득 채웠다. 스파이더 보트의 골조가 **크르르르릉**하고 울렸다.

붓처는 완충판의 안전벨트를 홱 뜯어내며 씩 웃었다. "이제부터는 백병전이야. 그런데 **너**, 지금 어디 가려는 거야?"

"같이 가려고."

"진동총은 갖고 있어?" 그는 홀스터를 배에 단단히 비끄러맸다.

"물론 갖고 있어." 리드라는 헐거운 블라우스 앞의 패널을 옆으로 밀쳐 보였다. "이런 것도 있어. 길이 6인치의 바나듐 철사. 위험천만한 물건이지."

"가자." 붓처는 중력장 유도 장치의 지렛대를 눌러 중력장을 최대치로 올렸다.

"왜 그걸?"

그들은 이미 통로에 나와 있었다.

"우주복을 입고 나가 싸워도 아무 소용이 없어. 양쪽 배 주위에 의사擬似 중력장을 걸쳐 놓으면 선체 표면에서 20피트 밖까지 호흡 가능한 공기를 유지할 수 있어. 열도…… 어느 정도까지는."

"어느 정도까지?" 리드라도 그를 따라 승강기를 탔다.

"배 밖의 온도는 영하 10도쯤 될 거야."

〈제벨〉호의 무덤에서 두 명이 만났던 밤 이래, 붓처는 반바지조차도 벗어던지고 있었다. 지금 몸에 부착하고 있는 것이라고는 달랑 진동총 홀스터 하나였다. "외투가 필요할 정도로 오래 나가 있을 필요는 없다, 이거야?"

"저기 밖에 누가 나와 있든 간에, 일 분 안에 죽을 거라는 건 장담해도 좋아. 추위에 얼어 죽는다는 얘기가 아냐." 고개를 숙이고 해치로 이어지는 통로로 들어간 붓처는 갑자기 단호한 목소리로 말했다. "뭘 해야 할지 자신이 없으면 뒤에서 대기하고 있어." 그는 몸을 수그리더니 호박색 머리카락으로 리드라의 뺨을 간질였다. "하지만 당신은 알고, 나도 알아. 둘이서 잘할 수 있을 거야."

그는 고개를 드는 것과 동시에 해치를 열었다. 냉기가 흘러들어왔다. 리드라는 추위를 느끼지 않았다. 바벨-17 사용에 수반되는 신진대사율의 증가 덕택에, 육체적 무관심함이라는 방패가 그녀를 감싸고 있었기 때문이다. 뭔가 머리 위로 날아갔다. 그들은 무슨 일을 해야 할지를 알고 있었고, 두 사람 모두 그것을 실행에 옮겼다. 몸을 홱 수그렸던 것이다. 그 물체는 폭발하며—그것이 폭발하는 것을 보고, 적이 수류탄을 해치 안에 던져 넣으려다가 실패했다는 사실을 깨달았다—붓처의 얼굴을 새하얀 빛으로 물들였다. 그는 껑충 도약했다. 스러져가는 광채가 그의 몸을 따라 흘러내렸다.

리드라는 붓처 뒤를 따라갔다. 모든 것을 슬로모션으로 바꿔놓는 바벨-17의 효과 탓에 불안은 없었다. 도약하면서 빙글 공중제비를 돌았다. 10피트가량 돌출한 부재浮材 구조물 뒤에서 누군가가 몸을 수그렸다. 리드라는 그것을 향해 발포했다. 슬로모션 덕에 신중하게 겨냥할 여유가 있었다. 상대를 맞혔는지를 확인하는 대신 몸을 계속 회전시킨다. 붓처는 〈침략자〉의 배가 접현할 때 쓴 너비 10피트의 갈고리 원주圓柱 쪽으로 육박하고 있었다.

적의 고속정은 집게가 세 개 달린 게처럼 칠흑의 어둠 속에서 비스듬하게 곤두서 있었다. K 방향에 고향 은하계의 납작한 나선팔이 우뚝 솟아 있다. 매끄러운 선체에 어둠이 카본지처럼 들러붙어 있었다. 움직이다가 우연히 별을 가리거나, 스페셸리 나선팔의 빛을 직접 받지 않는 한 K 방향 쪽에서는 누구도 그녀의 모습을 볼 수 없다.

리드라는 또다시 도약했다— 이번에는 〈침략자〉 측 고속정의 표면을 향해. 한순간 훨씬 더 추워졌다. 접현용 갈고리의 밑동 부근에 부딪쳤다. 옆으로 몸을 굴려 무릎을 꿇은 순간, 아래쪽의 해치를 향해 또 누군가가 수류탄을 던졌다. 리드라와 붓처가 이미 선외로 나와 있다는 사실을 알아차리지 못한 것이다. 좋아. 그녀는 발포했다. 그러자마자 붓처가 갔음직한 곳에서 또 다른 쉭 하는 발사음이 들려왔다.

아래쪽의 어둠 속에서 그림자들이 움직였다. 그러자 리드라가 손을 닫고 있는 금속 해치에 진동총의 충격파가 명중했다. 총격은 리드라의 배의 해치 쪽에서 왔고, 그 탓에 그녀가 우려하던 승무원 내부의 스파이가 마침내 〈침략자〉들과 합류했을 가능성을 검토하고, 기각하는 일에 4분의1초를 허비했다. 오히려 〈동맹〉 측 승무원들이 자기 배 밖으로 나오는 것을 아예 저지하고, 해치에 모습을 드러냈을 때 날려버리는 것이 〈침략자〉들의 작전이었던 듯하다. 그 시도는 실패했다. 그래서 지금 그들은 적선의 해치에 몸을 숨기고 발포하기 시작한 것이다. 리드라는 진동총을 쏘았고, 다시 쏘았다. 다른 갈고리 뒤에 몸을 숨기고 있는 붓처도 같은 행동에 나섰다.

여러 번 총격을 당한 탓에 해치 가장자리 일부가 벌겋게 달아오르기 시작했다. 그러자 귀에 익은 목소리가 외쳤다. "좋아, 다 끝났어, 붓처! 다 잡았어, 캐틴!"

리드라가 갈고리를 따라 원숭이처럼 미끄러져 내려가자 브래스가 해치의 조명을 켜고 부채꼴로 확산된 빛 안에서 일어섰다. 붓처도 총을 내리고 은신처에서 모습을 드러냈다.

아래쪽에서 오는 빛은 브래스의 괴물 같은 모습을 한층 더 왜곡했다. 양손의 발톱으로 축 늘어진 시체를 한 명씩 들고 있었다.

"실은 이건 내가 잡은 거야." 그는 오른쪽에 든 시체를 흔들며 말했다. "우리 배 안으로 기어들어 오려고 해서 내가 머리를 바바줬지." 조종사는 축 늘어진 시체들을 선체 위에 올려놓았다. "그쪽은 어떨지 모르지만, 난 추워. 애당초 여기 올라온 것도 언제 차 마실 거냐고 디아왈로가 물어봐달라고 해서야. 아이리시 위스키를 준비해놓겠다는군. 아니면 핫 버터드 럼+ 쪽이 더 좋아? 어이, 빨리 들어가자고! 파랗게 질렸잖아!"

승강기에 도달하자 리드라의 마음은 영어로 되돌아갔고, 그러자마자 그녀는 떨기 시작했다. 붓처의 머리에 낀 성에가 녹으면서 머리카락이 자란 곳을 따라 물방울들이 반짝였다. 가까스로 화상을 면한 한쪽 손이 욱신거리기 시작했다.

"어이." 리드라는 통로에 발을 들여놓으며 말했다. "브래스 네가 여기 와 있으면, 조종실은 누가 지키고 있어?"

"키히가. 우린 다시 원격조종으로 돌아갔어."

"럼주." 붓처가 말했다. "버터 넣지 말고, 뜨겁게 하지도 마. 그냥 럼주가 좋아."

"나하고 취미가 같군." 브래스가 끄덕이며 말했다. 그는 한쪽 팔을 리드라의 어깨에 두르고, 다른 쪽을 붓처의 어깨에 둘렀다. 친숙한 제스처였지만, 브래스가 두 사람을 부축하고 있다는 사실을 리드라는 깨달았다.

배 안에서 **크르릉**하는 소리가 울려퍼졌다.

+ 럼주에 뜨거운 물과 버터와 설탕 등을 섞은 칵테일.

조종사는 천장을 흘끗 보았다. "정비 담당들이 방금 갈고리들을 떼어냈군." 그는 선장실로 휘청거리는 두 사람을 데려갔다. 그들이 완충판 위에 무너지듯이 앉자, 브래스는 인터컴에 대고 말했다. "어이, 디아왈로, 여기로 마실 것들을 가져오라고. 다들 그럴 만한 일을 했어."

"브래스!" 리드라는 선실 밖으로 나가려는 조종사의 팔을 움켜잡았다. "여기서 우리를 동맹 행정 사령부로 데려가줄 수 있어?"

브래스는 귀를 긁적였다. "우린 지금 〈혀〉의 제일 끄트머리에 있어. 〈단층〉 내부에 관해서는 항해도를 통해서만 알고. 하지만 간각 요원들 말로는 우린 지금 나탈-베타 조류의 발생점 한복판에 와 있을 거래. 난 그게 〈단층〉 밖으로 흘러나가는 걸 알아. 그러니까 그걸 따라가다가 아틀라스 급류로 나가면 동맹 행정 사령부의 현관 앞이지. 열여덟 시간에서 스무 시간쯤 걸릴 거야."

"그럼 출발해." 리드라는 붓처를 쳐다보았다. 그는 반대하지 않았다.

"좋은 생각이야." 브래스가 말했다. "타리크 군의 반은…… 음, 유체인이 됐거든."

"〈침략자〉들이 이겼다는 거야?"

"아냐. 시리비아인들은 마침내 상황을 깨달았는지 그 커다란 돼지를 구워버린 다음에 떠나갔어. 하지만 그 무렵 타리크의 배 측면에는 스화이더보트 세 척이 옆으로 서서 들어가고도 남을 만한 구멍이 나 있었어. 키히 말로는 마지막까지 살아남은 작자들은 아직 기밀氣密 상태를 유지하고 있는 배의 한쪽 귀퉁이에 대피해 있지만, 동력이 끊겼다는군."

"타리크는 어떻게 됐어?" 붓처가 물었다.

"죽었어." 브래스가 대답했다.

디아발로가 선실의 해치에서 흰 머리를 내밀었다. "여기 가져왔어요."

브래스는 술병과 술잔들을 건네받았다.

스피커에서 잡음이 지직거렸다. "붓처, 방금 네가 〈침략자〉 고속정에서 떨어져 나오는 걸 봤어. 결국 살아남았군."

붓처는 몸을 수그리고 마이크를 집어 들었다. "붓처 살아 있어, 대장."

"운 좋은 놈들은 따로 있는 모양이군. 캡틴 웡, 나를 위해 언젠가 엘레지[哀歌]를 써줄 걸 기대하겠소."

"타리크?" 리드라는 붓처 곁에 앉았다. "지금 동맹 행정 사령부로 가려고 합니다. 원군을 데리고 돌아올게요."

"언제든지 그래주시오, 캡틴. 여긴 좀 붐비긴 하지만."

"지금 떠납니다."

브래스는 이미 선실 밖에 나가 있었다.

"슬러그, 애들은 모두 괜찮아?"

"전원 무사합니다, 캡틴. 혹시 선내에 폭죽을 가지고 들어와도 좋다는 허가를 내리신 적은 없죠?"

"그런 기억은 없는데."

"그것만 알면 됐습니다. 어이, 래트, 당장 여기로 돌아와……."

리드라는 웃음을 터뜨렸다. "항법?"

"준비 완료." 론이 말했다. 그 뒤에서 몰리야의 목소리가 들렸다. "닐리타카 쿠알라, 니알레 미엘레—"

"영원히 쿨쿨 잘 수는 없어." 리드라는 말했다. "지금 이륙할 거야!"

"몰리야는 스와힐리어 시를 우리한테 가르쳐주고 있습니다." 론이 설명했다.

"오. 감각 부서?"

"에취! 캡틴, 언제나 말하는 거지만, 묘지는 깨끗하게 유지해야죠. 언젠가 필요하게 될지도 모르지 않습니까. 타리크를 보십쇼. 준비완료."

"슬러그한테 부탁해서 애들 중 한 명한테 대걸레를 가지고 와달라고 해. 접속 다 끝났어, 브래스?"

"점검 끝났고 준비됐어, 캐틴."

초정지 발생기들이 작동을 개시하자 리드라는 완충판에 등을 갖다 댔다. 뱃속의 응어리가 마침내 풀렸다. "여기서 탈출할 수 있을 거라고는 생각 안 했어." 자기 완충판 가장자리에 앉아 그녀를 바라보고 있던 붓처에게 몸을 돌렸다. "내가 고양이처럼 신경이 예민해져 있다는 거 알지. 게다가 몸 상태도 별로 안 좋아. 아, 빌어먹을, 또 시작됐어." 긴장이 풀리면서 너무나도 오랫동안 억누르고 있던 오한이 그녀의 몸을 기어오르기 시작했다. "이 모든 사건 탓에 당장이라도 산산조각이 나버릴 것 같아. 모든 걸 의심하고, 모든 감정을 믿지 못하게 되고, 내가 더 이상 내가 아니라고 느끼기 시작할 때의 그 기분 알지……." 목이 메이며 숨 쉬기가 괴로워졌다.

"나는 나." 그는 나직하게 말했다. "너는 너."

"내가 다시는 그걸 의심하지 않도록 해줘, 붓처. 하지만 그런 일조차도 의심해야 되는 상황이야. 우리 승무원들 사이에 스파이가 하나 섞여 있어. 그 얘긴 이미 했지? 브래스가 바로 그 스파이라면, 우리를 또 신성 속으로 내던질지도 모른다고!" 오한 속에서 히스테리의 물집이 부풀어 올랐다. 물집이 터지자 리드라는 손바닥으로 붓처의 손에 쥐어진 술병을 쳤다. "그걸 마시면 안 돼! 디, 디, 디아발로가 독을 넣었을지도 모르잖아!" 그녀는 비틀거리며 일어났다. 모든 것이 붉은 아지랑이로 덮여 있었다. "……아니면 주, 주, 죽어 있는 승무원 중 한 명일 수도 있어. 어떻게…… 어떻게 하면 유령하고 싸울 수 있지?" 격통이 리드라의 뱃속을 엄습했고, 리드라는 마치 누군가의 주먹을 피하려는 것처럼 비틀비틀 뒤로 물러섰다. 고통과 함께 두려움이 찾아왔다. 붓처의 얼굴 뒤에서 감정들이 움직이고 있었다. 그러나 그것들조차도 뚜렷하게 보려고 하면 흐릿하게 변해버렸다. "……죽일……**우리를** 주, 주, 죽일 거야!" 그녀는 속삭이듯이 말했다. "……뭐, 뭔가를 죽이면…… 그, 그, 그럼 너, **너**도 없고, 나, 나, **나**도 없어져……."

고통에서 탈출하기 위해 그녀는 그것을 감행했다. 고통은 위험으로 통했고, 위험은 침묵으로 통했기 때문이다. 붓처는 이렇게 말한 적이 있다. **네가 위험에 빠진다면…… 이 뇌 속으로 들어가서, 거기 뭐가 있는지를 알아보고, 필요한 것이 있으면 그걸 써.**

언어를 결여한 이미지가 마음속에 떠오른다. 리드라와 뮤엘스와 포보는 행성 탄토르의 술집에서 싸움에 휘말린 적이 있었다. 리드라는 턱을 얻어맞고 그 충격으로 비틀거리며 뒷걸음질을 쳤고, 몸을 돌렸다. 바로 그때 누군가가 카운터 뒤에 걸린 거울을 떼어내서 리드라를 향해 내던졌다. 그녀 자신의 공포에 질린 얼굴이 절규하며 그녀를 향해 날아왔고, 앞으로 내민 손에 맞아 산산조각 났다. 붓처의 얼굴을 고통과 바벨-17을 통해 응시하자, 그때와 똑같은 일이—

제4부

붓처

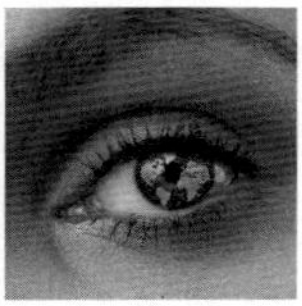

……뇌 속에서 몸을 뒤척이다가 깨어난다.
눈 뒤쪽에 와이어를 꽂은 채로, 팔꿈치를 찍어 올려
허리에 대고. 그는 깨어난다. 와이어처럼 팽팽하게,
갈퀴 같은 손가락들을 딱딱거리고, 혀를 삼키며.
우리는 깨어나서, 몸을 뒤척인다.
　바닥에 가시로 못 박혀,
그의 등골이 뒤틀리고, 가슴이 퀭해지고,
와이어 안에 공기가 차고, 와이어가 가로지르는 천장에서
번득이는 불꽃이 그의 반짝이는 손톱을
툭툭 친다. 기침을 하고, 비명을 지른다.
눈 뒤의 분신이 기침을 하고, 비명을 지른다.
어두운 분신이 바닥에서 몸을 접고, 혀를 삼킨다.
눈 뒤쪽의 회로에 박힌 검은 기둥에 격돌하고,
어두운 분신은 등골을 뚝 풀어내서, 손바닥으로 천장을
철썩 때린다. 대전帶電한 구슬들이 날아간다.
분극화된 천장이 금속으로 그의 뺨을 난타한다.
피부를 날려 보낸다. 늑골을 찢고,
금속에서 뜯겨 나온 흉근이 휘고
그의 찢어진 입술인 균열 뒤에서
검게 말라붙는다. 더 있다.
소금물로 깔깔해지고 녹색으로 변색한 바닥을
엉덩이와 견갑골이 연마한다.
　그들은 깨어난다.
우리도 몸을 뒤척이며, 깨어난다.
　그는, 피를 쿨럭대며, 몸을 돌리고,
젖은 바닥 위에서, 태어난다…….

—「어두운 분신」

1

"방금 〈단층〉에서 나왔어, 캐틴. 아직도 취해 있어?"

리드라의 목소리. "아니."

"정말로 그런 건가. 하여튼 괜찮아졌나보군."

리드라의 목소리. "뇌 괜찮아. 몸 괜찮아."

"뭐? 어이, 붓처. 캐틴이 또 예의 발작을 일으켰어?"

붓처의 목소리. "아니."

"두 사람 모두 지독하게 이상해. 슬러그를 보내서 좀 봐달라고 할까?"

붓처의 목소리. "아니."

"알았어. 이제 순조롭게 항해하고 있으니까, 두 시간쯤 단축할 수 있을 것 같아. 어때?"

붓처의 목소리. "뭐가 어때?"

"'고마워' 뭐 이렇게 말하면 덧나나. 여기서 난 죽어라고 삽질을 하고 있다고."

리드라의 목소리. "고마워."

"천만에요, 라고 해야 하나. 둘 다 가만히 놓아둘게. 어이, 내가 뭘 방해한 거라면 미안해."

2

붓처, 난 정말 몰랐어! 상상도 못했던 거야!

그리고 이렇게 반향하는 말 속에서 두 사람의 마음이 융합하며 하나의 외침을 발했다. 상상도— 상상도 못했어. 이 빛이—

난 브래스한테 말했어. 네가 말하는 언어에는 '나'라는 단어가 없고, 난 그런 언어는 들어본 적도 없다고 했지. 하지만 그런 언어가 하나 있었어. 가장 뻔한 것. 바벨-17이……!

결합한 시냅스들이 동조하며 경련하면서 이미지들이 고정되고, 그녀 내부에서 만들어낸 것 안에서 그가—

—티틴의 징벌 독방 안에 갇혀서, 2세기에 걸쳐 지우고 덧쓰기를 거듭한 죄수들의 외설적인 낙서로 뒤덮인 벽의 녹색 페인트 표면에 며느리발톱을 써서 지도를 끼적이는 광경이 보였다. 탈출한 뒤에 추적자들을 엉뚱한 방향으로 유인하기 위한 가짜 지도였다. 그는 너비 4피트

의 공간 안을 세 달 동안 키 6피트반의 몸이 체중 101파운드가 될 때까지 규칙적으로 왕복했고, 잇따른 절식絶食의 결과 쓰러졌다.

그녀는 3중 단어의 밧줄을 잡고 구멍에서 빠져나왔다. starve, stave, stake (굶주리다, 요기하다, 돈을 걸다). collapse, collate, collect (쓰러지다, 대조하다, 모으다). chains, change, chance (사슬, 변화, 운).

출납계로부터 상금을 수령한 그가 〈카지노 코즈미카〉의 밤색 카페트를 성큼성큼 가로질러 출입문으로 가려고 했을 때 흑인 딜러가 그를 가로막더니 불룩해진 돈가방을 보며 미소 지었다. "한 번 더 운에 도전해보고 싶지는 않으십니까, 손님? 손님 같은 달인에게 걸맞은 승부를 통해서?" 그는 유약을 칠한 도기제 체스말들이 늘어선 호화스러운 입체 체스반 앞으로 안내받았다. "저희 카지노의 컴퓨터를 상대로 경기를 하시는 겁니다. 자기 말 하나를 잃을 때마다 1000크레디트를 지불합니다. 상대의 말 하나를 따면 같은 액수를 받습니다. 체크를 부르면 500크레디트입니다. 체크메이트의 경우 승자는 게임을 하면서 딴 금액의 백 배를 받게 됩니다. 손님이나, 카지노 중 한쪽이 말입니다." 이것은 손님이 딴 터무니없는 액수를 상쇄하기 위한 게임이었고— 사실 그는 터무니없는 상금을 딴 상태였다. "집에 갈 거야. 이 돈을 가지고." 그는 딜러에게 말했다. 딜러는 씩 웃고 말했다. "반드시 참가하셔야 합니다." 그녀는 홀린 듯이 이 광경을 지켜보았다. 붓처는 어깨를 으쓱하더니 체스반 쪽으로 몸을 돌렸고— 단 일곱 수 만에 컴퓨터를 체크메이트했다. 카지노 측은 그에게 백만 크레디트를 지불했고— 그가 카지노 출입문에 도달할 때까지 세 번 살해하려고 시도했다. 그들은 성공하지 못했다. 이쪽이 도박 구경보다 더 흥미로웠다.

이런 상황에 맞춰 그가 기능하고, 반응하는 것을 관찰하면서, 그의 고통이나 쾌락의 기복을 따라 움직인다. 자아를 결여하고 불명료하며 바로 그런 이유에서 마술적이고, 매혹적이며, 신화적인 감정을 경험하며, 그녀의 마음은 그의 마음속에서 마구 흔들렸다. 붓처—

무절제한 순환에 빠져들려는 것을 가까스로 저지했다.

—처음부터 바벨-17을 알고 있었다면. 그녀 자신의 사납게 놀치는 뇌를 향해 질문을 내던진다. 왜 그걸 밤새 도박으로 돈을 따거나, 은행을 터는 따위의 무의미한 일에만 쓴 거야? 하루 지나면 모든 걸 내동댕이치고 너 자신을 포기해버린 이유가 뭐야?

어떤 '자신'? '나'는 없었어.

그녀는 당혹스럽기 짝이 없는 성性반전 상태로 그의 내부에 진입해 있었다. 그녀를 감싼 그는 고통으로 몸부림쳤다. 그 빛— 너한테서 나오는! 너한테서 나오는! 그는 두려움에 찬 비명을 발했다.

붓처. 감정의 격앙에 관해서는 그보다 더 익숙한 그녀가 물었다. 네 마음속의 내 마음이 어떻게 보여?

밝아. 밝게 움직여. 그는 절규했다. 바벨-17의 분석적인 정밀함도 두 사람의 융합을 표현하기에는 돌처럼 조잡했지만, 그들은 수많은 패턴을 만들며 재구성을 거듭했다.

그건 시인이라서 그런 거야. 그녀는 설명했다. 에두른 연상이 이미지의 분류를 잠시 분단했다. 그리스어로 시인이란 말은 '창조자' 또는 '건설자'를 의미하지.

저기 하나 있어! 저기 패턴이 보여. 아아아!— 너무 밝아, 밝아!

저 단순한 의미론적 연결 말이야? 그녀는 아연실색했다.

하지만 그리스인들은 3000년 전에나 시인이었잖아. 이제는 네가 시인이야. 넌 그토록 멀리 떨어져 있는 단어들을 한꺼번에 끄집어내고, 그 궤적을 보는 나는 눈이 멀 지경이야. 너의 사고는 모두 불이고, 내가 포착할 수 없는 수많은 형태들을 뒤덮고 있어. 너무나도 거대한 음악처럼 들리기 때문에, 나는 동요하고 있어.

그건 네가 한 번도 동요한 적이 없기 때문이야. 하지만 그 얘길 들으니 기뻐.

내 안에 있는 너는 너무 커서 나는 부서질 거야. 지금 '같은 머리 속에서 한 언어를 써서 조우한 범죄적 의식과 예술적 의식'이라는 패턴이 보여…….

응. 지금 그런 생각을—

측면에서 다가오는 저 형태들은 보들레르하고—아아!—비용이잖아.

두 사람은 옛 프랑스의 시—

너무 밝아! 너무 밝아! 내 안의 '나'는 저것들을 넣을 수 있을 정도로 강하지 않아. 리드라, 내가 밤하늘과 별들을 바라보면, 그건 단지 수동적인 행위에 불과하지만, 넌 뭔가를 바라볼 때조차도 능동적이라서, 별들도 훨씬 더 반짝이는 헤일로[光球]를 두르고 있어.

네가 지각하는 대상을 네가 바꾸는 거야, 붓처. 하지만 그걸 지각해야 하는 사람은 너야.

내가— 저 빛. 너의 중심에서 나는 거울하고 움직임이 융합된 것을 보고, 영상들은 뒤엉켜서 회전하며, 모든 것은 선택이다.

내 시잖아! 발가벗겨진 수줍음.

'나'의 여러 정의. 각각 위대하고, 정밀한.

그녀는 생각했다. I/Aye/Eye. 자기, 선원이 긍정할 때 하는 말, 시각 기관.

그가 말하기 시작했다. 너—

You/Ewe/Yew. 다른 자기, 암컷 양, 죽음을 가리키는 켈트족의 식물적 상징.

—너는 내가 흘끗 볼 수만 있는 의미들로 나의 말에 불을 붙이고 있어. 난 뭐를 에워싸고 있는 걸까? 너를 에워싼 나란 존재는 무엇일까?

계속 바라보니까 그가 강탈, 살인, 파괴를 행하는 광경이 보였다. 왜냐하면 나의 것과 그대의 것이라는 말의 의미론적 유효성이 닳아 해어진 시냅스들의 얽힘 속에서 황폐해져버렸기 때문이다. 붓처, 난 그게 너의 근육들 속에서 울려 퍼지는 걸 들었어. 너의 고독. 이 분석적인 언어를 말하는 누군가를 가까이에 두고 싶은 일념으로 타리크를 설득해서 〈랭보〉호를 인양하게 했고, 그 아기를 살리려고 한 것도 같은 이유에서야. 그녀는 속삭였다.

이미지가 그녀의 뇌 속에서 고정되었다. 알레포의 달들이 야경을 뿌옇게 물들였다. 평원차平原車가 웅웅거렸고, 그는 조급스러운 마음을 억제하며 왼쪽 며느리발톱 끄트머리로 운전대 한복판의 루비색 기장을 툭 튕겼다. 릴은 곁에서 몸을 뒤틀며 웃음을 터뜨렸다. "있잖아, 붓처, 네가 이렇게 로맨틱한 밤에 나하고 드라이브를 하러 나온 걸 미스터 빅이 안다면 너한테 화를 낼 거야. 여기 일이 끝나면 정말로 나를 파리로 데려가줄 거야?" 그의 내부에서 이름 모를 따스함이 이름 모를 조급함과 뒤섞였다. 손바닥에 닿은 릴의 어깨는 축축했고,그녀의 입술은 빨갛다. 샴페인 빛깔의 머리카락을 한쪽 귀 위로 높게 틀어 올렸다.

그에게 밀착한 여자의 육체가 차의 진동을 핑계 삼아 꿈틀하며 그를 마주 본다. "파리 얘기가 거짓말이면 난 미스터 빅한테 이를 거야. 내가 좀 더 똑똑했다면, 네가 나를 거기 정말로 데려가줄 때까지 기다렸겠지. 이렇게…… 친해지기 전에." 찌는 듯한 밤의 어둠 속에서 여자의 숨이 향기를 발한다. 그는 반대쪽 손으로 그녀의 팔을 훑었다. "붓처, 이 뜨겁고, 죽은 세계 밖으로 날 데리고 나가줘. 여긴 늪에, 동굴에, 비밖에 없어! 난 미스터 빅이 두려워, 붓처! 나하고 함께 파리로 도망치는 거야. 그냥 그러는 시늉만 하지는 말아줘. 난 정말로 너하고 함께 가고 싶어." 그러고는 또다시 입으로만 웃음소리를 냈다. "하지만 난…… 결국 난 똑똑한 여자가 아니었던 것 같아." 그는 그녀에게 입을 맞췄고—양손으로 단번에 여자의 목을 부러뜨렸다. 여자는 눈을 뜬 채로 뒤로 쓰러졌다. 여자가 그의 어깨에 박아 넣으려고 했던 피하주사 캡슐이 여자의 손에서 굴러떨어졌고, 대시보드 위를 구르다가 풋페달 사이로 떨어졌다. 그는 여자를 둑으로 운반했고, 허벅지 중간께까지 진흙투성이가 되어 돌아왔다. 운전석에 앉아 무전기 스위치를 넣었다. "끝났습니다, 미스터 빅."

"좋아. 나도 듣고 있었어. 아침에 돈을 받아가라고. 그 5만 크레디트를 나한테서 슬쩍하려고 하다니 정말이지 멍청한 여자였어."

평원차가 달린다. 따뜻한 산들바람이 팔에 묻은 진흙을 말리고, 키가 큰 풀들이 쉭쉭거리며 활주부를 비벼댄다.

붓처……!

저게 나란 인간이야, 리드라.

알아. 하지만 난…….

난 2주 뒤에 미스터 빅에게도 똑같은 일을 해야 했어.

어디로 데려가겠다고 약속했는데?

행성 미노스의 동굴 카지노. 그리고 나는 한 번은 몸을 웅크리고—

—크레토의 녹색 태양 아래에서 소리를 내지 않으려고 입을 크게 벌리고 호흡하며 그렇게 웅크리고 있던 것은 그의 육체였지만, 침착할 수 있도록 그것을 통제하는 것은 그녀의 기대감, 그녀의 공포였다. 빨간 제복 차림의 적하 담당자가 멈춰 서서 커다란 손수건으로 이마를 닦는다. 재빨리 걸어 나가서 그의 어깨를 툭 친다. 사내가 놀란 얼굴로 돌아보자, 뒤로 젖힌 양쪽 손목이 홱 올라가고, 며느리발톱이 사내의 배를 찢어발기고, 플랫폼 위로 내장이 쏟아져 내린다. 그런 다음 경보가 울리기 시작하자 달리고, 샌드백들 위를 뛰어넘고, 반대편에 서 있던 간수가 놀란 나머지 양손을 펼치며 몸을 돌렸고, 굵은 밧줄을 홱 집어들어 그 얼굴을 강타하고—

—울타리를 뚫고 나가서 도망쳤어. 그가 그녀에게 말했다. 가짜 지도가 효력을 발휘했고, 트레이서[追跡子]도 용암 구멍부터는 나를 쫓아오지 못했어.

너를 열어젖히고 있어, 붓처. 이렇게 도망치는 나를, 열어젖혀?

아파? 도움이 돼? 모르겠어.

하지만 네 마음속에는 말이 없어. 바벨-17조차도 순수하게 시냅스적인 분석을 수행 중인 컴퓨터가 내는 뇌잡음으로밖에는 안 들렸어.

그래. 이제 너도 점점 이해가 되지—

—아홉 달 전부터 잠복해 있는, 굉음이 울려 퍼지는 디스의 동굴 안에서 부들부들 떨며 서 있었다. 갖고 있던 식량은 모두 먹어 치웠고,

로니의 애완견도 먹었고, 그다음에는 얼음 언덕을 기어오르려고 하다가 얼어 죽은 로니를 먹었고— 그러다가 갑자기 이 소행성이 키클롭스의 그늘에서 빠져나오면서 불타오르는 케레스가 떠올랐다. 그 탓에 사십 분 뒤에 동굴은 허리께까지 얼음물로 가득 찼다. 얼어붙은 도약 썰매를 마침내 뜯어냈을 무렵에 물은 뜨뜻해졌고 그는 땀으로 뒤덮여 있었다. 길이 2마일의 박명 지대를 최고 속도로 주파했고, 열기로 쓰러지기 직전에 자동 조종으로 전환했다. 그리고 괴터다메룽에 도달하기 이 분 전에 기절했다.

잃어버린 네 기억의 어둠 속에서 기절해, 붓처. 내가 찾아줄게. 누에바-누에바 요크에 가기 전에 너는 누구였어?

그러자 그는 상냥하게 그녀를 마주 보았다. 두려운 거야, 리드라? 전에 그랬던 것처럼…….

아니, 전하고는 달라. 이번에는 넌 나한테 뭔가를 가르치고 있고, 그건 세계와 나 자신에 관한 나의 전체상을 완전히 뒤흔들어놓았어. 예전에 내가 두려움을 느꼈던 건 네가 할 수 있는 일을 나는 할 수 없었기 때문이야, 붓처. 새하얀 불길이 몸을 지키려는 듯이 파랗게 바뀌더니 떨렸다. 하지만 실제로는 이 모든 일들을 난 할 수 있었기 때문에 두려웠던 거야. 그것도 그럴 이유가 없었던 네가 아니라 나 자신의 이유를 위해서. 왜냐하면 나는 나이고, 너는 너이기 때문이야. 난 내가 생각했던 것보다 훨씬 큰 존재였어, 붓처. 그리고 그걸 보여준 너에게 감사해야 할지, 아니면 저주를 퍼부어야 할지 나도 잘 모르겠어. 그리고 내부의 무엇인가가 울다가, 더듬거리다가, 침묵했다. 그녀는 그에게서 빼앗아온 침묵을 쭈뼛거리며 되돌려주었고, 그 침묵 속에서는 무엇인가가 그녀가 말하기를 기다리고 있었다. 혼자서, 처음으로.

너 자신을 봐, 리드라.

그에게 반영된 그녀의 빛 속에서, 말 대신 잡음밖에는 없는 암흑이 자라나는 것을 보았다—자라난다! 그리고 그 이름과 형태를 향해 절규했다. 부서진 회로반! 붓처, 내가 콘솔 앞에 있었을 때만 녹음이 가능했던 그 테이프들이야! 당연하지—!

리드라, 이름을 붙이면 우린 저것들을 통제할 수 있어.

이제 와서 어떻게? 우리는 먼저 우리들의 이름부터 붙여야 해. 하지만 넌 자기가 누군지 모르잖아.

너의 말. 리드라. 어떻게든 너의 말들을 써서 내가 누군지 알아낼 수는 없어?

내 말들은 아냐. 붓처. 하지만 네 말들이라면, 혹시 바벨-17이라면.

안 돼…….

나는 나. 리드라는 속삭였다. 믿어줘, 붓처. 너는 너라는 걸.

3

"저게 사령부입니다, 캡틴. 감각 헬멧을 들여다보십쇼. 저 전파 네트워크는 마치 불꽃놀이하는 것처럼 보이는데, 육체를 가진 녀석들 말로는 콘비프 해시하고 달걀 프라이 냄새가 난다고 하는군요. 아참, 깨끗하게 청소해줘서 고맙습니다. 살아 있을 때는 툭하면 건초열에 걸리곤 했는데 죽고 나서도 완전히 고쳐지지는 않더라고요."

리드라의 목소리. "승무원들은 캡틴과 붓처와 함께 하선한다. 승무원들은 이 두 사람을 함께 포레스터 장군에게 데려가도록. 두 사람이 떨어지는 일이 없도록 하라."

붓처의 목소리. "캡틴의 선실 콘솔에 바벨-17의 문법을 기록한 테이프 기록이 들어 있다. 슬러그는 그 테이프를 지구의 마르쿠스 트므와르바 박사에게 특별편으로 즉시 보내도록. 그런 다음 항성간 전화를 써서 테이프를 보냈고, 언제 보냈으며, 그 내용물이 무엇인지를 트므와르바 박사에게 알릴 것."

"브래스, 슬러그! 이거 뭔가 이상해!" 론의 목소리가 캡틴의 신호를 차단했다. "저치들이 저런 식으로 말하는 걸 들은 적이 한 번이라도 있어? 어이, 캡틴, 도대체 왜……?"

제5부

마르쿠스 트므와르바

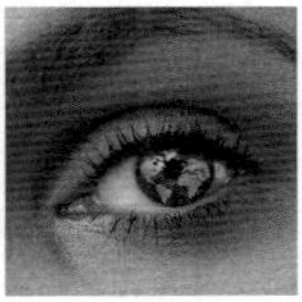

나이를 먹으며 나는 11월로 내려간다.
해의 점근적인 순환이 현재를 향해 곤두박칠치고,
수정처럼 맑은 몽상 속에서 나는
줄지어 고정된 나무들의 흰 선 아래를 지나간다.
발걸음에 짓밟히기를 기다리는 고엽이 쌓인 곳을.
공포를 닮은 무언의 바스락거림.
그 소리와 바람만이 내게 들리는 전부이다.
나는 차가운 바람에게 묻는다. "해방하는 말은?"
바람이 말한다. "변한다."
하얀 해가 말한다. "기억한다."

—「엘렉트라」

1

릴테이프와, 포레스터 장군의 긴급 지령과, 화가 잔뜩 난 트므와르바 박사는 서로 삼십 초의 시차도 두지 않고 일제히 대닐 D. 애플비의 사무실에 도착했다.

납작한 상자를 열고 있었을 때 칸막이 밖에서 소음이 들려왔다. 그는 고개를 들고 인터컴에 대고 물었다. "마이클, 무슨 일이야?"

"어떤 미친 작자가 와서 자긴 정신과 의사라며 난리를 치고 있는데요!"

"난 안 미쳤어!" 트므와르바 박사는 호통을 쳤다. "하지만 동맹군 사령부에서 보낸 소포가 지구에 도착하기까지 얼마나 걸리는지는 알아. 오늘 아침 우편으로 나한테 와 있어야 했어. 하지만 안 왔어. 압류당했다는 뜻이지. 그리고 그런 짓을 하는 건 바로 이 관청밖에는 없어. 문을 열라고."

그러자마자 문이 쾅 열리더니 박사가 들어왔다.

마이클은 트므와르바의 허리 뒤에서 목을 내밀고 말했다. "아, 댄, 죄송합니다. 지금 당장—"

트므와르바 박사는 책상을 가리키고 말했다. "그건 내 거야. 이리 줘."

"됐어, 마이클." 〈세관원〉은 문이 다시 쾅 닫히기 전에 재빨리 말했다. "안녕하십니까, 트므와르바 박사님. 거기 앉으시죠. 이 소포의 수취인이 박사님이란 말씀이시죠? 제가 박사님을 안다고 해서 그리 놀란 얼굴을 하실 필요는 없습니다. 저는 보안 관계의 정신 지수 조사도 맡고 있고, 저희 부서 사람들은 모두 분열 미분법에 관한 박사님의 뛰어난 업적에 관해 알고 있답니다. 이렇게 뵙게 되어 정말 반갑습니다."

"왜 내 소포를 주지 않는 건가?"

"잠깐 기다려주시면 확인해보겠습니다." 그가 긴급 지령서를 집어 올리자 트므와르바 박사는 소포 상자를 집어서 호주머니에 쑤셔 넣었다.

"자, 이제 설명해보라고."

〈세관원〉은 지령서를 펼쳤다. "이걸 보니," 그는 잠깐 사이에 솟아오른 적의를 조금 해소하기 위해 무릎으로 세게 책상을 밀면서 말했다. "이 테이프를…… 어, 조건부로 가져가셔도 될 듯합니다. 이 테이프를 지참하고, 오늘 저녁에 〈미드나이트 팰컨〉호에 탑승해서 동맹 행정 사령부로 직행하신다면 말입니다. 이미 좌석은 예약이 되어 있습니다. 박사님의 협력에 대해 미리 감사드립니다. 재배再拜. X. J. 포레스터 장군."

"왜?"

"이유는 쓰여 있지 않군요. 유감이지만 박사님, 이 조건에 동의해주시지 않는 한은 그 소포를 드릴 수가 없습니다. 필요하다면 돌려받을 작정입니다."

"거야 자네 생각이지. 그치들이 원하는 게 뭔지 조금이라도 아는 게 있나?"

〈세관원〉은 어깨를 으쓱했다. "소포가 오는 걸 알고 계셨죠. 누가 보낸 겁니까?"

"리드라 웡."

"웡이라고요?" 〈세관원〉은 책상에 갖다 대고 있던 양쪽 무릎을 아래로 내렸다. "시인인 리드라 웡 말씀입니까? 박사님도 리드라를 알고 계셨던 건가요?"

"리드라가 열두살 때부터 정신과 상담역을 맡고 있었네. 그러는 자넨 누군가?"

"대닐 D. 애플비라고 합니다. 리드라의 친구라는 걸 알고 있었다면 기꺼이 여기로 모셨을 텐데!" 처음의 적의는 단박에 강한 우애의 정으로 바뀌었다. "〈팰컨〉호를 타고 가실 예정이시라면, 잠시 나가서 산책하실 시간은 있으시죠? 어차피 일찍 퇴근할 예정이었습니다. 저녁에 잠시…… 흐음, 〈수송원〉 거리의 어떤 가게에 들를 예정이어서 말입니다. 왜 진작 리드라와 아는 사이라고 하시지 않았습니까? 제가 가는 가게 바로 옆에 이국적이고 멋진 술집이 하나 있습니다. 거긴 술뿐만 아니라 음식도 괜찮으니 한번 가보시면 어떻겠습니까? 그런데 레슬링 구경은 하시는지? 대다수 사람들은 그걸 불법으로 알고 있지만, 거기 가면 구경할 수 있답니다. 오늘 저녁에는 루비하고 파이선이 한 판 붙을 예정입니다. 저하고 함께 잠깐 구경하시기만 해도 마음에 딱 드실 겁니다. 〈팰컨〉호 출발 시각에는 늦지 않도록 배웅해드리죠."

"어딜 얘기하는지 알 것 같군."

"지하로 내려가면 천장에 커다란 거품이 하나 있고, 그 안에서 시합을 하는……?" 〈세관원〉은 흥분하며 몸을 내밀었다. "실은 저를 거기로 처음 데려가준 사람이 리드라입니다."

트므와르바 박사의 얼굴에 천천히 미소가 번졌다.

〈세관원〉은 책상을 탁 쳤다. "그날 밤은 정말이지 굉장했죠! 정말 굉장하다고밖에는 달리 할 말이 없을 정돕니다!" 그의 눈이 가늘어졌다. "혹시 유체인 구획에서……." 그는 손가락을 세 번이나 딱 튕겼다. "예의 경험을 하신 적이 있으십니까? 그건 진짜로 불법이죠. 하지만 기회가 있으시면 저녁에 한번 산책해보시는 것도 나쁘지만은 않을 겁니다."

"알았어." 박사는 웃음을 터뜨렸다. "저녁을 먹고 한잔하자고. 오늘 들은 얘기 중에서는 제일 맘에 드는군. 배도 고프고, 나도 최근 네 달 동안은 좋은 시합 구경을 못 했네."

"실은 저도 거긴 한 번도 가본 적이 없습니다." 모노레일에서 내리면서 〈세관원〉이 말했다. "전화를 걸어서 예약하려고 하니까 그럴 필요는 없고, 그냥 오기만 하면 된다고 하더군요. 아침 6시까지 열려 있답니다. 그래서 에라, 모르겠다, 그냥 조퇴하자, 이렇게 마음먹었던 겁니다." 두 사람은 도로를 가로질러 신문 가판대를 지나쳤다. 해진 옷차림에 수염도 깎지 않은 하역 인부들이 화물 도착 예정표를 집어 들고 있었다. 녹색 제복을 입은 우주군 세 명이 어깨동무를 하고 비틀비틀 보도를 나아가고 있다. "사실," 〈세관원〉이 말하고 있었다. "저도 처음에는 상당히 갈등이 심했습니다. 처음 여기 왔을 때부터— 염병할, 처음 영화 구경을 가서 그걸 본 이래, 줄곧 그러고 싶었지만 말입니다. 하지만 진짜로 괴상한 걸 하면 직장에서는 너무 튀겠고. 그래서 이렇게 생각했습니다. 뭔가 간단한 걸로 하면 되잖아. 옷을 입으면 안 보이는 걸로. 자, 여깁니다."

〈세관원〉은 '플라스티플라즘[成形原形質] 플러스'의 문을 밀고 들어갔다. (문에는 '아름다운 육체를 위한 추가물, 인쇄물, 각주'라고 쓰여 있었다.)

"언제나 전문가한테 물어보고 싶었던 건데, 이런 걸 하고 싶어하는 인간에게는 뭔가 심리적으로 엇나간 데가 있다고 생각하십니까?"

"전혀."

파란 눈과 파란 입술과 파란 머리카락과 파란 날개를 가진 젊은 여자가 말했다. "그냥 들어가셔도 됩니다. 카탈로그를 먼저 보고 싶으시다면 그러셔도 좋고."

"아, 정하고 왔습니다." 〈세관원〉이 말했다. "이쪽인가요?"

"예."

"사실," 트므와르바 박사가 말했다. "자기 육체를 통제할 수 있다는 것, 그러니까 그걸 변경한다든지, 성형할 수 있다고 느끼는 건 심리학적으로 중요한 일이라네. 여섯 달 동안 다이어트에 매진한다거나 근육 키우기에 성공하면 상당한 만족감을 느낄 수 있지 않나. 코나 턱을 새로 하거나, 비늘이나 깃털을 이식하는 것도 마찬가지야."

그들이 들어간 곳은 흰 수술대가 있는 방이었다. "뭘 도와드릴까요?" 파란 상의를 걸친 폴리네시아계로 보이는 성형외과 의사가 미소 지으며 말했다. "여기 누워주시겠습니까?"

"난 그냥 견학 중이야." 트므와르바 박사가 말했다.

"여기 카탈로그에 5463번으로 나와 있는 겁니다." 〈세관원〉이 말했다. "그걸 여기 이식해주십쇼." 그는 왼손으로 오른쪽 어깨를 쳤다.

"아, 그거요. 저도 꽤 좋아하는 겁니다. 잠시만 기다려주십쇼." 의사는 탁자 옆에 있는 보관함의 뚜껑을 열었다. 수술 기구들이 번득였다.

외과의사는 반대편 벽가에 있는 유리문이 달린 냉동기 앞으로 갔다. 뿌옇게 서리가 낀 유리문 너머로 복잡한 모양을 한 성형원형질들이 흐릿하게 보인다. 외과의사는 이런저런 단편斷片들을 올려놓은 쟁반을 들고 돌아왔다. 유일하게 알아볼 수 있었던 것은 보석 같은 눈과 반짝이는 비늘과 유백색으로 빛나는 날개를 가진 조그만 용의 상반신 하나뿐이었다. 전체 길이가 2인치도 안 된다.

"이 친구를 고객님의 신경계에 연결하면, 삑삑, 쉭쉭 하는 소리나 포효 소리를 내게 할 수 있고, 날개를 퍼득거리거나 불꽃을 토하게 할 수도 있습니다. 고객님의 육체상像에 완전히 동화하려면 며칠 걸리는 수도 있지만 말입니다. 처음에는 그냥 트림을 하고 멀미를 하는 것처럼 보여도 놀라지 마십쇼. 자, 셔츠를 벗어주시겠습니까."

〈세관원〉은 옷깃을 풀었다.

"우선 어깨의 감각을 완전히 차단하겠습니다……. 자, 별로 안 아팠죠? 이거요? 아, 국소 동정맥 수축제입니다. 깔끔하게 하려면 이게 제일 좋죠. 자, 여기를 따라서 그대로 절개를 하면— 아, 보기 힘드시면 안 보셔도 됩니다. 그 대신 여기 친구분과 얘기를 나누시죠. 몇 분밖에는 안 걸립니다. 아, 배까지 간지러운 느낌이죠? 신경 쓰지 마십쇼. 한 번만 더 참으시면 됩니다. 괜찮습니다. 아, 저건 고객님의 어깨 관절이 맞습니다. 저게 없으면 팔을 늘어뜨려도 당연히 좀 이상해 보이겠죠. 그래서 이 투명한 플라티플라즘 우리를 집어넣는 겁니다. 원래 있던 어깨 관절하고 똑같은 구조이고, 방해가 안 되도록 근육을 지지합니다. 이렇게 동맥 혈관들이 지나가는 홈도 파여 있습니다. 자, 턱을 돌려주시겠습니까. 보고 싶으시다면 거울을 보시면 됩니다. 이제는 절개선을 수축시키겠습니다. 우리 가장자리를 생체테이프로 붙여놓았으니까 이틀쯤 지나면 새 살이 돋을 겁니다. 그때까지는 붙여두세요. 갑자기 무리한 팔 운동을 하지 않는 한 저절로 뜯겨 나갈 염려는 없지만, 주의하는 걸 잊지는 마시고. 자, 이제 이 조그만 친구를 신경에 연결하기만 하면 끝입니다. 좀 아프실 겁니다—"

"끄으으으응!" 〈세관원〉은 반쯤 몸을 일으켰다.

"—앉으세요! 앉으세요! 됐습니다. 여기 이 조그만 잠금쇠는—거울을 보십쇼—우리를 열 때 쓰는 겁니다. 연습하면 우리 밖으로 나와서 재주를 피우게 할 수 있지만, 너무 조급해하지는 마십쇼. 좀 시간이 걸리니까요. 자, 팔의 감각을 원래대로 되돌려놓겠습니다."

외과의사가 전극을 뽑자 〈세관원〉은 훅 하고 숨을 뱉었다.

"조금 따끔거릴 겁니다. 한 시간쯤. 피부가 붉어지거나 염증이 생기면 주저 말고 여기로 돌아오십시오. 저 문을 지나오는 것들은 모두 완전히 소독되지만, 오륙 년에 한 번은 감염되는 사람이 나오거든요. 이제 셔츠를 입어도 됩니다."

길가로 나간 〈세관원〉은 어깨를 움직여보았다. "광고에서는 후유증이 전혀 없다고 보장했지만." 그는 오만상을 찌푸렸다. "손가락 감각이 좀 이상하군요. 혹시 수술하다가 어디 신경을 슬쩍 건드렸을 가능성은 없을까요?"

"그럴 것 같지는 않군." 트므와르바 박사는 말했다. "하지만 그렇게 어깨를 비틀다가는 정말로 그렇게 될 걸세. 생체테이프가 떨어져 나갈 수도 있으니 조심하라고. 자, 저녁 먹으러 가세."

〈세관원〉은 어깨를 만지작거렸다. "3인치나 되는 구멍을 뚫었는데도 팔이 멀쩡하게 움직인다니 기분이 좀 이상하군요."

"그럼." 트므와르바 박사는 머그잔 너머로 말했다. "리드라가 자네를 처음으로 〈수송원〉 거리로 데려왔다는 거로군."

"예. 실은— 흠, 실제로 만나본 건 그때가 유일합니다. 정부가 비용을 댄 항해에 나서기 위해서 승무원을 모으고 있을 때였죠. 저는 정신 지수를 승인하기 위해서 그냥 옆에서 따라다녔을 뿐입니다. 하지만 그날 밤 어떤 일이 일어났습니다."

"어떤?"

"그토록 기괴하고 괴상한 사람들을 만나본 건 난생처음이었습니다. 생각하는 것도 다르고, 행동하는 것도 다르고, 사랑조차도 다른 식으로 하더군요. 그리고 그 사람들은 저를 웃게 만들었고, 화나게 했고, 기쁘게 했고, 슬프게 했고, 흥분시켰고, 급기야는 조금 사랑에 빠지게까지 했습니다." 그는 술집 천장의 구형 투기장을 흘끗 올려다보았다. "그런 일이 있은 이래, 그들이 그렇게 괴상하거나 기이하게 느껴지지 않습니다."

"그날 밤은 마음이 제대로 통했단 얘긴가?"

"그랬을지도 모르겠군요. 리드라, 하고 친숙하게 퍼스트네임으로 부르는 건 주제넘은 짓이라는 걸 알지만, 그녀가 마치 제…… 친구인 것 같은 기분이 드는 겁니다. 저는 고독한 인간들이 사는 도시의 고독한 인간입니다. 그런데 그런 인간이 어떤 장소에서— 마음이 통하는 걸 발견한다면, 다시 그런 일이 가능한지 알아보려고 그 장소로 되돌아오는 법이죠."

"그렇게 됐나?"

대닐 D. 애플비는 천장에서 눈을 떼고 셔츠 단추를 끄르기 시작했다. "저녁을 주문하기로 하죠." 그는 의자 등받이에 셔츠를 걸어놓고 어깨의 우리에 들어있는 용을 흘끗 보았다. "어차피 되돌아오기 마련입니다." 의자 위에서 몸을 돌리더니 다시 셔츠를 집어 들고 반듯하게 갠 다음 다시 내려놓았다. "트므와르바 박사님, 동맹 행정 사령부에서 왜 박사님을 오라고 하는지 조금이라도 짚이는 데가 있습니까?"

"리드라하고 이 테이프에 관련된 일이라고 생각하네만."

"박사님의 리드라의 주치의라는 얘기를 듣고, 혹시 무슨 의학적인 이유 때문이 아니었으면 좋겠다고 생각했습니다. 그녀 몸에 무슨 일이 일어났을지도 모른다고 생각하니 끔찍합니다. 그러니까, 제 입장에선 말입니다. 리드라는 하루 저녁에 제게 너무나도 많은 얘기를 해 줬습니다. 그것도 간결하게." 그는 웃으면서 우리 가장자리를 손가락으로 훑었다. 우리 안에 있는 짐승이 쿨럭거렸다. "그런 말을 하면서도 거지반은 저를 쳐다보지도 않더군요."

"나도 큰일 아니길 바라고 있네." 트므와르바 박사가 말했다. "괜찮을 거야."

2

〈미드나이트 팰컨〉호가 착륙하기 전에, 박사는 선장을 구슬려서 관제소와 직접 얘기를 나누고 있었다. "〈랭보〉호가 언제 도착했는지 알고 싶네만."

"잠깐만 기다려주세요. 도착한 것 같지는 않습니다만. 지난 여섯 달 동안에 그랬다는 기록은 없습니다. 그보다 더 전의 기록을 확인하려면 조금 더 시간이—"

"아냐. 도착했다면 지난 며칠 동안에 그랬을 거야. 리드라 웡이 선장으로 있는 〈랭보〉호가 최근에 여기 착륙하지 않은 건 확실한가?"

"웡? 어제 착륙했던 걸로 압니다만. 하지만 〈랭보〉호는 아니었습니다. 식별 표시가 없는 화물선이었죠. 추진관의 일련번호를 일부러 지워 놓아서 처음에도 좀 혼란이 있었습니다. 도난당한 배였을 가능성도 있어 보이네요."

"그 배에서 내렸을 때 캡틴 웡에게는 이상이 없었나?"

"명백히 지휘권을 포기하고—" 목소리가 멈췄다.

"포기하고?"

"죄송합니다만, 관련 정보가 모두 기밀로 분류되어 있습니다. 스티커를 깜박하고 못 봐서 다른 일반 파일들 사이에 섞여 들어가 있었군요. 더 이상 정보를 드릴 수가 없습니다. 기밀 취급 권한을 부여받은 사람들에게만 알릴 수 있는 거라서."

"난 마르쿠스 트므와르바 박사라고 하네." 박사는 권위를 담아 말했다. 효과가 있을지 없을지는 감을 잡을 수 없었지만 말이다.

"아, 박사님에 관한 메모가 하나 있네요. 하지만 박사님은 기밀 해제자 목록에는 안 들어가 있습니다."

"그래서 아가씨, 거기엔 뭐라고 쓰여 있나?"

"만약 박사님이 해당 정보를 요구한다면, 포레스터 장군에게 보내라고 쓰여 있습니다."

한 시간 뒤에 그는 포레스터 장군의 집무실로 걸어들어갔다. "자, 도대체 리드라는 어디가 잘못된 건가?"

"테이프는 어디 있습니까?"

"리드라가 나한테 그걸 보냈다면, 그럴 만한 이유가 있어서 그런 거야. 만약 자네한테 넘기고 싶었다면, 자네한테 넘겼을 거고. 내가 스스로 자네한테 건네지 않는 이상 자네가 그걸 손에 넣는 일은 없을 걸세."

"박사님은 조금 더 기꺼이 협력해주실 걸로 생각했습니다만."

"협력하고 있어. 요청한 대로 여기 이렇게 오지 않았나, 장군. 나한테 뭘 시키고 싶어서 그런 거겠지만. 상황을 정확하게 파악하지 못하면 난 그럴 생각이 없네."

"군인정신과는 상반되는 태도로군요." 포레스터 장군은 책상을 돌아오며 말했다. "최근 들어서는 그런 태도와 마주치는 경우가 점점 늘어난 것 같습니다. 그걸 기뻐해야 하는지 슬퍼해야 하는지는 아직도 모르겠지만." 녹색 제복 차림의 우주군 간부는 책상 가장자리에 걸터앉아 옷깃에 달린 별들을 만졌다. 우울한 표정이었다. "미스 웡처럼 제가 이래라저래라 하고 명령을 내리지 못하는 사람을 만난 것은 정말 오랜만이었습니다. 결과가 어땠는지 물어볼 생각일랑은 하지 않는 게 신상에 이로울 겁니다. 처음에 그녀를 상대로 바벨-17 얘기를 했을 때는, 녹취록을 넘기면 영어로 번역해줄 거라고 지레짐작하고 있었습니다. 그러자 단호하게 아뇨, 더 얘기해주셔야 해요, 이렇게 말하는 겁니다. 뭔가를 해야 한다는 명령을 남한테 들은 건 14년 만에 처음이었습니다. 마음에 들었다고는 할 수 없을지도 모르지만, 적어도 제가 그걸 존중한 것만은 틀림없습니다." 장군은 양손을 무릎 위에 방어적으로 떨궜다. (방어적? 저 몸짓을 그렇게 해석하는 것을 나는 리드라한테서 배웠던가. 트므와르바는 잠시 의아해했다.) "인간은 자기 자신만의 조그만 세계에 갇혀 지내기 쉬운 법입니다. 그런 걸 뚫고 들어오는 외부 목소리는 소중하게 다뤄야 하겠죠. 리드라 웡……." 장군은 말을 멈췄다. 그의 얼굴에 떠오르는 표정을 보고 리드라가 가르쳐준 대로 해석한 트므와르바 박사는 오한을 느꼈다.

"리드라는 괜찮은 건가, 포레스터 장군? 뭔가 의학적인 문제라도?"

"모르겠습니다." 장군은 말했다. "저 안쪽 방에 여성 하나와— 남성 하나가 있습니다. 그 여자가 리드라 웡인지 아닌지는 저도 모르겠습니다. 그날 밤 지구에서 바벨-17에 관해 얘기를 나눈 여성과 동일인물이 아니라는 점은 확실합니다."

그러나 트므와르바는 이미 문간으로 가서 문을 열어젖히고 있었다.

남자와 여자가 그를 올려다보았다. 남자는 호박색 머리를 한 지독하게 우아한 느낌을 주는— 전과자였다. 박사는 남자의 팔뚝에 찍힌 낙인을 보고 깨달았다. 그리고 여자는—

박사는 허리에 양손을 갖다 댔다. "좋아. 이제 내가 너한테 뭐라고 할 것 같아?"

여자가 말했다. "이해 불능."

호흡 패턴, 무릎 위에 올려놓은 손을 구부린 모양, 어깨의 각도. 리드라가 천 번은 직접 보여주면서 그 의미를 가르쳐주었던 세세한 움직임들. 한 번 숨을 쉬는 동안에도 그것들이 얼마나 진실과 합치하는지를 박사는 절절하게 깨달았다. 한순간 차라리 리드라에게서 그런 것을 배우지 않았으면 좋았을 것이라는 생각이 들었을 정도였다. 왜냐하면 그것들이 모두 사라져 있었기 때문이다. 그것들을 결여한 그녀의 낯익은 육체를 본다는 것은 흉터나 불구가 된 몸을 보는 것보다 훨씬 더 끔찍했다. 박사는 그녀를 향해 익숙한 어조—칭찬하거나 야단쳤을 때 썼던—로 말하기 시작했다. "나는 이렇게 말하려고 했어— 만약 이게 장난이라면, 이 녀석, 엉덩이를 찰싹 때려주겠어"라고 말이야. 그러나 이 말을 끝마쳤을 때는 낯선 사람들에게 쓰는 어조—세일즈맨이나 잘못 걸려온 전화를 상대할 때 쓰는—가 되어 있었다. "네가 리드라가 아니라면, 대체 넌 누구야?"

그녀는 말했다. "그 질문은 이해 불가능. 포레스터 장군, 여기 이 사내가 마르쿠스 트므와르바입니까?"

"응, 그래."

"어이." 트므와르바 박사는 장군을 돌아보았다. "지문, 신진대사량, 망막 패턴 따위는 당연히 조합해봤겠지."

"저건 리드라 웡의 육체가 맞습니다, 박사님."

"좋아. 최면, 경험 각인, 전前 시냅스 처리된 대뇌피질 물질의 이식 여부— 어떤 사람의 마음을 다른 사람의 머리에 집어넣는 방법으로 이것들 말고 또 아는 게 있나?"

"예. 열일곱 가지가 있죠. 그것들이 사용된 징후도 전혀 없었습니다." 장군은 문간 밖으로 나갔다. "박사님하고만 얘기를 나누고 싶다고 뚜렷하게 의사 표명을 하더군요. 문 밖에서 기다리고 있겠습니다." 그는 문을 닫았다.

"네가 누가 아닌지는 잘 알 수 있을 것 같아." 잠시 후 트므와르바 박사가 말했다.

여자는 눈을 깜박이더니 말했다. "리드라 웡으로부터의 메시지를 받은 그대로 전달합니다. 그 의미는 이해 불가." 느닷없이 얼굴 표정에 익숙한 활기가 깃들었다. 양손을 틀어쥐더니 몸을 조금 앞으로 내민다. "모키, 여기 와줘서 정말 기뻐요. 이걸 오래 유지할 수는 없으니까 거두절미하고 말할게요. 바벨-17은 어느 정도는 온오프, 알골, 포트란하고 비슷해요. 내게는 결국 텔레파시 능력이 있다는 게 판명됐지만, 얼마 전에야 그걸 통제하는 법을 터득했어요. 나는…… 우리는 바벨-17

에 의한 파괴공작 시도를 끝장냈어요. 단지 우리는 그 과정에서 포로가 됐고, 우리를 꺼내주려면, 내가 누구인지는 잊어요. 테이프 끝에 있는 걸 쓰고, 저이가 누군지를 알아내줘요!" 그녀는 붓처를 가리켰다.

리드라의 얼굴에서 생기가 사라지고 다시 경직된 표정이 돌아왔다. 이 변용變容을 처음부터 끝까지 목격한 트므와르바는 자기도 모르게 숨을 멈췄다. 설레설레 고개를 젓고 나서야 다시 숨을 쉬기 시작한다. 잠시 후 그는 장군의 집무실로 돌아갔다. "저 죄수는 누군가?"

"지금 조사하고 있는 중입니다. 오늘 아침에는 보고가 올라올 거라고 생각했습니다만." 책상 위에서 뭔가가 반짝였다. "여기 왔군요." 그는 책상 표면에 패어 있는 슬롯의 덮개를 열고 서류철을 하나 꺼냈다. 봉인을 자르다가 그는 문득 동작을 멈췄다. "온오프, 알골, 포트란이 뭔지 얘기해주시겠습니까?"

"당연하다는 듯이 엿들었군." 트므와르바는 한숨을 쉬고 책상 앞의 거품의자에 앉았다. "그것들은 고대의, 20세기의 언어라네— 컴퓨터를 프로그래밍하기 위해 쓰이던 인공 언어이고, 기계용으로 특별히 설계된 것들이지. 그중에서는 온오프가 가장 단순했지. 모든 것을 on하고 off라는 두 단어의 조합 내지는 2진법으로 환원했거든. 나머지 둘은 그보다는 더 복잡했어."

장군은 고개를 끄덕이고 서류철을 완전히 펼쳤다. "저 방에 있는 사내는 훔친 스파이더 보트를 타고 그녀와 함께 왔습니다. 각기 다른 독방에 수용하려고 하니까 승무원들이 크게 동요하더군요." 그는 어깨를 으쓱했다. "뭔가 심리적인 것 같습니다. 억지로 무리할 필요까지는 없다고 판단하고 그냥 둘이 함께 있도록 놓아두었습니다."

"승무원들은 어디 있나? 그 친구들은 도와주지 않던가?"

"그치들 말입니까? 악몽에서 빠져나온 것들을 상대로 대화를 하는 기분이었습니다. 〈수송원〉들입니다. 그런 작자들하고 어떻게 대화를 할 수 있다는 겁니까?"

"리드라는 그럴 수 있었네." 트므와르바 박사는 말했다. "나도 그래도 될지 알고 싶군."

"원하신다면 그렇게 해드리죠. 다들 여기 사령부에 수용해놓았습니다." 장군은 서류를 넘겨보고 얼굴을 찌푸렸다. "이상하군요. 저 사내에 관해서는 5년 동안의 상당한 상세한 기록이 있습니다. 좀도둑질, 폭력배 노릇, 그런 다음 승격해서 두어 번의 살인. 은행 강도—" 장군은 입을 꽉 다물고 감탄한 듯이 고개를 끄덕였다. "티틴의 유형 동굴에서 2년을 갇혀 지내다가, 탈출했습니다— 상당한 걸물이 맞군요. 스페셀리 〈단층〉에서 행방을 감춘 이후로는 죽었거나, 아니면 섀도십의 승무원이 되었을 걸로 추정됐습니다. 죽지 않은 것만은 확실하군요. 하지만 61년 12월 이전에는 이 사내는 마치 존재하지 않았던 것처럼 보입니다. 보통 붓처라는 별명으로 불립니다."

장군은 느닷없이 서랍 하나를 뒤지더니 다른 서류철을 꺼냈다. "크레토, 지구, 미노스, 칼리스토." 그는 이렇게 읽다가, 손등으로 세게 서류철을 쳤다. "알레포, 레아, 올림피아, 패러다이스, 디스!"

"그게 뭔가? 티틴에 수용되기 전의 붓처가 방문한 장소의 목록인가?"

"우연찮게도 그렇습니다만, 61년 12월에 발생하기 시작한 일련의 사고가 일어난 장소이기도 합니다. 우리는 그게 바벨-17과 관련이 있다는 사실을 겨우 알아낸 참이었습니다. 처음에는 최근의 '사고'만을 조사하고 있었지만, 그러던 중에 몇 년 전부터 같은 패턴의 일들이 일어나고 있다는 사실이 판명됐죠. 역시 같은 종류의 전파 교신이 개재되어 있었습니다. 미스 웡이 우리가 찾던 파괴공작원을 데리고 돌아온 거라고 생각하십니까?"

"그럴 수도 있겠지. 문제는 저기 있는 사람이 리드라가 아니라는 점이야."

"흐음, 그렇군요. 그렇게 말할 수도 있겠습니다."

"같은 이유로, 저기 있는 저 신사분 또한 붓처가 아니라고 생각하네."

"그럼 누구라고 생각하시는 겁니까?"

"지금은 아직 몰라. 그걸 알아내는 게 극히 중요하다는 게 내 의견이야." 박사는 일어섰다. "어디로 가면 리드라의 승무원들을 만날 수 있나?"

3

“이거 참 근사한 장소로군!” 칼리는 동맹 행정부 건물의 최상층의 승강기에서 나오며 말했다.

“기분 좋아.” 몰리야가 말했다. “이렇게 맘대로 돌아다닐 수 있어서.”

흰 예복을 입은 급사장이 사향고양이 모피 깔개를 가로질러 오더니 조금 미심쩍은 눈으로 브래스를 바라보다가 입을 열었다. “일행 분들이십니까, 트므와르바 박사님?”

“그래. 창가의 벽감 앞에 앉아 있을 테니 당장 마실 것들을 가져오게나. 주문은 이미 해놨어.”

급사는 고개를 끄덕이고 몸을 돌려 동맹 광장을 내려다보는 높은 아치형 창문 쪽으로 그들을 안내했다. 몇몇 사람들이 고개를 돌려 일행을 쳐다보았다.

“동맹 행정 사령부는 알고 보면 매우 안락한 곳이라지.” 트므와르바 박사는 미소 지었다.

"돈이 있다면 얘기겠죠." 론이 말했다. 목을 뻗어 검푸른 천장을 올려다보았다. 천장에는 리믹에서 바라본 별자리들이 투영되어 있었다. 론은 나직하게 휘파람을 불었다. "이런 장소에 관해서 읽어본 적은 있지만 실제로 구경할 수 있으리라고는 생각 못 했습니다."

"애들도 데려왔으면 좋았을 텐데." 슬러그가 생각에 잠긴 투로 말했다. "남작의 연회만으로도 감동을 먹는 녀석들이니."

벽감 앞에서 급사가 몰리야의 의자를 잡아당겨주었다.

"〈조병창〉의 베르 도르코 남작 얘긴가?"

"응." 칼리가 말했다. "새끼양 바비큐에 플럼 와인, 최근 2년 동안 구경한 것 중에서는 최고의 공작새 요리. 결국 먹지는 못했지만 말이야." 그는 고개를 설레설레 흔들었다.

"귀족 취미 중에서 가장 거슬리는 것들 중 하나를 봤구먼." 트므와르바는 껄껄 웃으며 말했다. "툭하면 이국적인 음식을 내놓고 자랑하고 싶어하는 취미 말이야. 하지만 우리 같은 부류는 이제 얼마 남지 않은 데다가, 대다수는 작위를 생략할 분별을 가지고 있다네."

"암세지의 무기 개발 책임자였지만, 이제는 고인입니다." 슬러그가 지적했다.

"죽었다는 얘긴 보고서에서 읽어보았네. 리드라도 거기 있었던 건가?"

"우리 모두가 현장에 있었습니다. 정말 지독한 바미었죠."

"정확히 무슨 일이 일어난 건가?"

브래스는 고개를 설레설레 저었다. "흠, 캐틴은 일찍 파티장으로 가서……." 브래스는 당시 일어났던 일을 동료들의 도움을 받아가며 자세히 설명했다. 그의 얘기가 끝나자 트므와르바 박사는 의자에 깊숙이 등을 기댔다.

"신문에는 거기까지는 안 나와 있었네. 아무래도 그럴 수밖에 없었겠지. 그 TW-55라는 건 도대체 뭔가?"

브래스는 모르겠다는 듯이 어깨를 으쓱했다.

박사의 귓속에 들어있는 유체통화기가 찰칵 울리며 말했다. "원래는 인간이지만 태어났을 때부터 개조에 개조를 거듭해서 더 이상 인간이 아니게 된 존재입니다." 〈눈〉이 말했다. "남작이 처음으로 그걸 캡틴 웡에게 보여주었을 때 저도 그 자리에 있었죠."

트므와르바 박사는 고개를 끄덕였다. "그것 말고 또 생각나는 건 없나?"

등받이가 딱딱한 의자에 편히 앉아보려고 이리저리 몸을 뒤틀고 있던 슬러그가 탁자 가장자리에 배를 바싹 갖다 대고 말했다. "왜 그런 질문을 하시는 겁니까?"

다른 사람들은 갑자기 입을 다물었다.

뚱뚱한 사내는 다른 승무원들을 둘러보며 말했다. "왜 이 모든 얘기를 여기 이 사람한테 털어놓는 거야? 나중에 우주군한테 모두 전달할 거라는 생각은 안 했어?"

"맞는 얘기일세." 트므와르바 박사가 말했다. "리드라에게 도움이 되는 얘기라면 뭐든 전달할 생각이야."

론은 얼음을 넣은 콜라잔을 내려놓았다. "우주군들은 우리를 상대할 때는 그리 친절한 대우를 안 해줬습니다, 박사님." 그는 설명했다.

"고급 레스토랑에도 안 데려가주고 말이야." 칼리는 일부러 착용하고 온 지르콘 목걸이에 냅킨을 끼워 넣으며 말했다. 웨이터가 감자튀김이 담긴 사발을 탁자 위에 내려놓고 다시 돌아가더니, 이번에는 햄버거 접시를 가지고 돌아왔다.

탁자 너머에서 몰리야는 길쭉하고 빨간 유리병을 집어 올리고 의아한 눈으로 그것을 보았다.

"케첩이야." 트므와르바 박사가 말했다.

"오오." 몰리야는 나직하게 말하고 다마스크 천 식탁보 위에 병을 내려놓았다.

"디아발로 그 녀석이 여기 와 있어야 하는 건데." 슬러그는 의자에 천천히 등을 기대고 박사에게서 눈을 뗐다. "그 녀석은 탄화물 합성의 천재이고, 단백질 조합에도 일가견이 있지. 견과를 채운 꿩구이라든지 도미 마요네즈 구이 같은 맛있고 근사한 요리를 위시해서, 배고픈 우주선 승무원들에게는 실로 풍성하고 영양가가 있는 음식을 만들어주거든. 하지만 이런 진수성찬은 아예 따라갈 엄두도 못 낼 거야." 그는 햄버거빵 안쪽에 신중하게 겨자를 발랐다. "진짜 다진 고기를 1파운드쯤 줘보라고. 혹시 그 고기가 자길 물지나 않을까 두려워서 부리나케 취사장에서 도망칠 게 틀림없어."

브래스가 말했다. "캐틴 웡은 어디가 잘못된 겁니까? 아무도 그 질문을 하고 싶지 않은 것 같아서."

"나도 모르겠네. 하지만 있는 그대로를 모두 내게 얘기해준다면, 해결책을 찾아낼 가능성도 훨씬 높아지겠지."

"다들 얘기하고 싶어하지 않는 일이 실은 하나 더 있는데," 브래스는 말을 계속했다. "우리들 중에 캐틴을 돕고 싶지 않은 사람이 한 명 있습니다. 하지만 우린 그게 누군지 모릅니다."

일동은 또 침묵했다.

"우리 배에 스파이가 한 명 섞여 있었습니다. 다들 알고 있었죠. 우리 배를 두 번 부수려고 했습니다. 캐틴 웡하고 붓처한테 무슨 일이 일어났는지는 모르겠지만, 난 그것도 그 녀석 짓이라고 생각합니다."

"우리 모두 같은 의견입니다." 슬러그가 말했다.

"우주군한테 알리고 싶지 않다는 게 바로 이거였군?"

브래스는 고개를 끄덕였다.

"회로반하고 타리크와 만나기 전의 가짜 이륙 사건 얘기도 해드려." 론이 말했다.

브래스는 설명했다.

"붓처의 도움이 없었다면," 유체통화기가 다시 찰칵 하는 소리를 냈다. "우리 배는 백조자리의 신성 한복판에서 통상 공간으로 돌입했을 겁니다. 우리 배를 인양하고, 우리를 태워주라고 타리크를 설득한 건 붓처였습니다."

"그렇다면," 트므와르바 박사는 탁자 주위를 둘러보았다. "자네들 중 한 사람은 스파이라는 얘긴가."

"플래툰 애들 중 하나일 수도 있겠죠." 슬러그가 말했다. "반드시 지금 이 탁자 앞에 앉아 있는 사람일 필요는 없습니다."

"혹시 여기 있다면," 트므와르바 박사가 말했다. "이건 그 이외의 사람들한테 하는 얘기인데, 포레스터 장군은 자네들에게서 아무것도 알아내지 못했다네. 리드라는 누군가의 도움이 필요해. 단지 그뿐이야."

길어지던 침묵을 깬 것은 브래스였다. "난 얼마 전에 〈친략자〉들한테 배를 파괴당했어. 플래툰은 전멸했고, 간부들도 반 이상 죽었지. 내가 아무리 레슬링을 잘하고 조종 솜씨가 좋아도, 다른 수송선의 캐틴들에겐 〈친략자〉한테 안 좋은 일을 당한 나는 징크스 그 자체였어. 캐틴 윙은 우리 세계 출신이 아니지만, 어디 출신이든 간에 뚜렷한 철학을 가지고 나더러 '네 일솜씨가 마음에 드니까 널 고용하고 싶어'라고 말해준 유일한 사람이야. 난 그게 고마워."

"캡틴은 정말 많은 걸 알지." 칼리가 말했다. "이렇게 재밌는 항해는 난생처음이야. 여러 세계. 바로 그거야, 박사님. 캡틴은 기꺼이 우리를 데리고 미지의 세계를 개척했어. 남작의 연회나 첩보 활동 따위에 우릴 끼워준 사람은 오직 캡틴밖에는 없었어. 다음 날에는 해적들하고 밥을 먹었지. 그리고 지금은 여기서 이러고 있어. 물론 나도 돕고 싶어."

"칼리는 머리하고 밥통이 뒤죽박죽이 되는 경향이 있어서." 론이 끼어들었다. "한 마디로 말해서, 캡틴은 저희를 생각하게 만들었습니다. 제가 몰리야하고 칼리 생각을 하도록 해줬죠. 캡틴은 예전에 뮤엘스 애런라이드, 『엠파이어 스타』를 쓴 그 사람과 3인조를 이룬 적이 있습니다. 주치의였으니 박사님도 아마 아시겠지만 말입니다. 하여튼 간에, 칼리가 방금 얘기했듯이 미지의 다른 세계에 사는 사람들, 책을 쓰거나, 무기를 만들거나 하는 사람들이 정말로 존재할지도 모른다는 생각을 하게 됐습니다. 그런 걸 믿을 수 있다면, 자기 자신을 믿는 것도 조금 더 쉬워지죠. 그리고 그런 일을 가능하게 만든 사람이 도움을 필요로 하고 있다면, 돕는 건 당연합니다."

"박사님." 몰리야가 말했다. "난 죽어 있었어요. 캡틴은 나를 살렸어요. 어떻게 도울 수 있어요?"

"아는 걸 모두 얘기해주면 돼." 박사는 탁자 위로 몸을 내밀며 손깍지를 꼈다. "붓처에 관해 말이야."

"붓처?" 브래스가 되물었다. 다른 사람들은 놀란 표정이었다. "그 친구가 어때서요? 캐틴하고 부처가 아주 가까운 사이가 됐다는 걸 빼놓으면 별로 아는 게 없습니다만."

"그 친구와 삼 주 동안 같은 배로 항해하지 않았나. 그때 무슨 일을 했는지 모두 얘기해보게."

승무원들은 서로 얼굴을 마주 보았다. 묻는 듯한 침묵.

"붓처의 출신지가 어딘지 알려줄 만한 단서가 전혀 없었나?"

"티틴." 칼리가 말했다. "팔에 낙인이 찍혀 있었습니다."

"티틴 이전, 적어도 그보다 5년 전의 일을 알고 싶은데. 문제는 붓처 본인도 그걸 모른다는 점이지만."

일동은 한층 더 영문을 모르겠다는 표정이었다. 이윽고 브래스가 말했다. "그 친구가 하는 말. 캐틴은 붓처가 원래 쓰던 언어에는 '나'라는 단어가 없다고 하던데요."

트므와르바 박사의 미간에 팬 주름이 더 깊어졌다. 그러자 유체통화기가 또다시 찰칵 소리를 냈다. "캡틴은 붓처에게 '나'하고 '너'라는 말을 어떻게 말하면 되는지를 가르쳐줬습니다. 저녁에 묘지를 산책하면서 말입니다. 서로에게 자기가 누군지를 가르쳐주는 동안 저희는 그 위에서 부유하고 있었습니다."

"'나'의 개념이라." 트므와르바가 말했다. "그건 무슨 단서가 되어줄지도 모르겠군." 박사는 의자에 등을 기댔다. "얄궂다는 생각이 드는군. 리드라에 관해서라면 나는 필요한 거의 모든 것을 알고 있다고 생각했는데 말이야. 게다가 내가 경험한 바에 따르면—"

유체통화기가 세 번째로 찰칵 하는 소리를 냈다. "구관조에 관해서는 모르시잖습니까."

트므와르바는 놀란 얼굴을 했다. "물론 알아. 그 자리에 있었는걸."

유체인 승무원은 나직한 웃음소리를 냈다. "하지만 그때 왜 그렇게 두려워했는지는 한 번도 얘기를 안 했죠."

"그건 예전 상태에 기인한 히스테리 발작—"

유령은 또다시 웃었다. "지렁이 탓입니다, 트므와르바 박사님. 새를 두려워했던 게 아니었습니다. 두려운 건 거대한 벌레가 자기를 향해 기어오는 텔레파시적 이미지였던 겁니다. 그 새가 머리에 그리고 있던 지렁이 모습이 투영된."

"리드라가 그런 얘길 자네한테—" 처음에는 발끈했지만 이 감정은 곧 놀라움으로 대체되었다. 나한테는 얘기 안 했는데, 하고 박사는 중얼거렸다.

"미지의 세계." 유령은 되풀이했다. "이따금 눈앞에 세계가 있는데도 결코 못 보는 경우가 있습니다. 이 방에도 허깨비가 잔뜩 있을지도 모르지만, 그걸 확인할 방도가 없죠. 여기 와 있는 승무원 친구들조차도 우리 두 사람이 지금 무슨 얘기를 하고 있는지 확신하지 못합니다. 하지만 캡틴 웡은 유체통화기를 단 한 번도 쓴 적이 없습니다. 그것 없이도 우리들과 말을 나눌 수 있는 방법을 찾아냈기 때문이죠. 캡틴은 고립된 세계들을 개척하고, 그것들을 연결해줬고—중요한 건 바로 이 부분입니다—그 결과 양쪽 세계 모두 더 커졌습니다."

"그렇다면 누군가가 붓처가 도대체 어디서 왔는지를 알아내야 한다는 말이로군. 그게 자네의 세계든, 나의 세계든, 리드라의 세계든 말이야." 기억 하나가 시구의 종결부처럼 풀려나왔다. 박사는 웃었다. 다른 사람들은 영문을 모르겠다는 표정이었다. "벌레. **에덴동산 어딘가에서, 지금 벌레가, 벌레 한 마리가**……. 이건 리드라가 쓴 가장 초기의 시 중 하나인데. 그때는 전혀 몰랐어."

4

“그럼 내가 기뻐하기라도 해야 한다는 건가?” 트므와르바 박사가 물었다.

“관심 정도는 보이셔도 될 것 같습니다만.” 포레스터 장군이 말했다.

“자네는 초정지 공간 지도를 보고 과거 1년 반 동안 일어났던 파괴 공작 시도는 모두 은하계 전체의 정상 공간에서 일어났지만, 스페셀리 〈단층〉에서 고속정으로 도약할 수 있는 범위에 한정되었다는 걸 깨달았다, 이건가. 또 붓처가 틴틴에 갇혀 있는 동안에는 아무런 ‘사고’도 일어나지 않았다는 것도 확인했어. 바꿔 말해서, 단지 물리적인 거리만 감안하더라도 이 모든 일들의 원흉은 붓처일 수 있다는 얘기로군. 아냐, 난 전혀 기쁘지 않네.”

“그건 왜?”

“왜냐하면 붓처는 중요한 인물이기 때문이야.”

"중요한?"

"리드라에게…… 중요한 인물이라는 걸 알거든. 승무원들한테서 들었네."

"그자가 말입니까?" 그제야 장군은 알아챈 듯했다. "**그자가?** 아, 그럴 리가 없습니다. 말도 안 됩니다. 그자는 가장 질이 안 좋은…… 아니, 그게 아니라, 지금까지 저지른 짓만 해도 반역에, 파괴공작, 셀 수도 없는 살인 행위에…… 그러니까 그자는—"

"자넨 그 친구의 정체를 몰라. 게다가 바벨-17 공격의 범인이 그 친구라면, 리드라 못지않게 놀랄 만한 인물이라는 얘기가 되네." 박사는 거품의자에서 일어섰다. "자, 내 생각을 시험해볼 기회를 주지 않겠나? 자네 생각에 관해서는 아침 내내 들어줬잖나. 내가 한 제안은 아마 성공할 걸세."

"하지만 박사님이 뭘 하고 싶으신지 여전히 이해가 안 됩니다만."

트므와르바 박사는 한숨을 쉬었다. "우선 리드라하고 붓처를 동맹 행정 사령부에서 가장 경비가 엄중하고, 깊숙하고, 어둡고, 침입 불가능한 지하 감옥으로 데려가서—"

"하지만 여기엔 지하 감옥 따위가—"

"시치미 떼지 말게." 트므와르바 박사는 단호하게 말했다. "지금은 전시잖나. 안 그런가?"

장군은 얼굴을 찌푸렸다. "왜 그렇게 보안을 중시하는 겁니까?"

"그 친구가 지금까지 일으킨 폭력 행위들 때문일세. 내가 지금부터 하려는 일이 그 친구 마음에 들 리가 없거든. 그러니까 뭔가 든든한 방벽이 되어줄 만한 것이 필요해. 동맹군의 전 병력이 뒤에서 지켜준다든지 말이야. 그 정도는 되어야 가능성이 있어 보이거든."

리드라는 감방의 한쪽 벽에, 붓처는 반대쪽 벽에 앉아 있었다. 두 사람 모두 벽의 일부이면서 플라스틱으로 뒤덮인 의자 형태의 돌출부에 고정 벨트로 결박되어 있다. 트므와르바 박사는 다른 방에서 바퀴가 달린 받침대에 실려 운반되어 온 장치들을 점검하고 있었다. "지하 감옥이나 고문실 따위는 없다고 하지 않았나, 장군?" 박사는 발치의 돌바닥 위에 말라붙은 적갈색의 얼룩을 흘끗 보고 고개를 설레설레 흔들었다. "우선 독방 전체를 산으로 씻고 소독했으면 좋겠지만, 워낙 급하게 요청한 거니 하는 수 없겠—"

"필요한 장치는 모두 도착했습니까, 박사님?" 장군은 박사의 비아냥을 무시하고 물었다. "마음이 바뀌셨다면 십오 분 안에 전문가들 한 떼거리를 여기로 데려올 수도 있습니다."

"떼지어 들어오기엔 여긴 너무 좁지 않나." 트므와르바 박사가 응수했다. "바로 여기에도 아홉 명의 전문가들이 들어 있다네." 그는 방구석에 다른 장비들과 함께 거치된 중형 컴퓨터 위에 손을 얹었다. "사실을 말하자면 자네를 포함한 그 누구의 방해도 받고 싶지 않아. 하지만 나갈 생각이 없는 듯하니 그냥 조용히 구경하기만 하게."

"아까 자기 입으로 최대한의 경비를 요청하시지 않았습니까." 포레스터 장군이 말했다. "원하신다면 250파운드급의 아이키도[合氣道] 사범들 몇 명도 여기 데려다놓을 수 있습니다."

"난 아이키도 검은 띠라네, 장군. 그러니까 우리 두 명이면 충분할 거야."

장군은 눈썹을 추켜올렸다. "저는 가라데를 할 줄 압니다. 아이키도라는 무술은 도무지 이해할 수가 없더군요. 검은 띠라고 하셨습니까?"

트므와르바 박사는 덩치가 큰 쪽의 장치를 조절한 후 고개를 끄덕였다. "리드라도 마찬가지일세. 붓처도 무슨 능력을 갖고 있는지 모르니까, 이렇게 모두 꽁꽁 묶어놓은 걸세."

"좋습니다." 장군이 문설주 모퉁이에 있는 뭔가를 만지자 육중한 금속판이 천천히 아래로 내려왔다. "오 분 동안 여기 머물 겁니다." 금속판이 바닥에 닿자 문 가장자리의 선이 사라졌다. "완전히 밀봉됐습니다. 지금 우리는 12중 방호벽의 중심에 있습니다. 하나하나가 관통 불가능한 물건이죠. 게다가 아무도 이 장소의 정확한 위치를 모릅니다. 저를 포함해서."

"그렇게 복잡한 미로를 지나왔으니, 내가 그걸 모르는 건 확실해." 트므와르바가 말했다.

"만에 하나 누군가가 경로를 알아낼 경우에 대비해서, 십오 초마다 자동적으로 방 전체가 이동합니다. 저자는 절대로 여기서 못 나갑니다." 장군은 붓처를 손짓하며 말했다.

"나는 아무도 밖에서 못 들어오게 하고 싶었을 뿐이야." 트므와르바는 스위치 하나를 눌렀다.

"다시 한 번 설명해주십쇼."

"티틴의 의사들 말로는 붓처는 기억 상실증에 걸렸네. 바꿔 말해서 붓처의 의식은 61년까지 거슬러 올라가는 시냅스 접합들로 이루어진 뇌의 일부 영역에 고립되어 있다는 뜻일세. 실질적으로 붓처의 의식은 대뇌피질의 조그만 분절 하나에 갇혀 있는 거나 마찬가지야. 여기 이 장치는—" 박사는 금속 헬멧을 집어 올려 붓처의 머리에 씌우며 리드라를 흘끗 보았다. "—그 분절 내부에 일련의 '불쾌감'을 생성함으로써 그를 뇌의 그 부위에서 다른 부위로 쫓아내는 작용을 하지."

"대뇌피질의 한 부위에서 다른 부위를 잇는 시냅스 접합들 자체가 아예 존재하지 않을 경우에는 어떻게 됩니까?"

"못 견딜 정도로 불쾌해지면, 자기 힘으로 새로운 접합을 만들 거야."

"이 사내의 경력을 감안하면," 장군이 말했다. "도대체 어느 정도 불쾌해져야 자기 머릿속에서 도망칠 생각을 할까요."

"온오프, 알골, 포트란." 트므와르바 박사가 말했다.

장군은 박사가 장치들을 더 조정하는 광경을 바라보았다. "보통 이걸 쓰면 뇌 속이 아수라장이 되지. 하지만 '나'라는 단어를 모르는 마음, 또는 그리 오래 알고 있지는 못했던 마음의 경우, 공포 전술은 먹히지 않을 거야."

"그럼 먹히는 게 뭡니까?"

"알골, 온오프, 포트란하고, 이발사, 그리고 오늘이 수요일이라는 사실의 도움을 받아야겠지."

"트므와르바 박사님, 박사님의 정신 지수를 확인했을 때 저는 의례적으로 훑어보기만 했습니다만—"

"난 내가 뭘 하는지 잘 아니까 걱정할 필요 없네. 이 컴퓨터 언어들에도 '나'라는 단어는 없으니까. 따라서 '나는 이 문제를 풀 수 없습니다,' 또는 '나는 별로 흥미가 없어,' 또는 '나는 이런 일 따위에 시간을 낭비하지는 않아' 하는 식의 답변을 내놓을 수가 없다는 얘기야. 장군, 피레네 산맥의 스페인 쪽에 마을이 하나 있는데, 거긴 이발사가 한 사람밖에 없다네. 이 이발사는 자기 손으로 직접 면도를 하지 않는 모든 마을 사내들의 수염을 깎아주지. 그럼 이 이발사는 자기가 직접 면도를 할까, 안 할까?"

장군은 얼굴을 찡그렸다.

"내 말을 못 믿겠나? 하지만 장군, 난 언제나 진실만을 얘기한다네. 수요일을 제외하면 말이야. 수요일에 내가 하는 말은 전부 거짓말이거든."

"하지만 오늘은 수요일이잖습니까!" 장군은 외쳤다. 얼굴이 벌게지기 시작했다.

"그거 참 얄궂군. 자, 자, 장군, 얼굴이 퍼렇게 되도록 숨을 참으면 몸에 안 좋다네."

"참고 있지 않습니다!"

"지금 참고 있다는 소린 안 했어. 하지만 예나 아니요만으로 대답해 주게. 자넨 와이프를 패는 걸 그만뒀나?"

"염병할, 내가 왜 그런 질문에 대답……."

"흐음, 자네가 와이프 생각을 하는 동안에, 숨을 참을지 말지 결정하게나. 오늘은 수요일이라는 사실을 염두에 두고 말이야. 얘기해줘, 누가 이발사의 수염을 깎나?"

당혹스러워하던 장군은 갑자기 너털웃음을 터뜨렸다. "패러독스였군요! 이 사내에게 패러독스를 억지로 주입해서 알력을 일으킬 심산인 거로군요."

"컴퓨터를 상대로 그런 일을 하면, 패러독스에 조우할 경우 스위치를 끄라고 프로그래밍되어 있지 않는 이상은 오류가 나버리지."

"혹시 유체화해버리기라도 한다면?"

"유체화 따위의 사소한 문제로 내가 포기할 것 같나?" 박사는 다른 기계를 가리켰다. "그래서 저걸 가지고 온 거야."

"한 가지 더 질문이 있습니다. 이 사내에게 어떤 패러독스를 줘야 하는지는 어떻게 압니까? 방금 저한테 얘기한 것들 가지고서는―"

"전혀 먹히지 않겠지. 게다가 그것들은 영어하고, 분석력이 빈약한 기타 몇몇 언어에서나 통용되는 걸세. 패러독스란 그것이 표현된 언어의 언어학적인 표상들로 분해될 수 있네. 스페인의 이발사하고 수요일의 경우 모순된 의미를 내포하고 있는 건 '전부every'하고 '모든all'이란 영어 단어야. 리드라가 나한테 보낸 테이프는 바벨-17의 문법과 어휘였네. 실로 매혹적인 물건이지. 분석적으로 그보다 정확한 언어는 상상이 되지 않는군. 바벨-17은 융통성 그 자체이고, 단어를 조합해서 같은 개념을 표현할 때도 수없이 많은 방법이 존재한다네. 따라서 아무리 열심히 패러독스를 고안해보아도 도저히 먹힐 상대가 아냐. 그런데 리드라는 테이프의 후반부에 그조차 넘어설 정도로 독창적인 패러독스들을 넣어두었더군. 만약 바벨-17에만 한정되어 있는 마음이 그것들에 빠져든다면, 견디지 못하고 타버리든가, 망가지든가―"

"뇌의 다른 쪽으로 피신할 수 있다는 거로군요. 알겠습니다. 흠, 좋습니다. 시작해주십쇼."

"이미 이 분 전에 시작했네."

장군은 붓처를 쳐다보았다. "아무 반응도 없습니다만."

"앞으로도 일 분은 더 기다려야 할 거야." 박사는 장치를 더 조정했다. "내가 설정해놓은 패러독스 시스템은 이 친구 뇌 속의 의식 영역 전체로 파고들어갈 거야. 시냅스들이 잔뜩 켜졌다 꺼졌다 할걸."

느닷없이 딱딱하게 굳어 있던 얼굴의 입술이 일그러지며 이가 드러났다.

"시작됐네." 트므와르바 박사가 말했다.

"미스 웡한테는 무슨 일이 일어나고 있는 겁니까?"

리드라의 얼굴도 똑같이 일그러져 있었다.

"이러지 않았으면 좋았을 텐데." 트므와르바 박사는 한숨을 쉬었다. "그럴 가능성은 높게 봤지만 말이야. 지금 두 사람은 텔레파시로 맺어져 있다네."

붓처의 의자에서 **딱** 하는 소리가 났다. 머리 고정띠가 조금 헐거웠던 탓에 뒤통수가 의자에 부딪친 소리였다.

리드라에게서 목소리가 새어 나왔다. 목소리는 곧 절규로 바뀌었고, 갑자기 뚝 끊겼다. 깜짝 놀란 표정으로 눈을 두 번 깜박이더니, 외쳤다. "아아, 모키, 너무 아파요!"

붓처의 의자의 팔 고정띠 하나가 끊어졌다. 주먹이 날아올랐다.

그러자 트므와르바 박사의 엄지손가락 근처에 있던 표시등이 흰색에서 호박색으로 바뀌었다. 엄지손가락이 스위치를 세게 눌렀다. 무엇인가가 붓처의 몸 안에서 일어났다. 그는 긴장을 풀었다.

포레스터 장군이 입을 열었다. "유체화해버렸—"

그러나 붓처는 숨을 헐떡이고 있었다.

"풀어줘요, 모키." 리드라가 말했다.

트므와르바 박사가 손으로 마이크로 스위치를 가볍게 쓰다듬자 리드라의 이마와 종아리와 손목과 팔을 고정한 띠들이 작은 파열음을 내며 풀렸다. 리드라는 부리나케 독방을 가로질러 붓처에게 갔다. "저 친구도 풀어줘?"

리드라는 고개를 끄덕였다.

박사가 두 번째 마이크로 스위치를 누르자 붓처는 리드라의 품 안으로 쓰러졌다. 리드라는 상대방의 무게를 못 이기고 바닥에 함께 쓰러졌지만, 그러면서도 붓처의 경직된 등 근육을 손등 관절로 누르며 풀어주고 있었다.

포레스터 장군은 진동총으로 그들을 겨냥하고 있었다. "자, 도대체 넌 누구이고, 어디서 왔지?" 그는 힐문했다.

붓처는 다시 쓰러지려다가 양 손바닥을 바닥에 딛고 가까스로 몸을 일으켰다. "나는……." 그는 입을 열었다. "나는…… 나는 나일즈 베르 도르코야." 목소리에서 귀에 거슬리는, 맷돌을 가는 듯한 느낌이 사라져 있었다. 음조 또한 4분의1가량 높아졌고, 약간 어미를 끄는 귀족적인 악센트를 수반하고 있었다. "암세지. 나는 암세지에서 태어났어. 그리고 난…… 난 아버지를 죽였어!"

문의 금속판이 올라가며 벽 안으로 들어가자, 매캐한 연기와 금속 달구는 냄새가 한꺼번에 흘러들어왔다. "아니, 도대체 이 냄새는 뭐야?" 포레스터 장군이 말했다. "이런 일이 일어날 리가 없는데."

"내가 보기엔," 트므와르바 박사가 말했다. "이 보안실의 12중 방호벽의 반은 돌파당한 것 같군. 몇 분만 더 계속됐더라면, 우린 지금 이 자리에 있지도 않을 공산이 크네."

황급히 달려오는 발소리. 그을음투성이의 얼굴을 한 우주군 병사가 비틀거리며 문으로 들어왔다. "포레스터 장군님, 괜찮으십니까? 외벽이 폭발했고, 2중문의 전파로크가 어떤 이유에선가 합선해버렸습니다. 세라믹 방호벽들도 뭔가로 반 가까이 절단됐습니다. 레이저나 뭐 그런 걸로."

장군의 얼굴이 창백해졌다. "도대체 뭐가 여기로 들어오려고 한 거지?"

트므와르바 박사는 리드라를 쳐다보았다.

붓처는 리드라의 어깨를 잡고 일어섰다. "한층 더 정교한 아버지의 작품 두 명입니다. TW-55의 사촌이죠. 여기 동맹 행정 사령부의 직원들 중에도 눈에 띄지는 않지만 요직에 앉아 있는 자들이 여섯 명은 있을 겁니다. 하지만 그자들은 더 이상 걱정할 필요가 없습니다."

"그게 사실이라면," 포레스터 장군은 신중한 어조로 말했다. "다들 당장 내 집무실로 올라가주면 고맙겠군. 도대체 무슨 일이 일어났는지 설명을 들어봐야겠어."

"아닙니다. 우리 아버지는 반역자가 아닙니다, 장군님. 단지 저를 〈동맹〉의 가장 강력한 비밀 첩보원으로 만들고 싶어했을 뿐입니다. 하지만 진짜 무기는 도구가 아니라, 그걸 쓸 수 있는 지식입니다. 그리고 〈침략자〉들은 그걸 갖고 있었습니다. 바벨-17이라는 이름의 지식을."

"알았어. 자네가 나일즈 베르 도르코일 가능성이 있다는 건 인정하지. 하지만 그걸 받아들이면 불과 몇 시간 전에 내가 이해했다고 생각했던 몇 가지 일들이 다시 복잡해져."

"지금 너무 말을 많이 하는 건 좋지 않네." 트므와르바 박사가 말했다. "방금 이 친구의 신경계 전체가 받은 부담을 생각하면—"

"괜찮습니다, 박사님. 완전한 대체품이 한 세트 있으니까요. 제 반사 신경은 일반인 표준을 상회하고, 자율신경계를 완전히 제어할 수 있기 때문에 발톱 자라는 속도까지 조절할 수 있습니다. 아버지는 뼛속까지 완전주의자였죠."

포레스터 장군은 책상 위로 장화를 신은 발 하나를 턱 올려놓았다. "말을 계속하도록 놓아두는 게 나을 겁니다. 오 분 안에 이 모든 걸 나한테 이해시키지 못한다면, 당신들 모두 독방에 처넣을 작정이니까요."

"아버지는 맞춤식 스파이의 개발을 시작했을 때 이 계획을 떠올렸던 겁니다. 그래서 의학적 수단을 통해 저를 가능한 한 가장 완벽한 인간으로 만들었습니다. 그런 다음 저를 〈침략자〉 진영으로 보냈습니다. 제가 거기서 가능한 한 많은 혼란을 일으킬 걸 기대하고 말입니다. 그리고 실제로 저는 잡히기 전까지 〈침략자〉들에게 큰 피해를 끼쳤습니다. 아버지가 깨달은 것이 한 가지 더 있었습니다. 새로운 스파이의 개발은 워낙 급속도로 진척되고 있기 때문에, 결국은 저를 훨씬 능가하는 모델들이 나올 거라는 사실 말입니다. 그리고 그것은 사실이었습니다. 이를테면 저는 TW-55하고는 아예 상대가 안 됩니다. 하지만 아버지는—아마 가문의 긍지 때문이었는지도 모르겠지만—새로운 스파이들에 대한 통제력을 우리 가족에만 한정시키려고 마음먹었습니다. 암세지에서 온 모든 스파이들은 미리 정해진 암호키를 통해서 무선 지령을 받을 수 있습니다. 제 연수延髓 밑에는 대부분의 부품이 전자 성형원형질로 이루어진 초정지 공간 통신기가 이식되어 있습니다. 미래의 스파이들이 아무리 복잡 정교해지더라도, 저는 여전히 집단 전체에 대해 우선적인 통제력을 발휘할 수 있다는 뜻입니다. 지난 몇십 년 동안 몇천 명의 스파이들이 〈침략자〉의 세력권에 뿌려졌습니다. 제가 생포될 때까지, 매우 큰 효과를 보고 있었던 겁니다."

"놈들은 왜 자네를 죽이지 않았나?" 장군이 물었다. "혹시 진상을 파악해서, 스파이의 대군을 통째로 역이용하기라도 했단 말인가?"

"제가 〈동맹〉의 무기라는 사실을 적이 발견한 건 사실입니다. 하지만 제 몸 안의 초정지 공간 통신기는 특정 상황이 오면 자동적으로 분해되고 제 몸의 노폐물과 함께 배출됩니다. 새 통신기를 자라게 하려면 3주쯤 더 걸립니다. 그래서 적들은 제가 남은 스파이들을 모두 통제하고 있다는 사실은 결코 알아차리지 못했습니다. 하지만 그 무렵에는 적들도 자기들만의 비밀 무기인 바벨-17을 개발한 상태였습니다. 그들은 저의 기억을 완전히 지워버린 다음 오직 바벨-17이라는 의사소통 수단만을 남겨두었고, 제가 그 상태에서 누에바-누에바 요크에서 동맹군의 세력권으로 도망치도록 했습니다. 〈동맹〉에 대한 파괴활동을 하라는 지령은 전혀 받지 않았습니다. 저는 매우 고통스럽고 완만한 과정을 거친 뒤에야 제가 다른 스파이들과 접촉해서 그들을 통제할 수 있다는 사실을 어렴풋하게나마 깨달았습니다. 그렇게 해서, 범죄자로 위장한 파괴공작원으로서의 생활이 시작되었던 겁니다. 어떻게, 또 어떤 이유에서 그랬는지는 여전히 모르지만."

"그건 설명할 수 있다고 생각합니다, 장군님." 리드라가 말했다. "컴퓨터가 오류를 내도록 프로그래밍하는 건 가능합니다. 배선을 합선시키는 게 아니라, 그것이 '생각'할 수 있도록 그것에게 가르치는 '언어'를 조작하는 방법으로 말입니다. '나'라는 개념의 결여는 어떤 종류의 자성自省 작용도 불가능하게 만듭니다. 사실, 상징 작용에 대한 자각을 완전히 차단해버리죠— 우리가 현실하고 현실의 표현을 구별할 수 있는 건, 바로 이 상징 작용이 존재하기 때문입니다."

"정확히 어떤?"

"침팬지를 예로 들자면," 트므와르바 박사가 끼어들었다. "충분히 자동차를 운전할 수 있을 정도의 조작 능력이 있고, 또 빨간불과 파란불을 구별할 수 있을 정도의 지능을 가지고 있다네. 하지만 그런 훈련을 시키더라도 절대로 밖에서 운전하게 놓아둘 수는 없어. 침팬지는 파란불이 켜지면 앞을 벽돌벽이 가로막고 있더라도 무조건 전진하고, 빨간불이 켜지는 걸 보면 설령 교차로 한복판에서 트럭에게 깔리기 직전이라고 해도 멈춰버리거든. 상징화 능력을 결여하고 있기 때문이지. 침팬지 입장에서 빨간불은 무조건 '정지'이고, 파란불은 '가라'야."

"하여튼 간에," 리드라는 말을 이었다. "언어로서의 바벨-17에는 붓처가 범죄자 겸 파괴공작원이 되도록 하는 사전조절된 프로그램이 내장되어 있었습니다. 아무 기억도 없고, 단지 공구하고 기계 부품을 나타내는 말밖에 모르는 누군가를 외국에 떨어뜨려 놓는다면, 해당 인물이 기계공이 된다 해도 하등 놀랄 일이 아닌 것과 마찬가지죠. 가르치는 어휘를 적절하게 조작한다면 선원이나 예술가로 만드는 것도 그 못지않게 쉬워요. 게다가 바벨-17은 워낙 정확 무쌍하고 분석적인 언어이기 때문에, 어떤 상황이 닥쳐도 그걸 기술적으로 파악해버리는 능력을 보장한다고 해도 과언이 아닙니다. 또 '나'라는 개념의 결여는, 바벨-17이 사물을 파악하기 위한 지극히 유용한 방법이기는 해도 결코 유일한 방법은 아니라는 사실을 아예 알아차리지 못하게 하죠."

"그렇다면 이 언어는 당신조차도 〈동맹〉을 적대시하도록 만들 수 있다는 얘깁니까?" 장군이 물었다.

"흐음." 리드라가 말했다. "우선 바벨-17에서 〈동맹〉을 뜻하는 단어를 영어로 직역하면 다음과 같습니다. '침략을-한-주체.' 이것만 봐도 감이 오지 않습니까. 온갖 종류의 악의적인 기제가 프로그래밍되어 있습니다. 바벨-17로 생각하고 있으면 자기 자신의 우주선을 파괴하는 일조차 완벽하게 합리적으로 느껴질 수가 있어요. 그런 다음 자기 최면으로 그 기억을 말소하고, 그 결과 자기 행위를 자각하지도 못하고, 저지하지도 못하는 겁니다."

"네 스파이는 바로 그거였어!" 트므와르바 박사가 외쳤다.

리드라는 고개를 끄덕였다. "바벨-17은 그걸 배우는 사람의 마음 안에 자기 충족적인 분열성 인격을 '프로그래밍'하고, 그걸 자기 최면으로 보강해요— 그 언어에 포함된 것 모두는 '올바르기' 때문에 지극히 당연한 일로 느껴지는 거죠. 그와 동시에 다른 언어는 서투르고 불편하다고 느끼게 돼요. 이 '인격'은 어떤 희생을 치르더라도 〈동맹〉을 분쇄해야 한다는 보편적인 욕구를 갖추고 있고, 그와 동시에 당사자의 마음을 완전히 지배할 수 있을 정도로 강해지기 전까지는 의식의 다른 부분으로부터 은폐되어 있어요. 우리 두 사람한테 일어난 건 바로 그거예요. 붓처가 포로로 잡히기 전의 경험이 없었기 때문에, 우리에겐 완전히 우리 마음을 통제할 수 있을 정도의 힘은 없었어요. 파괴적인 행위에 나서려는 걸 막을 수 있을 정도는 됐지만."

"왜 너희들을 완전히 제압하지 못했던 걸까?" 트므와르바 박사가 물었다.

"내 '능력'까지는 계산에 넣지 않았기 때문이에요, 모키." 리드라가 말했다. "바벨-17을 분석해보니까 아주 단순하더군요. 인간의 신경계는 전파 잡음을 발하지만, 그런 종류의 잡음을 포착하고 분석하려면 표면적이 몇천 마일은 되는 안테나가 필요해져요. 사실, 그 정도로 넓은 면적을 가진 건 다른 인간의 신경계밖엔 없어요. 이건 인간이면 누구든 어느 정도는 갖추고 있는 능력이지만, 소수는 나처럼 그걸 더 잘 통제할 수 있어요. 분열 인격 자체는 그리 강하지 않기도 하고, 또 난 내가 발하는 잡음을 어느 정도 통제할 줄도 알아요. 그래서 방해 전파를 내고 있었던 거죠."

"그럼 너희들의 머릿속에 하나씩 죽치고 앉아 있는 그 분열적인 첩보원들을 난 어떻게 하면 돼? 전두엽 절제라도 해야 하나?"

"아녜요." 리드라가 말했다. "컴퓨터를 고친다고 해서 배선의 반을 뜯어내는 사람은 없어요. 그러는 대신 언어 자체를 수정하면 돼요. 결여된 요소를 도입하고 모호한 부분을 보완하는 식으로."

"우리는 이미 주요 결락 부분을 도입했습니다." 붓처가 말했다. "타리크의 묘지에서 말입니다. 나머지도 상당 부분 진전된 상태입니다."

장군은 천천히 일어섰다. "그것 가지고서는 안 돼." 그는 고개를 가로저었다. "트므와르바, 그 테이프는 어디 있지?"

"오늘 오후 내내 이 호주머니에 들어 있었다네." 트므와르바 박사는 릴테이프를 끄집어내며 말했다.

"당장 이걸 가지고 암호부로 가서 분석시켜야겠어. 그런 다음엔 다시 처음부터 얘기를 들어보자고." 그는 문으로 걸어갔다. "아, 그렇지. 당신들은 모두 여기 감금해두겠어." 장군이 방에서 나가자 세 사람은 서로의 얼굴을 마주 보았다.

5

"……그래. 당연히 예상했어야 했어. 가장 경비가 엄중한 방에 거지반 침입하고, 은하계의 나선팔 하나의 전쟁 수행 능력을 통째로 사보타주할 수 있는 능력을 가진 작자라면, 자물쇠가 잠긴 내 집무실에서 도주하는 일쯤이야 식은 죽 먹기라는 걸! ……나는 머저리가 아니네. 하지만, 내 생각으로는— 알아, 내가 무슨 생각을 하든 자넨 개의치 않는다는 걸. 하지만 놈들이— 그래, 설마 놈들이 우주선을 통째로 훔칠 거라고는 꿈에도 생각 못 했어. 그래, 맞아. 나는— 물론 지레짐작했던 건 아냐— 그래, 그건 아군의 가장 큰 전함 중 하나야. 하지만 그치들이 남기고 간— 아냐, 아군을 공격하지는 않을 걸세— 아니, 낸들 그런 걸 어찌 알겠나. 단지 놈들이 남기고 간 쪽지에— 그래, 내 책상 위에 두고 갔더군……. 흠, 물론 읽어주겠네. 아까부터 진작 그러려고……."

6

리드라는 전함 〈크로노스〉호의 널찍한 선실로 발을 들여놓았다. 래트를 업고 있었다.

래트를 바닥에 내려놓자 제어반 앞에 앉아 있던 붖처가 고개를 들었다. "밑에서는 다들 어떻게들 하고 있어?"

"새로운 조종 장치가 헛갈린다는 친구는 없니?" 리드라가 물었다.

플래툰 소속의 난쟁이 소년은 자기 귀를 잡아당겼다. "잘 모르겠어요, 캡틴. 이렇게 커다란 배를 움직이는 건 처음이라."

"〈단층〉을 되돌아가서 타리크하고 〈제벨〉호의 다른 친구들한테 이 배를 전달하기만 하면 돼. 브래스는 너희들이 모든 걸 매끄럽게 작동시켜주기만 하면 거기로 갈 수 있을 거랬어."

"노력하고는 있어요. 하지만 너무 많은 명령이 온갖 곳에서 한꺼번에 들어오는 통에. 나도 이제 슬슬 내려가봐야겠어요."

"조금만 기다려봐." 리드라가 말했다. "혹시 너를 명예 퀴푸카마요쿠나로 임명하면 어떨까?"

"뭐로요?"

"들어오는 명령들을 모두 읽고 해석한 다음에 분배하는 역할을 맡은 사람이야. 넌 증조부모가 인디언이라고 하지 않았어? 그렇지?"

"그래요. 세미놀족이었죠."

리드라는 어깨를 으쓱했다. "퀴푸카마요쿠나는 마야인이었어. 별 큰 차이는 아냐. 그치들은 매듭을 지은 밧줄로 명령을 내리고, 우린 펀치 카드를 써서 명령을 전달하지. 잽싸게 나가봐. 배를 움직이는 데 전념하기만 하면 돼."

래트는 이마에 손을 갖다 대며 경례했고, 잽싸게 나갔다.

"장군이 당신 메시지를 어떻게 받아들였을 것 같아?" 붓처가 물었다.

"어떻게 받아들이든 상관없어. 최고위층들은 모두 그걸 돌려 볼 거고, 모두들 거기에 관해 곰곰이 생각해볼 거야. 실현 가능하다는 점은 그치들의 마음에 의미론적으로 각인될 거고, 그럼 이미 반은 성공한 거나 마찬가지야. 게다가 우린 바벨-17을 수정했잖아— 그러니 이젠 바벨-18이라고 불러야 할지도 모르겠군. 그건 이 계획을 실현하기 위한 최상의 도구가 되어줄 거야."

"거기에 내 조수들 한 떼거리가 있지." 붓처가 말했다. "6개월이면 충분할 거라고 생각해. 예의 오한 발작이 신진대사율의 가속화에서 비롯된 게 아니라서 다행이야. 처음부터 좀 이상하다는 생각이 들긴 했어. 만약 그게 사실이라면 당신은 바벨-17에서 빠져나오기도 전에 졸도해버렸을 거야."

"그건 분열적 인격 구성이 억지로 우위를 점하려고 튀어나온 결과였어. 흐음, 타리크하고 볼일을 본 다음엔 누에바-누에바 요크에 있는 〈침략자〉의 사령관 메이흘로의 책상 위에 쪽지를 남기고 와야겠군."

"'**이 전쟁은 여섯 달 안에 끝날 것이다.**'" 리드라는 인용했다. "내가 쓴 산문 중에서는 최고 걸작이 아닐까. 하지만 우선은 일해야 해."

"우리에겐 다른 사람들에게는 아예 없는 도구가 있어." 붓처가 말했다. 리드라가 옆에 앉자 붓처도 몸을 기대왔다. "그리고 적절한 도구가 있으면 그건 그리 어려운 과업이 아냐. 남아도는 시간엔 뭘 하면 좋을까?"

"아마 시를 쓰게 될 것 같아. 소설일지도 모르지만. 워낙 하고 싶은 말이 많아서."

"하지만 난 아직도 범죄자야. 악행의 대가를 선행으로 치른다는 건 언어학적인 말장난에 지나지 않고, 그걸 믿은 탓에 곤경에 빠진 사람들도 많아. 특히 문제의 선행이 사람 죽이는 일일 경우엔 말이야. 난 여전히 많은 살인에 책임이 있어. 이 전쟁을 끝내기 위해서는 아버지의 스파이들을 써서 훨씬 더 많은…… 오류를 범해야 할지도 몰라. 가급적 수를 줄이도록 노력할 생각이지만."

"죄의식 때문에 올바른 행동에 나서지 못한다는 변명도 앞의 것 못지않게 언어학적인 말장난이 아닐까. 그게 맘에 걸리면 돌아가서 재판을 받고, 무죄방면된 뒤에 다시 일을 시작하면 어때. 한동안은 내가 당신 일감이 되어줄게."

"좋아. 하지만 내가 재판에서 무죄방면될 거라고 누가 그래?"

리드라는 웃기 시작했다. 사내 앞에 서서 그의 두 손을 잡고, 여전히 웃으면서 손에 얼굴을 갖다 댔다. "내가 변호할 거니까! 당신도 이젠 알아차리지 않았어? 바벨-17을 쓰지 않아도, 그 어떤 궁지에서도 내 입담만으로 빠져나올 수 있다는 걸."

—뉴욕

1964년 12월~1965년 9월

키워드와 메타포, 현대 SF의 신화

"난 멀티플렉스 의식을 가지고 있어. 말하자면 온갖 다른 관점에서 사물을 본다는 얘기지……."

—『엠파이어 스타』, 1966

1. 작품

진작에, 그러니까 필자의 소견으로는 적어도 20여 년 전에는 번역되었어야 마땅할 작가를, 그것도 달랑 한 작품을 통해 독자들에게 처음 선보일 때는 언제나 고민이 될 수밖에 없다. 짧디짧은 소개글 자체가 일종의 정언적인 족쇄로 변질해버릴 위험성이 상존한다는 것을 경험상 알기 때문이다. 하물며 **새뮤얼 R. 딜레이니**처럼 **다면성의 권화**와도 같은 **천재 작가**를 처음 소개할 때는 한층 더 조심스러워질 수밖에 없다. 일단 딜레이니가, 백인이 여전히 다수를 차지하는 **미국** 문단, 그것도 SF 문단에서 일찌감치 **교조**적인 위치를 선점한 거물 **흑인 작가**이자, 국내에서 마초男性적 인문계 **신화 SF** 작가로 불리곤 하는 **로저 젤라즈니 생전의 최대 라이벌**이자 좋은 친구였다는 사실부터 밝혀도 큰 어폐는 없을 것이다. 또한 고희를 맞은 지금도 지극히 활동적인 **게이/바이섹슈얼**이며, 템플 대학에서 **기호론**과 **문학 이론**을 가르치는 **교수**이고, 유능한 **수학자**이자 뛰어난 **뮤지션**이며, 벨커 상을 수상한 저명한 시인이며 뉴욕 시립대학 교수인 **메릴린 해커**의 전 남편이고, 흥미롭게도 **글램**록의 대부인 데이비드 보위와 종종 비교된 바 있고, 다재다능하기로 유명한 천재 록스타 **프린스**와 비교당한 적도 있고, **주류 평단**의 비평가들에 의해 적어도 열 번 이상 **토머스 핀천**과 **이탈로 칼비노**에게 비견된 적이 있으며, 미국 서해안을 중심으로 한 히피 운동과는 미묘하게 다른 노선을 걸었던 **동부 히피** 라이프스타일의 산 증인이고, 미국 **뉴웨이브 운동**의 살아 있는 전설로 추앙받고 있으며 앨프리드 베스터처럼 1940년대의 올드웨이브 SF와 1980년대의 **사이버펑크 운동** 사이를 잇는 일종의 선각자라는 지적 또한 사실과 크게 다르지 않다. 그러나 응당 작가적 평가의 기본이 되어야 할 작품세계에 관해서 논할 경우, 이런 식의 단순화는 빛을 잃고, 평자는 또다시 딜레이니가 자아낸 멀티플렉스多重性의 미로에 빠져 적당하고 그럴듯하게 들리는 표현을 찾아 헤매게 되기 마련이다.

그런 맥락에서, 딜레이니의 SF 출세작이자 네뷸러 상 수상작인 본서 『바벨-17』은 딜레이니의 후기 작품들에 비해 비교적 접근하기 쉽다는 미점을 가지고 있다. 그렇다고 이 책이 입문서격이라는 뜻은 물론 아니다. 『바벨-17』은 현대 언어학에서 종종 회자되어온 오래된 화두 중 하나인 사피어-워프 가설, 즉 언어 구조나 사용하는 언어의 형식이 사용자의 사고에 영향을 미친다고 보는 가설의 '강한' 버전+을 무모하게도(?) 전형적인 스페이스오페라의 틀 안에서 구현한 초창기의 '언어학 SF'로 회자되며, 이것은 어느 선까지는 적절한 지적이라고 할 수 있다. 그러니까, 앨프리드 베스터의 제1회 휴고 상 수상작인 『파괴된 사나이』(1953)가 지금은 빛바랜 고전의 반열에 오른 프로이트의 위상학적 심리 이론을 전형적인 초능력 SF의 틀 안에서 구현한 작품이라는 지적 정도로는 말이다.

인간 커뮤니케이션의 가장 중요한 도구라는 맥락에서 언어는 SF의 영원한 테마 중 하나인 이질적인 외계 존재와의 '최초의 접촉First Contact'에서 빼놓을 수 없는 소재였지만, 만능 통역 기계를 쓰거나 수학적인 방법을 통해 별다른 어려움 없이 '손쉬운' 의사소통이 가능하다는 식의 편의주의적 설정은 인공지능과 기계 번역의 개연성이 크게 주목받지 못했던 1950년대 이전에는 SF 자체의 현실감을 떨어뜨리는 요소로 작용했다.++ 그러나 촘스키의 생성문법을 필두로 한 비非구조주의적, 인지과학적 접근법이 현대 언어학의 새로운 방법론으로 각광을 받기 시작한 1960년대에는 조금 더 세련된 형태로 언어—엄밀하게

+ '강한' 해석이라고도 불리며, 언어가 해당 언어 사용자의 인지 범주 자체를 결정함으로써 실질적으로 그 사고를 '지배'한다는 언어결정론적인 입장을 가리킨다. 반면 '약한' 해석의 경우는, 세계 인식으로 이어지는 인간의 분류 범주의 양태는 언어에 따라 차이를 보이며, 그 차이가 적든 많든 인식에 영향을 끼친다는 언어상대론적 입장을 취한다. 이 '가설' 자체는 딱히 이론적으로 해소될 수 있는 성질의 것이 아니며, 생물학의 유전-환경 논쟁처럼 관점의 차이로 보는 것이 바람직하다.

++ 유일한 예외는 원로 SF 작가 잭 밴스의 걸작 『The Languages of Pao』(1958)이다. 본서보다 8년 먼저 발표된 이 소설에서 밴스는 사피어-워프의 강한 해석을 기반으로 한 행성 주민들의 언어적, 정치적 역사를 단순하기는 하지만 매우 논리적인 형식으로 다루고 있다.

말하자면 그것을 사용하는 인간의 언어 능력—에 착안한 SF 작가가 등장하더라도 하등 이상할 것이 없는 패러다임의 변화가 실제로 일어나고 있었다. 리드라의 목소리를 빌려 단편적으로 술회되는 딜레이니의 언어 철학은 어느 쪽인가 하면 촘스키보다는 사피어의 기능주의적 언어유형론에 더 큰 영향을 받고 있는 것으로 보이며, 학술적인 엄밀함과는 거리가 멀어도 이 매혹적인 '소설'의 한 축을 이루기에는 모자람이 없다는 것이 솔직한 감상이다.

그러나 실제로 『바벨-17』을 읽어보면, 이 분야의 위대한 선구자 코드웨이너 스미스를 방불케 하는 이국적이며 (초)과학적인 고찰과, 때로는 외잡스럽기까지 한 화려한 문체로 치밀하게 묘사된 일종의 세태 소설적인 측면이 가장 먼저 눈에 들어온다. 물론, 해당 소설이 내포한 좁은 의미의 '세계관'에 관한 설명을 극력 생략함으로써 독자가 자신의 상상력과 지적 능력을 발휘할 여지를 남겨두는 기술 방식을 채택한 작가는 딜레이니가 처음은 아니다. 그러나 장르가 공유하는 클리셰의 기반이 되는 어휘집lexicon 자체에 강렬한 은유적 색채를 입힘으로써 어딘가에서 빌려온 세계가 아닌, 작가 자신의 독창적인 내/외우주를 채 200쪽에도 못 미치는 염가판 페이퍼백의 포맷 안에서 현시하고, 그것에 걸맞은 다양하고도 생생한 인간 군상을 생성해낼 수 있는 역량을 갖춘 작가는 예나 지금이나 그리 많지 않다. 황금시대의 거장인 아시모프, 클라크, 하인라인 등이 현역으로 활약하던 반세기 전만 하더라도 이런 식의 문학 기법과 SF 특유의 거대 서사는 역사적, 기질적으로 양립하기 힘들다는 것이 정설이었지만, 『바벨-17』은 성배 탐색 신화—이 주제는 훗날 장편 『노바』(1968)에서 최대한 확장되고, 개화한다—

라는 은유의 보고寶庫와 언어 현실이라는 지적 고찰을 의도적으로 병치함으로써 이런 장벽을 가볍게 뛰어넘었다는 평가를 받았다. 출간된 지 반세기가 다 되어가는 지금 재독, 삼독해도 거의 낡은 느낌이 나지 않는다는 점 또한 특기할 만하다.

한편, 앞서 언급한 다중성은 10대 시절에 딜레이니를 괴롭혔던 난독증+에 기인한다는 설이 있을 정도로 그의 작품 세계 전체를 일종의 신경계—그물처럼 관통하고 있으며, 이런 특징은 초기 작품인 『바벨-17』에서는 (적절하게도) 주로 언어학적인 언급을 통해 시현한다. 독자나 번역자가 작품 내의 어떤 언급을 이해하거나 이해하지 못한다고 해서 소설의 다면적/신비적 가치가 증대하는 것은 아니겠지만, 딜레이니가 본문에서 선택한 이질적인(그러나 과도하게 이질적이지는 않은), 고로 한국어로 직역하기 쉽지가 않은 단어들의 이면에는 거의 예외 없이 딜레이니 특유의 언어학적 마이크로 컨트롤이 자리 잡고 있다는 점은 지적하고 넘어갈 필요가 있다.++

"한밤중에 터진 마그네슘 조명탄처럼 뇌리를 직격한다"는《트리뷴》지의 유명한 서평처럼, 『바벨-17』은 짧은 길이에도 불구하고 지적인 고찰과 화려한 메타포의 연쇄와 자극적인 문화론이 혼연일체가 된 지극히 인상적인 작품이다. 특히 1980년대 SF계를 강타한 사이버펑크 운

+ dyslexia. 지적 기능은 평균 또는 평균 이상인데도 글을 판독하는 데 어려움을 겪는 기질적 장애. 예이츠나 플로베르 등의 작가들도 난독증을 겪었다. 실독증.

++ 작은 예를 들자면, 본문에서 기관실 요원 또는 이들의 집합을 의미하는 플래툰[小隊]라는 영어 단어는 어원상 중세 프랑스어의 peloton에 기인하며, 이것은 '작은 공' 내지는 '구슬'을 의미한다. 등장인물 중 포레스터 장군general은 리드라와 대비되는 일반인general populace의 상징이기도 하다.

동을 일찌감치 선점한 듯한 인체-기계 인터페이스 담론과 등장인물들의 괄목할 만한 힙hip 감각에 이르러서는, 왜 당대의 동료 작가들이 '가장 유망한 차세대' 작가로 딜레이니를 꼽았는지 이해할 단초를 얻을 수 있다고나 할까.

2. 작가

새뮤얼 레이 딜레이니, 통칭 "칩" 딜레이니는 1942년 4월 1일 만우절에 뉴욕 시 할렘에서 부유한 흑인 가정의 장남으로 태어났다. 그의 아버지인 새뮤얼 레이 딜레이니(시니어)는 2차대전 전부터 1960년대까지 할렘에서 장의 사업을 벌인 사업가였고, 어머니인 마거릿 보이드는 뉴욕 시립도서관의 사서였다. 본디 딜레이니 가문은 미국 근대사에도 등장하는 유서 깊은 흑인 가문 중 하나이다. 남북전쟁 전인 1858년에 남부의 조지아 주에서 백인과 인디언의 피를 함께 이어받은 혼혈 흑인 노예의 자식으로 태어난 조부 헨리 베어드 딜레이니는 링컨 대통령이 노예 해방을 선언한 뒤인 1881년에 노스캐롤라이나 주의 세인트 어거스틴 학교에 입학해서 신학을 전공했고, 미국 최초의 성공회 흑인 사제로 서임받은 후 같은 학교의 부총장을 역임하며 후진 양성에 진력했다. 딜레이니 주교 일가는 훗날 뉴욕 시로 이주했고, 그가 낳은 열 명의 자식은 당시의 흑인으로서는 이례적으로 모두 대학교육을 받고 활발한 사회활동을 펼쳤다. 특히 뉴욕 최초의 고등학교 가정과 교사였던 장녀 새라 "새디" 루이즈 딜레이니(1889~1999)와 컬럼비아 대학에서 치과 박사 학위를 받은 차녀 애니 엘리자베스 "베시" 딜레이니(1891~1995), 통칭 딜레이니 자매는 두 사람 모두 백 살을 넘긴 1993년에 노예 시대부터의 가족사를 다룬 자서전 『하고 싶었던 말Having Our Say』을 발표해서 세상을 깜짝 놀라게 했다. 이 책은 무려 105주 동안이나 뉴욕타임스 베스트셀러 순위에서 상위권을 유지하며 500만 부 이상이 팔려 나가는 위업을 달성했고, 훗날 브로드웨이 연극과 TV 미니시리즈로도 만들어졌다. 이 딜레이니 자매의 막냇동생이자 딜레이니 주교의 여섯 번째 아들이 바로 본서 『바벨-17』의 작가인 새뮤얼 딜레이니의 아버지이다.

어린 새뮤얼이 네 살이 되었을 때 어머니 마거릿은 아들을 뉴욕 주 바사 대학교의 영재 서머스쿨로 보냈다. 열 살이 되었을 때는 같은 이름을 가진 아버지나 할아버지와 구별하기 위해 친척들이 자신을 '리틀 샘'이나 심지어는 '샘보' 같은 적당한 별명으로 부르는 것이 싫어서 서머 캠프에서 자기소개를 하면서 즉흥적으로 칩Chip이라는 애칭을 '발명'했다. 네 살 터울의 여동생 페기와 함께 그는 주로 백인들이 다니는 사립학교를 다녔고, 일요일에는 흑인 성공회 교회의 예배에 꼬박꼬박 참석했다. 초등학교에 입학하기 전부터 이미 예술과 과학에 뛰어난 재능을 보이며 신동 소리를 듣던 딜레이니는 맨해튼의 부유층 자제들이 다니는 명문 사립학교 덜튼 스쿨을 거쳐 영재 학교로 유명한 브롱스 과학고등학교에 진학, 물리학과 수학을 집중적으로 공부했다. 처음 읽은 SF는 열 살 무렵 친구에게 빌린 로버트 A. 하인라인의 아동용 장편 『우주선 갈릴레오호』(1947)와 아서 C. 클라크의 장편들이었지만, 이것들은 과학과 예술을 망라한 딜레이니의 방대한 독서 체험 중 극히 일부에 불과했다.

딜레이니는 10대 시절부터 이미 여러 편의 습작 소설과 에세이 등을 썼으며, 12세 때는 커뮤니티 센터의 안무 지도를 맡기도 했다. 음악에도 천부적인 재능을 보였고, 14세에 이미 바이올린 협주곡을 작곡했다. 고등학교 2학년이 될 무렵, 당시에는 학계에서도 제대로 알려지지 않았던 난독증 증세가 악화되어 고생했지만 여러 명의 가정교사와 정신과 의사까지 동원한 부모의 헌신적인 노력에 힘입어 이 장애를 '우회'해서 글을 읽고 쓰는 법을 터득했다. (영국의 마이클 무어콕과 마찬가지로, 딜레이니는 퇴고에 퇴고를 거듭하고 자주 개정판을 내는 것으로 유명하다.) 학생을 대상으로 한 문학상을 여러 개 받았고, 동창이자 장래의 아내인 메릴린 해커와 함께 교지를 편집했다. 17세 때 처음으로 쓴 습작 장편 덕에 미국에서 가장 오래되고 권위 있는 작가 워크숍인 브레드 로프 작가회의에 초대받았고, 그곳에서 시인인 로버트 프로스트와도 만났다. 고등학교를 졸업한 뒤에는 뉴욕 시립대학에 진학했지만 난독증이 도진 탓에 한 학기 만에 중퇴했다.

1961년 8월에는 유대계 백인인 메릴린과 결혼하기 위해 당시 극히 드물게 흑백 결혼을 인정했던 미시간 주 디트로이트로 가서 결혼식을 올리고 맨해튼 이스트빌리지에 정착했다. 십대 때부터 이미 게이로서 살아온 딜레이니와 나중에 레즈비언임을 공언한 해커의 결혼은 주기적인 동거와 별거, 비독점적 다자연애, 다자성교 등을 마다하지 않는

등 '실험적'인 양상을 띠고 있었지만 기본적으로는 창조적인 동지 관계에 입각한 친밀하고 영속적인 관계였다.

시인인 해커는 딜레이니의 작가적 재능을 높이 평가했고, 더 쓰라고 그를 격려했다. 딜레이니가 19세 때 쓴 판타지 장편 『앱터의 보석』(1962)을 염가판 페이퍼백 SF 브랜드인 에이스 더블시리즈의 일환으로 출간함으로써 약관의 나이에 프로 작가로 데뷔할 수 있었던 것은, 당시 에이스 출판사에서 부편집자로 일하던 해커의 '내조'에 힘입은 바가 크다.

향후 10년 동안 딜레이니는 아홉 편의 장르소설을 잇달아 발표했다. 이 작품들 중 『앱터의 보석』과 『탑의 붕괴』 3부작은 판타지였지만, 검과 마법Sword and Sorcery으로 알려진 미국적 영웅 판타지의 전통을 유지하면서도 다채로운 은유와 동시대적 슬랭을 종횡무진으로 구사한 다중적多重的이고도 현대적인 내러티브로 독자와 평론가 양 진영의 눈길을 끌었다. 어린 시절부터 즐겨 읽었던 우주 모험물을 자기 성찰적인 메타 성장소설의 그릇에 담은 『베타2의 발라드』(1965)는 그의 SF 장편 데뷔작이며, 선배인 필립 K. 딕과 더불어 미국 문학사에 각인될 초대형 신인의 탄생을 SF계에 알리는 신호탄이었다.

그러나 사생활은 그리 순탄하지 않아서, 1963년 겨울에는 과로로 인한 신경쇠약 진단을 받고 정신병원에서 치료를 받았다. 퇴원 후 딜레이니 부부는 한 살 연상의 플로리다 출신 기혼자인 보비 "봅" 폴섬과 3방향 동시 연애를 시작했지만, 이들의 공동생활이 폴섬의 연상 아내에게 들통이 난 탓에 파국을 맞았다. 딜레이니는 아내인 해커를 뉴욕에 남겨둔 채로 동성 연인인 폴섬과 함께 텍사스 연안으로 사랑의 도피를 감행했고, 한동안 멕시코 만의 새우잡이 어선에서 함께 일했다. 세 사람은 다시 뉴욕에서 재결합을 시도했지만 그리 오래가지 못했고, 그 후유증으로 딜레이니와 해커는 일시적인 별거에 들어갔다. 이 소동의 전말은 해커의 첫 번째 시집에 포함된 연작시 「항해사들」과 휴고 상 최우수 논픽션 상을 수상한 딜레이니의 충격적인 자서전 『물속에서의 빛의 움직임』(1988)에 극명하게 묘사되어 있다.(본서 170쪽 참고) 이 사건 직후에 쓰인 반半자전적인 장편 『바벨-17』(1966)은 현대 언어학과 기호학의 담론을 기존 스페이스오페라의 패러다임에 융합시킨 지적이고도 쿨cool한 걸작이었고, SF 평단의 극찬을 받으며 작가와 편집자들이 선정한 최고의 SF소설에게 주어지는 1966년의 네뷸러 상을 수상했다. 출간 시기상으로는 『바벨-17』에 선행하는 자매편이자 일종의 순환적 액자소설 『엠파이어 스타』(1966)+와 네뷸러 최우수 장편상을 수상한 신화 SF 『아인슈타인 교점』(1967)을 거쳐, 딜레이니의 최고 걸작이자 아메리칸 뉴웨이브의 금자탑으로 회자되는 메타 스페이스오페라 『노바』(1968)를 출간했을 무렵에는, 26세의 젊은 나이임에도 불구하고 이미 선배 작가인 로저 젤라즈니, 어슐러 K. 르귄, 필립 K. 딕, 토머스 M. 디시, 할란 엘리슨 등에 필적하는 작가적 지위를 확립하고 있었다. 중단편 부문에서는 과작이기는 했지만, 데뷔 단편인 「그래, 그리고 고모라」(1967)로 네뷸러 상을, 피카레스크 소설 「시간은 준準보석의 나선처럼」(1968)으로 휴고 상과 네뷸러 상 최우수 단편상을 수상하는 기

+ 『바벨-17』의 제2부 4장에 『엠파이어 스타』는 리드라 웡의 남편이었던 뮤엘스 애런라이드의 작품이라는 언급이 있다.

염을 토했다.

1965년에는 뉴욕 주의 히피 코뮌인 "헤븐리 브렉퍼스트"에 합류해서 창작 활동을 계속하며 동명의 록밴드에서 악기를 연주했다. 같은 해에 새우잡이 배에서 알게 된 친구 론 헬스트롬과 함께 유럽으로 가서 여섯 달 동안 룩셈부르크와 파리와 베네치아 등지를 돌아다니며 포크싱어로 활동했다. 향후 네 달 동안은 그리스와 터키를 여행하면서 『아인슈타인 교점』의 전신인 『멋진, 무정형의 암흑』을 집필했다. 뮌헨을 거쳐 런던으로 갔을 때는 브리티시 뉴웨이브의 중심인물이었던 SF 작가 존 브러너, 마이클 무어콕과 교유했고, 다음 해에 귀국했다. 1970년과 71년 사이에는 아내인 해커와 함께 전위문학지인 『쿼크Quark』를 공동 편집했고, 1972년에는 아내가 활동하던 런던으로 이주해서 소설 창작을 계속했다. 이듬해인 1973년에는 노골적인 성애를 다룬 환상소설이자 작가로서의 새로운 도약을 알리는 『정욕의 조류』를 발간해서 문화계의 화제를 불러 모았다. 32세이던 1974년에는 외동딸인 아이버가 탄생했다. 아내인 메릴린 해커는 같은 해에 발간한 데뷔 시집 『헌시Presentation Piece』가 전미 도서상 시 부문 대상을 수상하면서 시인 및 영문학자로서 입지를 굳혔다. 딜레이니와 해커는 1980년에 이혼했지만, 그 이후로도 끈끈한 동지적 관계를 유지하며 딸의 양육을 분담했다. 1975년에 발표한 장편 『달그렌』은 부분적인 기억 상실에 시달리는 주인공 키드Kid가 사상의 지평선에 잠겨 외부와 단절된 도시 벨로나를 방랑하며 겪는 이야기를 작가 특유의 풍성한 신화적 은유를 통해 묘사한 일종의 메타 SF이다.+ 『달그렌』은 뉴웨이브 운동뿐만 아니라 미국 도시문학의 적자嫡子로 지목되며 주류 평단 및 독자들의 격찬을 받았고, 컬트적인 인기를 끌며 증쇄에 증쇄를 거듭하다가 최종적으로는 100만 부 이상 팔린 딜레이니의 대표작이 되었다. 딜레이니의 시대를 훌쩍 앞서간 문학적 스타일과 지적이면서도 다면적인 접근법은 후배 SF 작가들에게 귀감이 될 하나의 지표를 제공했으며, 특히 윌리엄 깁슨, 브루스 스털링, 루이스 샤이너를 위시한 사이버펑크/슬립스트림 계열의 차기 주자들에게 지대한 영향을 끼쳤다.

『정욕의 조류』를 쓸 당시에도 이미 장르와 주류의 경계선상에서 사변소설speculative fiction의 가능성을 깊고 넓게 모색하고 있던 딜레이니의 학구적 성향은 『달그렌』의 압도적인 상업적 성공을 계기로 한층 더 강화되었다. 1979년에서 1989년 사이에 쓰인 『네버리온』 시리즈는 『달그렌』의 연장선상에서 '검과 마법' 장르를 탈구축한 사이언스 판타지다. 1970년대 중반 이후 딜레이니는 『트리톤』(1976)과 『내 호주머니 속의 모래알 같은 별들』(1984) 등, 주제적으로 초기 장편에 근접한 몇몇 SF 소설을 쓴 것을 제외하면 대학에서의 강연과 문학 비평에 더 힘을 쏟았고, 1977년에는 위스콘신 대학의 20세기학 센터 연구원으로 초빙되었다. 이 시기의 연구 성과는 SF사에 길이 남을 명저 『보석 경첩이 달린 턱』(1977)과 『우현의 와인』(1984)을 위시한 일련의 문예 비평서에 집약되어 있으며, SF 작가로서뿐만 아니라 주류 비평가로서 딜레이니의 위상을 공고히 했다. 1985년에는 SF 연구협회에서 SF와 판타지의 연구자에게 주어지는 필그림 상을, 1993년에는 게이 문학가에게 주어

+ 페이퍼백판으로 무려 800쪽 넘게 이어지는, 제임스 조이스를 방불케 하는 난해한 포스트모던적 내러티브에도 불구하고 명 편집자이자 SF 작가인 프레드릭 폴의 전폭적인 지지를 받고 발간되었다는 뒷이야기가 있다.

지는 빌 화이트헤드 평생공로상을 수상했으며, 2007년에 출간한 일반 소설 『어두운 성찰』로 스톤월 도서상을 받았다. 같은 해에 프레드 바니 테일러가 감독한 『폴리매스, 또는 새뮤얼 R. 딜레이니 씨의 생애와 견해』라는 제목의 자전 다큐멘터리 영화가 뉴욕 트라이베카 영화제에서 공개되어 화제에 올랐다.

딜레이니는 교육자로서도 큰 존경을 받고 있으며, 대학 중퇴라는 최종 학력에도 불구하고 70년대부터 이미 매사추세츠 대학 앰허스트 교와 코넬 대학을 위시한 많은 대학에 작가나 교수 자격으로 초빙되어 교편을 잡았다. 2001년에 템플 대학의 영미문학 전임 교수로 임명되었고, 현재도 창작 활동 및 후진 양성에 매진하고 있다.

—김상훈

새뮤얼 딜레이니 주요 저작 목록

* 2013년 기준

■ 장편

1. The Jewels of Aptor (1962) – 판타지
2. Captives of the Flame (1963) – 판타지
3. The Towers of Toron (1964) – 판타지
4. City of a Thousand Suns (1965) – 판타지
5. The Ballad of Beta-2 (1965)
6. Empire Star (1966)
7. Babel-17 (1966), 『바벨-17』, 폴라북스, 2013
8. The Einstein Intersection (1967)
9. Nova (1968)
10. The Fall of the Towers (1970) – 3부작인 2, 3, 4에 프롤로그와 에필로그, 작가 노트 등을 추가한 개정판 합본.
11. The Tides of Lust (1973) – SM 소설. Equinox (1994)로 개제

12. Dhalgren (1975)

13. Triton (1976)

14. Empire(1978) – 비주얼 노블 (Howard Chaykin과 공저)

15 Stars in My Pocket Like Grains of Sand (1984)

16. They Fly at Çiron (1993)

17. The Mad Man (1994) – 일반 소설

18. Hogg (1995) – 게이 포르노그래피

19. Dark Reflections (2007) – 일반 소설

20. Through the Valley of the Nest of Spiders (2012) – 일반 소설

■ Return to Nevèrÿon 시리즈

1. Tales of Nevèrÿon (1979)
2. Nevèrÿona (1983)
3. Flight from Nevèrÿon (1985)
4. The Bridge of Lost Desire (1987)

■ 작품집

1. Driftglass (1971)
2. Distant Stars (1981)
3. The Complete Nebula Award-Winning Fiction (1983) – 네뷸러 상 수상작 모음
4. Driftglass/Starshards (1993) – 1의 개정증보판
5. Atlantis: Three Tales (1995) – 연작 중편집

6. Aye, and Gomorrah, and other stories (2003) – 4의 개정증보판

■ 문학 비평서

1. The Jewel-hinged Jaw: Notes on the Language of Science Fiction (1977, 개정판 2009)
2. The American Shore: Meditations on a Tale of Science Fiction (1978)
3. Starboard Wine: More Notes on the Language of Science Fiction (1984)
4. Wagner/Artaud: A Play of 19th and 20th Century Critical Fictions (1988)
5. The Straits of Messina (1989)
6. Silent Interviews (1995)
7. Longer Views (1996)
8. Shorter Views (1999)
9. About Writing (2005)
10. Conversations with Samuel R. Delany (2009)

■ 회상록, 서간집

1. Heavenly Breakfast (1979)
2. The Motion of Light in Water (1988)
3. Times Square Red, Times Square Blue (1999)
4. Bread & Wine: An Erotic Tale of New York (1999) – Mia Wolff에 의한 그래픽 자서전
5. Selected Letters (2000) – 서간집

미래의 문학 03

바벨-17

초판 1쇄 펴낸날 2013년 4월 26일
초판 3쇄 펴낸날 2019년 4월 5일

지은이 새뮤얼 딜레이니
옮긴이 김상훈
펴낸이 김영정

펴낸곳 폴라북스
등록번호 제22-3044호
주소 06532 서울시 서초구 신반포로 321(잠원동, 미래엔)
전화 02-2017-0280
팩스 02-516-5433
홈페이지 www.hdmh.co.kr

ISBN 978-89-93094-68-8 04840
978-89-93094-65-7 (세트)

* 폴라북스는 (주)현대문학의 새로운 종합출판 브랜드입니다.
* 책값은 뒤표지에 있습니다.